HAYMON taschenbuch 278

Edith Kneifl

Dünenzorn

Ein Kanaren-Krimi

Edith Kneifl

Dünenzorn

für Susanne

Keine Sonne, kein Licht. Als ich erwachte, wusste ich nicht, wo ich war. Mein Kopf brummte, mein Gaumen war ausgetrocknet. Mir war kalt und speiübel. Ich lag auf einer harten Matratze am Boden anstatt in einem weichen Bett. Rund um die Matratze war es feucht und glitschig.

War ich nicht auf einer schicken Yacht losgesegelt? Das Letzte, woran ich mich erinnern konnte, war das Klappern der Wanten. Dieser Idiot hatte die Seile nicht richtig festgemacht.

Langsam kehrte die Erinnerung zurück. Mein neuer Lover und ich waren die wild zerklüftete Küste Gomeras entlanggesegelt. Bei Sonnenuntergang hatten wir den Anblick der gigantischen Basaltsäulen an der Nordküste genossen. Schlank wie Orgelpfeifen ragten diese achtzig Meter hohen Klippen aus dem Meer empor. Er hatte sich bemüßigt gefühlt mir zu erklären, dass die beeindruckenden Los Órganos Überbleibsel lange erkalteter Lavamassen seien. Ich hatte ihn mit einem Kuss zum Schweigen gebracht. Als wir die Orgelpfeifen hinter uns gelassen hatten und Kurs auf Teneriffa nahmen, schaltete er den Autopiloten ein und schubste mich hinunter in die Kajüte.

Nach der üblichen Schmuserei ging es schnell zur Sache.

Unter Deck hatte es mindestens vierzig Grad. Unsere verschwitzten Körper klebten aneinander. Ich bekam kaum Luft.

Er ließ kurz von mir ab, stärkte sich mit einem Schluck billigem Cava. Ich setzte mich auf ihn, obwohl mir die Lust längst vergangen war. Die Hoffnung, dass er bald kommen würde, ebenfalls. Ich sehnte mich nach einer belebenden Abkühlung im Atlantik.

Ihm schienen die hohen Temperaturen weniger auszumachen als mir. Im selben Rhythmus wie die Wellen, die an den Rumpf des Bootes klatschten, bewegte er sich in mir.

Komm endlich, hätte ich am liebsten gesagt, doch ich hielt den Mund.

I. Teil: La Gomera

1.

Das bevorstehende Wiedersehen mit ihrem Vater ließ Laura Mars nicht kalt. Auf der durchgelegenen Matratze ihres Hotelbetts in Los Cristianos auf Teneriffa hatte sie kaum ein Auge zugetan. Die halbe Nacht lang hatte sie sich die verschiedensten Begrüßungsszenarien ausgemalt, sich überlegt, was sie ihm über sich erzählen sollte und was lieber verschweigen.

Ob sich Mischa, wie sie ihren Vater von klein auf nannte, sehr verändert hatte? Sechs Jahre waren eine lange Zeit. War sein Haar weiß geworden? Hatte er sich ein Pensionistenbäuchlein zugelegt?

Michael Mars hatte einst für diverse österreichische Tageszeitungen und Magazine geschrieben. Nach seiner Pensionierung vor nunmehr zehn Jahren war er mit seiner zweiten Frau Ramona nach Gomera ausgewandert. In seiner Jugend hatte er mit einigen Freunden ein Jahr auf dieser damals noch einsamen Insel verbracht. Als alter Mann war er in das ehemalige Hippieparadies zurückgekehrt und hatte dort eine eigene Zeitschrift, den *Saturn*, gegründet, eine deutschsprachige Wochenzeitung für Touristen und Zweitwohnungsbesitzer.

Laura fragte sich, wie sie, die neue Laura, ihrem Vater gefallen würde. Er hatte sie nach dem Unfall, der nicht nur ihr ganzes Leben, sondern auch ihr Aussehen verändert hatte, nicht mehr gesehen.

Bei ihrem letzten Telefonat hatte Mischa sehr aufgeregt geklungen. Ramona, Lauras Stiefmutter, war von heute auf morgen spurlos verschwunden. Eine Entführung ließ sich nicht ausschließen.

***

Laura nahm in aller Herrgottsfrüh die erste Fähre von Teneriffa nach San Sebastián, dem Hauptort der Insel Gomera.

Ungetrübter Sonnenschein. Am Himmel zeigte sich keine einzige Wolke. Ein angenehmer Wind machte die hohen Temperaturen erträglich. Weiße Schaumkronen, die Laura an eine andere aufregende Seereise erinnerten, tanzten auf den Wellen. Sie setzte sich auf eine Bank am obersten Deck, schloss die Augen und begann zu träumen.

Vor zwei Jahren hatte sie etwa um die gleiche Jahreszeit auf einem griechischen Fährschiff den Auftragsmörder Alexander Makiris kennengelernt und sich Hals über Kopf in ihn verliebt. Nach den blutigen Ereignissen auf den griechischen Inseln war er in die Türkei geflüchtet. Weihnachten 2019 sah sie ihn auf Zypern wieder. Die Interpol war ihm auf den Fersen. Alexander schlüpfte in dem von Türken besetzten Teil Nikosias unter. Die zwei Wochen in der zypriotischen Hauptstadt vergingen schnell. Laura sah nicht viel von der Insel, verbrachte die meiste Zeit in einem Hotelbett. Im Jänner kehrte sie nach Wien zurück.

Ihr Haus und ihr Olivenhain auf Samos waren im Juni 2019 abgebrannt. Die Versicherung hatte bis heute keinen Cent gezahlt. Ihr blieb nichts anderes übrig, als für ihre Freundin Marlene zu arbeiten, die in Wien ihr früheres gemeinsames Modelabel *LAMAR* mittlerweile allein weiterführte.

Dann schlug Corona zu, versetzte Europa, ja die ganze Welt in eine Art Lähmungszustand. Alexander, der versprochen hatte, im Frühling nach Wien zu kommen, konnte nicht mehr nach Österreich einreisen. Sie blieben noch eine Zeit lang telefonisch und per Mail in Kontakt.

Zum letzten Mal hatte er sich aus Beirut gemeldet. Trotz Corona schien er es bis in den Libanon geschafft zu haben. Danach brach der Kontakt ab. Alexander beantwortete ihre Mails nicht mehr. Auch per Telefon war er nicht erreichbar. „Kein Anschluss unter dieser Nummer.“ Monate später erfuhr sie von einer griechischen Freundin, dass er im Gefängnis gelandet war. Ein türkischer Richter hatte ihn wegen Geldwäsche zu fünf Jahren Haft verurteilt. Alle ihre Versuche, nach Istanbul zu reisen, scheiterten an den strengen Einreisebestimmungen.

Damals war sie verzweifelt gewesen. Mittlerweile fühlte sie sich fast erleichtert. Diese unmögliche Liebe war von Anfang an zum Scheitern verurteilt gewesen. Wie hatte sie sich nur in einen Profikiller verlieben können? Mit einem Mann schlafen können, der unzählige Menschen auf dem Gewissen hatte? Allein bei dem Gedanken ekelte ihr vor sich selbst.

Während des Lockdowns in Wien hatte sie öfters überlegt, ihre ehemalige Psychotherapeutin zu kontaktieren. Sie hatte es bleiben lassen. Es waren sowieso nur telefonische Sitzungen möglich gewesen. Sie mochte keine langen Telefonate. Außerdem war sie davon überzeugt, dass solche Skype- oder Videositzungen niemals den persönlichen Kontakt mit dem Therapeuten ersetzen konnten.

Nachts, wenn der Schlaf nicht kommen wollte, dachte sie noch manchmal an diese heiße griechische Affäre. Mit der Zeit verblassten die Erinnerungen. Das griechische Abenteuer war ein für alle Male beendet. Selbst wenn die Brandschutzversicherung endlich zahlen würde, hatte sie nicht vor, nach Samos zurückzukehren. Ihr Grundstück würde sie verkaufen und sich mit dem Erlös ein anderes hübsches Plätzchen am Meer suchen. Vielleicht in Kroatien, der früheren Heimat ihrer Mutter?

Außerdem hatte sie beschlossen, sich nie wieder zu verlieben. Die Liebe war nicht ihre Domäne. Liebeleien, Beziehungen, Ehe ... In Zukunft würde sie allein bleiben. Sie brauchte keinen Mann, um ein erfülltes Leben zu führen. Im Gegenteil, Männer hatten immer ihre Kreativität beeinträchtigt und sie in ihrem unbändigen Freiheitsdrang eingeschränkt.

Lebhaftes Geschwätz und lautes Geschmatze. Laura schreckte auf.

Gegenüber hatten zwei ältere englische Paare Platz genommen. Als die Fähre ablegte, begannen sie, ihre prallen Kühltaschen auszupacken. Alle vier waren sehr groß. Die Männer hatten kugelrunde Bierbäuche, aber aus den Socken, die sie zu ihren Wandersandalen trugen, ragten dünne Waden.

Obwohl es früh am Morgen war, stopften sie Hühnerteile, russischen Salat und kalte Pommes frites in sich hinein. Laura nahm an, dass diese Köstlichkeiten vom gestrigen Abendbuffet im Hotel stammten.

Verblüfft beobachtete sie, wie die Briten, kaum hatten sie die Hühner verzehrt, mehreren Tupperware-Dosen weiteren Reiseproviant entnahmen: Schinken-Käse-Sandwiches, hart gekochte Eier, Joghurt und Müsliriegel. Nachdem sich alle vier mit gierigen Schlucken aus Bierdosen gestärkt hatten, folgte der Nachtisch: vergammelt aussehende Muffins und dazu diese ausgezeichnet schmeckenden kleinen kanarischen Bananen.

Eine der Engländerinnen schien Lauras Blicke misszuverstehen. Sie bot ihr eine der Minibananen an. Laura war so überrascht, dass sie sie dankend annahm.

Ein Fehler, denn nun wurde sie von den Ladys in ein Gespräch verwickelt. Sie erfuhr, dass diese gefräßigen Briten den Teide auf Teneriffa, den höchsten Berg Spaniens, bestiegen hatten und auf Gomera den ältesten Urwald Europas erkunden wollten.

Laura lag nichts ferner als Wandern oder gar Bergsteigen. Ungeduldig hörte sie sich die langweiligen Geschichten der Damen an. Als sich die Ehemänner zu Wort meldeten und mit ihren Äußerungen über die Rückständigkeit und Primitivität der Eingeborenen auf diesen von Gott verlassenen Inseln ihren Unmut erregten, erhob sie sich abrupt und sagte: „Viva la Brexit!" Ihr war bewusst, dass ihre Reaktion überzogen und kindisch war, doch sie hatte sich nicht länger beherrschen können.

Die Banane, die sie geschenkt bekommen hatte, nahm sie mit in die Bar. Das kleine krumme Ding konnte schließlich nichts für die Dummheit und Präpotenz seiner Besitzer.

Als sie in San Sebastián anlegten, standen die Engländer als Erste in der Schlange vor dem Ausgang und mümmelten schon wieder an unappetitlichen Würstchen in seltsam aussehenden Blätterteigtäschchen.

2.

An der Fährstation in San Sebastián herrschte reger Betrieb. Dutzende Taxis sowie größere und kleinere Busse empfingen die Ankommenden auf einem riesigen Parkplatz. Vor dem modernen Hafengebäude hatte sich eine Menschentraube gebildet.

Laura nahm ihre Sonnenbrille ab und hielt Ausschau nach ihrem Vater. Doch er befand sich nicht unter den Leuten am Ausgang, die Freunde, Familienangehörige oder Urlaubsgäste abholten.

Als fast alle Passagiere mit Bussen, Taxis und Privatautos weggefahren waren, setzte sie sich auf eine Bank und nahm ihr Handy aus der Handtasche.

Ehe sie noch Mischas Nummer eingetippt hatte, erregte ein großer, hagerer Mann ihr Interesse. Seine feinen Gesichtszüge erinnerten sie an Velázquez' Porträts von spanischen Edelmännern oder sogar an das Porträt des Fray Hortensio Félix Paravicino von El Greco. Pechschwarzes Haar, schwarze, tiefliegende Augen, bleiches, schmales Gesicht, eingefallene Wangen, schmaler Schnurrbart, gestutzter Backenbart, sinnliche Lippen.

Der Fremde war zu elegant gekleidet für diese Umgebung. Mit seinem schwarzen Anzug, dem strahlend weißen Hemd und der anthrazitfarbenen Fliege passte er besser auf eine Hochzeit oder ein Begräbnis.

Als er nur mehr ein paar Meter entfernt war, lächelte er sie verlegen an. „Buenos días! Sie müssen Laura Mars sein. Mein Name ist Juan María de Alvarez. Ich bin der Anwalt Ihres Vaters. Er hat mich gebeten, Sie abzuholen."

Sein Händedruck war lasch, passte nicht zu seinen harten Gesichtszügen. Sie schluckte ihren Ärger, dass ihr Vater es nicht der Mühe wert gefunden hatte, sie selbst abzuholen, hinunter und bemühte sich, das freundliche Lächeln des Mannes zu erwidern.

Sein verblüffter Gesichtsausdruck bestätigte ihr, was sie ohnehin wusste. Seit den zahlreichen Schönheitsoperationen bekam sie kein normales Lächeln mehr hin, sondern schnitt nur mehr entsetzliche Grimassen.

„Entschuldigen Sie bitte meine Verspätung. Die Hauptverbindung von Valle Gran Rey nach San Sebastián ist wegen eines Waldbrandes gesperrt. Ich habe einen riesigen Umweg fahren müssen ..."

„Oh nein", murmelte Laura. „Nicht schon wieder ein Brand!"

Vor nunmehr fast sieben Jahren war ihr Mann Lorenz in einem brennenden Auto ums Leben gekommen. Seither litt sie unter Arsonphobie, einer übertriebenen Angst vor Feuer.

„Lassen Sie uns aufbrechen", sagte sie leise.

„Möchten Sie sich vorher kurz frischmachen oder etwas trinken?" Er sprach hervorragend Deutsch mit einem kaum hörbaren spanischen Akzent.

„Nicht hier. Ich habe auf der Fähre etwas getrunken. Vielleicht können wir unterwegs einmal kurz stehenbleiben."

Sie schnappte sich ihren Rollkoffer. Er bestand darauf, ihn ihr abzunehmen.

Spanier sind eben Gentlemen, dachte sie.

Unwillkürlich kam ihr wieder ihr verstorbener Mann in den Sinn. Lorenz war Fotograf gewesen. Er hatte keinerlei Skrupel gehabt, sie bei seinen Shootings, bepackt mit diversen Köfferchen und Schirmen, hinter sich her latschen zu lassen.

Der Anwalt fuhr einen Oldtimer, einen dunkelgrünen Roadster. Dieser coole MG RV8 war in den Neunzigerjahren vom Automarkt verschwunden und heute ein kleines Vermögen wert. In ihrem früheren Leben, wie Laura die Zeit vor ihrem schweren Unfall bezeichnete, hatte sie für schöne Männer und schöne Autos viel übriggehabt. Heute konnte sie sich weder für die einen noch für die anderen begeistern.

Sie fragte den Anwalt, auf die Gefahr hin, dass er sie für unhöflich hielt, warum ihr Vater nicht selbst gekommen war. Laura hatte Mischa jahrelang nicht gesehen. Und nun fand er es nicht einmal der Mühe wert, seine einzige Tochter abzuholen? Typisch Papa, dachte sie. Er war eben ein Riesenegoist. Auch in ihrer Kindheit hatte er fast nie Zeit für sie gehabt. Als Journalist war er ständig unterwegs gewesen. Ihre Mutter hatte sich oft darüber beklagt, sich wie eine Alleinerzieherin zu fühlen. Trotzdem oder gerade deswegen war Laura als Kind sehr an ihrem Vater gehangen.

„Michael kann sich kaum bewegen, er ist schwer verletzt", sagte Don Alvarez.

„Davon hat er gestern am Telefon kein Wort erwähnt. Was ist passiert?"

„Er ist letzten Mittwoch im Hafen von Santa Cruz de Tenerife überfallen worden ..."

„Wie bitte?

„Zwei Männer haben ihm seinen neuen Apple entrissen. Leider hat sich in der Laptoptasche viel Bargeld befunden. Wie Sie sicher wissen, ist Ihr Vater ein passionierter Barzahler, er verwendet seine Kreditkarten nur selten. Als er sich zur Wehr gesetzt hat, haben sie ihn zusammengeschlagen. Mit zwei gebrochenen Rippen und einer verletzten Kniescheibe sei er noch glimpflich davongekommen, hat der Arzt gemeint. Michael ist erst am Samstag aus dem Krankenhaus auf Teneriffa entlassen worden. Er geht auf Krücken, und Autofahrten sind, wegen der gebrochenen Rippen, die reinste Hölle für ihn."

„Scheiße“, entfuhr es Laura. „Pardon!“
Don Alvarez lächelte verständnisvoll.

***

Sie nahmen eine gut ausgebaute Straße, die in Serpentinen hinauf in die Berge führte. Der Ausblick in so mancher Kurve war überwältigend. Imposante Felsformationen, tiefe, fruchtbare Barrancos und dazwischen das silbern glitzernde Meer.

Don Alvarez fuhr langsam, obwohl er die Strecke auswendig zu kennen schien. Er hatte nur eine Hand am Lenkrad. Nachdem er sich vergewissert hatte, dass es sie nicht störte, rauchte er während der Fahrt und machte hin und wieder Bemerkungen über die spärlich besiedelte Gegend.

Laura war verwundert, dass sich keine Tiere blicken ließen. Weder Schafe noch Ziegen. Sie sprach ihn darauf an.

„Vor zwanzig, dreißig Jahren hat fast jeder Bauer ein paar Ziegen oder Schafe gehalten“, sagte er. „2005 hat die EU die private Tierhaltung mit strengen hygienischen Vorschriften unterbunden. Seither wird kaum mehr Viehzucht betrieben. Bei uns laufen daher keine verirrten Zicklein oder Lämmchen auf der Straße herum. Schluss mit der ländlichen Idylle!“

Sie bildete sich ein, seinen Worten eine gewisse Gereiztheit zu entnehmen. „Ich bin keine Nostalgikerin, aber ich habe ein paar Jahre auf einer griechischen Insel gelebt, und dort sieht man sehr wohl noch viele Tiere“, beteuerte sie.

„Der ganze Stolz der Gomeros war früher oft der Besitz eines Schweines. Dieses kostbare Tier haben sie meist von einem scharfen Hund bewachen lassen. Die

Eltern meiner verstorbenen Frau hatten eine Finca im Valle Gran Rey. Wegen des fürchterlichen Gebells in dem gegenüberliegenden Barranco haben sie in der Nacht oft kein Auge zugetan. Die Schweine wurden in Erdlöchern mitten in den Feldern untergebracht, und die angeketteten Köter sind die ganze Nacht bellend rund um das Loch gelaufen."

„Vielleicht kommt das deutsche Schimpfwort *Schweinehund* ja daher?"

„Gut möglich. Aber wenn Ihnen nach Tieren ist, haben wir jede Menge andere Krachmacher zu bieten. Das Gequake der Frösche ist mindestens so enervierend wie das Hundegebell. Sie werden es erleben."

„Ich liebe Frösche! Und Schweine liebe ich ebenfalls", scherzte sie.

Er wurde wieder ernst. „Die jungen Leute wollen sich die harte Arbeit am Land nicht mehr antun. Entweder suchen sie sich einen Job in den touristischen Zentren oder sie verlassen die Insel. Sie gehen aufs Festland oder wandern nach Südamerika aus, falls ihre Familien es schaffen, genügend Geld für die Überfahrt zusammenzukratzen. Man darf es ihnen nicht verübeln. Mit der Landwirtschaft, wie sie hier im Kleinen betrieben wird, kann man kein Geld verdienen. Es reicht oft nicht einmal, um die eigene Familie zu versorgen. Wir können uns keine billigen Landarbeiter aus Nordafrika, Rumänien oder Moldawien leisten, so wie die Andalusier, dafür geben unsere winzigen Felder nicht genügend her. Die Jugendarbeitslosigkeit auf den Kanarischen Inseln ist eines der größten Probleme unserer Zeit. Sechzig Prozent unserer Jugendlichen sind arbeitslos. Das ist eine echte Katastrophe. Während der Coronakrise hat sich die Situation verschlimmert. Alkohol, Drogen und ohrenbetäubende

Musik scheinen für viele die einzige Fluchtmöglichkeit aus dieser Misere zu sein.“

„Alkohol und Drogen? Woher nehmen die Kids das Geld?“

„Tja, dreimal dürfen Sie raten. Zuerst bestehlen sie ihre Eltern, dann Fremde. Jugendkriminalität war früher nie ein besonderes Problem bei uns. Die Einheimischen sind eher gutmütig, neigen nicht zu Gewalt. Aber die Lage hat sich in den letzten Monaten zugespitzt. Denken Sie an den Raubüberfall auf Ihren Vater. Ein Überfall am helllichten Tag in der Nähe einer Fährstation wäre vor ein paar Jahren unvorstellbar gewesen. Vor allem hat mich die Brutalität entsetzt, mit der diese Bandidos vorgegangen sind. Ihr Vater ist nicht mehr der Jüngste. Obwohl ...“ Er räusperte sich. „Selbst ein jüngerer Mann hätte keine Chance gegen diese Kerle gehabt. Mussten sie ihm wegen eines Laptops gleich das Knie zertrümmern und ein paar Rippen brechen? Sie haben ja nicht wissen können, dass sich Bargeld in der Laptoptasche befand.“ Er steckte sich mit dem altmodischen Zigarettenanzünder des Roadsters wieder eine an und verfiel in Schweigen.

Auch Laura schwieg.

Es war kein unangenehmes Schweigen.

„Könnte es nicht sein, dass solche verzweifelten jungen Leute auch meine Stiefmutter entführt haben?“, fragte sie nach einer Weile.

„Keine Ahnung. Möglich ist alles in Zeiten wie diesen.“

3.

Der Himmel hatte sich verdunkelt. Schwere Wolken zogen über das Hochland und tauchten die Wiesen in ein gräuliches Licht. Zu ihrer Rechten erschien plötzlich dichtes Gestrüpp.

„Hier beginnt der Regenwald“, sagte Don Alvarez, als sie an dem Mirador Degollada del Tanque vorbeifuhren. „Wir werden ein bisschen später Pause machen. Außer Sie möchten unbedingt hier stehen bleiben?“

„Nein, nein, fahren Sie weiter.“

Auf den ersten Blick fand Laura den Urwald enttäuschend. Sie hatte sich einen afrikanischen Dschungel und kein den Alpen ähnliches Hochland erwartet.

Don Juan María de Alvarez hielt einige Kilometer weiter im Nationalpark Garajonay beim Aussichtspunkt Mirador de los Roques an.

Laura war nun doch beeindruckt von der spektakulären Landschaft. Aus der fast schwarzen Vulkanerde sprossen Sukkulenten und Agaven, und in der Ferne erblickte sie bizarre Felsformationen.

„Willkommen auf dem Dach Gomeras“, sagte er. „Der gewaltige Klotz dort drüben wird übrigens Fortaleza genannt und war eine wichtige Kultstätte der Ureinwohner.“

Als sie weiterfuhren, tat sich die ganze Pracht dieses mystischen Waldes vor ihnen auf.

„Unser Nebelwald gilt als der besterhaltene Urwald Europas“, spielte Don Alvarez weiter den Fremdenführer. „Abgesehen von Flechten, Moos und Farnen besteht dieser Dschungel vorwiegend aus verschiedenen Arten von Lorbeerbäumen. Auch der Madeira-Mahagoni gedeiht hier. Wir nennen ihn Vinático. Er ist mit dem Avocadobaum verwandt. Sein Saft ist toxisch. Man sollte besser nicht mit ihm in Berührung kommen. Nur die Ratten lieben sein berauschendes Gift. Sie werden richtig high davon."

„Na super", murmelte Laura, die für Ratten nichts übrighatte.

„Leider bepflanzt man die Insel neuerdings mit Eukalyptusbäumen, die den Boden austrocknen."

Als Laura am Ortseingang des Dorfes El Cercado eine Werbetafel für ein Keramikatelier erblickte, ersuchte sie den Anwalt, kurz anzuhalten.

***

In der Werkstatt arbeiteten ausschließlich Frauen. Sie schauten kurz von ihrer Arbeit auf, als Laura und Don Alvarez eintraten.

Laura entschuldigte sich für die Störung und fragte, ob sie sich ein bisschen umsehen dürfe.

Eine ältere Frau deutete auf ihre Hände, die mit Lehm bekleckert waren, und erklärte ihr, dass sie ihre Keramiken in der jahrhundertelangen Tradition der Ureinwohner, also ohne Töpferscheibe herstellten.

Laura gefiel die schlichte Gestaltung der schwarzen Tongefäße. Sie kaufte zwei Schalen, eine als Mitbringsel für ihre Freundin Marlene in Wien und eine für sich selbst. Obwohl sie gerne länger mit den Frauen geplaudert hätte, verabschiedete sie sich bald. „Wir wollen Mischa nicht zu lange warten lassen", sagte sie zu Don Alvarez.

„Er wird demnächst essen und danach eine lange Siesta halten. Normalerweise isst er um eins, halb zwei eine Kleinigkeit und schläft danach bis vier, fünf Uhr nachmittags. Momentan braucht er viel Schlaf. Wir haben es also nicht eilig. Ich kenne in der Nähe ein gutes Lokal. Lassen Sie uns dort einkehren. Früher hat im *La Montana* die hochbetagte Doña Efigenia aufgekocht. Ihr vegetarisches Biomenü ist auf der ganzen Insel berühmt. Ich weiß nicht, ob sie noch lebt, war eine Ewigkeit nicht mehr dort."

Das Lokal war geschlossen. Sie gingen in die *Bar Victoria* an der Dorfstraße. Laura entschied sich für Ziegenfleisch in pikanter Sauce, Don Alvarez für Ropa vieja, einen Kichererbseneintopf mit Lammfleisch, Thymian und Wein. Als Vorspeise empfahl er Almogrote, eine weiche Paste aus geriebenem, gut gereiftem Ziegenkäse mit Paprika, Knoblauch, Tomaten, Olivenöl, Salz und Pfeffer. Zuletzt bestellte er eine Portion Papas arrugadas.

Angesichts der verschrumpelten kleinen Kartoffeln mit einer dicken Salzkruste, die kurz darauf in einem Tongefäß, gemeinsam mit einer giftgrünen und einer roten Sauce, serviert wurden, schaute Laura den Anwalt skeptisch an.

„Diese hässlichen Dinger werden in Meerwasser gekocht, bis sich die Salzkristalle an der Schale ablagern. Mit Mojo verde oder Mojo rojo schmecken sie köstlich. Probieren Sie mal." Er tauchte eine winzige Kartoffel in die rote Sauce und reichte seine Gabel Laura.

„Wow! Ich werde mich in Gomera ausschließlich von Kartoffeln ernähren", scherzte sie.

Erst beim Kaffee kamen sie auf Ramona Mars zu sprechen.

„Ihr Vater ist davon überzeugt, dass seine Frau entführt wurde", sagte Don Alvarez. „Merkwürdigerweise ist noch keine Lösegeldforderung eingetroffen. Als er am Samstagnachmittag aus dem Krankenhaus in Teneriffa nach Gomera zurückgekehrt ist, war sie bereits weg."

„Ich weiß. Er hat mich am Sonntagabend angerufen und mir von Monas mysteriösem Verschwinden erzählt.“

Sie dachte an ihr letztes Telefonat mit ihrem Vater. Er hatte sie inständig gebeten, nach Gomera zu kommen. Mischa hatte so verzweifelt geklungen, dass sie nicht Nein sagen konnte und den nächsten Flieger buchte. Während der Coronapandemie hatten sie öfters miteinander gemailt und telefoniert. Meistens hatten sie nur Banalitäten ausgetauscht, aber zumindest hatten sie nach sechs Jahren Funkstille wieder Kontakt miteinander gehabt. Nach dem grauenvollen Unfall, bei dem ihr Mann Lorenz zu Tode gekommen war, hatte Laura eine Zeit lang nicht mehr mit ihrem Vater gesprochen. Er war damals zwar nach Wien gereist, hatte sie im Krankenhaus besucht, doch sie waren bei diesem Wiedersehen in Streit geraten. Er war nicht bis zu Lorenz' Beerdigung geblieben, sondern gleich wieder abgehauen. Seinen Schwiegersohn hatte er von Anfang an nicht leiden können.

Laura hätte ihren Vater nach Lorenz' Tod dringend gebraucht. Das Geld, das er ihr danach von Las Palmas aus überwiesen hatte, hätte sie ihm am liebsten zurückgeschickt. Doch sie brauchte es für den Bau ihres Bungalows auf Samos.

4.

„Wir nähern uns dem Tal des großen Königs“, riss sie Don Alvarez' angenehme tiefe Stimme aus den Gedanken, als sie durch einen hübschen Ort fuhren. „Las Hayas ist sozusagen das Eingangstor zum Garten Eden Europas, dem Palmenparadies Valle Gran Rey.“

Nach wenigen Kilometern bot sich ihnen ein überwältigender Blick auf das Tal. Unzählige in sattes Grün getauchte Terrassen erstreckten sich über viele Kilometer hinunter bis zum Meer. Strahlend weiß getünchte Häuser, die aussahen wie kleine Würfel, schmiegten sich an die mit Palmenhainen bewachsenen Berghänge.

Don Alvarez nahm die Kurven sehr vorsichtig. Die Straße schlängelte sich über atemberaubende Abgründe hinab zum Meer. Laura starrte konsequent auf die Bergseite. Ihre Knie zitterten.

„Keine Angst, wir sind bereits im Paradies gelandet", scherzte Don Alvarez. „Hier gedeiht alles, Bananen, Papayas, Mangos, Avocados ..."

Laura würdigte die Plantagen, die sich unter ihnen ausdehnten, keines Blickes, starrte jetzt wie gebannt auf den Mittelstreifen der Straße.

„Dieses Tal ist nach König Hupalupa benannt worden, der in der zweiten Hälfte des fünfzehnten Jahrhunderts hier residierte. Dieser König plante, den verhassten Inselgrafen Hernán Peraza den Jüngeren zu ermorden. Da er befürchtete, sein Sohn würde diesen Plan verraten, hat er sein eigenes Kind erstochen. Diese abscheuliche, aber uneigennützige Tat hat ihm bei den Ureinwohnern den Ruf, der Größte zu sein, eingebracht. Das Wohlergehen seiner Untertanen ging ihm eben über alles."

„Das klingt ja nach einer griechischen Tragödie", warf Laura ein. „Oh nein, passen Sie auf!", schrie sie plötzlich, als ihnen in einer der beinahe Dreihundertsechzig-Grad-Kehren ein Bus entgegenkam.

Don Alvarez lenkte seinen Roadster elegant daran vorbei.

„Hier habe ich früher gewohnt", sagte er, als sie einen kleinen Ort etwa zweihundert Meter oberhalb der Küste erreichten. „La Calera gilt als das schönste Dorf der Insel“, fügte er leise hinzu.

„Traumhaft! Wieso sind Sie von hier weggezogen?“

„Eine lange Geschichte. Die erzähle ich Ihnen vielleicht später einmal.“

Sein schwermütiges Lächeln fand Laura sehr einnehmend. Mischas Anwalt gefiel ihr immer besser.

Es ging weiter steil bergab bis nach La Playa, einem modernen Badeort am Fuße eines wuchtigen Felsmassivs. Don Alvarez drehte eine Runde und nahm dann eine Nebenstraße, die wieder bergauf führte und bald in eine nichtasphaltierte Sackgasse überging.

Am Ende des Weges erblickte Laura auf einem sanften Hügel ein modernes, einstöckiges Gebäude, das von einer niedrigen Steinmauer umgeben und weit und breit das einzige Haus war. Don Juan María de Alvarez parkte vor dem offenstehenden schmiedeeisernen Gartentor, sprang aus dem Wagen und öffnete die Tür auf der Beifahrerseite.

Sie amüsierte sich über seine altmodischen Manieren, war aber froh, dass er ihren schweren Koffer bis zur Eingangstür brachte, denn auf Kieswegen funktionierten die Rollen nicht ordentlich.

„Sie werden einander viel zu erzählen haben. Hasta luego, señora Mars!“

Der Anwalt ging zurück zu seinem Wagen, machte eine Kehre, wirbelte jede Menge Staub auf und fuhr in höllischem Tempo die steile Straße hinunter.

War er die ganze Zeit wegen ihr so vorsichtig gefahren? Hatte ihr Vater ihm von dem Unfalltod ihres Mannes und ihrer daraus resultierenden Angst vor rasanten Autofahrten erzählt?

***

Ohne Sonne war es auf dem Schiff bitterkalt. Warum lag er nicht mehr hier, neben mir und wärmte mich mit seinem Körper? Hatte er nicht beteuert, dass er total verrückt nach mir sei und am liebsten jede Nacht mit mir verbringen würde?

Ich rappelte mich auf, war sehr wackelig auf den Beinen. Vorsichtig tastete ich, auf der Suche nach einem Lichtschalter, mit beiden Händen die Wände ab. Es gab kein Licht, nur Schwärze. Ich war in einem schwarzen Loch eingesperrt, das kaum größer war als zwei mal zwei Meter. Immerhin konnte ich aufrecht stehen. Die Decke befand sich allerdings höchstens zehn Zentimeter über meinem Kopf.

Boden und Decke gerieten auf einmal ins Schwanken. Ich bildete mir ein, das Rauschen des Meeres zu hören. Ich war also nach wie vor an Bord eines Schiffes, allerdings nicht mehr auf einer Segelyacht. Der ekelerregende Fischgestank deutete darauf hin, dass ich mich auf einem Fischkutter befand. Und zwar unten im Kühlraum, wo normalerweise der Fang gelagert wurde.

Aber wo war er? Spielte er ein sadistisches Spiel mit mir?

Ich rief seinen Namen.

Keine Reaktion.

Was war passiert, nachdem wir uns geliebt hatten? Waren wir gleich eingeschlafen oder hatten wir noch den Cava ausgetrunken und eine geraucht? Ich konnte mich einfach nicht mehr erinnern.

Plötzlich machte sich Angst breit. Quälende und zugleich lähmende Angst.

Ich wollte schreien, aber meine Stimme versagte.

5.

„Laura! Komm in meine Arme, mein Liebling“, vernahm sie die Stimme ihres Vaters hinter sich. Sie drehte sich um. Ein älterer Mann auf zwei Krücken stand in der Tür und strahlte sie an.

Laura ließ sich von seinem Aussehen nicht täuschen. Obwohl er einen Dreitagebart trug, sein weißes Haar fast bis zum Kragen seines Hawaiihemdes reichte und seine Jeans nach einer Waschmaschine schrien, war Mischa keineswegs ein typischer Althippie, sondern ein erfolgreicher Geschäftsmann. Mittelgroß, schlank, breite Schultern, schmale Hüften. In seiner Jugend hatte er Leistungssport betrieben, war sogar Wiener Juniorenmeister im Hundert-Meter-Brustschwimmen gewesen. Trotz der Hämatome auf seiner Stirn und seinem Kinn und dem gelblich verfärbten linken Auge sah er blendend aus. Er wurde Robert Redford immer ähnlicher, hatte allerdings weniger Falten als der Hollywoodschauspieler.

Mischa musterte sie ebenfalls. „Du hast dich verändert, bist noch schöner geworden. Aber irgendetwas stimmt mit deinem Gesicht nicht.“ Mehr sagte er nicht zu ihrem neuen Aussehen.

Flüchtig küsste sie ihn auf beide Wangen und ging mit ihm ins Haus.

Das Erdgeschoß hatte einen offenen Grundriss, bei dem Wohnzimmer, Esszimmer und Küche ineinander übergingen. Die Kücheninsel war durch eine brusthohe Mauer aus Natursteinen vom hellen, luftigen Wohnbereich getrennt. Im Vorraum gab es zwei Türen. Hinter der einen befand sich ein Bad, hinter der anderen eine Toilette. Vom Wohnzimmer aus führte eine geschwungene Treppe hinauf zu den Zimmern im ersten Stock.

Im Garten mit den subtropischen Pflanzen bemerkte Laura einen Swimmingpool, einen Grillplatz und sogar eine Sommerküche unter einem Vordach. Ganz schön protzig für einen ehemals linksliberalen Journalisten, dachte sie.

Er wollte ihren Koffer auf ihr Zimmer im ersten Stock bringen. Sie war schneller. „Du bleibst gefälligst hier unten", sagte sie und brachte ihr Gepäck selbst hinauf.

„Deines ist das erste nach der Treppe!", rief er ihr nach.

Das Gästezimmer sah gemütlich aus. Es war mit dunklen Möbeln im spanischen Landhausstil eingerichtet und verfügte über ein geräumiges Bad. Von den beiden Fenstern aus sah man zwischen den blühenden Sträuchern das Meer. Sie stellte ihre Sachen ab und ging wieder hinunter.

Das Panoramafenster im Wohnzimmer bot einen hinreißenden Ausblick auf die Küste. Kaum hatten sie auf der weißen Sitzlandschaft vor der Glaswand Platz genommen, erhob sich Mischa wieder und humpelte auf seinen Krücken ins Vorzimmer.

Er kam mit einem Sakko und einer Hose im Arm zurück und fing an, den Inhalt sämtlicher Taschen vor ihr auszubreiten. Ein Schlüsselbund, eine Minitaschenlampe, jede Menge Münzen und zusammengeknüllte Zettel, ein gebrauchtes Taschentuch, ein Lippenbalsam und zwei Kugelschreiber landeten auf dem Couchtisch. Schließlich fand er in der Brusttasche des Sakkos, was er gesucht hatte.

Mit verlegener Miene streckte er Laura zwei Fünfhunderteuroscheine hin. „Für deine Reisekosten. Mehr habe ich momentan leider nicht in bar zu Hause."

Geld, Geld, Geld, damit hatte er schon immer sein

schlechtes Gewissen zu beruhigen versucht. Sie nahm es an, ohne zu protestieren, denn sie pfiff aus dem letzten Loch. Für den Flug nach Teneriffa hatte sie Marlene um einen Vorschuss bitten müssen.

Durch die Glasfront hatte man einen grandiosen Blick auf das Meer und den gewaltigen Felsen, der über die Bucht von Valle Gran Rey wachte. In dem prachtvollen Garten vor dem Haus standen der blaue und brombeerfarbene Hibiskus und die orangen Strelitzien in voller Blüte. Selbst die fast mannshohen Kakteen blühten. Violette und lila Bougainvilleen, die so hoch wie Bäume waren, überwucherten die niedrigen Gartenmauern aus Naturstein.

Keine der üblichen gepflasterten Terrassen verunstaltete das kleine Paradies. Zwischen weißen und pinkfarbenen Oleandern und einem Teppich aus rot-orangen kanarischen Glockenblumen gab es entzückende Nischen, in denen zarte Tischchen und schmale Stühlchen zu einem romantischen Tête-à-Tête einluden. Unter schattenspendenden Palmen und Akazien warteten Liegen aus Teakholz auf ruhebedürftige Gäste.

Laura hätte sich gerne nach draußen gesetzt. Mischa meinte, es wäre zu heiß. Sie erinnerte sich an ihre Zeit in Griechenland. Auch dort hatten die Einheimischen, im Gegensatz zu den Touristen, die Mittagssonne eher gemieden.

„Unserer Haushälterin habe ich heute frei gegeben, damit wir beide ungestört miteinander reden können", sagte Mischa. „Die liebe Teresita fühlt sich als Teil der Familie, und das ist sie ja auch. Aber sie ist sehr temperamentvoll, mischt sich in alles ein. Teresita ist übrigens auch der gute Geist des *Saturn*. Sie kümmert sich um unsere Abonnenten und erledigt die ganze Büroarbeit. Möchtest du Kaffee?"

„Gerne. Soll ich ihn machen?“, fragte sie, als sie sah, wie schwer er sich beim Aufstehen tat.

„Nein, nein, von dieser ewigen Sitzerei werde ich ganz steif. Ich muss mich ein bisschen bewegen.“

Er hatte sich nicht geändert, war nach wie vor ein Getriebener, den seine innere Unruhe keinen Moment still sitzen ließ. Laura hatte ihren Vater nie anders erlebt als impulsiv, ungeduldig und umtriebig. Und ich bin ihm ähnlich, dachte sie leicht verärgert.

Als er den Kaffee und eine Karaffe mit Wasser brachte, sagte er: „Über dein Problem mit mir können wir ja später reden. Zuerst will ich dir erzählen, was passiert ist, okay?“

Eine rein rhetorische Frage. Zu einer Aussprache zwischen ihnen würde es nie kommen. Er war viel zu feige. Und wenn sie ehrlich zu sich selbst war, musste sie sich eingestehen, dass auch sie Angst vor einem offenen Gespräch über ihre komplizierte Beziehung hatte.

„In der letzten Ausgabe meiner Zeitschrift habe ich einen langen Beitrag über den Drogenschmuggel auf den Kanaren gebracht und einen zweiten scharfen Bericht über einen Bürgermeister, der wegen Korruption ins Gefängnis musste“, begann Mischa. „Der Überfall könnte mit einem der beiden Artikel in Zusammenhang stehen und eine Art Warnung gewesen sein. Das habe ich zumindest anfangs vermutet. Als dann Mona entführt wurde, ist mir klar geworden, dass nicht die Parteifreunde des Bürgermeisters dahinterstecken, sondern die Drogenmafia.“

„Und du bist dir absolut sicher, dass sie entführt wurde? Vielleicht hat sie dich verlassen? Don Alvarez hat gesagt, dass du keine Lösegeldforderung erhalten hast.“

„Eben. Ich habe noch nichts von diesen Banditen gehört. Genau das beunruhigt mich ja so. Ich fühle mich ohnmächtig, traue mich nicht, die Polizei zu verständigen oder selbst Nachforschungen anzustellen. Denen scheint es nicht um mein Geld zu gehen."

„Und du denkst, ich könnte dir helfen? Ich bin keine Privatdetektivin."

„Darum geht es nicht. Ich wollte dich einfach in meiner Nähe haben." Er stieß einen Seufzer aus.

Laura konnte sich vorstellen, wie schwer ihm dieser Satz über die Lippen gekommen war. Verbale Äußerungen seiner Bedürftigkeit oder Ängste waren nie seine Stärke gewesen. Er, der große Macher, schaffte normalerweise immer alles allein.

„Erzähl mir mehr über diese Drogensache."

„In den letzten Monaten haben sich die Drogendelikte auf den Kanaren gehäuft. Bei allem Verständnis dafür, dass sich die Leute zudröhnen wollen, um das ganze Elend zu vergessen, ist meine Wut über diese unverschämten südamerikanischen Drogenbarone, die unsere Inseln in einer Art Blitzkrieg erobert haben so wie einst die spanischen Konquistadoren, mächtig gestiegen."

„Unsere Inseln? Du bist Österreicher, Papa."

„Ich fühle mich eher wie ein Canario. Mit meinen engstirnigen, spießigen Landsleuten hatte ich nie viel gemein."

Laura, die ebenfalls vor einigen Jahren die Flucht aus der Alpenrepublik ergriffen hatte, fielen keine Gegenargumente ein. Sie hatte nicht vor, die Heimat großer Söhne zu verteidigen.

„Die Zahl der Drogentoten ist in den vergangenen Monaten auf den Kanaren enorm gestiegen", fuhr Mischa fort. „Ich habe in der vorletzten Ausgabe des *Saturn* eine Serie über die Drogengeschäfte der südamerikanischen Mafia angekündigt. Der erste Artikel ist Montag vor einer Woche erschienen. Am Mittwoch wurde ich zusammengeschlagen. Das war kein Zufall. Und auch Monas Verschwinden am Samstag danach hängt garantiert damit zusammen. Einer der beiden Typen, die mich überfallen haben, hat mir ins Gesicht gespuckt, als ich am Boden gelegen bin, und mir geraten, mein Maul zu halten, wenn mir mein eigenes Leben und das meiner Frau lieb wäre. Davon habe ich übrigens niemandem erzählt, nicht einmal Juan María."

„Warum nicht?"

„Weil mir die ganze Geschichte peinlich ist. Ich bin wie ein Idiot in eine Falle getappt. Als ich in der Bar hinter der Absperrung auf die Ankunft der Fähre gewartet habe, ist ein SMS gekommen. ‚Pier 4', stand darin. Die Nachricht kam wohl von einer dieser Internetseiten, von denen aus man anonym SMS verschicken kann, zumindest gab es keinen Absender. Da ich genügend Zeit hatte, bin ich zu dem Pier spaziert, der sich weit hinten, im einsamen Teil des Hafens, befindet. Es war noch hell. Kein Mensch war dort zu sehen. Alles Baustelle. Container, Baumaschinen und Schutt. Ich wollte Raoul, meinen Mitarbeiter auf Teneriffa, anrufen, ihn fragen, ob er einem seiner Informanten meine Telefonnummer gegeben hat, da habe ich plötzlich einen Schlag auf den Hinterkopf bekommen. Ich habe mich umgedreht und ziellos um mich geschlagen. Rein zufällig habe ich meinen Angreifer mitten im Gesicht getroffen. Fluchend hat er einen Zahn ausgespuckt. Damit war mein heldenhafter Kampf beendet. Ein zweiter Mann ist auf mich losgegangen. Als ich schließlich mit dem Gesicht voran am Boden gelandet bin, haben mich beide mit heftigen Tritten bearbeitet. Ich habe mich auf die Seite gerollt, versuchte aufzustehen. Ein harter Schlag hat mich an der linken

Schläfe erwischt und endgültig außer Gefecht gesetzt. Als mir mein Blut in die Augen getropft ist, habe ich jeden Widerstand aufgegeben. Man muss wissen, wann man keine Chance mehr hat.“

„Würdest du die Männer wiedererkennen?“

„Ich habe sie nur flüchtig gesehen. Einer war auffallend groß für einen Spanier. Er trug eine Baseballkappe, hatte sie tief in die Stirn gezogen. Mir ist ein goldener Ring an seinem rechten Ringfinger aufgefallen, dem ich wahrscheinlich die Platzwunde auf meiner linken Schläfe zu verdanken habe. Da war ein ungewöhnlicher pyramidenförmiger schwarzer Stein drauf, den ich jederzeit wiedererkennen würde. Der zweite Kerl war einen Kopf kleiner als der andere, ein richtiger Muskelprotz, mehr breit als hoch, Quadratschädel, Stiernacken und merkwürdige Froschaugen.“

„Hast du die Polizei verständigt?“

„Habe ich. Hat natürlich nichts gebracht. Ich habe den Bullen die gleiche Beschreibung von den Typen gegeben wie dir. Sie glauben, dass es sich um einen ganz gewöhnlichen Raubüberfall gehandelt hat, weil sie meine Tasche mit dem Laptop, in der auch meine Brieftasche steckte, mitgenommen haben. Mittlerweile bin ich aber überzeugt davon, dass die Männer es nur auf den Laptop abgesehen hatten, auf dem sich alle meine Recherchen über den Drogenschmuggel befanden. Sie haben nicht wissen können, dass ich meine Brieftasche dort drinnen hatte. Meine Hosentaschen und die Taschen meines Sakkos haben sie nicht durchsucht.“

„Und das hast du wortwörtlich auch der Polizei erzählt?“

„Ja, verdammt! Aber die Bullen auf den Kanaren sind die gleichen Idioten wie überall auf der Welt“, sagte Mischa gereizt. „Für sie war die Geschichte von Anfang an klar. Ein Raubüberfall auf einen wohlhabend aussehenden älteren Herrn! So was scheint in letzter Zeit keine Seltenheit auf Teneriffa zu sein. Sie werden sich nicht besonders anstrengen, die beiden Täter zu finden."

„Bravo, Papa, immer noch der große Revoluzzer!"

„Haut die Bullen platt wie Stullen", murmelte er grinsend.

„Jaja, ich erinnere mich. Dein Lieblingsspruch war ein anderer, lautete der nicht: ‚Wer zweimal mit derselben pennt, gehört schon zum Establishment'?"

„Ich habe diese blöden Sprüche von meinem Auslandssemester an der FU in Berlin mitgebracht. Als ich deine Mutter kennengelernt habe, bin ich zahm wie ein Hamster geworden."

„Du und zahm ..."

„Hast du nicht Hunger?", wechselte er das Thema. „Ich könnte uns ein Conejo en salmorejo aufwärmen, ein Kaninchen in einer Kräuter-Weißwein-Sauce. Oder hättest du lieber mariniertes Kaninchen? Meine Spezialität! Ich habe in der Kühltruhe ein zweites Karnickel."

„Lenk nicht ab. Ich will nichts essen, habe mit Don Alvarez unterwegs gespeist."

„Wo seid ihr eingekehrt?"

„Irgendwo im Urwald."

„Bei Doña Efigenia?"

„Nein, die hatte zu."

„Ich wärme mir jetzt das Kaninchen auf. Du kannst ja nachher entscheiden, ob du probieren möchtest oder nicht."

Er humpelte in die Küche. Stöhnend stützte er sich mit beiden Händen am Herd ab, als er den Schmortopf ins Backrohr schob.

„Soll ich dir helfen?“

„Nein, bleib sitzen, lass dich von deinem alten Vater ein bisschen verwöhnen.“

Das ließ sie sich nicht zweimal sagen. Ihr Vater war ein wunderbarer Koch. Allerdings hatte er sich früher selten fürs Kochen Zeit genommen, bis auf die Feiertage, da war er immer für das Menü zuständig gewesen.

Laura konnte dem herrlichen Duft der Sauce nicht widerstehen. Das Kaninchenragout schmeckte so gut, dass sie mehrmals von Mischas Teller naschte.

„Willst du nicht doch etwas?“

„Nein, danke.“

Er hatte zum Essen eine Flasche Rotwein geöffnet. Laura hatte bisher nur an ihrem Glas genippt. Sie hatte es während der letzten Monate in Wien geschafft, trocken zu bleiben, obwohl ihre Freunde nicht gerade Antialkoholiker waren.

6.

„Ich weiß, du kannst mir nicht verzeihen, dass ich nach dem Tod deiner Mutter nach Gomera ausgewandert bin“, sagte Mischa, als sie es sich nach dem Essen auf den Sofas bequem machten.

„Verdreh nicht alles. Nicht deine Flucht nach Gomera hat mich verletzt, sondern dass du so schnell nach Mamas Tod wieder geheiratet hast. War Mona, als Mama noch lebte, bereits deine Geliebte?“

„Nein! Ich habe Adriana nie betrogen, das musst du mir glauben. Sie war die große Liebe meines Lebens! Aber ich habe das Alleinsein nicht ertragen. Heute komme ich damit besser zurecht, denn im Grunde bin ich auch jetzt noch allein. Mona führt schon lange ihr eigenes Leben. Damals aber war ich so verzweifelt, dass ich dankbar war für jede Art von Aufmerksamkeit und Zuwendung. Egal von wem. Und Mona hat sich eben liebevoll um mich gekümmert, während du vollauf mit deinem überspannten und unreifen Ehemann beschäftigt warst."

Laura schwieg, starrte verbissen auf ihr halbvolles Weinglas. Nach dem Tod ihrer Mutter war sie selbst sehr verzweifelt gewesen, hatte nicht arbeiten können und mit letzter Kraft versucht, ihre kaputte Ehe zu retten. Mit ihrer Trauer hatte Lorenz jedoch noch schlechter umgehen können als mit ihren beruflichen Erfolgen.

„Nach Adrianas Tod habe ich mich auf riskante Geldgeschäfte eingelassen, und ich hatte Glück. Vielleicht weil mir alles scheißegal war?", fuhr Mischa fort. „Als Mona und ich nach Gomera gingen, war ich bereits ein vermögender Mann. Die globale Banken- und Finanzkrise hat auch auf den Kanarischen Inseln ihre Spuren hinterlassen. Als die Eurokrise 2009 den Immobilienmarkt in ganz Europa ins Taumeln brachte, habe ich zugeschlagen. Sowohl das kleine Haus an der Promenade im Valle als auch mein Anwesen hier oben waren echte Schnäppchen. Die Wohnung in Las Palmas auf Gran Canaria habe ich ein Jahr später erstanden. Mit dem restlichen Geld habe ich den *Saturn* gegründet, der mittlerweile schwarze Zahlen schreibt."

„Das hast du schon am Telefon gesagt."

„Verzeih, ich wiederhole mich, so wie alle alten Leute."

„Sei nicht so kokett! Du und alt ..."

Lächelnd fuhr er fort: „Wir sind keine Konkurrenz für den *Valle-Boten*. Diese höchst originelle deutschsprachige Zeitung gibt es schon länger auf Gomera als den *Saturn*. Wir kommen uns nicht in die Quere. Der *Saturn* zeichnet sich durch informative Artikel über gesellschaftspolitische Themen aus und hat einen umfangreichen Veranstaltungsteil. Tagespolitik klammern wir eher aus. Außerdem berichten wir über alle Kanarischen Inseln, nicht nur über Gomera. Die Zeitung ist bei deutschsprachigen Urlaubern sehr beliebt. Auch Skandinavier, Holländer und sogar Engländer kaufen sie wegen unseres ausführlichen Programmteils. Die Redaktion des *Saturn* befindet sich heute in Las Palmas. Auch deshalb verbringe ich die meiste Zeit dort." Er hielt kurz inne, um eine zweite Karaffe mit kaltem Wasser aus dem Kühlschrank zu holen.

Als er zurückkam, ließ Laura ihn weiter über seine Zeitung reden, obwohl sie lieber mehr über seine Ehe mit Ramona erfahren hätte.

„Mein Mann auf Teneriffa heißt Raoul. Seine Mutter ist Deutsche, seinen spanischen Vater hat er nie kennengelernt. Er war wohl das Resultat eines Urlaubsflirts. Raoul schreibt vorwiegend im Kulturteil und über die Gastronomie. Er ist auch zuständig für Teneriffa und Lanzarote. Momentan hat er eine Krise, wahrscheinlich weil er vor Kurzem vierzig geworden ist. Aber das ist nicht so wichtig. Um den Veranstaltungsteil und das Layout kümmert sich Harry. Er ist Wiener und von Beruf Grafiker. Vor allem aber ist er ein begnadeter Surfer und daher Spezialist für das Surferparadies Fuerteventura. Unser Schwerpunkt liegt jedoch auf Gran Canaria, Teneriffa und Gomera, über die anderen Inseln berichten wir seltener. Seit Kurzem erscheint der *Saturn* auch online. Das war Elviras Idee. Heutzutage funktioniert ja alles online, selbst Redaktionssitzungen. Während der Coronakrise haben wir seriöse Artikel über das Virus und die Schutzmaßnahmen gebracht. Elvira hat die Artikel ins Spanische übersetzt, dadurch haben wir die Zeitschrift auch für Einheimische attraktiv gemacht."

„Wer ist Elvira?"

„Doña Elvira Hernández-Flores ist sozusagen meine Chefin."

„Wie bitte?"

„Begonnen hat sie vor eineinhalb Jahren als meine Redaktionsassistentin in Las Palmas, nachdem sie wegen der Krise ihre eigene Tourismusagentur zusperren hatte müssen. Mittlerweile folgen beim *Saturn* alle ihrem Kommando. Selbst meine Mitarbeiter auf Teneriffa und in Las Palmas tanzen nach ihrer Pfeife. Und ich sowieso. Sie ist eine wahnsinnig tüchtige und sehr kluge Frau. Ein echter Glücksgriff. In kürzester Zeit ist sie mir unentbehrlich geworden. Du musst dieses hübsche, zierliche Persönchen, dem man all diese Energie gar nicht zutrauen würde, unbedingt kennenlernen."

„Höre ich da nicht nur Bewunderung für ihre Tüchtigkeit aus deinen Worten? Hast du etwa eine Affäre mit ihr?"

„Aber nein. Sie ist zu alt für mich."

„Wie alt?"

„Sechzig."

„Du bist und bleibst unverbesserlich."

Mischa erhob sein Glas und stieß mit ihr an: „Auf dich, mein Kind!"

„Prost", erwiderte Laura, nahm aber nur einen kleinen Schluck.

„Elvira ist übrigens von Beruf Übersetzerin und spricht sehr gut Deutsch. Teresita erledigt, wie gesagt, die Büroarbeit auf Gomera. Und Raoul hat in Santa Cruz de Tenerife ebenfalls eine Frau zur Seite gehabt.

Leider hat Antonia vor Kurzem gekündigt. Auch sie war außerordentlich engagiert."

„Drei Engel für Mischa", warf Laura ein.

„Könnte man sagen." Seinem charmanten Lächeln konnte nicht einmal Laura widerstehen, obwohl sie ihm einen strengen Blick zuwarf.

„Außerdem habe ich während der Krise erneut an der Börse zu spekulieren begonnen ..."

„Coronagewinnler!"

„Du bist genauso moralisch und politisch korrekt wie deine Mutter."

„Na und?", konterte sie, „ist das in deinen Augen etwas Verwerfliches?"

Er schenkte ihr nach.

„Es reicht!" Sie hielt eine Hand über ihr Glas. „Ich habe hart gekämpft, um mir dieses Scheißzeug abzugewöhnen. Wegen dir werde ich sicher nicht rückfällig. Ein Gläschen genügt!"

„Verzeih! Ich habe nicht gewusst, dass du ein Alkoholproblem hattest."

„Woher solltest du das auch wissen? Du weißt nichts, absolut nichts über mein Leben in den letzten Jahren, weil du dich eben nicht dafür interessiert hast."

„Das stimmt nicht! Ich habe dich unzählige Male angerufen und dir mehrere Mails geschrieben. Du hast weder abgehoben noch meine Mails beantwortet. Erst als dieser Coronaspuk ausgebrochen ist, hast du wieder mit mir geredet, besser gesagt, dich zu einer Art Smalltalk mit mir herabgelassen."

„Warum wohl ...? Aber lassen wir das. Überlegen wir lieber, was wir jetzt wegen Mona unternehmen sollen. Wäre es nicht doch gescheiter, die Polizei einzuschalten?"

Seit Ramonas Verschwinden waren vier Tage vergangen. Wenn ein Entführungsopfer nach vierundzwanzig Stunden nicht auftauchte, standen die Chancen schlecht. So hieß es zumindest immer in den Kriminalfilmen.

„Du hast seit Tagen nichts von deiner Frau gehört und findest es nicht der Mühe wert, die Polizei zu verständigen?"

Er zuckte mit den Schultern.

„Du spinnst komplett! Offensichtlich ist deine Kopfverletzung schlimmer, als die Ärzte angenommen haben."

„Ich traue den Beamten nicht über den Weg. Sie sind alle korrupt bis in die Knochen. Wer wird in Spanien schon Polizist? Nur ein Ultrarechter, das kannst du mir glauben. Denk an die bestialischen Verbrechen der Guardia Civil während der Franco-Diktatur. Die haben hier den Faschismus genauso im Blut wie wir Österreicher. Vergangenheitsbewältigung ist für die meisten Spanier der herrschenden Klasse und für ihre Handlanger, die Bullen, ein Fremdwort."

Entsetzt sah Laura ihn an, ging aber nicht auf seine harte Kritik ein, sondern fragte: „Warum, glaubst du, ist bisher keine Lösegeldforderung eingetroffen?"

„Das habe ich dir schon erklärt. Weil es den Entführern nicht ums Geld geht. Sie wollen mich zum Schweigen bringen. Ich habe bereits meinen Leitartikel über die lukrativen Drogengeschäfte auf den Kanaren in der nächsten Ausgabe gecancelt. Hoffe, das wird diese Leute etwas besänftigen. Wenn nicht ..."

„Wird dir nichts anderes übrig bleiben, als die Polizei ..."

Auch er ließ sie nicht ausreden. „Ich zerbreche mir seit Tagen den Kopf, was die Drogenmafia so aufgebracht haben könnte. Meine Artikel waren zwar sorgfältig recherchiert, aber im Grunde habe ich nicht viel Neues berichtet. In den kanarischen Zeitungen ist Ähnliches zu lesen gewesen."

Laura nahm ein gerahmtes Foto von der Kommode.

„Mona sieht heute noch toll aus", sagte sie neidlos.

Ramona war eine aparte Brünette. Sie hatte auffallend hohe Backenknochen und einen olivfarbenen Teint. Ihr rotgefärbtes Haar trug sie zu dem Zeitpunkt, als das Foto gemacht wurde, extrem kurz geschnitten. Auch figürlich hatte sie sich nicht verändert. Sie war eher der androgyne Typ, hatte wenig Busen und schmale Hüften.

„Was hat sie in den letzten Jahren gemacht? Hat sie die Zeitung mit dir gemeinsam aufgebaut? Sie war doch auch Journalistin."

„Wenn du das Verfassen einer Kolumne über die neuesten Modetrends für eine Frauenzeitschrift als Journalismus bezeichnen willst ..."

„Sei nicht so sexistisch!"

Ramona hatte für ein österreichisches Modejournal gearbeitet und war mit Laura und Marlene oberflächlich befreundet gewesen.

„Ihre Tipps, in denen sie unser Label mehrmals erwähnt hat, waren anfangs recht hilfreich für Marlene und mich. Über uns hast du sie ja auch kennengelernt. Tja, eure Affäre war allerdings weniger hilfreich für uns. Außerdem habe ich nie verstanden, warum du sie gleich heiraten musstest."

„Sie war schwanger."

„Waaas? Davon höre ich zum ersten Mal! War sie damals nicht schon Mitte vierzig?"

„Ja, es war ihre letzte Chance. Leider hat sie das Kind im dritten Monat verloren." Seine feuchten Augen widersprachen seinem lockeren Tonfall.

Laura beherrschte sich, nicht mit ihren Fingern durch sein dichtes Haar zu fahren. „Das tut mir wahnsinnig leid", sagte sie mitfühlend. „Ich hätte gern Geschwister gehabt."

Über Gefühle zu reden, gehörte nicht zu Mischas Stärken. „War es dir allein mit deinen Eltern zu fad?" Er griff nach seinem Glas.

„Allein mit Mama, wolltest du wohl sagen."

„Geht das wieder los? Ich gebe zu, ich war nie der Typ des treusorgenden Familienvaters."

„Männer, die im fortgeschrittenen Alter Vater werden, entwickeln oft sehr fürsorgliche Qualitäten."

„Könnten wir dieses Thema bitte sein lassen?"

„Natürlich, entschuldige bitte ... Was hat Mona also so getrieben, nachdem ihr ausgewandert seid? Hat sie dich treu umsorgt in eurem mondänen Zuhause? Bei euch sieht es aus wie auf der Titelseite von *Schöner Wohnen*. Ich nehme an, das ist ihre Handschrift. Für Möbel und solch bürgerlichen Kram hast du dich doch nie interessiert."

Sein Lachen entwaffnete sie. Obwohl sie seit ihren Gesichtsoperationen kaum mehr lachte, fiel sie in sein Gelächter mit ein.

„Den Zynismus hast du von mir", sagte er.

„Schon möglich. Aber jetzt erzähl. Ich will endlich mehr über Mona erfahren."

„Wo soll ich beginnen? Unsere Liebe hat nicht einmal bis zum verflixten siebten Jahr angedauert, nach zwei Jahren Ehe war im Prinzip alles vorbei. Seitdem leben wir mehr oder weniger getrennt. Ich verbringe die meiste Zeit in der Wohnung an der Playa de Las Canteras in Las Palmas. Auf Gomera bin ich nur mehr an Feiertagen und einigen Wochenenden. Mona wohnt in dieser Finca praktisch allein. In dem Haus an der Strandpromenade hat sie sich im Erdgeschoß eine Boutique eingerichtet. Sie liebt das Valle Gran Rey. Für mich ist das Landleben nichts."

„Das ist ja ganz was Neues." Laura wusste, dass ihr Vater ein unbekehrbarer Asphaltcowboy war.

„Mein Plan war ursprünglich, dass Mona in die Wohnung über ihrem Geschäft ziehen sollte. Die Finca wollte ich verkaufen. Doch die Wohnung war nicht nach Monas Geschmack, zu abgewohnt und zu klein. Als ich mir dort ein Büro einrichten wollte, hat ihr das auch nicht gepasst. Sie hat die Räume lieber an ihre Freundin Astrid vermietet."

„Mona hat eine Freundin? Schwer vorstellbar."

„Sei nicht so zynisch. Astrid ist eine deutsche Aussteigerin, die einst wegen eines Urlaubsflirts hier hängen geblieben ist. Sie hilft in Monas Laden aus, wenn Madame keine Lust hat zu arbeiten, und das war in letzter Zeit oft der Fall. Die Geschäfte im Valle sind übrigens fast alle in deutscher Hand."

„Hast du mit dieser Astrid schon wegen Mona gesprochen?", unterbrach Laura ihn.

„Telefonisch und nur kurz."

„Und was meint sie?"

„Keine Ahnung. Als ich gesagt habe, dass ich befürchte, Mona könnte etwas passiert sein, hat sie zu weinen begonnen. Heulende Frauen sind mir ein Gräuel, wenn du dich erinnerst. Ich habe gleich aufgelegt."

„Ich werde sie mir morgen vorknöpfen. Die beste Freundin einer Frau weiß meistens besser über alles Bescheid als der Ehemann."

„In unserem Fall bestimmt."

„Bist du nie auf die Idee gekommen, dass Monas Verschwinden nichts mit deinen Recherchen und Artikeln über die Drogenmafia zu tun haben könnte?"

„Und warum bin ich dann überfallen worden? Die Botschaft, die mir der Mann zugeflüstert hat, als ich mich vor Schmerzen am Boden gekrümmt habe, war eindeutig und nicht misszuverstehen."

***

Pralle Sonne. Unerträgliche Hitze strömte durch die offene Luke herein. War ich allein auf dem Boot? Trieb ich auf den Atlantik hinaus? Mein Herz klopfte bis zum Hals. Ich musste hier raus. Verzweifelt versuchte ich aufzustehen. Meine Beine waren schwer wie Blei und in meinem Kopf drehte sich alles.

Kraftlos ließ ich mich zurück auf die stinkende Matratze sinken, versuchte, mir all die Meditationsübungen, die ich mir in sauteuren Kursen angeeignet hatte, ins Gedächtnis zu rufen. Es funktionierte nicht.

Von Deck drangen plötzlich Stimmen zu mir herunter. Fremde Stimmen. Ich konnte nicht genau verstehen, worüber die Männer sprachen. Mein Spanisch war nicht besonders gut. Ich begann zu schreien, schrie mir die Lunge aus dem Leib.

Die Stimmen an Deck verstummten. Die Luke wurde geschlossen.

Kurz danach vernahm ich das Geräusch eines Motors. Der Dieselgestank verschlimmerte meine Kopfschmerzen. Ich strengte mich an, bei Sinnen zu bleiben, hätte mich aber am liebsten in einen langen, tiefen Schlaf geflüchtet.

Wie war ich bloß auf diesen Kahn gekommen? War ich Piraten in die Hände gefallen? Hatten sie die Yacht überfallen, meinen Lover über Bord geworfen und mich gekidnappt? Ich hatte mal irgendwo gelesen, dass es vor allem in der Karibik häufig zu Überfällen auf Segelyachten kommt. Waren sie inzwischen bis auf die Kanaren vorgedrungen?

Kein Mensch weit und breit, der mir meine Fragen beantworten würde. Wimmernd wiederholte ich mehrmals seinen Namen. Wo war er bloß abgeblieben? Hatten meine Entführer ihn ermordet? Oder steckte er mit ihnen unter einer Decke? Hatte er mich ihnen freiwillig übergeben? Es war doch alles nur ein blöder Scherz gewesen. Er konnte es nicht ernstgenommen haben. So dumm war er nicht. Allerdings würde es zu ihm passen, dass er die Drecksarbeit von anderen erledigen ließ. Ich musste mir eingestehen, dass ich in letzter Zeit ein besonderes Händchen für Mistkerle hatte. Zuerst dieser junge, arrogante Möchtegern-Pulitzerpreisträger, der es nicht der Mühe wert gefunden hatte, persönlich mit mir Schluss zu machen, sondern mich per SMS abserviert hatte. Und nun dieser verdammte Schönling ...

„Hilfe!", schrie ich noch einmal, so laut ich konnte.

7.

„Madre mía!" Der Schrei kam aus der Küche.

Laura stand mit einem langen dunkelblauen T-Shirt bekleidet im Torbogen zur Küche. Entsetzt starrte sie auf das Fleischmesser in der Hand einer Hundertzwanzigkilofrau mit zerrauftem schwarzem Haar und dunkelbraunem Teint.

Ehe Laura ihre Sprache wiederfand, ließ die Frau das Messer in die Abwasch fallen, wischte sich die Hände an ihrer Schürze ab und kam mit ausgestreckten Armen auf sie zu.

„Verzeih, du hast mich erschreckt. Du musst seine Tochter sein. Ihr seht euch sehr ähnlich, die gleichen Augen, die gleiche hohe Stirn ..."

„Teresita?", fragte Laura zögernd.

„Wir haben schon öfter miteinander telefoniert, erinnerst du dich?“

Die hohe, mädchenhaft klingende Stimme passte so gar nicht zu dem mächtigen Körper. Laura hatte angenommen, die Haushälterin ihres Vaters wäre eine schlanke, kleine Spanierin, denn ihr Vater hatte eine Vorliebe für zarte Frauen.

Teresita trug ein raffiniertes, wadenlanges, tief ausgeschnittenes Kleid in kräftigen Rot- und Orangetönen, das Laura sofort zu einer neuen Kollektion von Strandklamotten für Mollige inspirierte. Bevor sie ihr noch ein Kompliment für das schöne Kleid machen konnte, sagte die junge Frau: „Komm, ratoncita, ich habe draußen für dich gedeckt.“

Hatte sie richtig gehört? Hatte Teresita sie „Mäuschen“ genannt?

Laura hatte neun Stunden durchgeschlafen, trotzdem fühlte sie sich wie gerädert. Anscheinend war sie an die anregende salzige Meeresluft nicht mehr gewöhnt.

***

Der runde Mosaiktisch im Garten quoll über vor Köstlichkeiten. Frische Früchte, Schafsjoghurt, Palmenhonig, Käse, Serrano-Schinken und ein Omelette.

Teresita fragte, ob etwas fehlen würde. Laura schüttelte den Kopf.

„Schläft mein Vater noch?“

„Nein, ich habe ihn in der Früh zur Physiotherapie gebracht. Er wartet auf dich in seinem Stammcafé auf der Promenade. Frühstücke erst einmal in aller Ruhe. Vor elf Uhr ist da unten nichts los.“

„Und du isst nichts?“

„Nein, ich bin auf Diät, mache gerade Intervallfasten, esse immer sechzehn Stunden lang nichts. Ich habe bereits acht Kilo abgenommen. Bei meinem Übergewicht merkt man das kaum“, sagte sie grinsend. „Aber ich setze mich gerne ein bisschen zu dir.“

„Kaffee?“, fragte Laura und wollte ihr einschenken.

„Nein, danke! Ohne Zucker schmeckt er so bitter.“ Teresita verzog angeekelt das Gesicht.

Laura, die nicht so rasch mit jemandem warm wurde, fand die kugelrunde Haushälterin auf Anhieb sympathisch. Während sich Teresita beklagte, dass Mischa fast nie frühstückte, meistens nur Kaffee trank und sich dann in seinem Lieblingscafé den Bauch mit Süßigkeiten vollschlug, musterte Laura sie unauffällig.

Wie bei den meisten dicken Menschen war Teresitas Gesicht fast faltenlos. Ihr Körper war rund und fest, das Becken ausladend und der Hintern riesig. Die Schultern waren jedoch schmal und die Brüste eher klein. Ihr dunkler Teint und das kinnlange schwarze, krause Haar, das sich nicht so leicht bändigen zu lassen schien, brachten Laura auf den Gedanken, dass Teresita von den Ureinwohnern der Inseln, den Gomeros, abstammen könnte. Sie hatte sich während des langen Fluges in einem Reiseführer ein bisschen schlau über die Inseln im Atlantik gemacht, die ursprünglich von nordafrikanischen Berbern besiedelt worden waren.

Teresita schien Gedanken lesen zu können. „Meine Mutter ist Kubanerin. Mein Vater behauptet, Nachfahre eines Altkanariers zu sein“, sagte sie. „Von ihr habe ich die Figur, von ihm Haare und Gesicht.“

„Oh, und warum sprichst du so gut Deutsch?“

„Nach der Schule haben mich meine Eltern zum Geldverdienen nach Deutschland geschickt. Ich habe sieben Jahre lang in München in einem Restaurant gearbeitet, zuerst als Küchenhilfe, später im Service. Leider bin ich schriftlich sehr schlecht in Deutsch, obwohl Mischa viel Geduld mit mir hat. Er ist ein ausgezeichneter Lehrer!"

Dieser Meinung war Laura ganz und gar nicht. Mit Schaudern erinnerte sie sich an ihre Schulzeit zurück, als Mischa ihr Nachhilfe in Mathe und Latein gegeben hatte. Schon damals hatten sie ständig miteinander gestritten.

„Mischa stellt mich seinen Besuchern oft als seine Privatsekretärin vor", sagte Teresita stolz. „Dabei erledige ich höchstens einfache Büroarbeiten, wie Kopieren und Scannen. Seit Kurzem lässt er mich auch Inserenten keilen. Am Telefon mache ich mich ganz gut", sagte sie.

Ah, da war wieder dieses Kokette in ihrer Stimme. Laura konnte sich vorstellen, dass Teresita mit ihrer liebenswürdigen Art so manchen Geldgeber für das Blatt an Land zog.

„Du isst wie ein pichoncita, ein Vögelchen. Schmeckt dir mein Omelette nicht? Ich habe extra viel Kräuter hineingegeben."

Amüsiert über die netten Kosewörter, mit denen Teresita sie bedachte, beeilte sich Laura, das Omelette aufzuessen. Von der Süßspeise, einer Art Kuchen, der in Palmensirup schwamm, kostete sie nur ein kleines Stück. Den Rest ließ sie stehen.

Mischas Haushälterin war vierunddreißig Jahre alt, zehn Jahre jünger als sie selbst, behandelte sie aber wie ein Kind. Bestimmt war sie auch Tratsch und Klatsch nicht abgeneigt.

Geschickt lenkte Laura das Gespräch auf Ramonas Entführung. Teresitas Gesicht verdunkelte sich.

„Die ist nicht entführt worden, sondern wieder einmal abgehauen. Schon früher ist die Madame manchmal für zwei, drei Tage weg gewesen, ohne eine Nachricht zu hinterlassen."

„Tatsächlich?"

„Sie ist eine puta. Pardon. Ich sollte nicht schlecht über meine Chefin reden. Ihr habt auf Deutsch einen anderen, netteren Ausdruck für diese Art von Frauen. Fliege? Nein, Fli... Fli..."

„Du meinst Flittchen?"

„Genau. Sie kann ihre Finger nicht von anderen Männern lassen. Am liebsten treibt sie es mit Verheirateten. Sie denkt nicht im Traum daran, Mischa zu verlassen, deshalb kommen ihr verheiratete Männer sehr gelegen. Ehebruch ist bei uns auf Gomera aber kein Spaß. Die Frauen im Valle hassen und fürchten sie. Von denen würde keine in ihrem Laden einkaufen. Außerdem könnten sie sich diese Klamotten sowieso nicht leisten."

„Und mein Vater duldete ihr Verhalten? Oder weiß er nichts davon?"

Teresita zuckte mit den Schultern. „Er ist eben ein feiner Mensch."

Na ja, dachte Laura. Gar so fein hatte sie ihren Vater nicht in Erinnerung. Zwischen ihren Eltern waren früher oft die Fetzen geflogen. „Heute haben wir Mittwoch. Mona ist am Samstag verschwunden. War sie öfter so lange weg?"

„Eigentlich nicht. Mischa macht sich ernsthaft Sorgen, aber ich vermute, dass sie bald wieder auftauchen wird. Frisch geliftet oder mit einer neuen Kollektion aus Spanien für ihr Geschäft. Sie hat die vielen Monate, in denen wir strengste Ausgangsbeschränkungen hatten, schlecht ertragen. Bestimmt ist sie irgendwohin geflogen."

„Und warum hat sie Mischa das nicht gesagt? Er hätte sicherlich Verständnis dafür gehabt."

„Vielleicht weil sie nicht allein verreist ist? Rede lieber mit Astrid. Du findest sie in Monas Laden unten an der Promenade."

„Ist sie okay?"

„Na ja, sie ist ein bisschen verrückt, rennt dauernd in langen, wallenden Kleidern herum und ist ständig eingeraucht. Früher hat sie bei einem deutschen Privatsender gearbeitet, eine Late-Night-Show moderiert, in der sie psychologische Ratschläge für alle Lebenslagen erteilt hat. Meistens ging es um sexuelle Probleme. Sie hat eine tiefe, erotische Stimme, um die ich sie beneide. Manchmal lässt Mischa sie eine Glosse für seine Zeitschrift schreiben."

„Über sexuelle Probleme?"

„Por Dios! No, no", kicherte Teresita. „Sie erteilt praktische Tipps für den Anbau von Heilkräutern und die Herstellung von Salben gegen alle möglichen Wehwehchen."

„Klingt sympathisch."

„Das ist sie auch. Allerdings hat sie komische Freunde. In letzter Zeit treibt sie sich mit einem windigen Typen herum. Er ist ein cabrón, ein richtiger Scheißkerl! Soviel ich gehört habe, besitzt er einige dubiose Lokale auf Teneriffa und will jetzt bei uns im Valle Fuß fassen. Angeblich hat er seine schmutzigen Finger auch im Rauschgiftgeschäft."

8.

Gegen Mittag fuhr Laura mit Ramonas Minicabrio nach La Playa. Sie traf ihren Vater in seinem Stammcafé in einer Runde weißhaariger Männer an. Vor ihnen türmten sich leere Bier- sowie Schnapsgläser und überquellende Aschenbecher.

Mischa nippte an einem Glas Wasser. Er war kein großer Trinker. Alkoholgefährdet war eher Lauras Mutter gewesen. Vor allem in den letzten Jahren, als sie schon krank war, hatte sie oft versucht, mit harten Getränken ihre Schmerzen zu bekämpfen. Weder Laura noch ihr Vater hatten über ihre Krankheit Bescheid gewusst und sie ständig wegen ihres Alkoholkonsums kritisiert. Deshalb litt Laura bis heute unter Schuldgefühlen. Der Tod ihrer Mutter war es auch, der Laura an der Seite ihres Mannes selbst regelmäßig zur Flasche greifen ließ.

Sie war ein bisschen enttäuscht, nicht auch Don Juan María de Alvarez in Gesellschaft ihres Vaters vorzufinden. Obwohl die alten Männer sie aufforderten, sich zu ihnen zu setzen, wollte sie gleich wieder gehen.

Die Besitzerin des Cafés kam an den Tisch und begrüßte Laura herzlich. „Und das ist deine Tochter? Lass dich ansehen, guapa." Mit ihren rundlichen Armen hielt sie Laura ein Stückchen von sich weg und musterte sie von oben bis unten. „Du bist ja eine richtige Schönheit! Bist du dir sicher, Mischa, dass sie deine Tochter ist?"

Laura, die diese einfachen Sätze auf Spanisch verstanden hatte, begann zu lachen. Dabei verzerrte sich ihr Gesicht zu einer hässlichen Grimasse.

„Nein, danke, ich möchte nichts", sagte Laura zu der Wirtin, die erschrocken zusammenzuckte.

In diesem Moment näherte sich eine ältere, stark geschminkte, Frau, die ihr Haar unter einem knallgelben Turban verborgen hatte, dem Tisch. „Mischa,

Schätzchen, hier versteckst du dich also. Wie geht es Mona? Ich habe lange nichts mehr von euch gehört. Und wer ist die Lady an deiner Seite? Eine neue Flamme? Willst du sie mir nicht vorstellen?“

Das falsche Grinsen, das sie Laura schenkte, brachte diese fast wieder zum Lachen. Sie konnte sich gerade noch beherrschen und sagte mit ernster Miene: „Mischa, Schatz, ich hätte doch gerne ein Mineralwasser.“

Leider verdarb Mischa ihr den Spaß, indem er diese schrille Person darüber aufklärte, dass Laura seine Tochter war.

„Oh, Verzeihung, ich dachte ...“, stammelte die Deutsche.

„Vielleicht solltest du weniger denken und mehr schreiben, liebe Greta. Wie kommst du mit deinem neuen Roman voran? Wolltest du mir nicht ein paar Seiten zum Vorabdruck schicken?“

„Ach, ich komme zu nichts, habe momentan nichts als Ärger mit diesen Idioten hier, habe sogar meinen Gärtner rauswerfen müssen. Stell dir vor, er hat meine Rosen mit Unkrautvernichter gedüngt.“

Laura verdrehte die Augen.

Zum Glück bot Mischa Greta keinen Stuhl an seinem Tisch an. „Ruf an, wenn du was Lesbares für mich hast, okay?“, beendete er ihren Wortschwall.

Sie blieb noch ein paar Sekunden unschlüssig stehen, bevor sie sich mit einem „Man sieht sich!“ verabschiedete.

„Wer ist diese exaltierte Person?“, fragte Laura, nachdem sich Greta außer Hörweite befand.

„Eine Bestsellerautorin aus Frankfurt, die seit vielen Jahren mehr als die Hälfte des Jahres hier verbringt. Sie schreibt eine schnulzige Familiensaga nach der anderen. Die Leute scheinen ihre Kitschromane zu lieben. Sie verdient ein Vermögen damit."

„Ich wollte eigentlich nur rasch Monas Freundin Astrid besuchen", sagte Laura.

„Ich komme mit."

„Nein, bleib sitzen. Frauen reden offener miteinander, wenn sie unter sich sind."

Sie zwinkerte ihm zu, verabschiedete sich von den alten Männern und ging zu Ramonas Boutique, die sich nur ein paar Schritte entfernt von dem Café befand.

***

Die Tür des Ladens stand sperrangelweit offen. Eine attraktive Frau um die fünfzig mit einem beeindruckenden schwarzen Wuschelkopf begrüßte Laura freundlich, als sie den Laden betrat. Ihre üppige Figur verbarg sie unter einem bodenlangen nordafrikanischen Kaftan. Schwere Berberketten aus Amber, Korallen und Türkisen bedeckten ihr sehenswertes Dekolletee.

Laura warf einen Blick auf die reduzierten Klamotten an einem Kleiderständer mitten im Raum. Zu bunt und nur was für Magersüchtige, dachte sie und stellte sich vor: „Ich bin Laura Mars, die Tochter von Mischa Mars."

„Oh, ich habe schon von dir gehört."

Bestimmt nichts Gutes, dachte Laura. Zwischen Ramona und ihr herrschte seit zehn Jahren Funkstille.

„Mona hat nicht oft von dir gesprochen."

„Wir stehen uns nicht sehr nahe", murmelte Laura.

„Ich weiß. Du bist Designerin, nicht wahr? Wie findest du unsere Sachen?"

Laura wurde einer Antwort enthoben, da in diesem Moment eine sonnengebräunte Frau mit kurzen, auffallenden, platinblond gefärbten Haaren das Geschäft betrat.

Als die Frau die verbilligten Teile auf der Stange durchsah, verfinsterte sich ihre Miene. „Haben Sie denn gar nichts in unserer Größe?“, fragte sie auf Deutsch. Dabei musterte sie die mollige Astrid, die mindestens Größe 46 benötigte, von oben bis unten.

„Hinten hängen ein paar größere Teile.“ Astrid deutete auf den Vorhang zum Lager und beachtete die Frau nicht weiter.

Laura hatte volles Verständnis für den Ärger der Kundin. Sie selbst war schlank, hatte aber Busen und Po, und da sie lockere, weite Kleidung bevorzugte, trug sie meistens Größe 40 oder Medium. In Ramonas Laden schien es nur XS- und S-Klamotten zu geben.

„Darf ich Ihnen ein paar Sachen zeigen?“, fragte Laura die Deutsche, die wieder gehen wollte.

Tatsächlich hingen auf einem Boy hinter dem Vorhang durchaus passable Strandkleider in Größe Large und farbenfrohe gemusterte Oberteile im Ponchoschnitt.

In Windeseile schnappte sich Laura ein Kleid und zwei Oberteile und hielt sie sich abwechselnd vor den Körper.

„Probieren Sie die mal. Alle drei würden Ihnen hervorragend stehen. Das orange Oberteil passt perfekt zu Ihren grünen Augen, und in dem goldfarbenen wadenlangen Strandkleid würden Sie blendend aussehen. Das rote Seidenhemd ist eventuell zu gewagt. Obwohl … Sie haben eine schöne Bräune, könnten daher etwas Rotes riskieren. Rot ist übrigens die Lieblingsfarbe aller Männer.“

Die Deutsche verließ den Laden mit dem gewagten roten Seidenhemd und dem langen, goldfarbenen, sündhaft teuren Strandkleid.

„He, du bist ja eine richtig talentierte Verkäuferin! Von dir könnte ich glatt noch was lernen“, sagte Astrid.

„Stell den Ständer mit den größeren Klamotten nach vorne oder auf die Straße. Bisher habe ich hier fast nur Frauen mit normaler Figur oder Übergewichtige gesehen. Die paar spindeldürren Girlies am Strand haben sowieso kein Geld.“

„Sag das nicht, die haben oft wohlhabende ältere Freunde.“

„Nicht hier! Im Valle treiben sich doch vorwiegend Althippies oder solche, die damals gern dabei gewesen wären, herum, und die sind fast alle überwuzelt.“

„Überwuzelt“, kicherte Astrid, „das ist wieder einer dieser charmanten österreichischen Ausdrücke. Passt auch auf mich, oder?“

„Klingt jedenfalls netter als vollschlank.“ Laura klopfte ihr freundschaftlich auf die Schulter.

„Möchtest du ein Glas Cava?“

„Nein danke, aber gegen einen Kaffee hätte ich nichts einzuwenden.“

Astrid schaltete eine knallrote Espressomaschine ein und schlug vor, sich nach draußen zu setzen.

Gegenüber der Boutique war ein weiß gekalktes Mäuerchen, das die Promenade vor der Brandung schützte. Astrid stellte ihr Sektglas auf den Boden, drehte sich einen Joint und bot Laura einen Zug an.

„Erst nach Sonnenuntergang“, scherzte Laura. Sie hatte sich nie viel aus Gras gemacht.

Die Gischt spritzte über die Mauer. Beide Frauen schien die kleine Abkühlung nicht zu stören.

Astrids Sorge um ihre Freundin hielt sich in Grenzen. Sie glaubte genauso wenig wie Teresita an eine Entführung, vermutete eher, dass Ramona nach einem heftigen Streit mit Mischa, nach seiner Rückkehr aus dem Spital, abgehauen war.

„Er hat mir gegenüber nichts von einem Streit erwähnt."

„War ihm vielleicht unangenehm. Die beiden haben häufig gestritten. In letzter Zeit war sogar von Scheidung die Rede. Nicht Mona, sondern Mischa wollte sich scheiden lassen. Hat er dir das nicht erzählt?"

Laura antwortete nicht, hoffte, Astrid würde ihr mehr über die zerrüttete Ehe ihres Vaters verraten.

Astrid zog genüsslich an ihrem Joint.

„Du meinst, sie könnte ihm mit ihrem Verschwinden Angst einjagen wollen?"

„Tja, möglich wäre es."

„Mein Vater hat gesagt, dass Mona bei seiner Rückkehr nicht mehr da war."

„Und du glaubst, dass Männer immer die Wahrheit sagen? Verzeih, wir reden von deinem Vater. Aber selbst er ist nur ein Mann."

„Du hast recht", kicherte Laura und musste unwillkürlich an die fadenscheinigen Ausreden und sogenannten Notlügen denken, die sich Mischa früher ihrer Mutter und auch ihr selbst gegenüber einfallen hatte lassen. „Wohin könnte sie sein? Aufs spanische Festland oder gar nach Österreich?", fragte sie.

„Das glaube ich nicht. Sie hätte mir Bescheid gegeben. Aber sie hat nur erwähnt, dass sie am Wochenende segeln gehen oder in einem Wellnesshotel ein bisschen Kraft tanken möchte. In letzter Zeit fühlte sie sich oft ziemlich ausgelaugt. Nicht nur dein Vater kann sehr anstrengend sein ..."

„Sprich ruhig weiter. Ich weiß, dass sie zahlreiche Affären gehabt hat. Gab es Schwierigkeiten mit einem ihrer Lover?"

„Ich fürchte, ja. Sie hatte sich mit einem jüngeren Mann eingelassen, war schwer verliebt. Der Typ wollte nach ein paar Nächten nichts mehr von ihr wissen, hat per SMS die Affäre beendet. Das hat sie nicht verkraftet. Mona ist, im Gegensatz zu mir, nicht daran gewöhnt, verlassen zu werden. Normalerweise wird sie ihrer Liebhaber überdrüssig. Als nun auch ihre Ehe zu scheitern drohte, habe ich ihr erklärt, dass sie lernen muss loszulassen, denn Loslassen ist der einzig wahre Weg zum Glück ..."

„Wo könnte sie hin sein?", unterbrach Laura sie.

„Vielleicht nach El Cabrito? Das ist eine Ferienkolonie, nicht weit von San Sebastián. Sie hat dort Yoga- und Meditationskurse besucht und auch mal eine Urschrei-Therapie gemacht."

„Ist das nicht die ehemalige Kommune von Otto Muehl?"

„Ja. Die heutigen Besitzer haben nichts mehr mit dieser AAO-Kommune zu tun, obwohl ich glaube, dass sie Nachkommen der ehemaligen Kommunarden sind. Jedenfalls hat sich diese kleine Oase direkt am Wasser zu einem beliebten Feriendomizil entwickelt. Auch ich fahre hin und wieder für ein paar Tage hin, um mich zu entspannen. Die Schwingungen dort sind überaus positiv."

Laura dachte an das Bild von Otto Muehl im Wohnzimmer ihres Vaters und an die beiden Zeichnungen des Künstlers und Sektengurus, die auf der Gästetoilette hingen.

„Mein Vater hat diesen österreichischen Maler, der wegen sexuellen Missbrauchs Minderjähriger verurteilt wurde, gekannt und ihn nicht ausstehen können", sagte Laura.

„Mona hat ihn richtiggehend verehrt, obwohl sie

ihn nicht persönlich gekannt hat. Das Ölbild in der Finca war ein ewiger Streitpunkt zwischen ihr und deinem Vater. Er hat mal gesagt, es gehöre ebenfalls aufs Scheißhaus."

Mischa ist also noch nicht völlig plemplem, dachte Laura und musste sich das Lachen verkneifen.

9.

Als Laura ihren Vater aus seinem Stammcafé abholte, verzog er beim Einsteigen in den niedrigen Mini das Gesicht vor Schmerz. Zu Hause angekommen legte er sich sofort hin.

Auch Laura hielt Siesta, warf sich angezogen auf ihr Bett und griff nach einem der Bücher auf ihrem Nachtkästchen. In der Autobiografie von Agatha Christie steckte ein Lesezeichen. Sie schlug die Seite auf und las: „Für mich ist Las Palmas immer noch der ideale Ort, um die Wintermonate zu verbringen."

Amüsiert vertiefte sie sich in die Beschreibungen von Las Palmas. Die berühmteste Kriminalschriftstellerin aller Zeiten war in den Sechzigerjahren mit ihrer Tochter und ihrer Entourage in einem Hotel namens *Metropol*, gegenüber der Santa Catalina Beach, abgestiegen. Vorher hatte die Dame in Puerto de la Cruz auf Teneriffa im *Gran Hotel Taoro* das milde Klima genossen.

***

Abends grillte Teresita Fisch auf der Terrasse, blieb aber nicht zum Essen. „Ich habe ein Date", sagte sie verschmitzt.

„Ich liebe sie. Teresita ist wie eine zweite Tochter für mich", sagte Mischa augenzwinkernd, nachdem sie gegangen war. „Und du wirst es nicht glauben, sie hat jede Menge Verehrer, trotz ihres enormen Leibesumfangs."

„Tja, viel mehr Männer, als du denkst, haben eben gerne etwas in der Hand", scherzte Laura.

Don Juan María de Alvarez rief während des Essens an. Mischa lud ihn ein, vorbeizuschauen. Als er nach einer Stunde daherkam, stellte Laura irritiert fest, dass er wieder seinen teuren Anzug und sein dunkelgraues Mascherl trug.

Mischa bot an, ihm ein paar Garnelen auf den Grill zu legen. Salat war noch genügend da. Don Alvarez lehnte dankend ab, wollte nur ein Gläschen Wein und erwähnte, dass er morgen nach San Sebastián fahren müsse.

Laura fragte ihn, ob er sie mitnehmen würde. „Ich möchte unbedingt nach El Cabrito. Vielleicht weiß man dort etwas über Monas Verschwinden." Dass sie schlicht und einfach neugierig war, sich die Überreste der einstigen geheimnisumwitterten Kommune anzusehen, behielt sie für sich.

„In El Cabrito habe ich schon angerufen. Mona ist nicht bei ihnen", sagte Mischa gereizt.

„Am Telefon kann man schnell jemanden abwimmeln. Ich will mit den Leuten unter vier Augen sprechen."

Don Alvarez zögerte, sah abwechselnd Mischa und Laura an und erklärte sich schließlich bereit, sie mitzunehmen. „Ich muss Ihnen gleich sagen, dass ich keinesfalls in dieser Ferienkolonie übernachten kann, da ich am frühen Abend noch einen zweiten Termin in San Sebastián wahrnehmen muss."

„Don Juan María wird seinem Namen nicht gerecht, musst du wissen. Er hat Angst vor den libertinären Frauen in El Cabrito. Angeblich sind die meisten Urlauberinnen alleinstehend und sexuell unbefriedigt, vor allem, seit der Meister das Zeitliche gesegnet hat", unterbrach Mischa ihn.

Ein gequältes Lächeln umspielte Don Alvarez' sinnlichen Mund.

Laura ging nicht auf Mischas Scherz ein. „Ich werde Sie nicht stören", sagte sie zu Don Alvarez. Im Grunde brauchte sie nur jemanden, der sie in dieses Feriencamp brachte. Laut ihrem Reiseführer war es nicht so leicht zu erreichen, angeblich nur per Boot oder nach stundenlanger beschwerlicher Kletterei über die Berge.

„Oh, es ist spät, ich muss los", sagte Don Alvarez nach einem Blick auf seine Breitling und sprang auf.

„Du bist und bleibst unmöglich, Papa!", schimpfte Laura, nachdem der Wagen des Anwalts aus ihrem Blickfeld verschwunden war. „Er scheint ein sensibler, feiner Mensch zu sein, wie hast du ihn nur so vor mir bloßstellen können?"

„Ach komm, das muss dieser Hidalgo aushalten."

„Hidalgo?"

„Ein Adeliger von niederem Geschlecht. Bei uns hat man diese Leute früher Edelmann oder Junker genannt. Juan María und ich waren einmal gemeinsam in El Cabrito. Ich wollte dort ein bisschen recherchieren. Inkognito natürlich. Der Muehl hat eine interessante Bibliothek hinterlassen. Na, jedenfalls waren all die alternativen Ladys ganz scharf auf unseren Caballero. Juan María hat auf der Terrasse der Kantine auf mich gewartet. Als ich zurückgekommen bin, habe ich ihn aus einer Runde von sechs, sieben Frauen befreien müssen. Auf der Rückfahrt war er vollkommen fertig und hat beteuert, diesen Ort nie mehr betreten zu wollen. Es wundert mich, dass er sich heute bereit erklärt hat, dich dorthin zu bringen."

„Wahrscheinlich fühlt er sich in meiner Gegenwart sicherer. Ich glaube, er vertraut mir. Ich werde ihn besser beschützen als du."

Während sich beide genüsslich über das Eis hermachten, das Mischa aus dem Kühlschrank geholt hatte, kam er wieder auf den Überfall im Hafen von Santa Cruz zu sprechen.

„Auf dem gestohlenen Laptop befanden sich, wie gesagt, alle meine Recherchen. Die Kanarischen Inseln sind mittlerweile zu einem wichtigen Drogenumschlagplatz geworden. Raoul, mein Mitarbeiter in Teneriffa, hat selbst Drogenerfahrung. Er war sehr hilfreich, hat mir einige Kontakte verschaffen können."

„Du meinst, du hast dich bei deinen Recherchen zu weit hinausgelehnt?"

„Ja, ich muss auf etwas Wichtiges gestoßen sein. Ich zermartere mir seit Tagen den Kopf. Zum Glück habe ich alles auf einem Stick abgespeichert. Trotzdem tut es mir leid um meinen neuen Apple. Jetzt muss ich auf meinem alten, den ich eigentlich Teresita geschenkt hatte, arbeiten, zumindest so lange, bis ich wieder mal nach Santa Cruz oder Las Palmas komme. Auf Gomera gibt es keinen Apple-Shop und per Internet bestelle ich nichts. In dieser Hinsicht bin ich konsequent. Soll ich dir die Sachen ausdrucken? Du könntest sie morgen oder heute Nacht in aller Ruhe lesen."

„Lass mich vorher erst mal die Kurzfassung hören."

„Na gut. Alles hat mit einem Privatflugzeug begonnen, das mit fünfhundert Kilo Kokain an Bord auf Gomera gelandet war. Die Guardia Civil wollte nur die Unterlagen der Piloten routinemäßig überprüfen. Sie hatten festgestellt, dass diese kleine Maschine vom Typ PC-12/45 öfters vom spanischen Festland auf die Kanaren flog. An Bord war keine Menschenseele. Unter den Sitzen, wo sich sonst die Schwimmwesten befinden, haben sie das Kokain entdeckt. Wie sich später herausstellte, hatten die beiden Piloten in einem Hotel in San Sebastián eingecheckt und am nächsten Tag das Weite gesucht, sich irgendwo auf der Insel versteckt oder sind mit einer Fähre auf eine andere Insel. An Bord waren angeblich zwei Passagiere. Auch sie sind spurlos verschwunden. Bis heute ist diese mysteriöse Geschichte nicht aufgeklärt worden."

„Ich habe nicht gewusst, dass es auf Gomera einen Flughafen gibt."

„Oh ja! Er ist nur nicht für internationale Flüge geeignet. Größere Maschinen können die Insel wegen der zu kurzen Start- und Landebahn nicht anfliegen. Die meisten Flüge kommen von Teneriffa Süd und Teneriffa Nord. Es gibt auch Flugverbindungen nach Las Palmas und zu den anderen Kanarischen Inseln. Die Flüge sind sehr günstig. Der Flughafen befindet sich in der Nähe von Playa Santiago. Vor allem von Teneriffa aus bin ich mit der Fähre aber schneller, denn die meisten Fähren fahren bis nach Vueltas."

„Ich bin also in San Sebastián zu früh ausgestiegen?"

„Egal. Jedenfalls sind in letzter Zeit einige Drogenkuriere auf den diversen kanarischen Flughäfen gefasst worden. Vor allem am Aeropuerto Tenerife Norte Los Rodeos, in der Nähe von San Cristóbal de La Laguna, sind den Fahndern einige Drogenschmuggler aus Süd- und Lateinamerika ins Netz gegangen. Meistens handelte es sich um kleinere Mengen, die sie in ihrer Unterwäsche oder in ihren Schuhen versteckt hatten."

„Solche Kuriere werden auch in Wien oft geschnappt. Überwiegend sind das arme Teufel oder Frauen, die dazu gezwungen werden, die Schulden ihrer Männer als Kurierinnen abzuarbeiten. Manche schlucken sogar die Plastiksäckchen mit diesem Zeug."

„Um diese Leute geht es mir nicht, das sind kleine Fische. Unlängst sind eintausendzweihundert Kilo Kokain im zweiten Tank eines Frachters, der im Hafen von Las Palmas angelegt hatte, von der Policía Nacional entdeckt worden. Sie hatten einen Tipp bekommen. Der Frachter kam aus Venezuela. Die sechsköpfige Crew ist verhaftet worden, hat sich aber über ihre Auftraggeber ausgeschwiegen. Das Kokain ist in vierzig Ballen von jeweils dreißig Kilo abgepackt gewesen."

„Eintausendzweihundert Kilo? Gewaltig!"

„Du sagst es. Obwohl es den kanarischen Fahndern immer öfter gelingt, größere Mengen abzufangen, geben diese Drogenbosse nicht auf. Vor Kurzem sind an der Küste, nicht weit von Los Gigantes auf Teneriffa, an einem Strand Dutzende Einkilopäckchen Kokain angeschwemmt worden. Sie dürften bei einem nächtlichen Sturm über Bord gegangen sein. Auch in Las Palmas, an der Spitze von Las Canteras, in La Isleta, haben Fischer in der Nacht Rauschgiftpakete aus dem Wasser geholt. Und in der Nähe von San Bartolomé de Tirajana, einer einsamen Gegend auf Gran Canaria, ist ein verlassener Lieferwagen mit eineinhalb Tonnen Haschisch aufgefunden worden. Die Guardia Civil hatte von einem Einheimischen einen Tipp bekommen. Ja, und vor zehn Tagen ist ein tschechischer Segler mit sechshundert Kilo Kokain an Bord seiner Yacht im Hafen von Teneriffa festgenommen worden. Er hat auch Unmengen von Crystal Meth an Bord gehabt. Der

Typ und seine Crew sitzen in U-Haft. Ich habe mich bemüht, einen Besuchstermin im Gefängnis zu bekommen, wollte die Leute interviewen. Deswegen bin ich letzte Woche in Teneriffa gewesen. Leider hat es nicht geklappt."

„Du könntest von tschechischen Kriminellen überfallen worden sein. Crystal Meth ist in Mitteleuropa bei finanzschwachen jungen Leuten sehr beliebt und wird in tschechischen Labors in enormen Mengen hergestellt."

„In meinem Artikel habe ich die eine oder andere Bemerkung über die vermeintlichen Hintermänner fallen gelassen. Zum Beispiel habe ich geschrieben, dass die osteuropäische Mafia im internationalen Drogengeschäft Fuß gefasst hat, doch ich habe weder Namen erwähnen noch konkrete Hinweise geben können."

„Mit der Ostmafia ist nicht zu spaßen. Ich habe vor zwei Jahren selbst schlimme Erfahrungen mit diesen Leuten gemacht. Hätte mich fast mein Leben gekostet."

„Das hast du schon in einem deiner Mails angedeutet. Erzähl!"

„Später, ist eine lange Geschichte."

10.

Da sein Mittagstermin in San Sebastián abgesagt worden war, bot Don Alvarez Laura an, eine kleine Inselrundfahrt zu machen. Für die Reise hatte er einen hellgrauen Leinenanzug gewählt. Darunter trug er ein langärmeliges weißes Hemd. Laura war erleichtert, dass er heute auf ein Mascherl verzichtet hatte. Sie fand Fliegen noch lächerlicher als Krawatten.

Zuerst fuhren sie nach Vallehermoso und tranken einen Café con leche in einer Bar auf der Plaza de la Constitución. Laura genoss die Sonne und das gemächliche Treiben auf dem Platz. Im Keller des Rathauses mit dem typisch kanarischen Balkon schien es einen Markt zu geben. Immer wieder kamen Frauen, bepackt mit vollen Plastiksäcken, aus dem Untergrund.

Von der Bar aus hatte man auch einen fantastischen Blick auf den Roque Cano, den Schlot eines ehemaligen Vulkans. Don Alvarez erklärte ihr, dass der Name Vallehermoso auf Deutsch *Schönes Tal* bedeutete, und schwärmte von dem Wein, der in dieser lieblichen Gegend angebaut wurde.

Nach dem Kaffee fuhren sie weiter nach Agulo im Norden der Insel.

„Agulo gilt als schönstes Dorf der Insel", sagte Don Alvarez.

„Sagten Sie nicht letztens, Calera im Valle wäre das schönste Dorf?"

„Beide sind wunderschön. Entscheiden Sie!"

Als sie beim Mirador de Abrante bei Agulo angelangt waren, lud er sie ein, auf der überdachten Glasterrasse einen Drink zu nehmen. Beim Anblick der gläsernen Aussichtsplattform, die wie eine Sprungschanze sechshundert Meter über dem Abgrund schwebte, verspürte Laura ein starkes Schwindelgefühl. Sie fürchtete im nächsten Moment umzufallen oder sich übergeben zu müssen und weigerte sich, einen Fuß auf diese Touristenattraktion zu setzen.

Obwohl Don Alvarez höchstwahrscheinlich enttäuscht über ihre Reaktion war, ließ er sich nichts anmerken. Er lächelte verständnisvoll, als sie ihm erklärte, dass sie unter Höhenangst litt, nahm sie an der Hand und führte sie zurück zu seinem Wagen.

Auf der Weiterfahrt unterhielt er sie mit Geschichten über die Ureinwohner der Kanarischen Inseln.

„Die Gomeros haben sich untereinander mit Pfiffen verständigt, die bei günstigem Wind über weite Entfernungen hörbar waren. Diese Pfeifsprache nennt man El Silbo. Alle Buchstaben des Alphabets können umgesetzt werden. Auf diese Art haben die Inselbewohner früher Tratsch und Klatsch ausgetauscht oder einander über verloren gegangene Tiere informiert. Sie wird bis heute von Bauern und Hirten in höher gelegenen Regionen praktiziert."

Laura konnte gut nachvollziehen, dass es vor der Erfindung des Telefons, und vor allem vor dem Zeitalter des Mobiltelefons, Sinn gemacht hatte, sich durch Pfeifen von Barranco zu Barranco zu verständigen. Dass diese Tradition heute noch weiterlebte, verwunderte sie.

Der Roadster glitt langsam über kurvenreiche Straßen, die von Palmen und Bananenplantagen gesäumt waren, ins Tal Hermigua. Die Landschaft wurde lieblicher.

„Come Missa Tally man. Tally me Banana", trällerte Laura vergnügt vor sich hin.

Don Alvarez schien den uralten „Banana Boat Song" von Harry Belafonte zu kennen, summte anfangs mit, wurde jedoch bald wieder ernst.

„Bananen haben wir wahrlich im Überfluss. Leider erlaubt die EU uns nicht, diese sehr süß schmeckenden kleinen Freilandbananen zu exportieren", sagte er.

Laura hatte angesichts der idyllischen Umgebung keine Lust auf eine Diskussion über die idiotische Wirtschaftspolitik der EU. Sie bat Don Alvarez bei der nächsten Ausweichmöglichkeit kurz anzuhalten und machte ein paar Fotos von den beiden kolossalen Felsen am Beginn des Tals.

Der Ort Hermigua kam ihr vor wie ein endlos langes Straßendorf, allerdings ein Straßendorf umgeben von üppiger Vegetation. Die Farbenpracht der in Blüte stehenden Sträucher zwischen den weiß gekalkten Steinhäusern, die gefleckt mit dunklen Natursteinen waren und braune, schwarze oder rot gestrichene Balkone hatten, bezauberte sie immer wieder aufs Neue. Dieses Mal hielt Don Alvarez mitten im Ort an, ohne dass sie ihn bitten musste, und ließ sie in Ruhe fotografieren.

Je weiter sie in den Süden kamen, desto karger wurde die Landschaft. Nur mehr Sand, Stein und Fels. Laura war von der seltsamen Schönheit dieser rauen, brutal anmutenden Natur fasziniert. Gleichzeitig jagte sie ihr Angst ein, ließ sie an den Tod denken.

***

Obwohl die Insel nicht sehr groß war und sie bisher nicht viele Kilometer zurückgelegt hatten, kamen sie erst nachmittags in der Inselhauptstadt San Sebastián an. Es war zu spät, um heute noch nach El Cabrito zu fahren.

„Mischa hat uns zwei Zimmer im *Parador* bestellt. Für seine Tochter ist ihm nichts zu teuer“, sagte Laura spöttisch, als Don Alvarez laut zu überlegen begann, in welchem Hotel sie absteigen sollten.

„Sie sind selbstverständlich eingeladen“, fügte sie rasch hinzu, als sie den erschrockenen Blick des Anwalts bemerkte. Don Alvarez schien sich tatsächlich in Geldnöten zu befinden.

Obwohl Laura über diese staatlich betriebenen Hotels in historischen Gebäuden schon viel Lobendes gehört hatte, war sie doch überrascht von dem luxuriösen Ambiente des Hauses.

Nachdem sie ihre komfortablen Zimmer mit Meerblick, hoch oben über den Dächern der Stadt, bezogen hatten, rief sie ihn an und schlug vor, nicht im Hotel zu essen, sondern in einem einfachen Lokal im Zentrum. Er war einverstanden, erinnerte sie aber daran, dass er vorher noch einen Termin wahrnehmen musste.

„Ruhen Sie sich ein bisschen aus. Ich hole Sie um zwanzig Uhr ab. Das Treffen mit meinem Mandanten wird nicht lange dauern. Ich werde es kurz und schmerzlos machen", scherzte er.

Laura verstreute den wohlriechenden, lavendelfarbenen Inhalt eines Fläschchens in der Badewanne und ließ heißes Wasser ein. Fast schlief sie in der Wanne ein.

Nach dem wundervollen Bad fühlte sie sich entspannt und unternehmungslustig. Allerdings bereute sie, keine wärmeren Sachen für den Abend mitgenommen zu haben. In ihrem Rucksack befanden sich nur ein zweites kurzärmeliges T-Shirt und Wäsche zum Wechseln.

Kurzentschlossen begab sie sich in den Hotelshop unten im Foyer und kaufte sich einen türkisfarbenen Pullover, der perfekt zu ihren Jeans und ihrer leicht gebräunten Haut passte.

Pünktlich um zwanzig Uhr klopfte Don Alvarez an ihre Zimmertür. Als sie ihm öffnete, weiteten sich seine Pupillen. „Diese Farbe steht Ihnen sehr gut", sagte er lächelnd.

Der türkise Mohairpulli war sein Geld wert gewesen.

Er führte sie in ein kleines Fischrestaurant an der Hauptstraße. Erfreut registrierte sie, dass er einen Tisch bestellt hatte.

Als sie Platz nahmen, erkundigte sie sich, ob das Treffen mit seinem Mandanten zu seiner Zufriedenheit verlaufen sei.

„Tja, wie man's nimmt. Es handelt sich um Einbruchsdiebstahl. Eigentlich gehört der Mann für ein paar Jahre hinter Gitter."

„Oh, Sie verteidigen also auch ganz harte Burschen?", scherzte sie.

„Schweigepflicht", sagte er ebenfalls in scherzhaftem Ton und legte den Zeigefinger an seine Lippen.

Laura bestellte ihren geliebten Tintenfisch und das Armeleuteessen Papas arrugadas mit Mojo. Don Alvarez entschied sich für die Seezunge. Die Flasche Wein teilten sie sich.

Laura trank nur zwei Gläschen und hörte ihm belustigt zu, als er ihr Anekdoten über die Einheimischen erzählte, die es immer wieder schafften, die Touristen übers Ohr zu hauen.

Als es ans Zahlen ging, bestand sie darauf, Mischas Kreditkarte zu verwenden. „Papa hat gesagt, ich soll alle unsere Ausgaben damit bezahlen", versicherte sie dem protestierenden Don Alvarez.

Er fügte sich, lud sie aber ein, den Abend in seinem Lieblingslokal auf der Plaza ausklingen zu lassen. „Die Drinks bezahle dieses Mal ich", betonte er.

Als sie über die fast menschenleere Geschäftsstraße mit den bunt gestrichenen Häusern Richtung Meer schlenderten, hängte sich Laura bei ihm ein. Obwohl sie Mischas Anwalt erst vor Kurzem kennengelernt hatte, kam er ihr bereits sehr vertraut vor.

Bevor das Meer in Sicht kam, endete die Straße in einem relativ großen Platz. Unter gigantischen indischen Lorbeerbäumen befand sich ein Art-déco-Pavillon, der *Kiosco Las Carabelas*. Sie ergatterten einen Tisch direkt unter einem der Giganten.

„Am liebsten hätte ich ein Bier“, sagte Laura. „Der Tintenfisch hat mich durstig gemacht.“

Don Alvarez lächelte, als er dem Kellner ihre Bestellung weitergab, und orderte selbst einen Gin Tonic.

„Unter diesen Bäumen ist garantiert schon Christoph Kolumbus gewandelt“, sagte Laura. Da sie seit Monaten kaum Alkohol getrunken hatte, war sie nach den zwei Gläsern Wein und dem Bier bereits beschwipst. Bevor Don Alvarez ihr einen Vortrag über Christoph Kolumbus halten würde, fügte sie schnell hinzu: „Was für ein lauschiges Plätzchen. Am liebsten würde ich hier die ganze Nacht verbringen.“

„Im *Parador* gibt es eine schöne Bar.“

„Ich weiß, habe bei unserer Ankunft kurz reingeschaut. Dieser Platz ist jedoch etwas ganz Besonderes. Ich bin bei Gott keine Esoterikerin, aber der Ort verströmt eine ganz spezielle Energie. Vielleicht liegt es an den alten Bäumen? Spürst du es nicht auch?“, wechselte Laura ins Du.

Don Alvarez, der das ein wenig missverstand, stieß mit ihr an und beugte sich zu ihr hinüber, um sie zu küssen.

Laura beließ es bei einem flüchtigen Kuss. „Ich liebe diesen Platz“, beteuerte sie erneut und bestellte ein zweites Bier.

Sie sprach über ihre Liebe zum Meer und zur Sonne, erzählte ihm sogar von ihrem abgebrannten Haus und dem Olivenhain auf Samos. Als sie von den changierenden Blautönen des Mittelmeers zu schwärmen begann und ihm die fantastischen Sonnenuntergänge auf Samos beschrieb, versuchte er nicht, sie davon zu überzeugen, dass es auf den Kanarischen Inseln genau die gleichen wunderbaren Farbenspiele am Himmel geben würde und der Atlantik ebenfalls seine Farbe wechseln konnte, sondern hörte ihr aufmerksam zu.

Ein Mann, der zuhören konnte? Unglaublich!

11.

Als Laura und Don Alvarez kurz vor Mitternacht ins *Parador* zurückkehrten, war die Hotelbar geschlossen. Er verabschiedete sich vor ihrer Zimmertür mit einem Kuss.

Obwohl Laura todmüde war, wollte sie noch nicht zu Bett gehen. Sie setzte sich mit einem Glas Wasser auf ihren Balkon.

Die monotone Stimme des Meeres war in der Dunkelheit bis herauf zu hören. Die Flut kam. Die See wurde stürmisch. Eine äußerst vertraute Verzweiflung ergriff von ihr Besitz. Sie sehnte sich nach einem Drink, stand aber nicht auf, um sich ein Fläschchen aus der Minibar zu holen.

Im Nebenzimmer hörte sie Don Juan María herumgeistern. Er hatte Licht an und seine Balkontür stand sperrangelweit offen. Leise rief sie seinen Namen. Einige Sekunden später erschien er auf seinem Balkon, der an ihren grenzte.

Sie bat ihn um eine Zigarette. Er holte ein Zigarettenpäckchen und brachte zwei Fläschchen aus seiner Minibar mit. „Whisky oder Brandy?"

Sie entschied sich für Brandy, nahm einen Schluck aus der Flasche. Das Zeug brannte höllisch in ihrer Kehle. Sie beschloss, es bei diesem einen Brandy zu belassen.

Wie immer, wenn sie getrunken hatte, redete sie zu viel. Sie beklagte sich über ihre komplizierte Beziehung zu ihrem Vater, äußerte sich abfällig über Ramona und meinte, sie sei ebenfalls nicht mehr überzeugt davon, dass ihre Stiefmutter entführt worden war. „Sonst hätten diese Leute längst Lösegeld verlangt! Außerdem glaubt ihre beste Freundin Astrid, dass sich Mona mit einem ihrer Liebhaber irgendwo ein paar schöne Tage gönnt."

„Einem ihrer Liebhaber?" Irritiert zog der Anwalt seine dichten, dunklen Brauen hoch.

„Soviel ich weiß, war sie promiskuitiv."

„Entschuldige mich bitte einen Augenblick."

Beschwipst, wie sie war, hätte sie ihn fast gefragt, wohin er wolle. Gerade rechtzeitig fiel ihr ein, dass auch ein Anwalt manchmal die Toilette aufsuchen musste.

Nach ein paar Minuten kam er mit zwei weiteren Fläschchen zurück. Dieses Mal reichte er ihr einen Wodka, ohne sie zu fragen. Anscheinend gab es nur noch Stolichnaya in seiner Minibar.

Laura hatte ihren Vorsatz, an diesem Abend keinen Alkohol mehr anzurühren, bereits vergessen und stürzte den Inhalt des Fläschchens fast in einem Zug hinunter. Bevor sie ihn weiter anlabern würde, griff sie nach einer Zigarette.

Er berührte ihre Finger, als er seine Hand schützend um das Feuerzeug legte. Sie zuckte zusammen, als sich die Flamme nahe an ihren Augen entzündete.

Nach dem ersten Zug lehnte sie sich zurück, sah ihn forschend an und sagte: „Du bist dran. Erzähl mir von dir."

Er wich ihrem Blick aus, sah zu Boden, begann zögernd von sich zu sprechen und vertraute ihr an, dass er nach dem Tod seiner Frau vor fast vier Jahren aus dem Gleichgewicht geraten war. „Ich habe ihren Tod bis heute nicht überwunden. Sie war meine große Liebe. Ich habe alles verloren, meine Frau, mein ganzes Vermögen, meinen Grundbesitz und alle meine Freunde. Ich bin ein sehr einsamer Mann."

Beinahe hätte sie bei diesen theatralischen Worten zu kichern begonnen. „Ich weiß, wie weh es tut, einen geliebten Menschen zu verlieren", sagte sie stattdessen mit ernster Miene. „Mein Mann ist vor sieben Jahren bei einem Autounfall ums Leben gekommen. Ich bin bis heute nicht darüber hinweg."

Er griff nach ihrer Hand, die auf der Balustrade zwischen ihrem und seinem Balkon lag, und streichelte sie zärtlich. Sie ließ ihn gewähren. Da sie sich nicht imstande fühlte, ihre ambivalenten Gefühle für ihren verstorbenen Mann näher zu erklären, bat sie ihn, ihr von seiner Ehe zu erzählen.

Sie empfand es beinahe als tröstlich, als er nach all seinen Beteuerungen, wie sehr er seine Frau geliebt habe, Bemerkungen fallen ließ, aus denen sie schloss, dass auch seine Ehe kein einziger Honeymoon gewesen war. „Nach dem Tod meiner Frau habe ich mich nur noch treiben lassen. Ich habe keinen Sinn mehr in meinem Leben, in meiner Arbeit gesehen, Schulden haben sich angehäuft ...", sagte er am Schluss und verbarg das Gesicht in seinen Händen.

Laura berührte ihn an der Schulter. „Reden hilft, behauptet zumindest meine Psychotherapeutin."

„Dass ich meine Anwaltslizenz nicht verloren habe, verdanke ich im Grunde deinem Vater. Er hat mich engagiert, als ich völlig am Boden war. Mittlerweile habe ich auch andere zahlungskräftige Mandanten an Land ziehen können, und mein Schuldenberg ist etwas geschrumpft ..." Er geriet wieder ins Stocken.

Sie stand auf, um Nachschub aus ihrer eigenen Minibar zu holen. Ihr war schwindlig und ein bisschen übel. Anscheinend vertrug sie nach der langen Abstinenz keine harten Getränke mehr. Als ihr klar wurde, dass sie kaum mehr aufrecht stehen, geschweige denn gehen konnte, wollte sie sich wieder hinsetzen, verfehlte jedoch den Stuhl. Don Juan María verhinderte in letzter Sekunde, dass sie hinfiel, indem er sie unter den Achseln packte und hochzog.

Er hatte seinen Oberkörper weit über die niedrige Brüstung gebeugt, sein Mund war ihrem sehr nahe.

„Pardon, mir ist schlecht", stieß sie hervor, löste sich aus seiner Umarmung, da sie befürchtete, seinen Anzug zu ruinieren, und wankte in ihr Badezimmer, ohne ihm Gute Nacht zu sagen.

12.

Laura behielt ihre schwarze Sonnenbrille auf. Ihr war nach wie vor schlecht. Sie musste sich dazu zwingen, ein paar Bissen von dem englischen Frühstück hinunterzukriegen. Allein beim Anblick der glibberigen Spiegeleier drehte sich ihr Magen um. Sie begnügte sich mit trockenem Toast.

Verlegen entschuldigte sie sich bei Don Juan María für ihr peinliches Benehmen gestern Abend.

„Ein Glas zu viel, das kann jedem passieren. Wir waren beide nicht mehr ganz nüchtern", sagte er lächelnd.

Das Boot nach El Cabrito lag in der Marina von San Sebastián. Sie mussten sich mit Namen, Adresse und Telefonnummer registrieren. Außerdem mussten sie bekanntgeben, wie lange sie in dieser Ferienanlage zu bleiben gedachten. Erst danach durften sie an Bord. Laura war nicht entgangen, dass Don Juan María eine Adresse in Las Palmas angegeben hatte.

Das Motorboot hüpfte mit hoher Geschwindigkeit über das wellige Meer. Eine echte Katastrophe für Lauras empfindlichen Magen. Sie setzte sich ganz nach hinten, für den Fall, dass sie sich übergeben musste.

Don Juan María unterhielt sich mit dem Skipper. Laura bekam, trotz ihres schlechten Spanisch, mit, dass Alvarez vor nicht allzu langer Zeit gemeinsam mit Ramona in dieser Feriensiedlung gewesen war. Hatten die beiden etwa auch ein Verhältnis gehabt?

Als sie in El Cabrito ankamen, verlangte Laura sofort den Geschäftsführer zu sprechen. Der leger gekleidete Mann um die fünfzig erteilte ihr erst Auskunft, als sie sagte, dass Ramona ihre Stiefmutter sei. Er beteuerte, Ramona seit Wochen nicht mehr gesehen zu haben. Laura hielt den Mann für glaubwürdig.

Otto Muehl und seine Kommunarden hatten sich in dem Barranco ihr eigenes Paradies erschaffen. Das Tal zwischen den schroffen, abweisenden Felswänden sah aus wie eine Oase. Eingebettet zwischen Palmen, Bougainvilleen und Obstplantagen standen kleine, farbenfroh gestrichene Bungalows, die sehr einladend wirkten.

Der sympathische Geschäftsführer ließ sie und Don Alvarez einen Blick in einen der gerade leerstehenden Bungalows werfen, bevor er sie durch die ganze Anlage führte. Seinen ausführlichen Erklärungen entnahm sie, dass es den Leuten hier um Autonomie, Selbstversorgung, Nachhaltigkeit, gesunde Ernährung und Selbsterfahrung ging. Er zeigte ihnen auch die Obstplantagen, die Gemeinschafts- und Behandlungsräume und klärte sie über Rebirthing und die Urschrei-Therapie nach Wilhelm Reich auf.

Don Juan María ließ die Führung mit gelangweiltem Gesichtsausdruck über sich ergehen. Laura war interessierter, in Gedanken aber ebenfalls woanders. Sie war enttäuscht, keine Spur von Ramona gefunden zu haben. El Cabrito war ihre letzte Hoffnung gewesen. Anscheinend war ihre Stiefmutter doch entführt worden.

Da das Boot erst in zwei Stunden zurück nach San Sebastián fuhr, nahmen sie in der Kantine einen gesunden Lunch zu sich. Beide aßen nur die Gemüsesuppe und die Früchte, den hässlichen bräunlichen Kichererbseneintopf rührten sie nicht an.

Zurück in der Inselhauptstadt bot Don Alvarez sich an, ihr die wichtigsten Sehenswürdigkeiten von San Sebastián zu zeigen. Sie willigte ein, war jedoch hauptsächlich an der erbarmungslosen Beatriz de Bobadilla interessiert, über die sie in ihrem Reiseführer gelesen hatte.

Diese braunäugige, rothaarige Schönheit, eine der Hofdamen von Königin Isabella I. und Mätresse von deren Gatten Ferdinand II., war wegen ihrer Grausamkeit berüchtigt gewesen. Die Königin hatte sich ihrer Konkurrentin entledigt, indem sie diese mit Hernán Peraza dem Jüngeren verheiratete. Dieser Herrscher von Gomera war ebenfalls extrem gewalttätig gewesen. Auf seinen Befehl waren unzählige Einheimische brutal ermordet oder als Sklaven verkauft worden.

„Als Christoph Kolumbus im August 1492 an der Küste Gomeras gelandet ist, hat er sich hier vor der Weiterfahrt mit Lebensmitteln und Wasservorräten eingedeckt. Er soll eine Affäre mit der schönen Beatriz gehabt und sie auch bei seiner zweiten und dritten

Entdeckungsfahrt auf Gomera besucht haben", sagte Don Juan María, als sie durch die Hauptstraße Calle Real mit ihren geschmackvoll renovierten Häusern spazierten.

Als sie bei der ältesten Kirche der Insel, der Iglesia de Nuestra Señora de la Asunción, angelangt waren, sagte Don Juan María: „Da müssen wir rein. Hier hat Kolumbus für gute Winde und eine sichere Reise gebetet. Die Kirche wurde 1450 errichtet, später von Piraten zerstört und im Barock wiederaufgebaut, das sieht man an den Seitenschiffen. Das linke Kirchenportal wird *Tor der Begnadigung* genannt. Als der brutale Hernán Peraza von einheimischen Adeligen ermordet wurde, hat seine Gattin gelobt, diejenigen zu schonen, die ihre Schuld bekennen, indem sie durch das linke Kirchenportal schreiten. Die naiven Gomeros haben ihr geglaubt, sind aus ihren Verstecken hervorgekrochen, und Madame hat sie hinrichten lassen. Tja, Frauen sollte man wohl besser nicht vertrauen", scherzte er.

Laura fand diese frauenfeindliche Bemerkung überflüssig und strafte ihn mit einem finsteren Blick. „Diese Kirche ist wunderschön, dennoch bekomme ich Beklemmungen. In den meisten alten spanischen Kirchen muss ich an die Inquisition denken", sagte sie.

Don Juan María schenkte ihr seinerseits einen Blick, den sie nicht zu deuten vermochte. „Sensible Menschen können all das Grauen vielleicht noch spüren", bemerkte er schließlich.

„Das ist wohl zu lange her."

„Sag das nicht. Die Inquisition hatte das Spanische Reich fast vierhundert Jahre lang, genauer gesagt bis 1834, fest im Griff. Eingeführt wurde sie 1478 mit Genehmigung des Papstes unter der Regentschaft der erzkatholischen Königin Isabella I. und Ferdinands II.“

„Hat sich die Inquisition anfangs nicht hauptsächlich gegen die zum Christentum konvertierten Juden, die sogenannten Marranen, gerichtet, denen man nicht geglaubt hat, dass sie dem jüdischen Glauben abgeschworen hatten?“

„Nicht nur. Anfang des sechzehnten Jahrhunderts ist sie auch zu einer fixen Einrichtung auf den Kanarischen Inseln geworden. Der Widerstand der Gomeros, die sich nicht missionieren lassen wollten, wurde rasch gebrochen. Entweder sind sie versklavt oder getötet worden. Später sind vor allem gebildete oder unangepasste Menschen der Hexerei, Bigamie oder Sodomie bezichtigt worden. Muslime wurden zur Zwangstaufe verdonnert oder umgebracht. Was wirtschaftlich und künstlerisch betrachtet eine Katastrophe war, denn die Mauren hatten der im Sumpf des Mittelalters feststeckenden Iberischen Halbinsel Kunst, Kultur und Wissenschaft gebracht. Unter der Folter haben die meisten entweder ihrem Glauben abgeschworen oder die Vergehen, derer man sie beschuldigt hat, gestanden. Üblich war damals zum Beispiel Pfahlhängen, Waterboarding oder die Streckbank. Die Foltermethoden unterschieden sich nicht allzu sehr von den heutigen, denk an den Vietnamkrieg oder an andere Kriege. Ist jemand der schweren Ketzerei überführt worden, was häufig der Fall war, hat man ihn auf dem Scheiterhaufen verbrannt und sein Vermögen eingezogen. Denn darum ist es ja in erster Linie gegangen.“

Nach dem Kirchenbesuch folgte ihm Laura zum Torre del Conde, einem kleinen steinernen Turm inmitten einer gepflegten Rasenfläche.

„Hier haben sich die Adeligen, die den Aufstand gegen den brutalen Grafen angezettelt hatten, verschanzt", sagte Don Juan María. „Und angeblich war hier auch die schöne Beatriz eingesperrt."

„Wenigstens hatte sie einen Blick aufs Meer", sagte Laura.

***

Als sie am frühen Abend mit offenem Verdeck zurück nach Valle Gran Rey fuhren, bemühte Laura sich, all diese abscheulichen Geschichten zu vergessen und den warmen Fahrtwind in ihrem Gesicht zu genießen. Die Sterne am Himmel und die karge Landschaft erinnerten sie an Bilder von Bethlehem und versetzten sie in eine romantische Stimmung.

Don Juan María fragte, ob es ihr bessergehen würde. Ehe sie antworten konnte, läutete sein Telefon.

Der Anrufer schien sehr ungehalten zu sein. Laura konnte kein Wort verstehen, vernahm nur eine laute, aufgeregte männliche Stimme. Don Juan María antwortete mit knappen Worten. Erst kurz bevor er auflegte, sah sie, dass er wütend war.

„Verdammter Idiot! Ich erkläre es dir später."

Den Rest der Fahrt benahm er sich eher distanziert. Seine rechte Hand ruhte auf der Handbremse zwischen den Vordersitzen. Als sie ihre Hand auf seine legte, entzog er sie ihr, drückte auf den Zigarettenanzünder und griff in seine Schachtel.

„Verzeih, möchtest du auch eine?"

„Nein, danke. Was ist los? Gibt es Probleme?"

„Ja, einer meiner Mandanten dreht gerade durch."

***

Erbarmungslose Sonne, tagein, tagaus. Die Luke stand wieder einmal offen. Schweiß lief über mein Gesicht und klebte an meinem Körper. Wenn ich mich bewegte, wurde alles noch schlimmer. Also blieb ich auf der stinkenden Matratze liegen.

Die See war unruhig. Heftiger Wellengang brachte das Boot mehrmals in Schräglage. Ich bekam ein paar Spritzer Salzwasser ab.

Die Luke wurde von außen geschlossen. Verzweifelt rang ich nach Luft. Ich kam mir wie lebendig begraben vor. Normalerweise wurde ich nicht seekrank, aber in dem finsteren Bauch des Schiffes drehte sich mir andauernd der Magen um.

Ich kannte die Männer nicht, die mich hier unten gefangen hielten, hatte sie noch nie gesehen. Bisher hatten sie mich nicht schlecht behandelt, gaben mir genügend zu essen und trinken, sprachen aber nicht mit mir.

Sie waren zu dritt. Die beiden Jüngeren hielt ich für Brüder. Der Jüngste und Kleinste von den dreien war ganz nett. Er brachte mir meistens das Essen. Doch er beantwortete keine meiner Fragen. Auf seinem schwarzen Lederarmband war der Name „Pedro“ eingestanzt.

Sein Bruder war mir nicht geheuer. Nicht nur wegen seines furchterregenden Aussehens. Ich hatte auch mitbekommen, dass ihn die anderen El Loco, den Verrückten, nannten. Er schaute mir gerne dabei zu, wenn ich den Kübel benutzte, und leerte ihn danach eigenhändig aus. Seine lüsternen Blicke und sein dümmliches Grinsen jagten mir Angst ein.

Der Dritte, den ich für den Boss hielt, weil er um einiges älter war als die beiden Brüder, sah mir nie in die Augen. Er ignorierte mich die ganze Zeit. Sein Name war Pablo.

Der Bug des Schiffes hob sich plötzlich steil empor

und stürzte Sekunden später hinab in ein Wellental. Ich konnte mich nicht länger zurückhalten. Der Inhalt meines Magens breitete sich über den Boden aus.

Auf einmal stand Pedro neben mir und drückte mir wortlos zwei Pillen, eine Flasche Mineralwasser und einen Fetzen in die Hand. Natürlich dachte er nicht daran, die Sauerei, die ich angerichtet hatte, aufzuwischen. Immerhin ließ er die Luke offen, nachdem er gegangen war.

Ich hatte keine Kraft mehr, um sauber zu machen, schluckte beide Tabletten, hockte mich in eine Ecke, zog meine Beine an, vergrub mein Gesicht in den Händen und begann zu weinen.

Die See beruhigte sich, mein Magen ebenfalls. Ich dämmerte vor mich hin. Hatten sie mich mit Psychopharmaka ruhiggestellt? Oder hatte ich gefährliche Drogen geschluckt? Mir war inzwischen alles egal. Wahrscheinlich würde ich ohnehin demnächst sterben.

13.

In den frühen Morgenstunden traf auf Mischas Handy eine Lösegeldforderung ein.

Er stürzte in Lauras Zimmer und hielt ihr die Nachricht, die wieder ohne angezeigte Nummer aus dem Netz kam, vor die Nase.

„Verdammte Scheiße! Sie ist also tatsächlich entführt worden." Laura war von einer Sekunde auf die andere hellwach.

Ramonas Entführer verlangten fünfhunderttausend Euro, schlugen allerdings keinen Termin für die Übergabe vor. Weitere Instruktionen würden folgen, stand in dem SMS.

„Wo soll ich so schnell fünfhunderttausend hernehmen? Die sind komplett verrückt!“, tobte Mischa.

„Denen geht es also doch ums Geld und nicht um deine Recherchen im Drogenmilieu“, murmelte Laura.

„Es geht immer ums Geld, vor allem bei Drogengeschäften“, schnauzte Mischa sie an.

Laura war mindestens so übler Laune wie er. „Du rufst jetzt sofort die Polizei an!“

„Fantastische Idee. Und spätestens morgen ist Mona tot. Ruf Juan María an. Er soll sofort herkommen.“

„Ruf ihn selber an“, fuhr sie ihn an.

„Ich muss die Verbindung freihalten. Wenn bei mir besetzt ist, glauben die Entführer womöglich, dass ich mit den Bullen telefoniere.“

Widerwillig wählte Laura Don Juan Marías Nummer, gab ihr Handy aber sofort an ihren Vater weiter.

Der Anwalt hob nicht ab. Mischa hinterließ ihm eine Nachricht auf der Mailbox, forderte ihn auf, ihn so rasch wie möglich zurückzurufen.

Nun hieß es warten. Warten gehörte nicht zu den Stärken der Familie Mars. Mischa und Laura liefen den restlichen Morgen lang nervös hin und her und gifteten sich gegenseitig an.

Bevor der Anwalt womöglich persönlich aufkreuzen würde, ging Laura duschen und zog sich ordentlich an.

Don Alvarez meldete sich nicht und ließ sich auch nicht blicken. Aber zur Mittagszeit rief Astrid an und fragte, ob Laura mit ihr schwimmen gehen möchte.

Laura nützte die Chance, ihrem übellaunigen Vater zu entkommen. „Ich treffe mich mit Astrid, möchte noch einmal mit ihr reden. Irgendwie habe ich das Gefühl, dass sie mehr über Monas Verschwinden weiß.“

„Dann bring sie endlich zum Reden! Aber kein

Wort über die Lösegeldgeschichte, okay?“

„Alles klar, Papa.“

***

Astrid wartete vor der Boutique auf Laura. Auf dem Schild, das sie an die Tür gehängt hatte, stand: *Geöffnet ab 17 Uhr*.

Sie fuhren mit Ramonas Mini gemeinsam zur Playa del Inglés. Laura parkte beim Fußballplatz. Die letzten Meter legten sie auf einem sandigen Pfad zu Fuß zurück.

Beim Anblick des weitläufigen, idyllisch gelegenen Strandes, der von gewaltigen Felsen eingerahmt wurde, verzerrte ein schiefes Lächeln Lauras Gesicht. Der Kontrast zwischen dem schwarzen Lavasand, dem tiefblauen Meer und dem hellbeigen Gestein war atemberaubend.

In einem Strandabschnitt gab es Liegestühle zu mieten. Astrid steuerte jedoch auf den Teil zu, der für Nacktbadende reserviert war.

„Lass uns lieber zu einer dieser Felsnischen gehen. Hier ist es mir zu windig“, sagte Laura. Es wehte nur eine schwache Brise, aber sie wollte nicht nackt baden, obwohl ihr Körper nach all den Schönheits-OPs, die sie nach ihrem Unfall über sich ergehen hatte lassen, nahezu perfekt war. Sie hatte für FKK nie viel übriggehabt. Nacktheit war in ihren Augen etwas sehr Intimes, das sie nicht gern mit wildfremden Menschen teilte.

Als sie sich in einer der Felsnischen niedergelassen hatten, zog Astrid ihren Kaftan aus und präsentierte Laura und allen anderen Sonnenanbetern ihre Rubensfigur in voller Pracht. Mit hüpfenden Brüsten und wackelnden Hinterbacken lief sie ins Wasser. Laura folgte ihr in ihrem schlichten dunkelgrünen Badeanzug.

Das Meer war unruhig. Astrid warnte Laura vor den Felsen unter Wasser. „Bei stärkerem Wellengang sieht man sie nicht. Manchmal kommt es hier zu schweren Badeunfällen.“

Laura war eine gute Schwimmerin, riskierte jedoch nichts. Das Wasser kam ihr außerdem kalt vor.

So wie sie es Mischa versprochen hatte, verlor sie Astrid gegenüber kein Wort über die Lösegeldforderung. Allerdings erzählte sie ihr von dem Ausflug mit Don Alvarez nach El Cabrito und fragte, ob Ramona auch mit ihm ein Verhältnis gehabt hatte.

„Ich glaube nicht. Mona hat es zwar auf den Hidalgo abgesehen gehabt, aber er hat kein Interesse gezeigt. Er steht nicht auf Frauen.“

„Was willst du damit sagen? Seine Frau scheint er sehr geliebt zu haben“, warf Laura ein.

„Das ist durchaus möglich. Bisexuelle Männer sind keine Seltenheit. Ich habe das erst spät begriffen.“ Astrids Lachen klang nicht sehr fröhlich. „Sein Name passt so gar nicht zu ihm. Glaub mir, er ist wahrlich kein Womanizer“, fuhr sie fort.

Hatte Mischa unlängst nicht Ähnliches behauptet? Lauras Kopf verschwand unter der nächsten Welle. Prustend kam sie wieder hoch.

„Lass uns zurückschwimmen, bevor die Brandung stärker wird“, sagte Astrid.

Als sie das Ufer erreichten, hatten sie beide Schwierigkeiten, aufrecht aus dem Wasser zu kommen.

Weiter draußen waren die ersten Surfer mit ihren Brettern bereits in Startposition gegangen. Laura und Astrid ließen sich auf den warmen Steinen am Strand nieder und beobachteten die jungen Männer, die sich todesmutig in die Wellen stürzten.

Beim Schwimmen hatte Laura ein bisschen abschalten können. Die Gedanken an die Entführung waren für kurze Zeit in den Hintergrund getreten. Doch nun brachte Astrid die Rede wieder auf Ramona.

„Falls du nach Las Palmas kommen solltest, wirst du dort richtige Profisurfer zu sehen bekommen. Apropos: Mona steht auf solche Typen. Harry, der Mitarbeiter deines Vaters auf Gran Canaria, hatte es ihr schwer angetan, obwohl er um einiges jünger ist als sie. Aber er ist eben ein begnadeter Surfer und hat eine Traumfigur."

„Hat sie mit dem auch eine Affäre gehabt?", unterbrach Laura sie.

„Könnte gut sein. Sie wirkt ja viel jünger als unsereins. Auf Frauen wie uns fliegen ja leider nur ältere Herren, nicht wahr?" Die um mindestens dreißig Kilo schwerere Astrid grinste Laura verschwörerisch an.

„Gomera ist ein Paradies für alleinstehende Frauen", fuhr sie fort. „Hier treiben sich jede Menge ältere Urlauber herum, die jugendlich gebliebene Frauen wie uns zu schätzen wissen."

Laura war die Richtung, die das Gespräch genommen hatte, unangenehm. Sie hatte absolut nichts gemein mit der molligen Astrid, weder figürlich noch was deren erotische Gelüste betraf. Anscheinend war es für Astrid aber wichtig, sich mit ihr auf die gleiche Stufe zu stellen.

Laura ließ sie weiterschwatzen, war in Gedanken aber woanders. Seit sie aus dem Wasser gekommen war, fühlte sie sich beobachtet. Sie ließ ihre Blicke über den Strand streifen. Einige Späthippies dösten im Schatten anderer Felsnischen vor sich hin, und die beiden Pärchen am Strand schienen mit sich selbst beschäftigt zu sein.

Ihre innere Unruhe wuchs. „Ich muss meinen Vater anrufen", sagte sie zu Astrid, sprang auf und spazierte mit dem Handy am Ohr Richtung Wasser.

Das Telefonat mit Mischa dauerte nicht lange. Er hatte inzwischen mit Don Alvarez gesprochen. Der Anwalt hatte ihm geraten zu bezahlen. „Ich muss die Leitung freihalten. Wir reden, wenn du nach Hause kommst."

Ein Althippie hatte sich, während sie telefoniert hatte, zu Astrid gesellt. Der Typ war nicht mehr der Jüngste. Die sonnengegerbte Haut hing schlaff an seinem dürren Körper. Sein kümmerlicher, schrumpeliger Schwanz hatte sich zwischen seinen schlabbrigen Lenden verkrochen.

Er lud sie für den Abend zu einer Party ein. Astrid sagte begeistert zu. Enthusiastisch beschrieben sie und der Hippie diese nächtlichen Feste am Strand mit Lagerfeuer, Musik und Tanz. Laura fühlte sich in ihre Jugend zurückversetzt, ließ sich aber nicht dazu überreden mitzukommen.

Nachdem der Hippie weitergezogen war, gestand Astrid ihr, dass sie offen gegenüber allen möglichen spirituellen Erfahrungen sei. Sie glaubte an gutes Karma und die Verbreitung positiver Energie.

Laura hörte ihr nur mit halbem Ohr zu und dachte an Don Juan María, an Ramona und diesen begnadeten Surfer namens Harry, den sie sich demnächst vorknöpfen wollte.

Als Astrid von psychedelischer Musik, dem Konsum bewusstseinserweiternder Drogen beim Klang afrikanischer Trommeln, von Schamanismus und fernöstlichen Heilkünsten zu schwärmen begann, drängte Laura energisch zum Aufbruch.

14.

Als Laura und Astrid gegen siebzehn Uhr nach La Playa zurückkehrten, erblickten sie Don Juan María de Alvarez in einem der Cafés an der Promenade. Der Herr Anwalt, wieder in Anzug und mit Fliege, schien in einen Zeitungsartikel vertieft zu sein.

Astrid steuerte direkt auf seinen Tisch zu. Laura folgte ihr zögernd. Erst als sie direkt vor ihm standen, schaute er von seiner Zeitung auf. Ihm blieb nichts anderes übrig, als die beiden Damen zu bitten, Platz zu nehmen.

Laura wusste nicht, wie sie sich verhalten sollte. Einerseits hoffte sie, er würde Astrid gegenüber die Lösegeldforderung nicht erwähnen, andererseits hätte sie gern mit ihm darüber gesprochen.

Nachdem sie sich eine Weile mit Smalltalk abgequält hatten, fragte Astrid ihn, ob er tatsächlich nicht wisse, wo Ramona hingefahren war. „Mona hat letzten Freitag, als wir drei mit Carlos Rodríguez hier im Café gesessen sind, lautstark verkündet, dass sie segeln gehen möchte. Und Carlos hat uns ja daraufhin alle zu einem Wochenendtörn eingeladen. Ich habe ihm einen Korb geben müssen, weil samstags immer Hochbetrieb in unserem Laden ist, aber Sie waren nicht abgeneigt."

Überrascht starrte Laura die beiden an. Warum hatten weder Astrid noch Don Juan María diesen geplanten Törn bisher ihr gegenüber erwähnt? Und wer war Carlos Rodríguez?

„Daran kann ich mich nicht erinnern. Wahrscheinlich habe ich nicht richtig zugehört." Don Alvarez wirkte peinlich berührt.

Astrid runzelte die Stirn. „Carlos' Boot ist am Samstagabend nicht mehr in der Marina von Vueltas gelegen. Ich war dort mit einer Bekannten ..."

„Ich habe keinen der beiden seit letztem Freitag gesehen", unterbrach Don Alvarez sie.

„Carlos hat behauptet, Sie seien sein Freund", ließ Astrid nicht locker.

„Freund ist wohl schwer übertrieben." Don Alvarez zog seine dunklen Brauen hoch. „Ich vertrete ihn in rechtlichen Angelegenheiten. Er ist einer meiner Mandanten." Sein scharfer Ton entging weder Laura noch Astrid, als er hinzufügte: „Und ich pflege keine privaten Kontakte zu meinen Mandanten."

„Sie haben also keine Ahnung, ob Carlos allein mit Mona segeln gegangen ist oder nicht? Mischa glaubt, dass sie entführt wurde, aber vielleicht macht sie ja einen Törn aufs Festland oder auf die Kapverden? Sie wollte schon immer mal auf die Kapverdischen Inseln", sagte Astrid.

„Du hast Kundschaft", sagte Laura, die den Eingang der Boutique im Auge hatte, bevor Don Juan María doch noch die Lösegeldforderung erwähnen würde.

Astrid sprang auf und eilte zu dem Laden, vor dem sich zwei Frauen in rustikaler Wanderkleidung die Nasen am Schaufenster plattdrückten.

„Bis heute Abend! Überlege es dir, du versäumst was!", rief sie Laura zu, als sie die Wanderinnen ins Geschäft ließ.

„Möchtest du Kaffee oder etwas anderes?", fragte Don Alvarez, sobald sie allein waren. „Bitte verzeih meine Nachlässigkeit. Aber diese Frau ist entsetzlich anstrengend, findest du nicht auch?"

„Wir waren miteinander schwimmen. Ich wollte mit ihr ausführlicher über Mona reden. Sie ist ihre beste Freundin und macht sich halt Sorgen."

„Davon war nichts zu bemerken. Sie scheint vielmehr zu argwöhnen, dass ihr Ramona Rodríguez ausgespannt haben könnte."

Laura musste ihm widerwillig recht geben. „Wollte Mona tatsächlich mit dir und diesem Carlos Rodríguez segeln gehen?"

Er zuckte mit den Schultern. „Es ist durchaus möglich, dass Rodríguez ihr gesagt hat, ich würde mitkommen, um sie leichter an Bord zu kriegen. Aber dass er sie gekidnappt hat, ist schwer vorstellbar. Und das sage ich als Anwalt, der schon einiges erlebt hat. Ich war an jenem Wochenende übrigens in Las Palmas bei meiner Tante. Wir haben ihren fünfundachtzigsten Geburtstag gefeiert. Deswegen habe ich auch deinen Vater nicht aus dem Spital in Santa Cruz abholen können."

Laura gab sich mit seiner Erklärung einstweilen zufrieden. Sie würde erst mehr über diesen Carlos Rodríguez in Erfahrung bringen müssen, um die Situation richtig einschätzen zu können.

Als sie Don Juan María fragte, was er von der seltsamen Lösegeldforderung per SMS hielt, verzog er angewidert die Miene. „Ich fürchte, deinem Vater wird nichts anderes übrigbleiben, als zu zahlen."

„Das fürchte ich auch. Ich verstehe nur nicht, warum er nicht endlich die Polizei informiert."

„Die Guardia Civil gehört nicht zu den diskretesten Polizeiorganen", sagte Don Juan María zögernd. „Womöglich würden sie einen Riesenwirbel veranstalten. Außerdem gibt es bei ihnen mehrere undichte Stellen. Das heißt, die Medien würden bald über diese Entführung berichten, und das könnte Ramonas Tod bedeuten."

Widerwillig gab sie ihm recht und begann wieder über Astrid zu reden, erzählte ihm von dem Fest heute Abend an der Playa del Inglés und überlegte laut, ob sie hingehen solle oder nicht.

Er reagierte nicht, schien in Gedanken versunken.

Während sie den spektakulären Sonnenuntergang genoss, rief Mischa an.

„Wo bist du? Es gibt Neuigkeiten."

„Ich sitze mit Don Alvarez in deinem Stammcafé. Was ist passiert? Soll ich nach Hause kommen?"

„Nein, nein, bleib, wo du bist. Ich bin schon auf dem Weg zu euch."

Am Horizont verabschiedete sich die Sonne gerade endgültig, als Mischa kurze Zeit später an ihrem Tisch Platz nahm.

„Du musst morgen nach Teneriffa fliegen", sagte er zu Don Alvarez. Ich habe ein weiteres SMS bekommen: ‚Treffpunkt Teneriffa, Termin und Ort folgen.'"

„Vor Montag wird nichts passieren. Selbst Kriminelle wissen, dass man an Feiertagen schwer an Bargeld kommt. Es reicht, wenn ich übermorgen die Fähre nehme", sagte Don Alvarez.

Mischa wollte aufbrausen. Laura griff nach seinem Arm. „Papa, er hat recht!", sagte sie leise. „Wir sollten die nächste Nachricht abwarten. Vielleicht werden sie in letzter Minute vorschlagen, die Geldübergabe auf einer anderen Insel vorzunehmen?"

„Nein, du fährst morgen nach Teneriffa, Juan María, egal was passieren wird. Ich glaube, diese Kriminellen operieren von dort aus."

„Ich komme mit", sagte Laura.

Sie ignorierte sowohl Don Juan Marías abweisenden Gesichtsausdruck als auch Mischas Protest.

„Ich verspreche dir, mich nicht auf Verbrecherjagd zu begeben. Ich würde nur gerne ein bisschen was von Teneriffa sehen."

„Okay, du könntest Raoul besuchen", sagte Mischa. „Er soll dich herumchauffieren. Der Parque Nacional del Teide zum Beispiel ist absolut sehenswert!“

Don Alvarez schien von Mischas Idee, Laura mitzunehmen, nach wie vor nicht begeistert zu sein, widersprach ihm aber nicht, sondern verabschiedete sich bald.

Mischa erzählte Laura nun von seiner Verabredung zum Essen in den Bergen mit einem seiner wichtigsten Inserenten. Er wollte, dass sie mitkam.

„Elvira hat gemeint, ich könne dieses Essen unmöglich absagen. Du kannst dir denken, dass ich momentan anderes im Kopf habe. Aber dieser Reeder bleibt nur zwei Tage auf Gomera. Außerdem macht María nicht nur die besten Paellas der Insel, sondern ist auch eine Freundin von Mona. Vielleicht hat sie ja was von ihr gehört ...“

„Freundin? Hast du nicht gesagt, Astrid wäre Monas einzige Freundin?“

„Na ja, das stimmt schon. Mona kann nicht besonders gut mit Frauen, aber María mag sie. Alle mögen María.“

Da Laura weder hungrig war noch Lust auf Smalltalk mit einem schwerreichen Reeder hatte, entschied sie, doch zu der Strandparty zu gehen und noch einmal mit Astrid zu reden. Sie schien mehr über Ramona zu wissen als alle anderen, mit denen sie bisher gesprochen hatte.

15.

Die Musik war schon von Weitem zu hören. Laura ließ den Mini neben zwei anderen Fahrzeugen stehen und ging zu Fuß Richtung Playa del Inglés. Sie war froh, die Taschenlampe aus dem Handschuhfach mitgenommen zu haben. Trotz sternenklaren Himmels war es ziemlich finster.

Als sie flackernden Feuerschein erblickte, hätte sie am liebsten kehrtgemacht. Rund um ein Lagerfeuer nahe am Meer hockten in lange Gewänder gehüllte Gestalten. Aus einem antiquierten Ghettoblaster dröhnte Kurt Cobains kraftvolle Stimme. Willkommen im Nirwana, dachte sie.

Nachdem sie sich vergeblich nach weiteren Partybesuchern umgesehen hatte, machte sie die Taschenlampe aus und ging zu einer Felsnische am Ende des Strandes.

Der Mond plantschte im Wasser, verfärbte es silbern. Der Sternenhimmel schien zum Greifen nahe. Nirgendwo ist man dem Himmel näher als am Meer, dachte sie nicht zum ersten Mal. Sie machte es sich in der Nische gemütlich und schrieb Astrid ein SMS: „Wo bleibst du?"

Keine Antwort.

„Another Brick in the Wall", ertönte jetzt eine Spur leiser bis zu ihrem geschützten Platz. Pink Floyd zählten genauso wenig wie Nirvana zu ihren Lieblingsbands. Sie hörte lieber Queen, Madonna und Bruce Springsteen.

Am Strand wurde es voller. Die Gesichter der Leute konnte sie aus der Entfernung nicht sehen. Aber sie bildete sich ein, dass sie Astrid an ihrer Figur und ihrem Gang erkennen würde.

Irgendwann schläferte die psychedelische Musik sie ein.

***

Beim Klang einer sonoren Männerstimme schreckte Laura auf. Zwischen kleinen Felsen unweit ihres geschützten Platzes hatte sich ein Pärchen niedergelassen. Neugierig streckte Laura den Kopf aus ihrer Nische, zog ihn aber rasch wieder zurück.

Keine fünf Meter von ihr entfernt saßen Astrid und ein Mann. Den Mann konnte Laura nur von hinten sehen.

Sie hielt den Atem an, als sie Astrid laut und deutlich sagen hörte: „Du kannst schwören, soviel du willst. Ich weiß, dass sie scharf auf dich war. Und ich habe mit eigenen Ohren gehört, wie du sie zu einem Segeltörn eingeladen hast."

Stille.

„Nein, lass mich", wehrte sich Astrid plötzlich lautstark.

„Bullshit", sagte der Mann schwer schnaufend.

Laura beugte sich wieder vor, hoffte einen Blick auf sein Gesicht zu erhaschen. Anstatt seines Antlitzes erblickte sie aber sein nacktes Hinterteil. Er hockte hinter Astrid, die vor ihm im Sand kniete. Der Typ machte sich nicht einmal die Mühe, ihr den Tanga auszuziehen, sondern schob den schmalen Streifen Stoff beiseite und drang in sie ein.

Astrid schrie leise auf. Es klang weniger nach einem Lust- als nach einem Schmerzensschrei.

Laura wollte einschreiten, doch in diesem Moment begann Astrid zu stöhnen. Und das klang nun doch lustvoll.

Laura schloss die Augen. Im Geiste zählte sie aber seine Stöße mit. Nach einer Minute schien alles vorbei zu sein, und der unverwechselbare Geruch von Gras drang in ihre Nase.

Sie wagte erneut einen Blick hinüber. Astrid rappelte sich gerade vom Boden auf.

„Lass mich mal ziehen", sagte sie.

„Don't bogart that joint, my friend", witzelte er.

Während sich die beiden einrauchten, wurde Laura immer angespannter. Nicht auszudenken, wenn Astrid sie entdecken würde!

Als am Lagerfeuer zwei Afrikaner, in trauter Gemeinsamkeit mit drei Althippies, zu trommeln anfingen, mischte sich Astrid zum Glück unter die Frauen, die sich im Rhythmus der Trommeln in den Hüften wiegten. Ihr Liebhaber folgte ihr nach einer Weile, tanzte aber nicht mit, sondern gesellte sich zu den Zuschauern.

Laura fand, es war an der Zeit, ihr Versteck zu verlassen. Egal wie unangenehm es ihr war, sie wollte unbedingt wissen, wie dieser Kerl, der Astrid so lieblos gevögelt hatte, aussah. Viel mehr als seinen Hintern hatte sie ja bisher nicht von ihm zu sehen bekommen.

Als sie sich dem Lagerfeuer näherte, begann eine betagte Feuertänzerin brennende Hula-Hoop-Reifen um ihre Taille zu schwingen. Erschrocken wich Laura ein paar Schritte zurück, stolperte und landete im Sand.

Ein nackter Adonis eilte auf sie zu und wollte ihr aufhelfen. Sie ignorierte seine Hand und verließ fluchtartig den Strand.

Bildete sie sich nur ein, dass jemand ihren Namen rief?

***

Kurz vor Mitternacht war Laura zu Hause. Mischa saß auf der Couch. Im Fernseher lief eine Quizshow ohne Ton.

„Gut, dass du da bist“, seufzte er, als sie sich zu ihm setzte.

„Was ist los?“, fragte sie.

„Das Essen war eine Katastrophe. Ich habe die ganze Zeit an Mona denken müssen. In den ersten Jahren waren wir jedes Wochenende bei María.“

Es fiel ihr unangenehm auf, dass er von seiner Frau bereits in der Vergangenheitsform sprach.

„Obwohl wir öfters länger getrennt waren als jetzt, vermisse ich sie.“ Er wischte sich mit der Hand über die Augen.

Laura griff nach seiner anderen Hand und streichelte sie. „Warum hat dich Mona nicht im Krankenhaus besucht oder dich zumindest von dort abgeholt?“

„Sie wollte am Freitag kommen. Da ich nicht vorhatte, meinen luxuriösen Aufenthalt in diesem Spital übers Wochenende auszudehnen, habe ich gesagt, sie soll mich lieber am Samstagvormittag abholen. Leider sind wir uns bei diesem Telefonat zuletzt in die Haare geraten. Ich weiß gar nicht mehr, weswegen. Ach ja, ich habe ihr erzählt, dass mich Elvira besucht und mir meine geliebten Albóndigas, diese faschierten Fleischbällchen, mitgebracht hat. Das hat gereicht. Sie rastete aus, machte mir eine Szene. Mona kann Elvira nicht ausstehen, ist eifersüchtig auf sie. Grundlos natürlich.“

Ausnahmsweise konnte Laura Ramonas Reaktion verstehen.

„Das war's“, fuhr Mischa fort. „Sie hat aufgelegt und nicht abgehoben, als ich sie zurückgerufen habe. Es war unser letztes Gespräch. Danach war sie nicht mehr erreichbar. Weder Freitag noch Samstagfrüh. Anfangs habe ich mir keine allzu großen Sorgen gemacht, habe gedacht, sie würde mich ein bisschen zappeln lassen. Als sie um dreizehn Uhr, nach der Visite, noch immer nicht aufgekreuzt war, habe ich Raoul angerufen, wollte ihn bitten, mich abzuholen und zur Fähre zu bringen. Auch er hat nicht abgehoben. Juan María war ebenfalls nicht zu erreichen. Weil die Ärzte mich ohne Begleitung nicht gehen lassen wollten, habe ich das Krankenhaus auf Revers verlassen, mir ein Taxi zur Redaktion in Santa Cruz genommen und gehofft, Raoul dort anzutreffen, da er ja seit Kurzem in unserem Büro wohnt. Sein Vermieter hat ihn rausgeworfen. Und sein Wochenendhäuschen an der Nordwestküste ist zu weit weg, um täglich hin und her zu fahren. Ich habe angenommen, dass er meinen Anruf nicht gehört hat, weil er Freitagnacht zu ausgiebig gefeiert hatte. Ehrlich gesagt, habe ich ihn in Verdacht gehabt, gemeinsam mit Mona gefeiert zu haben."

„Hatten die beiden was miteinander?"

„Ich vermute es, doch das spielt jetzt keine Rolle. Lass mich weitererzählen. Die Tür der Redaktion war zu, aber nicht abgesperrt. Ich habe erwartet, einen schnarchenden Raoul und Reste von weißem Pulver auf seinem Schreibtisch vorzufinden. Meine Erwartungen wurden enttäuscht. Drinnen war niemand. Es hat auch nicht danach ausgesehen, als ob jemand dort übernachtet hätte. Allerdings hat ein heilloses Durcheinander geherrscht. Der Inhalt der Schreibtischschubladen lag auf dem Boden, Aktenordner waren aus den Regalen herausgerissen worden und ebenfalls am Boden gelandet ..."

„Du hast natürlich die Polizei verständigt", unterbrach Laura ihn.

„Habe ich nicht. Ohne Raoul habe ich nicht feststellen können, ob etwas gestohlen wurde. Auf den ersten Blick schien nichts zu fehlen. Die teuren Rechner und anderen technischen Geräte befanden sich alle an ihrem Platz. Vielleicht hatte Raoul ja selbst diesen Saustall hinterlassen. Er zählt nicht zu den Ordentlichsten."

Laura schüttelte missbilligend den Kopf. „Und was hast du dann gemacht?"

„Zum hundertsten Mal versucht, Mona zu erreichen. Teresita hatte ebenfalls nichts von Mona gehört. Zuletzt habe ich in der Redaktion in Las Palmas angerufen. Harry war unterwegs und Elvira schien mehr an meinem Gesundheitszustand interessiert zu sein als an Monas Verschwinden. Ich habe Raoul eine schriftliche Nachricht im Büro hinterlassen, ihn ersucht, mich so rasch wie möglich zurückzurufen, und bin zu Philipe. Seine Bar liegt schräg gegenüber der Redaktion. Er macht die besten Tapas der Stadt und schenkt einen exzellenten Rotwein aus. Raoul verbringt normalerweise mehr Zeit in dieser Bar als im Büro. Doch er hatte sich in den letzten Tagen bei Philipe nicht blicken lassen. Als ich wieder gehen wollte, hat Philipe mich gefragt, ob ich ein Päckchen für Raoul mitnehmen würde. Das kleine Paket war an die Redaktion adressiert, allerdings an Raoul persönlich. Der Absender war mir unbekannt. Irgendein Firmenname. Du kennst mich, ich bin furchtbar neugierig, bin also auf die Toilette und habe das Päckchen geöffnet ... tja ..."

„Und? Was war drin?"

„Darauf würdest du nie kommen."

„Sag schon."

Mischa blickte zu Boden und murmelte schließlich: „Blaue Pillen und ein ... ein ... wie soll ich sagen ... ein Sexspielzeug", murmelte er.

„Benötigen Vierzigjährige heutzutage auch schon Viagra?", fragte Laura kichernd. Sie amüsierte sich mehr über Mischas Verlegenheit als über den Inhalt des Päckchens. „Und was hast du damit gemacht?"

„Was soll ich damit gemacht haben? Ich wollte nicht zurück in die Redaktion. Außerdem hatte ich das Päckchen schon geöffnet ..."

Laura konnte sich nicht länger zurückhalten, fing lauthals zu lachen an. Obwohl sie ebenfalls der Meinung war, dass dies kein besonders geeignetes Thema für ein Vater-Tochter-Gespräch war, konnte sie es sich nicht verkneifen, ihn zu fragen, ob es sich bei dem Sexspielzeug um einen Dildo gehandelt habe.

Er schüttelte den Kopf, weigerte sich, dieses Ding beim Namen zu nennen. Sie gab keine Ruhe, nervte ihn so lange mit ihren Vermutungen, bis er endlich leise sagte: „Liebeskugeln ... oder Venuskugeln ... oder wie immer man so was nennt. Ich kenne mich mit solchem Zeug nicht aus."

„Du überraschst mich ...", kicherte Laura noch immer.

„Schluss mit diesem Quatsch! Lass mich weitererzählen. Ich bin mit einem Taxi direkt zum Hafen und habe in letzter Minute die Nachmittagsfähre nach Valle Gran Rey erwischt. Mona war nicht zu Hause und hat mir auch keine Nachricht hinterlassen. Am Sonntag hat sich Raoul spätabends bei mir gemeldet und entschuldigt, dass er mich nicht im Spital besucht hatte. Er hatte am Freitag einen Anruf von einem seiner Informanten aus der Drogenszene bekommen und ist daraufhin zu einem Treffen mit diesem Mann nach Puerto de la Cruz gefahren. Der Informant ist nicht erschienen, aber Raoul ist in einer Bar das Handy gestohlen worden. Daraufhin ist er in sein Haus in Bajamar gefahren und hat dort das Wochenende verbracht. Wahrscheinlich hat er sich zugedröhnt, denn der Verlust seines Handys hat ihm sicher schwer zugesetzt. Ich habe ihn gefragt, ob er weiß, wo Mona ist. Er hat beteuert, keine Ahnung zu haben. Wir haben auch kurz über die Verwüstung des Büros gesprochen. Er schien genauso wenig Lust zu haben, die Bullen einzuschalten, wie ich, hat gemeint, das seien bestimmt Junkies gewesen, die nach Bargeld gesucht hätten."

„Geld in einer Zeitungsredaktion? Ich verstehe dich nicht, Papa. Du wirst überfallen und zusammengeschlagen, dein Laptop wird dir gestohlen, in der Redaktion wird eingebrochen ..."

„Nach dem Überfall habe ich eh die Policía Nacional verständigt." Mischa klang ziemlich kleinlaut.

„Also redest du doch mit Bullen. Warum hast du mir das alles nicht schon früher erzählt?"

„Habe ich nicht? Egal. Die Polizei zu informieren, hat jedenfalls nichts gebracht. Inzwischen habe ich einen Privatdetektiv engagiert. Ihm vertraue ich absolut. Wenn jemand Mona findet, dann er. Alfredo Díaz wirkt zwar auf den ersten Blick wie ein gutmütiger, verschlafener Bär, ist aber ein kluger Kopf und weiß auch seine Fäuste zu gebrauchen. In seiner Jugend war er ein exzellenter Boxer. Heute ist er ein bisschen zu fett. Glaub mir, Alfredo ist der Beste in seiner Branche. Und er ist mir noch etwas schuldig."

16.

Um halb neun Uhr früh, als Laura auf der Terrasse ihren ersten Kaffee in der milden Morgensonne genoss, läutete das Festnetztelefon in der Finca. Sie ließ es läuten.

Auch Mischa, der oben in seinem Schlafzimmer einen Anschluss hatte, hob nicht ab. Das Telefon verstummte, begann jedoch ein paar Sekunden später erneut zu klingeln.

Laura meldete sich: „Mars?"

„Laura, bist du es?", vernahm sie Teresitas aufgeregte kindliche Stimme.

„Ja. Was ist los?"

„Ihr müsst sofort zur Ermita de San Pedro kommen, das ist diese Kapelle direkt am Strand. Astrid ist tot. Ihre Leiche ist dort angeschwemmt worden. Die Polizei wurde bereits verständigt."

Laura ließ Mischa schlafen. Er hatte gestern Abend sehr erschöpft gewirkt, sein Gesicht war fast grau gewesen. Bestimmt hatte er eine Schlaftablette genommen, sonst hätte er das Klingeln des Telefons nicht überhört. Von Astrids Tod würde er noch früh genug erfahren.

Sie fuhr mit dem Jeep ihres Vaters hinunter zum Meer und traf dort gleichzeitig mit einer Ambulanz ein. Zwei Streifenwagen standen auf der Promenade. Uniformierte Polizisten liefen hektisch hin und her. Absperrbänder flatterten im Morgenwind.

Zu dieser frühen Stunde waren nur wenige Touristen in La Playa unterwegs. Die Lokale und Geschäfte hatten noch alle geschlossen. Ein junges Pärchen, Rucksacktouristen, die am Strand geschlafen und die Leiche entdeckt hatten, wurde gerade von einem Uniformierten einvernommen. Teresita stand heftig gestikulierend neben ihnen und redete auf den Polizisten ein.

Laura näherte sich zögernd. Die nassen, dunklen Steine, die aus dem Wasser ragten, glänzten rosa im Sonnenlicht. Es war Ebbe, das Meer zog sich zurück.

Das Haupt der Medusa, dachte sie, als sie das mit Algen geschmückte Haar der Toten erblickte. Der glasige Blick aus den weit aufgerissenen Augen ließ sie erschaudern.

Einer der Polizisten versperrte Laura den Weg.

„Ella viene conmigo, Pepe!", sagte Teresita, was auf Deutsch so viel wie „Sie gehört zu mir!" bedeutete, stemmte ihre Hände in die ausladenden Hüften und funkelte ihn zornig an.

Laura trat näher. Astrids nackter Körper wirkte unversehrt, war allerdings leicht aufgeschwemmt. Vielleicht war aber der aufgeblähte Bauch auch ihr normaler Bauch und nicht durch ihren Tod verursacht worden?

Womöglich war sie nach der Party an der Playa del Inglés noch vor ihrem Haus schwimmen gegangen? Es würde zu Astrid passen. Sie war ein bisschen verrückt gewesen. Doch dann fiel Lauras Blick auf die dunklen Flecken am Hals der Toten. Würgemale?

Ein weiterer Polizeiwagen traf ein. Ein Uniformierter mit Epauletten forderte Teresita und Laura auf, den Unfallort zu verlassen.

„Astrid ist erwürgt worden, aber die Polizei glaubt, dass es ein Unfall war, oder?", fragte Laura die vor Empörung schnaufende Teresita, als sie nebeneinander über den steinigen Strand stapften.

„Pepe glaubt, dass Astrid ertrunken ist, aber der ist ein bisschen beschränkt, verstehst du? Und der Angeber, der mit den Fransen auf den Schultern, ist ebenfalls nicht der Hellste. Er verdankt seine Position seinem Vater, der einst ein hohes Tier bei der Guardia Civil war. Aber der Gerichtsmediziner wird die Hämatome an ihrer Kehle schon richtig zu deuten wissen." Teresitas Stimme klang brüchig. Sie kämpfte mit den Tränen.

Laura legte ihren Arm um ihre Schultern. „Alles okay, Kleines? Komm, ich bringe dich nach Hause."

***

Teresitas dunkelrot gestrichenes Häuschen duckte sich zwischen zwei Palmen an einen steilen Felshang. Rund um das Haus wuchsen meterhohe Kakteen, Agaven und Aloe vera.

Auf der rötlichen, trockenen Erde gedeihen bestimmt keine anderen Pflanzen, dachte Laura. Hinter dem Haus hatte Teresita jedoch ein Gemüsegärtchen angelegt. Die Tomaten- und Bohnenstauden sahen verkümmert aus. Inmitten der Kakteen stand ein verwitterter Holztisch, umgeben von einer Bank und zwei Stühlen.

„Komm rein“, sagte Teresita und hielt Laura die Tür auf.

Zwei kleine Zimmer, ein winziges Bad. Die Wohnküche war vollgestopft mit IKEA-Möbeln. In dem etwa zehn Quadratmeter großen Schlafzimmer, in dem, außer einem Bett, auch ein Schrank und eine Kommode standen, konnte man sich kaum umdrehen.

„Setzen wir uns lieber nach draußen“, schlug Laura vor.

Teresita spannte einen windschiefen Sonnenschirm neben dem Gartentisch auf und holte eisgekühlte selbstgemachte Limonade.

Laura nahm einen Schluck und wollte sich gerade lobend darüber äußern, doch ein plötzlicher Gefühlsausbruch ihrer Gastgeberin ließ sie zusammenzucken.

„Madre mía! Was für eine Tragödie!“ Teresita schlug die Hände vors Gesicht. „Aber diese fatale Affäre musste ja so enden.“

„Fatale Affäre?“

„Ich habe dir schon letztens von Astrids Lover Carlos Rodríguez erzählt. Er ist ein richtiger Scheißkerl! Was du nicht weißt, ist, dass auch Mona ein Auge auf dieses Arschloch geworfen hatte. Beinahe hätten sich die beiden wegen ihm in die Haare gekriegt. Ich war dabei, habe gehört, wie Astrid Mona angeschrien hat, sie solle gefälligst ihre Finger von ihm lassen. Rodríguez ist Madrilene und besitzt Clubs in Santa Cruz und Puerto de la Cruz auf Teneriffa und auch ein Lokal im Süden von Gran Canaria. Wegen der Coronapandemie steckt er momentan in finanziellen Schwierigkeiten. Seine Lokale waren monatelang geschlossen. Es gibt Gerüchte, dass er sich wieder auf den Drogenhandel verlegt hat. Angeblich will er auch im Valle einen Nightclub aufmachen. So was fehlt uns gerade noch! Don Alvarez vertritt ihn übrigens in dieser Angelegenheit.“

Laura zog die Brauen hoch. Don Juan María de Alvarez und ein zwielichtiger Barbesitzer und Drogendealer?

„Auf unseren Inseln sind alle schwer verschuldet, alle außer deinem Vater. Don Alvarez ist ein leidenschaftlicher Spieler. Schon während seiner Ehe hat er fast das ganze Vermögen seiner Frau durchgebracht. Deshalb ist es auch öfters zu heftigen Streitereien bei den Alvarez’ gekommen. Nach ihrem Tod hat er das, was übrig war, in kürzester Zeit am Spieltisch verloren. Sogar seine Finca ist versteigert worden. Das Einzige, was ihm blieb, ist sein Roadster. Wenn dein Vater ihn nicht ständig beschäftigen würde, könnte er sich den auch nicht mehr leisten.“

„Und wo wohnt er momentan?“

„Er hütet die Ferienhäuser von Deutschen, die er früher beim Kauf ihrer Domizile vertreten hat. Wenn einer der Besitzer daherkommt, wechselt er ins nächste Haus. Und wenn einmal nichts frei ist, kriecht er im Palacio seiner alten Tante in der Altstadt von Las Palmas unter. Man kann nur hoffen, dass sie ihm den Palacio eines Tages vererben wird. Denn der Herr Anwalt lebt auf großem Fuß. Sind dir seine Designeranzüge und seine Maßschuhe nicht aufgefallen? Auch seine Armbanduhr muss ein Vermögen gekostet haben.“

Laura starrte Teresita finster an. Zwar hatte ihr Don Juan María letztens erzählt, dass es mit ihm nach dem Tod seiner Frau rasch bergab gegangen war, aber seine Spielsucht hatte er mit keinem Wort erwähnt.

Na bravo, dachte sie. Zuerst ein Alkoholiker, dann ein Profikiller und jetzt ein Spieler. Ihr Gespür, was Männer betraf, ließ tatsächlich zu wünschen übrig.

Ihr missfiel vor allem Don Juan Marías Verbindung zu diesem Clubbesitzer und Drogendealer. Sie wollte mehr darüber wissen. Doch Teresita schien keine Lust zu haben, weiter über Don Alvarez zu klatschen.

„Lass uns was essen. Dein Vater hat mir gesagt, dass du verrückt nach unseren Papas arrugadas mit Mojo bist."

„Ich fürchte, ich werde keinen Bissen hinunterkriegen. Astrids bleiches Gesicht, ihr starrer Blick und die Algen in ihrem Wuschelhaar, wie ekelige Würmer ... oh mein Gott", stöhnte Laura.

„Ja, sie hat wirklich grässlich ausgesehen", seufzte Teresita. „Ich darf gar nicht daran denken. Trotzdem solltest du jetzt etwas essen."

Jeder Widerstand schien zwecklos. Laura warf einen Blick auf ihre Armbanduhr und rief Mischa an. Er war bereits über Astrids Tod informiert worden. Anscheinend war er nicht allein. Im Hintergrund vernahm sie Männerstimmen.

„Wann kommst du nach Hause?"

„Ich kann nicht gleich weg."

„Wo bist du?"

„Bei Teresita. Ich will sie jetzt nicht alleinlassen."

„Okay. Wir reden später."

Laura ging in die Küche.

Während Teresita einen Topf mit Meerwasser aus einem blechernen Kübel auf den Herd stellte und die kleinen, verschrumpelten Kartoffeln ins kochende Wasser gab, zerstampfte sie Koriander, Petersilie und Knoblauch, gab Meersalz, Pfeffer, Olivenöl und einen Spritzer Essig dazu und vermengte alles miteinander.

„Mojo verde ist keine Hexerei“, sagte sie, als sie geräucherten Ziegenkäse aus dem Kühlschrank nahm und ein Glas mit Mojo picón öffnete.

„Die rote schmeckt mir fast noch besser als die grüne Mojo“, sagte Laura. „Verrätst du mir auch das Rezept dafür?“

„Selbstverständlich, guapa. Du hast es gerne scharf, oder?“, fragte Teresita augenzwinkernd. „Dann musst du immer Mojo picón bestellen, das ist die scharfe Variante von Mojo rojo, der roten Sauce, und ebenso einfach zuzubereiten: Chilischoten, Paprika, Tomaten, Kreuzkümmel, Salz, Pfeffer, Olivenöl und einen Spritzer Essig.“

Laura beeilte sich, auch die Mojo verde noch einmal extra zu loben. Ziegenkäse und Kartoffeln waren in ihren Augen nichts als notwendige Beilagen für diese köstlichen Saucen.

Danach reichte Teresita ihr gräulich aussehende Teigbällchen.

„Die sind aus Gofiomehl. Du solltest sie probieren. Es ist die Nationalspeise der armen Leute von Gomera.“

Das Gemisch aus geröstetem Mais und Gerste schmeckte Laura weniger. Bevor sie aufbrach, schluckte sie jedoch tapfer ein paar Bissen davon hinunter.

Teresita brachte sie zum Gartentor.

Erst jetzt bemerkte Laura den langen hölzernen Stab, der an der niedrigen Mauer lehnte.

„Was ist denn das für ein mörderisches Ding?“ Sie deutete auf die scharfe Spitze der Stange.

„Das ist ein Hirtenstab, mit dem schaffen wir Gomeros es, steile Abhänge in kürzester Zeit zu überwinden. Als ich ein paar Kilo leichter war, habe ich gut damit umgehen können. Heute traue ich mir den Hirtensprung nicht mehr zu. Die Männer in den Bergen benützen diese Stäbe aber nach wie vor."

***

Laura fuhr nicht nach Hause, sondern zur Playa del Inglés, um mit dem Althippie, der sie und Astrid gestern zur Party eingeladen hatte, zu reden.

Am Strand waren nur wenige Liegestühle belegt. In den Felsnischen befand sich niemand. Eine junge Frau mit Rastazöpfen sammelte Plastikflaschen ein, die im schwarzen Sand herumlagen. Den restlichen Müll ließ sie liegen.

Laura fragte, ob sie Deutsch oder Englisch spreche.

„Beides", sagte die Kleine grinsend.

Laura beschrieb ihr den Mann, den sie suchte.

„Du meinst Ingo. Der ist drüben in seiner Höhle in der Schweinebucht. Pennt bestimmt noch."

Laura ersuchte sie, ihr den Weg zu der Bucht zu beschreiben.

„Du musst nach Vueltas und dort noch mal fragen. Man kommt nur zu Fuß hin. Eigentlich heißt der Strand Playa de las Arenas. Die Einheimischen nennen ihn Schweinebucht. Wegen uns. In ihren Augen sind wir Schweine. Die sind hier genauso spießig wie bei uns in Deutschland."

Laura konnte es sich nicht verkneifen, das Mädchen zu fragen, warum sie nur die Plastikflaschen einsammelte und die anderen Abfälle liegenließ.

Die Kleine zuckte mit den Achseln. „Auf den Flaschen ist Pfand drauf“, murmelte sie lapidar.

Auch Blumenkinder brauchen Geld, dachte Laura, als sie zu ihrem Wagen zurückkehrte.

Sie gab Playa de las Arenas auf ihrem Handy ein und amüsierte sich, als sie las, dass dieser naturbelassene, südlichste Sandstrand der Küste wegen der Nudisten, die sich dort ab den Sechzigerjahren einnisteten, bei den Einheimischen verpönt war. Angeblich hausten dort heute noch ein paar Einsiedler in den Höhlen.

17.

Laura fand den kleinen Sandstrand ohne Schwierigkeiten. Vor einem Meditationszentrum stellte sie ihren Wagen ab und ging zu Fuß weiter.

Die Schweinebucht war menschenleer. Es wehte ein kühler Wind und der Himmel war bewölkt. Der schwarze Lavasand, das dunkelblaue Meer und der graue Himmel boten einen eher bedrohlichen Anblick.

In dem Felsen, der den Strand begrenzte, gab es mehrere Höhlen. Offensichtlich übernachteten alternative Touristen dort und hinterließen ihre Abfälle. Jedes Mal, wenn sie in eine der Höhlen hineinschaute, strömte ihr fürchterlicher Gestank entgegen.

Sie wollte schon aufgeben, als sie plötzlich eine Hand auf ihrer Schulter spürte. Erschrocken drehte sie sich um und ballte ihre rechte Hand zur Faust.

„Suchst du mich?“, fragte der ältere, unrasierte Mann mit dem verwitterten Gesicht, der knapp hinter ihr stand.

„Hallo Ingo.“

Seine Pupillen waren stark vergrößert, er stank

entsetzlich nach Bier.

„Ich würde gerne mit dir über das Fest gestern reden.“

Er schwieg.

„Ich bin ... war eine Freundin von Astrid. Du kennst doch Astrid ...“

„Astrid hat das Nirwana erreicht“, krächzte er.

„Sie wurde ermordet.“

„Dann muss sie nicht mehr leiden.“ Er lächelte verzückt.

Am liebsten hätte Laura ihn gepackt und geschüttelt. „Was ist auf dem Fest passiert, nachdem ich weg war? Wann ist Astrid gegangen? Ist sie allein heim oder mit einem Mann?“, bombardierte sie ihn stattdessen mit Fragen.

Er stammelte wirres Zeug, sprach von Reinkarnation, vom Austritt aus dem Samsara. Bestimmt hatte er irgendeinen Trip eingeworfen.

Laura war mit ihrer Geduld am Ende. „Wer war noch alles dort? Kannst du mir einen Namen oder eine Telefonnummer geben?“, herrschte sie ihn an.

Er legte seinen Arm um ihre Schultern und fragte: „Willst du mit mir pennen?“

Laura versetzte dem deutschen Späthippie einen kräftigen Stoß gegen die Brust. Er geriet ins Taumeln und fiel auf den Hintern.

„Du hast ein schlechtes Karma“, jammerte er.

Sie hatte die Nase voll von diesem Idioten, half ihm nicht auf, sondern entfernte sich ein paar Schritte.

„Astrid hat gestern mit ihrem Kerl Zoff gehabt!“, rief er ihr nach.

Sie machte kehrt, ließ sich neben ihm im Sand nieder. „Erzähl! Was war los?“

„Keine Ahnung. Karen weiß vielleicht mehr. Sie hat sich länger mit ihm unterhalten.“

„Wer ist Karen?“

„Ein tolles Weib. Sie hat ihr Leben mit ihrem stinklangweiligen Zahnarzt in Kopenhagen sattgehabt und haust nun bei uns.“ Er deutete auf eine der Höhlen, die Laura bereits inspiziert hatte.

„Dort ist niemand.“

„Willst du wirklich nicht mit mir ficken?“

„Nein, sicher nicht! Sag mir lieber, wo ich diese Karen finde.“

„An ihrem Lieblingsplatz.“ Er deutete auf das Ende der Bucht, wo unwirtliches Geröll aus dem Wasser ragte.

Laura verließ ihn wortlos, ging zum Ende des Strandes und sah um die Ecke.

Das Ende der Welt, dachte sie angesichts der steil über dem Meer aufragenden Felsen.

Auf einem aus dem Wasser hervorstehenden Stein hockte eine nackte Gestalt. Laura sah nur einen Teil ihres braungebrannten, knackigen Hinterns, ihren schlanken Rücken und ihr langes blondes Haar. Die Frau erinnerte sie an die hübsche Meerjungfrau in Kopenhagen.

„Karen“, rief Laura mehrmals.

Die Geräusche der starken Brandung verschluckten ihre Rufe.

Sie kletterte auf allen Vieren über die glatten Steine. Die Gischt spritzte ihr ins Gesicht. Sie geriet öfters ins Rutschen, schaffte es aber, ein paar Meter an die Meerjungfrau heranzukommen. Außer Atem ließ sie sich auf einem der Steine nieder.

„Hallo, mein Name ist Laura. Bist du Karen? Ingo hat mir gesagt, dass ich dich hier finde.“

„Siehst du nicht, dass ich meditiere?“, antwortete die Sonnenanbeterin, ohne sich umzudrehen. Ihr skandinavischer Akzent war nicht zu überhören.

„Verzeih, ich muss dich etwas fragen. Du hast dich gestern bei der Strandparty länger mit einem Mann unterhalten, der nicht zu euch gehört hat ..."

Die blonde Frau wandte Laura ihren Oberkörper zu. Ihre Brüste waren ebenso attraktiv wie ihr Hinterteil. „Du meinst den, der kostenlose Joints verteilt hat?"

„Ja, den meine ich", sagte Laura aufs Geratewohl.

„Ich habe ihn gestern zum ersten Mal gesehen, habe nicht lange mit ihm geredet. Mein Spanisch ist katastrophal, und er hat nur gebrochen Deutsch gesprochen. Warum interessierst du dich für den Mann?"

„Eine Frau ist umgebracht worden. Ihr Name war Astrid. Sie hat in einer Boutique in La Playa gearbeitet."

„Astrid ist tot?" Karen starrte sie entsetzt an.

„Ja, sie ist gestern Nacht ermordet worden."

„Warte, ich komme zu dir rüber."

Unsicher balancierte Karen über die glitschigen Steine und ließ sich schräg vor Laura auf einem ständig vom Meer überspülten Felsen nieder.

„Bist du von der Interpol?"

„Nein. Ich habe Astrid gemocht und will, dass ihr Mörder nicht ungestraft davonkommt."

„Oder ihre Mörderin?"

„Ich bin überzeugt, dass sie von einem Mann getötet wurde", beteuerte Laura.

„Du meinst, von dem Mann, mit dem sie gestern auf der Party war?"

Laura nickte.

„Okay, ich werde dir helfen, ihn zu finden. Ich beginne mich hier eh schon zu langweilen. So eine Mörderjagd wäre eine nette Abwechslung."

Oh mein Gott, dachte Laura. Sie hatte keine Lust, eine gelangweilte Touristin, die ein bisschen Detektiv spielen wollte, am Hals zu haben.

„Ich habe ihn um einen Joint angeschnorrt. Er hat exzellenten Stoff dabeigehabt“, sagte Karen.

„Wie hat er ausgesehen? Hat er dir seinen Namen genannt?“

„Nein. Er war relativ groß, so um die Mitte vierzig, ein Durchschnittstyp. Ach ja, er hatte eine Zahnlücke. Ihm hat ein vorderer Schneidezahn gefehlt. Mein Mann ist Zahnarzt. In meinem früheren Leben war ich seine Assistentin. Anscheinend kann ich bis heute nicht anders, als den Menschen zuerst in den Mund zu schauen. Ich habe mich gewundert, dass ein Typ, der so einen teuren Wagen fährt, nicht das nötige Kleingeld besitzt, um sich eine Jacketkrone leisten zu können.“

Die Geschichte mit den Zähnen amüsierte Laura. Denn sie achtete immer auf die Kleidung der Menschen, obwohl ihr dieser Reflex auf die Nerven ging.

„Als er sich aus dem Staub machen wollte, ist Astrid ihm nachgelaufen. Sie war betrunken und zugekifft. Haschisch entspannt die meisten Menschen. Nicht Astrid. Sie war außer Rand und Band, hat ihn beschimpft und um sich geschlagen. Kurz bevor er bei seinem Wagen angelangt war, hat sie ihn eingeholt. Er hat sie ins Auto gezerrt. Was drinnen passiert ist, weiß ich nicht genau. Es war zu finster. Ich glaube, er hat sie gewürgt.“

„Hast du gesehen, dass er sie gewürgt hat?“

„Ja ... nein, ich kann mich nicht genau er...innern“, stammelte Karen.

Laura sah ihr tief in die geröteten Augen. Sie vermutete, dass die hübsche Dänin ihre auffällig großen Pupillen mehr als einem Joint zu verdanken hatte.

„Halt! Jetzt weiß ich es wieder. Er hat sie geohrfeigt. Die Innenbeleuchtung ist kurz angegangen, als er losgefahren ist. Besser gesagt, als er versucht hat loszufahren. Die Räder seines SUVs sind tief im Sand gesteckt. Er hat noch mehr Gas gegeben. Vergebliche Liebesmüh." Sie begann zu kichern, wollte sich gar nicht mehr einkriegen.

„Was ist denn so lustig? Lass mich mitlachen."

Prompt hörte sie zu kichern auf und sprach in ernstem Tonfall weiter. „Astrid hat die Tür aufgerissen, hat aussteigen wollen und sich mit einem Bein in ihrem bodenlangen Kleid verfangen. Sie ist mit dem Gesicht voran in den Sand gefallen. Er ist ausgestiegen, hat ihr aber nicht aufgeholfen, sondern mich und ein paar andere Leute, die sich das Spektakel nicht entgehen lassen wollten, gebeten anzuschieben."

„Und um Astrid hat sich keiner gekümmert?"

„Wir waren alle zugedröhnt. Zu fünft haben sie es geschafft, den schweren Wagen wieder flottzukriegen. Astrid, die nach wie vor bäuchlings im Sand lag, hat sie mit krächzender Stimme angefeuert. Ich habe nicht mitgeholfen, hätte diesen Macho gerne zu Fuß nach Hause latschen sehen. Als er schließlich ohne Astrid losfuhr, hat sie zu heulen begonnen. Zwei Boys haben sich bemüht, sie zu trösten. Eine Zeitlang saß sie noch mit ihnen am Lagerfeuer. Sie dürfte sich aber bald aus dem Staub gemacht haben."

„Du solltest diese Geschichte Wort für Wort der Polizei erzählen."

„Mit den Bullen will ich nichts zu tun haben!" Ein erschrockener Ausdruck erschien im Gesicht der jungen Dänin. „Du hast doch gesagt, dass wir den Fall gemeinsam aufklären werden."

Davon war nie die Rede gewesen. Doch Laura widersprach nicht. Mit Kiffern oder Betrunkenen zu debattieren war sinnlos, das wusste sie aus Erfahrung.

„Danke dir. Das war's schon", sagte sie. „Ich muss gehen. Hoffentlich werde ich es noch halbwegs trocken bis ans Ufer schaffen."

Das Wasser war mittlerweile gestiegen. Sie hatte bereits einen nassen Hosenboden.

Karen bestand darauf, sie zu begleiten. „Gib mir deine Handynummer. Wenn mir noch etwas einfällt, rufe ich dich an."

Laura bezweifelte, dass sich die bekiffte Dänin die Telefonnummer merken würde, und half ihr über das glatte Geröll zurück zum Strand.

18.

Als Laura am späten Nachmittag heimkehrte, lag Mischa auf der Couch im Wohnzimmer. Wegen seiner Schmerzen, die anscheinend auch im Liegen nicht nachließen, hatte er keine Siesta halten können und war schlechter Laune. „Die Bullen waren da. In meinem Haus! Stell dir das mal vor."

„Und was wollten sie?"

„Sie haben sich bemüßigt gefühlt, mich über den Tod meiner Untermieterin zu informieren."

„Das finde ich in Ordnung."

„Findest du? Und wenn Monas Entführer mein Haus im Auge behalten? Sie müssten doch denken, ich hätte mein Wort gebrochen und die Bullen geholt."

Laura wollte mit ihm über Astrid reden und über ihre Gespräche mit den Hippies.

„Später. Mir ist nicht gut."

Sie ging auf ihr Zimmer, machte sich im Internet auf die Suche nach Astrid. Zwar fand sie jede Menge Kräutertipps unter Astrids Namen und jede Menge Fotos: Astrid beim Power Yoga, Astrid in Trance, Astrid als Fruchtbarkeitsgöttin, Astrid bei einem Schleiertanz am Strand, aber keinerlei Hinweise auf einen Mann mit einer auffälligen Zahnlücke.

Sie sah sich alle Bilder noch einmal in Ruhe an. Auf zweien entdeckte sie im Hintergrund verschwommen Ramona. Das eine Bild war vor der Boutique aufgenommen worden. Astrid stand in der Tür, Ramona war von der Seite zu sehen. Auf dem anderen kehrte Ramona Astrid den Rücken zu. Laura erkannte sie auch von hinten. Sie vergrößerte das Bild und sah nun, dass sich Ramona mit einem Mann unterhielt. Er war fast einen Kopf größer als sie und beugte sich zu ihr hinab. Das Foto war zu unscharf, um mehr als die Form seines Gesichtes erkennen zu können. Wie hatte Karen gesagt? Ein Durchschnittstyp?

Laura gab auch Don Alvarez' Namen ein. Außer einer Büroadresse in Las Palmas auf Gran Canaria und einer Mobiltelefonnummer fand sie nur Beiträge, in denen es um ihren Vater ging und Don Alvarez als dessen Anwalt erwähnt wurde. In den Social Media schien der Herr Anwalt nicht aktiv zu sein. Er hatte auch keine Homepage.

„Laura, wo bist du?", hörte sie Mischa rufen.

Sie drehte den Laptop ab. Ihr Vater tat ihr leid. Sie erinnerte sich gut an die Zeit nach ihrem Unfall, als sie jede Nacht vor Schmerzen geschrien hatte. Doch ihm schien es besser zu gehen, als sie hinunterkam.

„Ich habe noch eine Pille eingeworfen", sagte er.

„Wie viele hast du heute schon genommen?"

„Vier oder fünf?" Er zuckte mit den Schultern.

„Dann war das die letzte für heute."

„Ja, Frau Doktor."

„Vielleicht solltest du wieder zu kiffen beginnen? Marihuana gilt mittlerweile selbst in Medizinerkreisen als wirksames Schmerzmittel."

Während ihrer Kindheit hatten ihre Eltern manchmal gemeinsam vor ihren Augen einen Joint geraucht. Erst als sie in die Pubertät gekommen war, hatten sie es aufgegeben oder es zumindest nicht mehr in ihrer Gegenwart getan. Ihre Vorsichtsmaßnahmen waren überflüssig gewesen. Laura hatte Kiffen damals ohnehin extrem uncool gefunden.

Mischa verkniff sich ein Grinsen und sagte: „Ich glaube, ich sollte lieber etwas essen. Hast du Hunger?"

„Teresita hat mir Papas arrugadas und Ziegenkäse kredenzt."

„Das sind ja nur Vorspeisen. Auf den Kanaren essen selbst alte Leute wie ich erst spätabends. Teresita hat, während du unterwegs warst, eine Tortilla vorbeigebracht. Sie war enttäuscht, dich nicht anzutreffen. Die Kleine scheint einen Narren an dir gefressen zu haben. Wo warst du überhaupt?"

„Am Strand."

„Du warst schwimmen? Das nenne ich cool."

„Hör auf, Papa. Ich war nicht schwimmen, ich habe ein paar Nachforschungen wegen Astrids Tod angestellt."

„Du glaubst also wirklich, dass sie ermordet wurde?"

Laura nickte.

„Hast du etwas herausgefunden?"

„Kommt dir der Name Carlos Rodríguez bekannt vor?"

„Ja, er ist einer von Juan Marías Mandanten. Ihm gehören ein paar Clubs auf Teneriffa, glaube ich."

„Astrid hatte ein Verhältnis mit ihm.“

„Und er wollte sie loswerden? Ach, komm ...“

„Er ist ein brutaler Hund.“

Sie erzählte ihm nichts von der gestrigen Szene am Strand, da sie sich für ihr voyeuristisches Verhalten genierte.

„Tut mir leid, aber ich habe Hunger. Wir reden später weiter.“ Mischa wollte aufstehen.

„Nein, bleib liegen! Ich finde sowieso, dass du mit deinen Rippenbrüchen und deiner angeknacksten Kniescheibe viel zu viel herumturnst. Die Tortilla werde ich wohl aufwärmen können. Ich mache uns einen Salat dazu. Okay?“

Überraschenderweise protestierte er nicht. Ihm schien es tatsächlich mies zu gehen.

„Ich bin ein echter Mojo-Freak, könnte mich hier nur von Mojo ernähren“, sagte Laura zu Mischa, der ihr mit gerunzelter Stirn dabei zusah, wie sie einen Löffel der roten Sauce auf ihre Tortilla klatschte.

„Als Kind hast du dir überall Senf draufgetan, selbst auf ein Schnittlauchbrot.“

„Senf macht dick und dumm, hat Mama oft behauptet. Das hat sie bestimmt nur gesagt, weil ich so ein Senftiger war.“

Mischa langte auch bei Lauras Salat kräftig zu. Sie hatte geschmolzenen Ziegenkäse und Avocadostückchen unter die Tomaten, Gurken und Zwiebeln gemischt.

Teresitas Tortilla war wunderbar flaumig. Ihre Süßspeise, ein Mousse de Gofio, verschmähte Laura aber. Sie stand weder auf Gofio noch auf Süßigkeiten, hatte sich schon als Kind mehr über Frankfurter Würstel mit Senf gefreut als über eine Schokolade. Eis liebte sie allerdings. Als Mischa, ohne sie zu fragen, wieder eine Großpackung für sie aus dem Kühlschrank holte, war sie fast gerührt.

Mit vollen Bäuchen lümmelten sie nach dem Essen auf dem Sofa herum.

„Habe ich dir schon gesagt, wie froh ich bin, dass du gekommen bist?“ Mischa ergriff ihre Hand.

Rasch entzog Laura sie ihm. „Werde mir bloß nicht sentimental.“

„Nein, ehrlich ...“

„Haben sich Monas Entführer noch einmal gemeldet?“, wechselte sie das Thema.

„Nein. Es bleibt dabei. Du fährst morgen mit Juan María nach Teneriffa.“

„Wie kommen sie bloß auf die Idee, dass du so locker fünfhunderttausend Euro flüssigmachen kannst?“

„Ich beschäftige mich seit der ersten globalen Finanzkrise ernsthaft mit Aktienkursen, wie du weißt. In den letzten zwölf Jahren habe ich ein kleines Vermögen an der Börse gemacht.“

„Alter Couponschneider“, sagte Laura. „Ich weiß noch, wie verzweifelt Mama war, wenn du Geld von eurem Sparbuch genommen und es in dubiose Aktienpakete gesteckt hast. Damals hast du meistens Verluste gemacht, wenn ich mich richtig erinnere.“

„Damals war ich ein blutiger Anfänger. Heute gehöre ich zu den Gewinnern.“

„Ja und nein. Denn du wirst alles hergeben müssen, um Mona zu retten.“

„Warum bist du immer so pessimistisch?“

„Ich bin keine Pessimistin, sonst hätte ich nach Lorenz’ Tod keinen neuen Anfang in Griechenland gewagt.“

„Der leider schiefgegangen ist.“

„Wer ist jetzt negativ?“

„Verzeih. Aber nun zum morgigen Tag“, wechselte Mischa das Thema. „Juan María wird dich zur Zentrale meiner Bank in Santa Cruz de Tenerife bringen. Ich habe den Direktor telefonisch zu Hause erreicht. Er wird alles in die Wege leiten. Du bekommst eine Vollmacht und wirst die fünfhunderttausend am Dienstag in der Früh ausgehändigt bekommen.“

„Wieso ich und nicht Don Alvarez? Traust du ihm nicht?“

„Blödsinn. Juan María hat das selbst vorgeschlagen. Ich habe dem Bankmenschen ein Gschichterl gedruckt, habe gesagt, meine Tochter benötige dringend Geld. Ich habe ihm schlecht erzählen können, dass ich erpresst werde.“

„Und er hat nicht nachgefragt?“

„Hat er, aber ich habe seine Fragen abgewürgt, habe gesagt, es handle sich um eine wichtige familiäre Angelegenheit. War ja nicht einmal gelogen, oder? Er wird dir das Geld in bar auszahlen.“

„Was hältst du wirklich von Don Alvarez? Ich werde aus ihm nicht ganz schlau. Teresita scheint ihn nicht zu mögen.“

„Sie kennt ihn kaum. Außerdem waren ihre Vorfahren schwer geknechtete Landarbeiter. Verständlicherweise haben diese Leute bis heute eine Stinkwut auf die reichen Großgrundbesitzer.“

„Ist er nicht völlig verarmt?“

„Ja, aber er stammt aus einer alten, guten Familie.“

„He, seit wann bezeichnest du Adelsfamilien als gute Familien?“

„Sei nicht so streng mit deinem armen Vater.“ Mischa sah sie belustigt an. „Jedenfalls ist der Hidalgo ein feiner, gebildeter Mensch. Er hat viel Pech gehabt in seinem Leben.“

„Du meinst am Spieltisch?“

„Wer hat dir das erzählt? Teresita?“

Laura nickte.

„Nach dem Tod seiner Frau ist er auf die schiefe Bahn geraten. Sie ist vor vier Jahren an Leukämie gestorben. Ich fürchte, er hat ihren Tod bis heute nicht überwunden. Letitia war eine zarte, fast ätherisch anmutende Schönheit und sehr lieb und verständnisvoll. Ich habe sie leider erst kurz vor ihrem Tod kennengelernt.“

„Astrid hat gemeint, er könnte schwul sein.“

„Jeder Mann, der nicht mit ihr schlafen wollte, wurde von ihr der Homosexualität bezichtigt. Sogar ich. Astrid war sexsüchtig, besser gesagt, liebessüchtig. Mona ist ihr in dieser Hinsicht ein bisschen ähnlich. Vielleicht haben sich die beiden deswegen so gut miteinander verstanden?“

„Seit wann bist du so spießig? Warst du nicht auch einst ein Verfechter der freien Liebe?“, warf Laura spöttisch ein.

Sie hatte keine Lust, sich mit ihrem Vater über das vermutlich sehr abwechslungsreiche Liebesleben seiner Frau und deren Freundin auszutauschen.

„Findest du es nicht eigenartig, dass Don Alvarez nach dem Tod seiner Frau keine andere Beziehung mehr eingegangen ist?“, fuhr sie fort.

„Darüber habe ich mir nie Gedanken gemacht. Ich habe ihn über seine greise Tante Doña Anna kennengelernt, habe diese schrullige Alte einmal für einen Artikel über Las Palmas’ berühmtesten Künstler, den Tenor Alfredo Kraus, interviewt. Sie hat diesen Opernsänger leidenschaftlich verehrt und ist davon überzeugt, auch nach seinem Tod noch mit ihm in Verbindung zu stehen. Man könnte sie als Stalkerin bezeichnen. Denn sie hat den großartigen Tenor zu seinen Lebzeiten regelrecht verfolgt, ist ihm zu seinen Auftritten an der Scala und an der Met nachgereist. Ja, Doña Anna ist ein richtiges Original! Ich schätze, sie muss Mitte achtzig sein, ist immer elegant gekleidet und perfekt geschminkt. Ich glaube, sie würde dir gefallen."

Laura kam noch einmal auf Astrids Ermordung zu sprechen.

Mischa versuchte aufzustehen, ließ sich aber gleich wieder stöhnend nieder. „Bringst du mir bitte einen Brandy?"

„Brandy und Schmerztabletten?"

„Brandy hilft, glaub mir."

Laura brachte ihm einen winzig kleinen. Sie blieb bei Wasser und berichtete ihm nun von ihren Gesprächen mit Ingo und Karen in der Schweinebucht. „Astrid war höchstwahrscheinlich mit Carlos Rodríguez auf der Party. Laut Aussage der Dänin, die sie beobachtet hat, haben sich die beiden gestritten. Astrid wurde von dem Mann sogar geohrfeigt. Außerdem hat sie eindeutig Würgemale am Hals gehabt. Die hat sie sich nicht selbst zugefügt."

„Die Policía Nacional hält ihren Tod, wie gesagt, für einen tragischen Unfall. Astrid hat alles Mögliche geschluckt und war ständig eingeraucht. Wahrscheinlich ist sie nach ihrer Rückkehr von der Strandparty in den frühen Morgenstunden zugekifft schwimmen gegangen. Selbst in La Playa gibt es gefährliche Strömungen und spitze Steine unter Wasser. Wenn sie von der Uferbefestigung aus ins Wasser gesprungen ist, könnte sie mit dem Kopf auf einem der Felsbrocken gelandet sein."

„Quatsch! Hast du nicht unlängst behauptet, die hiesige Polizei sei unfähig?"

„Tja …"

„Vielleicht hat Astrid sterben müssen, weil sie über Monas Verschwinden mehr gewusst hat, als sie uns sagen wollte?"

***

Nur Hässliches unter der Sonne. Mittlerweile war ich mir absolut sicher, dass diese Geschichte böse enden würde. Mein Lover war nicht wieder aufgetaucht.

Als mich El Loco heute Nacht an Deck ließ, wurde mir klar, dass wir uns auf dem offenen Meer befanden. Drei Meter hohe Wellen, nichts als Wasser und keine Signale eines Leuchtturms in Sicht.

Ich fror. Es war kalt und sehr windig, dennoch war ich froh, die frische, salzige Luft einatmen zu dürfen. Dankbar lächelte ich den Verrückten an. Er grinste zurück und verbeugte sich wie ein Caballero, der eine Dame zum Tanz auffordert.

Beinahe hätte ich zu lachen begonnen. Doch das Lachen verging mir, als ich Pablos unangenehme Fistelstimme vernahm. Auch El Loco zuckte zusammen und verschwand sofort in der Kajüte.

Der Motorsegler war relativ groß. Ich konnte mich nicht genauer an Bord umsehen. Pablo, der am Steuer stand, deutete mir, vor der Luke stehen zu bleiben. Vergeblich sah ich mich nach Pedro um. Pablo und ich waren allein an Deck. Er hatte offensichtlich die Nachtwache übernommen.

Ich fragte ihn, wo mein Liebhaber abgeblieben war. Er gab mir keine Antwort. All mein Flehen und Bitten, mit mir zu reden, mir zu sagen, warum er und seine Freunde mich in ihre Gewalt gebracht hatten, half nichts. Ich bot ihm Geld an, sagte, ich würde ihm geben, was er wollte, wenn er mich zurück an Land brachte. Keine Reaktion.

Ich musste daran denken, wie leicht es mir früher gefallen war, Männer um den Finger zu wickeln. Sie waren buchstäblich Wachs in meinen Händen gewesen. Selbst Mischa hatte in der ersten Zeit nach meiner Pfeife getanzt, obwohl er mich nie wirklich geliebt hat, wie ich heute weiß. Anfangs war er jedoch verliebt, ja richtig verrückt nach mir, vor allem im Bett. Seine Leidenschaft hielt nicht lange an. Im Grunde war ich ein Trostpflaster für ihn nach dem Tod seiner Frau.

Nachdem ich etwa eine Viertelstunde lang in meinem dürftigen Spanisch auf den schweigsamen Pablo eingeredet hatte, fixierte er das Steuer mit einer Schnur und kam schnellen Schrittes auf mich zu.

Sein hasserfüllter Blick machte mir Angst. Erschrocken hielt ich meine Hände schützend vors Gesicht. Er schlug mich nicht, packte nur meine Arme und zischte mir etwas auf Spanisch ins Ohr. Obwohl ich ihn nicht verstanden hatte, kapierte ich, dass ich wieder in das grässliche Loch musste.

Unsanft zerrte er mich zur Luke und versetzte mir einen heftigen Stoß. Zum Glück bekam ich die oberste Sprosse der Leiter zu fassen, sonst wäre ich hinuntergestürzt.

Kaum war ich unter Deck, begann ich laut zu weinen, fand meine Heulerei jedoch selbst albern. Außer meinen Entführern konnte mich auf dem offenen Meer niemand hören.

II. Teil: Teneriffa

19.

Don Alvarez holte Laura frühmorgens mit seinem Roadster ab. Er wollte die erste Fähre von Vueltas nach Los Cristianos auf Teneriffa nehmen.

Laura fiel sofort auf, dass er heute legerer gekleidet war. Er trug Jeans und ein dunkelblaues Jackett über seinem weißen T-Shirt.

Der Himmel war bedeckt. Es wehte ein kühler Wind. Hinter der Hafenmole schaukelten farbenfrohe Fischerboote im bewegten Wasser. Die vielen Bars und Fischrestaurants waren um diese frühe Stunde noch geschlossen.

Sie hatten Plätze in der Ersten Klasse gebucht und waren dort fast die einzigen Gäste. Ein Steward servierte ihnen Donuts und Schinken-Käse-Sandwiches und fragte, ob sie Tee oder Kaffee wünschten. Sie wählten beide Kaffee.

Don Alvarez schien ein Morgenmuffel zu sein. Er sprach nur das Nötigste mit ihr und rührte weder seinen Donut noch sein Sandwich an.

Mischa hatte eine seiner Kreditkarten für Laura freischalten lassen und ihr aufgetragen, alle ihre Ausgaben, auch die von Don Alvarez, damit zu bestreiten. „Der Hidalgo wird zu stolz sein, um sich von dir einladen zu lassen, du musst ihm versichern, dass ich eure Spesen bezahle. Ich weiß, dass er momentan aus dem letzten Loch pfeift. Zahl jeden Drink, jeden Kaffee, einfach alles, was ihr konsumiert, mit meiner Karte, okay? Und kauf dir ein paar hübsche Sachen, mein Schatz. Ich bin dir mindestens zehn Geburtstags- und Weihnachtsgeschenke schuldig", hatte er zum Abschied gesagt.

Als Laura Astrids Tod zur Sprache brachte, reagierte Don Alvarez zwiespältig. Einerseits schien er, so wie Mischa, ihren Tod ebenfalls für einen Unfall zu halten, andererseits sagte er: „Findest du nicht, dass wir die Aufklärung dieses Falls der Polizei überlassen sollten? Wir müssen uns jetzt auf die Lösegeldübergabe konzentrieren. Ramonas Freilassung ist momentan unser wichtigstes Ziel."

„Du kennst doch Carlos Rodríguez. Ich glaube, dass er an jenem Abend am Strand mit Astrid zusammen war. Jedenfalls war sie mit einem großen, schlanken Mann dort. Er scheint ein brutaler Typ zu sein ..."

„Rodríguez ist mein Mandant. Mehr habe ich zu diesem Thema nicht zu sagen. Möchtest du noch einen Kaffee?"

Da er nicht gewillt schien, sich weiter mit Astrids Tod zu beschäftigen, begab sich Laura mit ihrem zweiten Kaffee aufs oberste Deck. Sie hoffte, Wale, Delfine oder wenigstens Möwen zu sichten. Aber die See war zu rau. Nur einige Sturmtaucher, die den Möwen ähnlich sahen, sausten flach übers Wasser.

Auf einmal erblickte sie doch zwei Delfine. Als sie aus dem Wasser sprangen, folgte ihnen ein halbes Dutzend kleinerer Tiere. Laura war hingerissen.

Bald gesellten sich andere Reisende zu ihr an Deck und schossen Fotos. Sie verzichtete darauf, ihre Handykamera zu zücken. Die Delfinfamilie würde sie auch ohne Erinnerungsfoto nicht vergessen. Insgeheim hoffte sie, es würde ihr auch noch ein Pilotwal die Ehre geben.

Erst als die Hotelanlagen von Los Cristianos in ihr Blickfeld kamen, kehrte sie in die Bar zurück.

Don Alvarez saß nach wie vor an ihrem Tisch und spielte auf seinem Tablet. Sie erzählte ihm von den Delfinen. Er schien nicht besonders interessiert an Meeressäugetieren zu sein. Kein Wunder, lastete doch die ganze Verantwortung für die Übergabe des Lösegeldes auf ihm. Laura hatte Mischa versprechen müssen, Don Alvarez die Transaktion allein durchführen zu lassen. „Eine entführte Frau reicht mir", hatte er gesagt. Don Alvarez hatte ihm daraufhin versichert, dass er gut auf Laura achtgeben würde.

Als sie in Los Cristianos das Schiff verließen, kündigte er an, sie ein Stündchen allein lassen zu müssen. Ein Mandant hatte ihn während der Überfahrt kontaktiert. „Als er mitbekommen hat, dass ich mich auf dem Weg nach Teneriffa befinde, hat er darauf bestanden, mich heute noch zu treffen. Wir haben uns in einem Hotel in der Bahía del Duque verabredet. Du könntest einstweilen den Strand genießen, er zählt zu den schönsten der Insel."

Kaum hatten sie die Hotelkomplexe von Los Cristianos hinter sich gelassen, tauchten die hässlichen Appartementanlagen der Playa de las Américas vor ihren Augen auf. Diese beiden Tourismushochburgen gingen praktisch nahtlos ineinander über. Obwohl Don Juan María beteuerte, dass sich hinter den Hochhäusern fabelhafte Sandstrände befanden, hatte Laura keine Lust, hier baden zu gehen.

Die berühmte Playa de las Américas schien in die Jahre gekommen zu sein. Manche Hotels waren in schlechtem Zustand, einige hatten sogar geschlossen. Diese grauenhaften Bettenburgen waren einer der Gründe, warum Laura bisher nie Urlaub auf den Kanaren gemacht hatte.

Der Strand des Herzogs lag am nördlichen Ende der Playa de las Américas. Die Bucht war durch ein künstlich angelegtes Riff vor den Wellen geschützt. Die Umkleidekabinen an dem hellen, langen Sandstrand befanden sich in hübschen blau-weißen Pavillons.

Laura entschied sich, nun doch schwimmen zu gehen, während sich Don Alvarez mit seinem Mandanten in einem der feudalen Grandhotels, die den Strand überragten, traf.

Sie mietete sich kein Sonnenbett, sondern legte sich unter eine Palme in den warmen Sand. Der Strand war gut besucht, aber nicht überfüllt. Wenige Leute waren im Wasser. Den meisten war es wahrscheinlich zu kalt.

Nachdem sie sich aufgewärmt hatte, schwamm Laura bis zum Riff, kletterte hinauf und ließ sich von der Sonne trocknen. Vom Strand drangen kaum mehr Geräusche zu ihr. Sie schloss die Augen, malte sich aus, sie wäre ganz allein hier auf einem Felsen mitten im Atlantik.

Als sie wieder zurückschwamm, erblickte sie den Anwalt am Ufer. Barfuß und mit hochgekrempelten Hosenbeinen stand er im seichten Wasser und winkte heftig mit beiden Armen. Sie fand, dass er ziemlich komisch aussah.

Anscheinend versuchte er schon länger, ihre Aufmerksamkeit zu erregen, denn er wirkte sehr erleichtert, als sie aus dem Wasser kam.

„Wir müssen uns beeilen“, sagte er, ohne zu erklären, warum er es eilig hatte.

Sobald sie sich auf der Autobahn befanden, schloss er das Verdeck und ließ seinen Roadster zeigen, was er draufhatte. Da nicht viel Verkehr war und es geradeaus dahinging, fürchtete Laura sich nicht besonders. Außerdem schaffte der kleine Sportwagen ohnehin nicht mehr als hundertzwanzig Stundenkilometer.

Die Autobahn führte streckenweise direkt an der Küste entlang. Die Gegend war landschaftlich nicht sehr reizvoll und außerdem komplett zersiedelt. Je näher sie der Hauptstadt kamen, desto mehr Einkaufszentren und Logistikfirmen wucherten links und rechts der vierspurigen Straße.

Laura war ein bisschen enttäuscht von Teneriffa. Kein Vergleich mit dem wildromantischen Gomera, dachte sie.

Don Alvarez schwieg die ganze Zeit. Sie vermutete, dass er in Gedanken bei dem Gespräch mit seinem Mandanten war, und hätte zu gerne gewusst, worum es gegangen war. Sie hielt es jedoch für sinnlos, ihn auszufragen. Er würde sich nur wieder auf seine Schweigepflicht berufen.

Als sie in Santa Cruz ankamen, brachte er sie sofort zu ihrem Hotel. Mischa hatte für sie zwei Zimmer in einem Businesshotel in der Nähe der Rambla reserviert. Der moderne sechsstöckige Bau befand sich in einer ruhigen Wohngegend, inmitten von luxuriösen Villen und viel Grün.

„Und wie lautet jetzt unser Plan?“, fragte Laura ihren schweigsamen Begleiter, als er den Roadster mit laufendem Motor vor dem Hoteleingang stehen ließ.

„Ich muss dich leider noch einmal allein lassen, habe etwas Wichtiges zu erledigen. Wir sehen uns beim Abendessen."

Laura vermutete, dass er noch einen weiteren Mandanten treffen wollte.

Don Juan María brachte ihr Gepäck zur Rezeption, checkte selbst nicht ein, sondern verabschiedete sich gleich wieder. „Ich rufe dich an, sobald ich abschätzen kann, wann ich zurück sein werde." Und schon lief er zurück zu seinem Wagen und fuhr los.

Irritiert schaute Laura ihm nach. Sie hatte sich ihren gemeinsamen Trip nach Teneriffa anders vorgestellt.

Doch zumindest Mischa hatte sich nicht lumpen lassen. Lauras Juniorsuite war mindestens fünfzig Quadratmeter groß und mit modernen Möbeln eingerichtet. Von ihrem Balkon aus hatte sie einen herrlichen Blick auf den Garten des Hotels und die Dächer der Stadt.

Der Pool war umgeben von bequem aussehenden Liegen. Sie überlegte, ein paar Runden zu schwimmen, bevor sie sich auf den Weg ins Zentrum machen würde. Nach der langen Autofahrt fühlte sie sich verschwitzt und bildete sich ein, dass noch Sand von der Playa del Duque an ihrem Körper klebte. Da der Wind nach wie vor kühl war, verschob sie das Schwimmen auf den späten Nachmittag und ging duschen.

20.

Bevor sie das Hotel verließ, rief sie Mischa an. Da er nichts Neues zu berichten hatte, erzählte sie ihm von der Überfahrt. Sie hatte den Eindruck, dass er ihr nicht richtig zuhörte. Im Hintergrund vernahm sie das Klappern einer Tastatur. Sie legte bald wieder auf.

Als Laura die steile Straße hinunter ins Zentrum schlenderte, begegneten ihr nicht viele Menschen. Sie blieb öfters stehen, um die eine oder andere geschmackvoll renovierte Villa im Art-nouveau-Stil zu fotografieren.

In dem kleinen Park am Ende der Straße ließ sie sich auf einer mit Azulejos verzierten Bank nieder. Das monotone Geräusch eines dekorativen Springbrunnens und der Duft der exotischen Pflanzen entspannten sie. Dennoch ließen sich die Gedanken an Astrids Tod und Ramonas Entführung nicht ganz vertreiben.

Laura fragte sich erneut, warum ihr Don Juan María nicht gesagt hatte, wohin er wollte. Der Verdacht, er und Mischa könnten sie ausgetrickst haben, lag nahe. Vielleicht besorgte Don Juan María gerade das Lösegeld und musste es heute noch übergeben? Ihr Vater ahnte sicherlich, dass sie sich aus dieser Geschichte nicht raushalten würde. Versprechen hin oder her. Sie hatte ihm schon als Kind nie gefolgt. Aber warum hatte er ihr dann aufgetragen, das Geld von der Bank zu holen?

Leicht frustriert spazierte sie weiter bergab, bis sie zur Shoppingmeile der Stadt gelangte. In den Einkaufsstraßen waren hauptsächlich Jugendliche unterwegs. Grüppchenweise lungerten sie vor den Coffeeshops und Takeaway-Lokalen herum.

Zwischen den zahlreichen Billigläden entdeckte Laura auch einige interessante Modeboutiquen und schicke Schmuck- und Lederwarengeschäfte. Sie hielt sich nicht lange zurück, zückte die Kreditkarte ihres Vaters und kaufte sich ein sauteures, extravagantes lilafarbenes Portemonnaie. Ihr schlechtes Gewissen beruhigte sie damit, dass er ihr ja tatsächlich einige Geburtstags- und Weihnachtsgeschenke schuldete. Hochhackige türkisfarbene Riemchensandalen, ein zartes Collier aus Silber und einen gelben Lederrucksack, den sie genauso wenig brauchte wie die Kette und die Sandalen, beglich sie ebenfalls mit seiner Karte. Lauter Frustkäufe, dachte sie. Zuletzt erstand sie ein teures Jeanshemd für Mischa. Sie fand, dass es ihm ausgezeichnet stehen würde. Das Hemd war von demselben Blau wie seine Augen.

Nachdem sie sich in einer Bar mit einem Café cortado gestärkt hatte, besuchte sie das Kulturzentrum TEA. Das Museum präsentierte momentan die Werke dreier zeitgenössischer kanarischer Künstlerinnen. Laura gefielen die Frauenporträts, sie strahlten Einsamkeit, Verlorenheit und Kraft zugleich aus.

Im Museumsshop erstand sie ein Seidentuch in Grün- und Blautönen, das sie als Pareo benutzen konnte, falls sie überhaupt dazu kommen würde, an den traumhaften Stränden der Kanarischen Inseln noch einmal schwimmen zu gehen.

Sie sah, dass Mischa angerufen hatte, als sie im Museum war. Rund um das Kulturzentrum tobte der Verkehr. Auf der Suche nach einem ruhigen Plätzchen, um ihn zurückzurufen, spazierte sie durch den renovierten Teil der Altstadt bis zur Kathedrale Nuestra Señora de la Concepción, setzte sich in eines der hippen Lokale in der Nähe der Kirche und rief Mischa an.

Als sie erwähnte, dass sie allein unterwegs war, klärte Mischa sie auf: „Ich habe Juan María gebeten, für mich jemanden zu checken."

„Und warum hast du mir das nicht gesagt?"

„Weil du dich von diesen Leuten fernhalten sollst. Ich warne dich, Laura, du hast es versprochen. Wir haben letztens über Carlos Rodríguez geredet, erinnerst du dich? Soviel ich gehört habe, soll er bei diversen Drogengeschäften seine Hände mit im Spiel gehabt haben. Juan María vertritt diesen dubiosen Geschäftsmann. Deshalb habe ich ihn gebeten, seinem Mandanten, der auf Teneriffa zwei Clubs besitzt, auf den Zahn zu fühlen. Rodríguez hat höchstwahrscheinlich Kontakte zur Unterwelt. Vielleicht kann er etwas über Monas Verschwinden in Erfahrung bringen. Zumindest könnte er sich ein bisschen umhören."

Laura war verärgert. Hatte Mischa ihr nicht zugehört, als sie ihm von ihrem Verdacht erzählt hatte, dass dieser Carlos Rodríguez Astrid auf dem Gewissen haben könnte?

Sie kam nicht dazu, ihrem Ärger Luft zu machen. „Hast du dich schon mit Raoul getroffen?", fragte Mischa.

„Ich werde ihn gleich anrufen."

„Auf den ersten Blick mag er dir eigenartig vorkommen. Raoul hält sich für einen begnadeten Schriftsteller, hat aber noch keinen Roman veröffentlicht, arbeitet seit Jahren an seinem Erstlingswerk. Er gibt sich gerne exzentrisch, trägt weiße Hüte und mit Vorliebe zwei nicht zusammenpassende Socken ..."

„Ich melde mich später", unterbrach Laura den Redeschwall ihres Vaters, legte auf und rief Raoul an.

Es läutete ewig. Sie wollte schon auflegen, als er endlich abhob.

Offensichtlich war er bereits von Mischa über ihre Ankunft in Teneriffa informiert worden, denn er wirkte wenig überrascht, die Tochter seines Chefs am Telefon zu haben. Ohne sich lange mit Smalltalk aufzuhalten, schlug er vor, abends gemeinsam essen zu gehen. „Ich hole Sie um zwanzig Uhr in Ihrem Hotel ab."

Laura war einverstanden, obwohl sie zum Abendessen mit Don Juan María verabredet war. Aber sie konnten ja zu dritt ausgehen, falls der Herr Anwalt rechtzeitig aufkreuzen würde.

Zurück im Hotel, hinterließ sie Don Juan María eine schriftliche Nachricht an der Rezeption, da er nicht ans Telefon ging und seine Mailbox ausgeschaltet war. Danach rief sie ihren Vater an, um ihn am Laufenden zu halten. Teresita hob ab und teilte ihr mit, dass Mischa vor Kurzem das Haus verlassen und sein Handy neben der Espressomaschine liegen gelassen hatte.

„Ich nehme an, er sitzt unten in seinem Stammcafé. Soll ich rasch runterfahren und nachschauen, ob er dort ist?"

„Nein, nein, ich leide nicht unter Kontrollzwang. Sag ihm bitte, dass ich mich heute Abend mit Raoul treffen werde und dass sich Don Alvarez noch nicht gemeldet hat."

Den Rest des Nachmittags verbrachte sie am Hotelpool. Als sie sich ins eiskalte Wasser wagte, erntete sie bewundernde Blicke von anderen Hotelgästen.

Nach ein paar Längen verließ sie den Pool. Ein Mann mit einem weißen Panamahut betrat gerade den Garten. Zögernd winkte sie ihm zu.

„Laura Mars?", fragte er, als er näherkam.

Sie streckte ihm ihre nasse Hand hin.

Leicht pikiert verzog er seine Mundwinkel.

„Hola!" Laura zog ihre Hand wieder zurück, wickelte sich in das flauschige Hotelbadetuch und musterte ihn mit hochgezogenen Brauen.

21.

Gutaussehend, mittelgroß, schlank, schwarze Hose, weißes, teures T-Shirt, Armani-Typ und arroganter Hund, lautete Lauras erstes Urteil über den Mitarbeiter ihres Vaters. Sie ließ Raoul absichtlich lange in der Hotelhalle warten, während sie sich in ihrem Zimmer umzog.

Als sie mit einem Taxi ins Zentrum fuhren, kamen sie an dem futuristisch anmutenden Konzerthausbau direkt am Meer vorbei.

„Wow, das sieht ja aus wie ein riesiges Segelschiff!“, sagte Laura.

„Tja, ohne EU-Förderungen hätten sie sich hier niemals einen Calatrava leisten können. Die Qualität der Konzerte lässt oft zu wünschen übrig. Nur beim Festival der klassischen Musik im Jänner wird man mit international renommierten Orchestern verwöhnt. Im restlichen Jahr ist der Spielplan eher provinziell.“

Der Schönling begann ihr auf die Nerven zu gehen. Da sie sich einige wichtige Informationen von ihm erhoffte, blieb sie höflich, obwohl sie ihn wegen seiner abfälligen Bemerkungen am liebsten zusammengestaucht hätte.

Raoul führte sie in ein stylisches Restaurant gegenüber dem ältesten Theater der Kanarischen Inseln, dem Teatro Guimerá, auf der Plaza Isla de la Madera.

Die Speisekarte hatte vor allem Nouvelle cuisine zu bieten. Als Laura ein Bier bestellte, rümpfte Raoul die Nase, doch der Kellner lächelte sie freundlich an und fragte, ob sie lieber ein Heineken oder ein Bier aus Teneriffa hätte.

Sie erkundigte sich nach den ihr unbekannten einheimischen Biersorten.

„Wir haben Dorada Pilsen oder Dorada Especial. Das Especial ist eine Spur würziger."

Laura entschied sich für ein Dorada Pilsen und bereute ihre Wahl nicht. Das offene Bier hatte eine schöne goldene Farbe und schmeckte wunderbar.

An der Vorspeise, einem Thunfisch-Carpaccio, das sie sich teilten, hatte Raoul sofort etwas auszusetzen. „Zu viel Mayonnaise", murmelte er.

Laura war froh, dass er ihr das köstliche, aber nicht sehr ausgiebige Carpaccio allein überließ.

„He, was ist denn da los? Hat der Typ nicht eine SS-Armbinde?", rief sie plötzlich.

Vor dem Theater gegenüber standen ein paar seltsam kostümierte Leute. Lachend und rauchend vertraten sie sich die Beine. Zwei Männer trugen fast bodenlange schwarze Ledermäntel, hatten Schirmmützen auf und rote Armbinden mit dem SS-Zeichen.

„Das ist ja richtig unheimlich. Schau, da kommt noch so ein Typ in Naziuniform daher." Laura schüttelte sich.

„Die spielen heute ein antifaschistisches Stück. Ich habe den Titel vergessen", sagte Raoul und nippte missmutig an seinem Rotwein. „Er korkt", murmelte er.

Laura hatte die Nase voll von Raouls schlechter Laune. „Erzählen Sie mir von den Drogengeschäften auf der Insel. Mein Vater hat behauptet, Sie kennen sich in der Szene gut aus."

„Nicht heute Abend. Ich habe fürchterliche Kopfschmerzen."

„Das tut mir leid, aber wir haben nicht viel Zeit. Es geht um Mona, wie Sie wissen. Morgen soll die Übergabe des Lösegeldes stattfinden. Und wenn Sie einen Verdacht haben, wer hinter Monas Entführung stecken könnte, dann raus damit!"

Raoul leerte sein Weinglas in einem Zug, winkte den Kellner herbei und bestellte einen Barraquito.

„Wie kommen Sie auf die verrückte Idee, dass ich wissen könnte, wer Mona entführt hat?"

„Hören wir auf mit diesem Getue. Mein Vater hat mir einiges über Sie erzählt. Sie waren oder sind nach wie vor auf Koks und kennen einige Dealer. Trotzdem haben Sie Mischa bei den Recherchen über den Drogenschmuggel auf den Kanaren geholfen. Auf welcher Seite stehen Sie momentan?"

Sie hatte es geschafft, ihn aus der Fassung zu bringen. Seine Hände zitterten, als er nach seinem Glas griff und einen großen Schluck nahm.

„He, ich habe Sie etwas gefragt."

„Was genau wollen Sie wissen?"

„Alles. Welche Drogen sind hier auf den Inseln beliebt? Woher kommen sie? Wer sind die Hintermänner und so weiter ...?"

„Okay, okay. Zu viele Fragen. Um sie alle zu beantworten, brauche ich mindestens noch einen Barraquito."

„Was trinken Sie da eigentlich?"

„Das kanarische Nationalgetränk: Espresso mit Vanillelikör, süßer Kondensmilch, Zimt und geriebener Zitronenschale."

„Pfui Teufel", murmelte Laura, winkte aber den Kellner heran und bestellte einen Barraquito und ein zweites Glas Bier für sich.

„In den letzten Monaten ist MDNA auf den Inseln immer beliebter geworden. Man kann es in Tickets kaufen, legt sich das bunte Blättchen auf die Zunge oder löst es in Wasser auf. Das Zeug macht extrem liebesbedürftig und wird deswegen auf Partys oft jungen Frauen angeboten. Die Partyszene steht aber nach wie vor mehr auf Koks. Bevor die Kids auf einen Rave gehen, ziehen sie sich am liebsten eine Linie rein."

„Früher nannte man das bei uns Vorglühen", sagte Laura grinsend.

Er blickte sie irritiert an.

„Diese Technokonzerte finden meist illegal an seltsamen Orten, unter Brücken oder Felsen zum Beispiel, statt. Weil die Jugendlichen aber nicht mehr genügend Kohle für Koks haben, schlucken sie heutzutage jeden Scheiß. Amphetamine, Speed, Crystal Meth – was sie halt kriegen können. Während des Lockdowns sind die Drogen knapp geworden ..."

„Mischa hat gesagt, dass für Ende des Monats eine große Lieferung auf den Kanaren erwartet wird", unterbrach Laura ihn.

„Ja, das hat er von mir. Die Junkies und vor allem die Partygesellschaft sind seit Wochen sehr nervös, da bisher, wie gesagt, kaum Nachschub auf den Inseln angekommen ist. Die wenigen Sachen, die verfügbar sind, kann keiner bezahlen. Selbst Ecstasy und Crystal Meth sind unerhört teuer geworden. Deshalb begnügen sich die ärmeren Youngsters auch mit Poppers."

„Poppers?"

„Das sind diese Patronen, zum Beispiel für Schlagobers, die man im Supermarkt ganz billig kriegt. Diese Sahnekapseln sind keine echten Drugs, aber trotzdem gefährlich. Sie werden aufgeschlagen und inhaliert. Der Sauerstoff im Gehirn nimmt ab, das heißt, man wird high. Haben Sie noch nie die leeren Kartuschen in den Parks herumliegen gesehen? Von diesen Poppers wird man völlig matsch im Schädel."

„Klingt beschissen."

„Ist es auch. Alle warten sehnsüchtig auf die große Lieferung aus Südamerika."

„War davon bereits im *Saturn* die Rede?"

„Nicht in den Artikeln, die bisher veröffentlicht wurden. Ich habe von meinem Informanten erst vor Kurzem davon erfahren."

„Bevor mein Vater überfallen wurde oder nachher?"

„Davor, wieso?"

„Der *Saturn* hätte am Donnerstag erscheinen sollen. Wegen Monas Verschwinden hat Mischa die Produktion stoppen lassen. Bestimmt hatte er geplant, diese Information in der nächsten Ausgabe zu veröffentlichen ..."

„Und Sie glauben, dass man ihn deswegen überfallen hat?"

„Und ihm seinen Laptop abgenommen hat. Wahrscheinlich ist auch Mona deswegen entführt worden."

„Man entführt doch niemanden, um das Erscheinen eines Zeitungsartikels zu verhindern, den ohnehin nur Touristen lesen."

„Sagen Sie das nicht! Ich nehme an, ihr habt diese Information nicht an die Polizei weitergegeben. Mischa hat angedeutet, dass man den Bullen auf den Inseln nicht vertrauen kann. Haben Sie eine Ahnung, wo die neue Ware ankommen soll?"

„Im Hafen von Santa Cruz, vermute ich."

„Sind Sie so naiv oder tun Sie nur so? Dann ist doch alles klar. Man hat meinen Vater krankenhausreif geschlagen, um ihn zum Schweigen zu bringen. Vielleicht sollten Sie in Zukunft gut auf sich aufpassen ..."

„Und Sie sollten vielleicht aufhören, Detektiv zu spielen. Sie besitzen zu viel Fantasie. Das ist alles komplett an den Haaren herbeigezogen ..."

Laura ärgerte sich, dass sie es nicht der Mühe wert gefunden hatte, die Recherchen und Artikel, die Mischa ihr angeboten hatte, ordentlich durchzugehen. Garantiert hätte sie nach der Lektüre überzeugendere Argumente vorbringen können.

Sie verlangte die Rechnung und beendete den Abend abrupt, da sie keine Lust auf weitere Diskussionen mit diesem Klugscheißer hatte. Außerdem misstraute sie ihm zutiefst. Drogensüchtigen konnte man ihrer Erfahrung nach nichts glauben. Sie hatte früher in der Modeszene manchmal mit solchen Leuten zu tun gehabt.

Nachdem sie bezahlt hatte, stand sie auf und ging zu einem der Taxis, die vor dem Theater standen.

„Sehen wir uns morgen?“, rief Raoul ihr nach.

„Ich rufe Sie an.“

22.

Don Juan María saß in der Lobby ihres Hotels. Er sprang auf, als sie auf ihn zukam, und küsste sie auf beide Wangen.

„Gott sei Dank“, murmelte er. „Ich habe ein Dutzend Mal versucht dich anzurufen.“ Seine Worte klangen nicht vorwurfsvoll, sondern eher besorgt.

„Es tut mir leid, ich war mit Raoul essen und habe mein Handy auf lautlos gestellt. Warum hast du dich nicht früher gemeldet?“

„Lass uns etwas trinken, dann erzähle ich dir alles.“

Laura bestellte Kaffee, Don Juan María ein Glas Weißwein.

„Dein Vater wollte, dass ich mich mit Carlos Rodríguez treffe. Dieser Lokalbesitzer ist, wie ich dir bereits erzählt habe, einer meiner Mandanten. Rodríguez scheint in so manches Drogengeschäft auf den Kanaren verwickelt zu sein, bisher ist er aber nie verhaftet worden. Leider habe ich ihn weder in seinem Club in Santa Cruz noch in seinem anderen Club in Puerto de la Cruz angetroffen und auch telefonisch nicht erreichen können. Der Mann hebt so gut wie nie ab. Dieses Problem kenne ich von früher, als ich ihn in einer anderen Angelegenheit vertreten habe. Ich habe also nicht mit ihm persönlich reden können. Aber ich habe seinem Geschäftsführer in Puerto de la Cruz klargemacht, dass ich Rodríguez dringend in einer wichtigen Angelegenheit sprechen möchte und er sich so bald wie möglich bei mir melden solle. Wenn jemand herausfinden kann, wer Mona gekidnappt hat, dann Rodríguez. Zu meinem Leidwesen hat er gute Kontakte zur Unterwelt."

Laura war frustriert. In ihren Augen war Carlos Rodríguez verdächtig, Ramona entführt und Astrid ermordet zu haben. Anscheinend interessierten sich aber weder ihr Vater noch der Herr Anwalt für ihren Verdacht, sondern betrachteten diesen Kerl weiterhin nur als Informanten.

Sie wollte Don Juan María daran erinnern, dass Astrid behauptet hatte, Carlos Rodríguez hätte ihn und Ramona an jenem Wochenende zu einem Segeltörn eingeladen. Als sie in seine dunkel umrandeten, traurigen schwarzen Augen schaute, ließ ihr Ärger jedoch nach.

Don Juan María wirkte abgekämpft.

„Geht es dir nicht gut?"

„Ich bin müde, bin den ganzen Tag im Wagen gesessen, kreuz und quer über die Insel gerast ..."

Sie fragte ihn, ob er einen Absacker auf ihrem Balkon nehmen möchte. Sein dankbares Lächeln rührte sie an.

Wie schon im *Parador* in San Sebastián plünderten sie die Minibars in ihren Zimmern. Laura hatte sich vorgenommen, sich nicht wieder zu betrinken. Doch diese hochprozentigen Fläschchen waren teuflisch. Zwei Schlückchen und schon waren sie leer. Wie immer, wenn sie beschwipst war, wurde sie redselig. Sie begann über Raoul zu schimpfen, über die Geheimnistuerei ihres Vaters, und vertraute Don Juan María schließlich an, dass sie Ramona nicht ausstehen konnte.

Der Anwalt war eher der Typ des stillen Trinkers. Umso mehr er intus hatte, desto schweigsamer wurde er. Allerdings rauchte er eine nach der anderen.

Sternenklarer Himmel. Halbmond. Die Palmen wiegten sich sanft im Wind. Was für eine schöne Nacht! Aus der Ferne war leises, monotones Motorengeräusch zu vernehmen. Es klang fast wie Musik in ihren Ohren.

Sie befand sich in höchst gefährlicher romantischer Stimmung. Dieser Hidalgo gefiel ihr immer besser. Seine markanten Züge, sein schlanker Körper ...

Don Juan María nahm ihr Gesicht in die Hände und zog sie an sich. Zärtlich strichen seine Finger über ihre Brauen, ihre Nase, ihren Mund.

„Du hast die ebenmäßigen Züge einer Madonna von Michelangelo."

Am liebsten hätte Laura erwidert, dass sein hartes, kantiges Gesicht mit den hohlen Wangen sie an einen Granden von Velázquez erinnerte, doch so albern war sie nun doch wieder nicht.

Er lächelte sie liebevoll an.

Sein Lächeln gefiel ihr. Sein zärtlicher Kuss überraschte sie.

Als er sie umarmte, wehrte sie sich nicht, im Gegenteil, sie schmiegte sich an ihn und küsste ihn ebenfalls.

Als sie sein Hemd aufzuknöpfen begann, läutete sein Handy. Auf dem Display erblickte sie Mischas Konterfei.

„Verzeih! Wenn er um diese Zeit anruft, kann es nur wichtig sein. Ich muss abheben“, sagte Don Juan María.

„Da kennst du meinen Vater schlecht, der ruft an, wenn ihm danach ist. Vielleicht will er dir nur erzählen, dass er nicht schlafen kann. Er hat mir schon öfters um drei Uhr morgens E-Mails geschickt.“

Don Juan María hob ab. Die romantische Stimmung war verflogen.

Laura ging ins Bad, holte sich ein Glas Wasser, spitzte aber die Ohren. Sie hörte Don Juan María „Ja!“, „Mache ich!“ und „Geht in Ordnung!“ sagen.

„Es tut mir unheimlich leid, wir müssen morgen früh raus und zur Bank. Sie öffnet um neun. Anschließend werde ich gleich losfahren“, sagte er, als sie aus dem Bad auf die Terrasse zurückkehrte.

„Ich werde dich begleiten.“

„Das geht nicht.“

„Selbstverständlich werde ich bei der Geldübergabe dabei sein“, beharrte Laura.

Don Juan María legte seinen rechten Zeigefinger auf seine Lippen, erhob sich und verabschiedete sich von ihr mit einem flüchtigen Kuss auf den Mund.

Laura verfluchte ihn und ihren Vater und überhaupt alle Männer. Geldangelegenheiten waren diesen Kerlen anscheinend immer wichtiger als die Liebe.

Sie legte sich mit ihrem Laptop ins Bett und schrieb Mischa ein langes Mail, forderte ihn auf, ihr schleunigst seinen Beitrag für die letzte, nicht erschienene Ausgabe des *Saturn* zu schicken. Anschließend schrieb sie an Raoul in der Hoffnung, er würde wenigstens seine SMS lesen.

Da sie, trotz oder wegen des vielen Alkohols, nicht schlafen konnte, versuchte sie sich zu entspannen, indem sie sich selbst befriedigte. Dabei dachte sie an den Hidalgo, an seinen Kuss, seine schmalen, sensiblen Hände, und malte sich aus, wie er ihre Brüste und ihre Scham streicheln und sie mit seinen Lippen und seiner Zunge verwöhnen würde. Sie hatte ihre Terrassentür offen gelassen und fragte sich, ob er ihr Stöhnen in seinem Zimmer hören konnte. Irgendwann schlief sie befriedigt ein.

Mitten in der Nacht schreckte sie auf. Sie bildete sich ein, eine Nachricht auf ihrem Handy erhalten zu haben. Tatsächlich war ein SMS eingetroffen. Sie stammte weder von Mischa noch von Raoul. Auf dem Display war eine seltsame Zahlenfolge erschienen. Die Nachricht war auf Deutsch: „Misch dich nicht ein, wenn dir dein Leben lieb ist."

***

Die Sonne hatte sich längst verabschiedet. Nichts als Schwärze. Ich fühlte mich elend, spürte ein Kratzen im Hals, hatte einen schweren Kopf und großen Durst, wie nach einem exzessiven Besäufnis.

Hatte ich Fieber? Ich berührte meine Stirn. Sie war heiß.

Im ersten Moment wusste ich nicht, wo ich mich befand. Bald fiel es mir wieder ein. Ich war gefangen auf einem elenden Fischkutter.

Plötzlich bildete ich mir ein, dass sich die Wände zu bewegen begannen. Wie in Zeitlupe kamen sie näher und näher, beugten sich vor und zurück. Entweder würden sie mich zerquetschen oder sie würden einstürzen und mich unter sich begraben. Mir wurde schwummrig vor Augen.

Ich wollte um Hilfe rufen. Meiner ausgetrockneten Kehle entkam nur ein heiseres Krächzen. Das Feuerzeug in meiner Hosentasche drückte gegen meine Leiste.

Ich richtete den Schein der Flamme auf meine Uhr. Sechs Uhr früh. Bestimmt schliefen die Männer noch in ihrer Kajüte. Doch einer hielt sicher Nachtwache oben an Deck.

Ich begann wieder zu schreien, und dieses Mal schienen sie mich zu hören. Nach ein paar Sekunden öffnete sich die Luke.

Ich konnte nicht erkennen, welcher der Männer nach mir sah. Der Strahl seiner Taschenlampe blendete mich.

Ich bat um Wasser, sagte, dass ich krank sei und Fieber habe. Er warf mir eine Flasche Wasser herunter. Dann schloss sich die Luke mit einem lauten Knall.

Gierig nahm ich einen Schluck aus der Flasche, legte mich wieder hin und zog die vergammelte Decke bis ans Kinn. Ich fror erbärmlich, hatte Schüttelfrost.

23.

Der morgendliche Dunst löste sich zögernd auf. Die ersten Sonnenstrahlen, die sich hervorwagten, tauchten den paradiesischen Hotelgarten in ein geheimnisvolles Licht.

Laura frühstückte allein unter subtropischen Pflanzen im Wintergarten. Ein künstlich angelegtes Bächlein sorgte für hohe Luftfeuchtigkeit. Ihre champagnerfarbene Seidenbluse war bald durchgeschwitzt.

Das bedrohliche SMS letzte Nacht hatte ihr keine große Angst eingejagt, sie wollte nur mit jemandem darüber reden. Nicht mit Mischa, aber mit Don Juan María oder wenigstens mit Raoul.

Wo blieb bloß Don Juan María? Auch von Raoul hatte sie bisher nichts gehört. Verärgert bombardierte sie beide mit Anrufen und Nachrichten.

Plötzlich kam ihr eine Idee. Sie wählte Teresitas Nummer.

Als sich Mischas Haushälterin meldete, hielt sich Laura nicht lange mit Höflichkeitsfloskeln auf. „Hola! Hast du eine Ahnung, wo heute das Lösegeld übergeben werden soll?"

Teresita antwortete nicht.

„Du weißt also Bescheid. Sag schon."

„Dein Vater schmeißt mich raus, wenn ich es dir verrate."

„Er wird es nie erfahren. Ich werde mich von Don Juan María fernhalten, möchte ihn nur nicht aus den Augen lassen. Nicht weil ich ihm misstraue", beteuerte sie, „sondern zu seiner eigenen Sicherheit. Sollte etwas schieflaufen, könnte ich zumindest die Polizei anrufen."

Die ansonsten so redselige Teresita schwieg beharrlich.

„Kapierst du es denn nicht? Don Alvarez ist total angespannt. Womöglich vermasselt er alles. Jemand muss auf ihn aufpassen."

„Doch nicht du."

„Ich bin kein Kind mehr, Teresita. Außerdem habe ich bereits mit ganz anderen Gangstern zu tun gehabt, war sogar mal mit einem Auftragskiller zusammen."

„Nein! Bist du vollkommen verrückt!", kreischte Teresita.

„Wenn alles vorbei ist, werde ich dir von ihm erzählen. Und jetzt sag mir endlich, wo die Übergabe stattfinden soll."

„Garachico. Das ist eine Stadt im Westen der Insel. Aber du fährst dort nicht allein hin. Nimm wenigstens Raoul mit."

„Wo in Garachico?"

„Mein Gott, woher soll ich das wissen? Ich habe nur einen Teil des Telefongesprächs mitbekommen. Dein Vater hatte sein Handy irrtümlich auf Lautsprecher gestellt, und ich war in der Küche. Der Anrufer hat gesagt, dass er Don Alvarez kontaktieren wird, sobald der Roadster auf der Plaza vor der Kirche von Garachico auftaucht."

„Verstehe. Die wollen kein Empfangskomitee riskieren. Womöglich werden sie ihn dann ganz woanders hinschicken."

„Misch dich bitte nicht ein, chica. Diese Banditen sind gefährlich."

„Mach dir keine Sorgen! Ich passe schon auf mich auf. Danke dir, meine Liebe."

„Kann auf Plaza de España nicht parken. Warte ab zehn Uhr dreißig beim Faschodenkmal", hatte Raoul inzwischen auf eine ihrer Nachrichten geantwortet.

In diesem Augenblick erschien Don Juan María. Er trank rasch Kaffee.

Dann fuhren sie los.

Mischas Bank befand sich in einem protzigen Gebäude an der Ecke der Plaza de España. Ein künstlicher See mit einer spektakulären Wasserfontäne bildete den Mittelpunkt des riesigen Platzes, der von monströsen Bauten aus den Vierzigerjahren und einigen modernen Hochhäusern umgeben war. Erst auf den zweiten Blick entdeckte Laura das Monumento a los Caídos, bei dem sie mit Raoul verabredet war. Dieses Denkmal hatte der Caudillo Francisco Franco für die im Bürgerkrieg gefallenen Soldaten seiner faschistischen Armee errichten lassen.

Don Juan umrundete den Platz. „Nach Ende des Bürgerkriegs 1939 hat Franco begonnen, größenwahnsinnige städtebauliche Konzepte zu realisieren. Nicht nur in Madrid, auch hier“, erklärte er Laura. Er wirkte sehr fahrig. Sie nahm an, dass er nur redete, um sich selbst auf andere Gedanken zu bringen.

„Dieser Klotz ist ein gutes Beispiel für die faschistische Architektur.“ Er deutete auf das Gebäude, das die Inselverwaltung beherbergte. „Die Bauten aus dieser Zeit sind im Allgemeinen sehr groß und symmetrisch, haben scharfe Kanten und relativ nüchterne Fassaden. Allein durch ihre Größe vermitteln sie ein Gefühl von Macht und Stärke und schüchtern die Betrachter ein. Sie scheinen für die Ewigkeit gebaut worden zu sein.“ Er sagte es ironisch. Sie bildete sich jedoch ein, seinen Worten eine gewisse Bewunderung zu entnehmen.

Don Juan María stellte den Roadster in einem Parkhaus ab. Laura hoffte, dass Raoul seinen Wagen ebenfalls dort parken würde. Sicherheitshalber sandte sie ihm ein SMS. Sie durften Don Juan María keinesfalls aus den Augen verlieren.

***

Die finanzielle Transaktion verlief problemlos. Laura quittierte den Empfang des Geldes und verstaute es in der schwarzen Tennistasche ihres Vaters, die Don Juan María zu diesem Zweck aus Gomera mitgebracht hatte.

Sie bestand darauf, den Anwalt zu seinem Wagen im Parkhaus zu begleiten, obwohl er sich vor der Bank von ihr verabschieden wollte. Mittlerweile hatte sie jedoch eine Antwort von Raoul bekommen. Sein rotes Mazda-Cabrio befand sich im selben Parkhaus auf Deck eins.

Ein rotes Cabrio – oh nein! Auffälliger geht’s nicht, dachte Laura. Hoffentlich hatte der Idiot wenigstens das Verdeck geschlossen.

Sie umarmte Don Juan María, bevor er in seinen Roadster stieg, der auf Deck drei stand, und beschwor ihn, vorsichtig zu sein. Er küsste sie auf beide Wangen, legte die Sporttasche auf den Beifahrersitz und fuhr los.

Laura winkte ihm kurz nach und eilte dann die Treppe hinunter auf Deck eins.

Raouls Cabrio war, trotz geschlossenen schwarzen Verdecks, nicht zu übersehen. Als sie einstieg, fragte sie ihn, ob gerade ein Roadster vorbeigekommen wäre.

Raoul nickte. „Und wohin jetzt?", fragte er gereizt.

„Ihm nach, aber halten Sie Abstand. Er entwischt uns schon nicht. Ich nehme an, er fährt Richtung Garachico."

Sie hatte Raoul bisher nicht genauer in ihren Plan eingeweiht, hatte ihn nur gebeten, sie zu chauffieren.

Nachdem sie ihm klar gemacht hatte, worum es ging, wollte er sofort kehrtmachen. „Ich werde nicht den Aufpasser für Sie und diesen Anwalt spielen", empörte er sich.

Sie ließ ihm keine Wahl, erwähnte, dass Mischa glaube, er sei clean, und ihn deshalb nicht rausgeschmissen habe. „Meinem Vater können Sie etwas vormachen. Ich weiß, wann ich einen Kokser vor mir habe."

Man konnte es als Erpressung bezeichnen, aber das war Laura egal. Sie brauchte Raouls Hilfe, und wenn er ihr nicht freiwillig helfen würde, musste sie eben zu nicht ganz astreinen Mitteln greifen.

„Sie sind schlimmer als Ihr Vater." Er stieg aufs Gaspedal und hatte den grünen Roadster bald eingeholt.

„He, passen Sie auf, lassen Sie zwei, drei Wagen zwischen uns und ihm, so wie in den Gangsterfilmen", scherzte sie.

Humor schien nicht zu Raouls Stärken zu zählen. Mit undurchdringlicher Miene verlangsamte er das Tempo.

Die Autobahn endete nach Puerto de la Cruz. Sie fuhren auf der Küstenstraße weiter. Das Meer war dunkelgrau. Stürmischer Wind peitschte das Wasser auf. Laura konnte sich an der schäumenden Brandung nicht sattsehen.

Raoul ignorierte die eindrucksvolle Kulisse, blickte stur auf die Straße.

Irgendwann fing sie wieder an, von Ramona zu sprechen. Er reagierte gereizt, wollte nicht über sie reden.

Laura fragte sich, warum, ließ nicht locker und stellte Mutmaßungen an, wer Ramona gekidnappt haben könnte.

„Sie dürfte in letzter Zeit nicht sehr anspruchsvoll gewesen sein, was die Wahl ihrer Liebhaber betraf. Einer dieser Männer soll die Beziehung zu ihr sogar per SMS beendet haben. Angeblich war sie deswegen völlig außer sich. Ich kann sie verstehen. Was für ein Feigling!"

„Warum quälen Sie mich? Sie wissen anscheinend ganz genau, wer dieser Lover war. Ich habe ein schlechtes Gewissen wegen Mischa gehabt. Ja, lachen Sie ruhig, mir war diese Geschichte äußerst unangenehm. Sie hat mich verführt, nicht ich sie."

„Sie Armer!", spottete sie.

„Mona bekommt immer, was sie will, das sollten Sie eigentlich wissen."

Im Grunde hatte Raoul wohl recht. Ramona hatte damals auch Mischa unbedingt haben wollen, obwohl er sich nicht besonders für sie interessiert hatte.

„Und dass Mona wegen der Trennung von mir todunglücklich war, ist schwer übertrieben. Sie hat sich schnell getröstet, hat nach kurzer Zeit einen anderen an Land gezogen. Aus ihrer neuen Liebe hat sie übrigens ein großes Geheimnis gemacht. Wahrscheinlich ist er verheiratet."

„Carlos Rodríguez?"

Raoul erblasste, antwortete nicht.

Sie ließ nicht locker. „Teresita hat mir erzählt, dass Mona scharf auf Astrids Freund war."

„Teresita ist die größte Klatschtante der Insel. An Ihrer Stelle würde ich der kein Wort glauben."

24.

Raoul achtete darauf, nicht zu nahe an der Stoßstange des Roadster zu kleben. Don Juan María schien nicht zu bemerken, dass ihm jemand folgte. Er traf keinerlei Anstalten, sie abzuhängen, fuhr in fast ständig gleichem Tempo die Küstenstraße entlang.

Raoul wurde gesprächiger. „Der Nordwesten der Insel ist der interessanteste Teil von Teneriffa", sagte er, als sich Laura entzückt von den hübschen Dörfern zeigte.

Die niedrigen Häuschen hatten winzige Fenster mit geschlossenen Läden und Madonnenbilder über den Eingangstüren. An den Fassaden hingen Käfige, in denen gelbe Kanarienvögel zwitschernd hin und her flatterten. In den kleinen Gärten blühte der Hibiskus rot und gelb. Vor den Türen saßen alte Frauen auf Plastikstühlen. Die Türen waren oft nur angelehnt. Laute Stimmen aus Fernsehgeräten drangen auf die Straße. In den Bars hingen meist Flatscreens. Fußball, Fußball, Fußball. Hin und wieder ertönten Jubelschreie.

Zitronen- und Orangenbäumchen, Bougainvilleen und baumhohe Weihnachtssterne empfingen sie dann im Valle de la Orotava.

„Märchenhaft“, sagte Laura beinahe ehrfürchtig und leistete Teneriffa Abbitte. Diese Insel hatte an landschaftlicher Schönheit genauso viel zu bieten wie Gomera.

„Tja, der Boden hier ist sehr fruchtbar. Wein, Zuckerrohr und Bananen haben den Wohlstand der spanischen Eroberer und späteren Großgrundbesitzer begründet. Alexander von Humboldt soll angeblich beim ersten Anblick dieses Tals auf die Knie gefallen sein und Gott für all die Schönheit gedankt haben.“

„Auch ich würde hier am liebsten den Boden küssen“, scherzte Laura, als Garachico in Sicht kam.

Fast tausend Meter hohe Felswände beschützten die bezaubernde Hafenstadt, die Anfang des achtzehnten Jahrhunderts durch einen Vulkanausbruch fast vollkommen zerstört worden war. In ihrem Reiseführer hatte Laura gelesen, dass die Altstadt wie durch ein Wunder verschont geblieben war. Das sah man ihr heute noch an. Wunderschöne alte Häuser säumten die kopfsteingepflasterten Gassen. Ein Kloster aus dem sechzehnten Jahrhundert, das Convento de San Francisco, eine Kirche aus demselben Jahrhundert, die Iglesia de Santa Ana ... Laura war hingerissen, fotografierte andauernd aus dem offenen Fenster.

Vor der Kathedrale befand sich eine gepflegte Parkanlage. Raoul machte einen kleinen Umweg, um nicht an Don Alvarez’ Wagen vorbeifahren zu müssen.

„Sie hätten ein paar Wochen früher kommen sollen. Die Karfreitagsprozessionen hier sind spektakulär, richtig spannende und gruselige Inszenierungen. Da stöckeln achtzigjährige Ladys auf zehn Zentimeter hohen Absätzen und in knallengen schwarzen knielangen Röcken hinter vergoldeten Statuen her. Die stark geschminkten Gesichter sind hinter schwarzen Schleiern aus wundervoller Spitze verborgen. Begleitet werden sie von Kapuzenmännern, die mich immer an Scharfrichter erinnern, weil sie so furchteinflößend aussehen. Ihnen folgen meist jüngere Männer, denen beim Wehklagen ekeliger Speichel aus den Mündern trieft. Und nicht zu vergessen, die Pfaffen in ihren pompösen Roben und ihre Helfershelfer ..."

„Sie meinen die Ministranten."

„Ja, vor allem die Träger, die die Götzenstatue durch die Stadt schleppen, sind beeindruckend gut gebaut. Tolle Muskelpakete. Der arme Jesus scheint hier auf den Kanaren schwer übergewichtig zu sein."

Laura hatte Mühe, nicht lauthals loszulachen. Raouls Lästerei amüsierte sie.

Im Schritttempo näherten sie sich dem Park. Er hielt an und deutete auf einen Art-déco-Kiosk.

„Ich brauche einen Kaffee", sagte er.

„Warten Sie! Don Alvarez verlässt gerade seinen Wagen. Er dürfte genauso kaffeesüchtig sein wie Sie", sagte Laura.

Don Juan María, der auf der anderen Seite des Platzes, vor der Kathedrale, angehalten hatte, begab sich zu dem Kiosk in der Mitte des Parks, zündete sich eine Zigarette an und ließ seinen Blick über den Platz schweifen. Plötzlich schaute er ihr direkt in die Augen. Zumindest bildete sie sich das ein. Es war ihm nicht anzumerken, ob er sie erkannt hatte oder nicht.

„Ich glaube, er hat uns entdeckt", flüsterte Laura und duckte sich.

„Sie irren sich, er starrt einfach ins Blaue", sagte Raoul.

„Ich sage nur Pokerface. Don Alvarez ist ein notorischer Spieler“, murmelte sie.

„Wenn ich losfahre, wird er uns erst recht bemerken.“

Raouls auffälliger Wagen stand keine dreißig Meter vom Kiosk entfernt. Laura wagte nicht mehr hinüberzuschauen.

„Ignorieren Sie ihn. Wir rühren uns nicht, warten, bis er wieder wegfährt. Okay?“

„Sie sind der Boss.“

„Sehr witzig.“

Als Don Alvarez zu seinem Wagen zurückkehrte und ihn startete, folgten sie ihm in großem Abstand zur Küste.

Er hielt außerhalb des Städtchens bei einem Naturschwimmbecken im Atlantik an und ging schnellen Schrittes mit der Tennistasche zu den Felsen, die den natürlichen Pool vor den Wellen schützten. Außer ihm war an diesem stürmischen, stark bewölkten Nachmittag weit und breit kein Mensch zu sehen.

„Diese im Meer erkalteten Lavazungen stammen vom Ausbruch des schwarzen Vulkans. Sie bilden Naturbassins, in denen man bei ruhigem Seegang herrlich schwimmen kann“, sagte Raoul.

Schade. Falscher Zeitpunkt, dachte Laura, die hier liebend gerne schwimmen gegangen wäre.

Don Juan María deponierte die Tasche unter einem Felsvorsprung oberhalb des Wasserspiegels. Die kleine Höhle schien trocken zu sein. Bei Flut würde sie wahrscheinlich überspült werden und die Tasche im Wasser landen, befürchtete Laura.

Ohne sich noch einmal umzusehen, stieg der Anwalt in seinen Roadster und fuhr denselben Weg zurück, auf dem er gekommen war. Laura wunderte sich, dass er es nicht der Mühe wert fand, in der Nähe zu bleiben und auf den Typen, der die Tasche abholen würde, zu warten.

Raoul hatte ein Stück entfernt von dem Felsen, geschützt unter einem baumhohen, üppig blühenden Weihnachtsstern, dessen Blätter fast dieselbe Farbe hatten wie sein Wagen, geparkt.

Sie warteten eine Stunde vergeblich. Kein Mensch ließ sich an diesem trüben Tag blicken. Als Raoul vorzuschlagen wagte, die ganze Aktion abzubrechen, wurde Laura wütend.

„Sind Sie verrückt geworden? Ihnen scheint Monas Leben völlig egal zu sein. Irgendwer wird die Tasche abholen, und diesem Kerl werden wir dann folgen oder ihn zumindest fotografieren."

„Ich habe Durst", maulte Raoul und griff nach einer Mineralwasserflasche. Sie war fast leer. Er trank den Rest, ohne Laura etwas abzugeben.

„Egoist", fauchte sie. Auch sie war durstig.

Lauras Handy vibrierte.

Mischa.

Sie hob ab.

„Was ist los bei euch? Wo ist Don Alvarez? Die Entführer haben sich vorhin gemeldet und mir vorgeworfen, mich nicht an ihre Anweisungen gehalten zu haben. Angeblich ist Don Alvarez nicht allein aufgekreuzt, sondern von einem Pärchen in einem Honda verfolgt worden. Das seid ihr gewesen! Raoul fährt einen Honda. Seid ihr vollkommen verrückt geworden? Wir spielen hier nicht Räuber und Gendarm. Es geht um Leben und Tod! Der Anrufer hat wörtlich gesagt: ‚Ihre Frau ist so gut wie tot', und hat aufgelegt, ehe ich einen Ton von mir geben konnte."

Seine Stimme war immer lauter geworden, sodass Raoul fast jedes Wort mitbekommen hatte.

Als Mischa seinen Mitarbeiter zu sprechen verlangte, stellte Laura ihr Handy auf Lautsprecher, bevor sie es ihrem Chauffeur reichte.

Mischa gab ihm die ganze Schuld an der missglückten Aktion. Für seine Verhältnisse wurde er richtig ausfallend.

„Es war Lauras Idee", verteidigte sich Raoul.

„Und du Weichei hast ihr diese schwachsinnige Idee natürlich nicht ausreden können", schimpfte Mischa weiter. „Wenn Mona etwas passiert, dann gnade dir Gott! Ich hätte nicht gedacht, dass du so deppert bist."

Laura hatte ihren Vater noch nie so derb reden gehört. Selbst sie war leicht eingeschüchtert. Als seine Schimpftiraden nicht aufhörten, flüsterte sie Raoul zu: „Legen Sie auf."

„Das habe ich gehört!", schrie Mischa. „Du solltest jetzt lieber mal ganz still sein, mein Fräulein."

Nach diesem höchst unerfreulichen Telefonat verließ Laura kurzentschlossen den Wagen, lief zu dem Felsen und holte die Sporttasche. Als sie diese im Kofferraum des Cabrios verstauen wollte, stieg auch Raoul aus und öffnete ihn händisch. „Wollen Sie sich nicht vergewissern, ob sich darin tatsächlich Geld befindet?", fragte er.

„Was soll denn sonst drinnen sein?" Widerwillig öffnete sie die Tasche.

„Wow!" Fasziniert starrte er auf die gebündelten Fünfhunderter- und Zweihunderterscheine.

Rasch schloss sie die Tasche wieder.

Zurück in Garachico, bat sie Raoul bei einem Minimarket stehen zu bleiben.

Sie besorgte Mineralwasser, Schokolade und in Zellophan verpackte Tortillas.

Raoul verschmähte die Tortillas, hielt sich an die Schokolade.

Als er dann wie ein Verrückter aufs Gaspedal stieg und mit siebzig Sachen über die kurvenreiche Küstenstraße Richtung Santa Cruz raste, schrie sie: „Halten Sie an! Ich will sofort aussteigen." Ihm war zuzutrauen, sie hier in the middle of nowhere sitzen zu lassen. Doch das war ihr in diesem Augenblick egal. Ihre Angst vor Unfällen war stärker.

Raoul warf ihr einen bösen Blick zu, verlangsamte aber das Tempo. Mit der halben Mille im Kofferraum hätte sie ihn sowieso nicht abhauen lassen.

Sie ignorierte seine üble Laune und versuchte vergeblich, Don Juan María zu erreichen. „Verdammt noch mal, wo ist der bloß hin und warum hebt er nicht ab?", murmelte sie.

„Der ist untergetaucht. Der feine Herr Anwalt ist eine feige Nuss", sagte Raoul.

„Und Sie sind mein Held! Haben Sie mich denn unbedingt bei meinem Vater verpfeifen müssen? *Es war Lauras Idee*", äffte sie ihn nach.

Sie stritten wie ein altes Ehepaar.

„Sie haben zu nahe an dem Naturschwimmbecken geparkt", sagte Laura.

„Und wessen blöde Idee war das Ganze?", konterte Raoul.

Eine Weile beschuldigten sie sich gegenseitig, die Lösegeldübergabe vermasselt zu haben.

„Ich vermute, dass dieser ominöse Barbesitzer Mona entführt hat", sagte Laura auf einmal und bestand darauf, Carlos Rodríguez noch heute aufzusuchen. „Rufen Sie ihn an. Sie haben doch sicher seine Handynummer."

Raoul beteuerte, Rodríguez nicht besonders gut zu kennen.

Sie gab nicht nach. „Okay, ich rufe Teresita an. Sie wird seine Nummer schon herausfinden."

Teresita schien ein Zauberwort zu sein. Raoul hielt am Straßenrand an und zückte sein Handy. Das Telefonat dauerte nicht lange. Laura verstand nicht alles.

„Wir haben Glück. Carlos wird heute gegen Abend in seinem Club in Puerto de la Cruz erwartet."

„Okay, nichts wie hin!"

25.

Die alte Hafenstadt Puerto de la Cruz wirkte auf den ersten Blick wie eine reine Feriendestination. Riesige Hotelpaläste, Wasserparks, Erlebniswelten, Liliputbahnen und was sonst das Herz eines Touristen begehrte.

Da sie noch viel Zeit bis zu ihrem Treffen mit Carlos Rodríguez hatten, schlenderten sie zu Fuß durch die Altstadt und entdeckten gut erhaltene Gebäude im Kolonialstil und gemütlich aussehende Bars. Selbst in den Einkaufsstraßen gab es, neben Billigläden und Coffee-to-go-Shops, auch schicke Boutiquen und gepflegte Grünanlagen.

Die Straßen und Gassen waren sehr belebt. Die Siesta war vorbei. Alle Geschäfte hatten wieder geöffnet. Die Banken blieben allerdings nachmittags geschlossen. Laura sorgte sich um das Geld im Kofferraum.

Sie hielten sich nicht lange in der Altstadt auf, tranken nur einen Kaffee in einer altmodischen Konditorei direkt am Meer. Als Raoul eine der verlockend aussehenden Cremetorten probieren wollte, fuhr sie ihn an: „Nehmen Sie sich eine für zu Hause mit. Wir müssen los.“ Sie wusste, dass Süchtige verrückt nach Süßem waren, wenn sie keinen Stoff hatten.

Schnellen Schrittes kehrten sie mit zwei fetten Tortenstücken zurück zu Raouls Wagen.

***

Carlos Rodríguez’ Nightclub versteckte sich am Ende der Strandpromenade inmitten von Betonburgen. Im schummrigen Foyer des Etablissements war eine Spielhölle untergebracht. An den Automaten hingen ausgezehrte Typen beiderlei Geschlechts mit stoischen oder vor Erregung hässlich verzerrten Gesichtern. Im dazugehörigen Café-Restaurant sah es aus wie in einem Fastfoodlokal. Der Boden war verdreckt mit Pommes und Plastikbechern. Der Gestank nach ranzigem Fett und Testosteron drang in Lauras Nase.

Die halbwüchsigen Burschen, die an den Tischen herumlungerten, konnten sich wahrscheinlich nicht einmal ein Coke oder eine Portion Pommes leisten, außer sie hatten bei einem der Automaten ein bisschen Kleingeld abgecasht.

Zwei ältere, rotgesichtige skandinavische Paare stärkten sich mit Wodka Orange und Hot Dogs, bevor sie wieder ihr Glück strapazierten.

Der Eingang zum Nightclub befand sich am Ende des Automatenlokals und war geschlossen. Laura nahm an einem halbwegs sauberen Tisch beim Fenster Platz, um das Cabrio im Auge behalten zu können.

Da keiner nach ihren Wünschen fragte, schickte sie Raoul an die Theke. „Für mich ein Mineralwasser. Und sagen Sie bitte dem Barkeeper, dass wir auf Rodríguez warten.“

Der Muskelprotz hinter der Bar stierte Laura blöde an, während Raoul auf ihn einredete. Er hatte weit hervortretende Augäpfel, richtige Froschaugen, und sein massiger Oberkörper wirkte wie zum Bersten aufgepumpt.

Auch als Raoul mit zwei Gläsern Mineralwasser zurückkehrte, glotzte der Bodybuilder weiterhin zu ihnen herüber. Ihr wurde mulmig zumute.

Eine Viertelstunde später erschien Carlos Rodríguez an ihrem Tisch. Auf den ersten Blick fand Laura ihn gutaussehend. Der Mann war groß und schlank, trug einen dunklen Anzug und hatte markante Gesichtszüge. Sie bezweifelte, dass es sich um denselben Mann handelte, der bei der Party an der Playa del Inglés mit Astrid gevögelt hatte. Damals hatte sie allerdings nur sein blankes Hinterteil gesehen.

Rodríguez begrüßte sie sehr freundlich. Sein Lächeln war herzlich und einnehmend. Laura bemerkte jedoch sogleich die Zahnlücke in seinem Oberkiefer. Hatte die dänische Zahnarztgattin Karen nicht erwähnt, dass dem großzügigen Jointverteiler bei dem Fest an der Playa del Inglés ein Schneidezahn fehlte? Plötzlich musste sie auch an Mischa denken. Hatte er nicht bei dem Überfall im Hafen von Santa Cruz einem seiner Angreifer einen Zahn ausgeschlagen? Sie glaubte nicht an Zufälle.

Carlos Rodríguez verwickelte sie in ein Gespräch über ihren Vater und seine Zeitung. Seine Stimme kam ihr bekannt vor. Sie klang jedoch weicher und verführerischer als die Stimme des Mannes am Strand. Allerdings hatte jener mit Astrid nur ein paar kurze Sätze auf Englisch ausgetauscht. Mit Laura und Raoul sprach Carlos Deutsch.

Laura konnte verstehen, warum eine einsame Frau wie Astrid auf ihn hereingefallen war, obwohl sie selbst für solche schmierigen Typen nichts übrighatte. Aber hatte er Astrid auch ermordet? Er sah nicht aus wie ein Mörder. Doch wie sehen Mörder aus? So wie

Alexander, der Profikiller?

Laura war verwirrt, ärgerte sich über sich selbst und ihre schlechte Menschenkenntnis.

„Sind wir uns nicht vor Kurzem schon mal begegnet?“, unterbrach sie Carlos Rodríguez.

„Sie müssen sich irren. An eine so schöne Frau wie Sie würde ich mich erinnern“, sagte er lächelnd. Seine Augen lächelten nicht.

„Ich glaube, wir haben uns letztes Wochenende bei der Strandparty an der Playa del Inglés auf Gomera gesehen“, beharrte sie.

Das Klingeln seines Handys enthob ihn einer Antwort. „Pardon, es ist wichtig. Ich komme gleich wieder.“ Er zwinkerte ihr zu und entfernte sich rasch.

Der Barkeeper stellte eine Flasche Weißwein und zwei Gläser auf den Tisch. „Ein Geschenk des Hauses“, sagte er und grinste Laura blöde an.

Sie rührte ihr Weinglas nicht an. Raoul trank seines schnell aus und verschwand wortlos Richtung Toiletten.

Als er nach ein paar Minuten nicht zurück war, ging auch sie aufs Klo.

Die Damentoilette befand sich neben dem Herrenklo. Der Boden des winzigen Vorraums war mit Zigarettenstummeln, benutzten Tampons und zusammengeknüllten Papierhandtüchern versaut. Das Waschbecken war verstopft. Am liebsten hätte Laura kehrtgemacht, doch aus den benachbarten Herrentoiletten waren laute Stimmen zu vernehmen.

Plötzlich kamen zwei kichernde Girlies aus dem WC gestolpert. Bestimmt hatten sie sich etwas eingeworfen. Sie schienen Laura nicht wahrzunehmen.

Die Männerstimmen von nebenan wurden deutlicher, nachdem die Girlies abgezogen waren. Laura bekam mit, dass Raoul und Rodríguez heftig miteinander diskutierten. Sie spitzte die Ohren. Raoul ließ mehrmals den Namen Ramona fallen. Carlos Rodríguez klang erbost. Anscheinend ging es unter anderem um Geld. Zählen konnte sie auf Spanisch. Als die Stimmen leiser wurden, verließ sie die Toilette.

Raoul kam kurz darauf ebenfalls an ihren Tisch zurück und entschuldigte sich wortreich. „Mir war übel. Ich vertrage keinen schlechten Wein", sagte er.

Laura musterte ihn misstrauisch, hielt aber den Mund, da er kreidebleich war. Ihm schien es tatsächlich nicht gutzugehen.

„Wir fahren", sagte er.

„Ich werde fahren", sagte sie. „Sie sehen total fertig aus."

Raoul wollte sie nicht ans Steuer seines kostbaren Wagens lassen. Alle ihre Beteuerungen, dass sie mit jedem Auto fahren könne, bewirkten nichts.

Erst als sie im Scherz behauptete, schon edlere Karossen als seine zu Schrott gefahren zu haben, und dass Mischa immer anstandslos für die Schäden aufgekommen war, reichte er ihr widerwillig seinen Autoschlüssel.

Ohne sich von Carlos Rodríguez, der nicht wieder aufgetaucht war, zu verabschieden, verließen sie dieses zwielichtige Etablissement.

***

Auf der Rückfahrt nach Santa Cruz sprachen sie kaum miteinander. Laura hätte Raoul zwar gerne ein paar Fragen bezüglich des belauschten Gesprächs auf der Toilette gestellt, doch sie wollte zuerst mit Mischa reden. Sollte Raoul in Ramonas Entführung involviert sein, würde sie die Arme in noch größere Gefahr bringen, wenn sie ihm ihr Misstrauen offen zeigte.

Bei ihrem Hotel angekommen, schnappte sie sich die Tasche aus dem Kofferraum und verabschiedete sich kurzangebunden von Raoul, der nach wie vor ziemlich benommen wirkte.

Sie fühlte sich zu ausgelaugt, um an diesem Abend lang und breit mit Mischa zu diskutieren, verschob das Gespräch auf morgen und ging zu Bett.

Ein paar Stunden später riss sie das Klingeln ihres Handys aus dem Schlaf. Mit zusammengekniffenen Augen spähte sie auf die Armbanduhr. Halb vier Uhr früh. Die Wolfsstunde. Wenn die Nacht langsam in den kommenden Tag hinübergleitet, werden viele Menschen wach und können nur schwer wieder einschlafen. Schwermütige Stimmungen machen sich dann häufig breit. Ängste und Sorgen erscheinen einem übermächtig groß. Laura fragte sich nicht zum ersten Mal, was diese Stunde mit Wölfen zu tun hatte. Vielleicht heulten sie um diese Zeit den Mond an?

Das Klingeln hörte nicht auf. Verschlafen tastete sie nach ihrem Handy und hob ab. Mischa, vermutete sie. Wer sonst?

„Dreckige Hure, verdammte Hexe …“, zischte ein Mann mit einer Fistelstimme auf Deutsch und schimpfte dann auf Spanisch weiter.

Sie verstand nur die Hälfte der ordinären Beschimpfungen.

Von wem hatte der Anrufer meine Nummer, fragte sie sich, nachdem sie ihn weggedrückt hatte. Im Geiste ließ sie alle Leute auf den Kanaren, die ihre Handynummer haben könnten, Revue passieren. Unvorstellbar, dass einer von ihnen sie dermaßen vulgär beschimpfte. Sie dachte auch an Carlos Rodríguez. Er könnte ihre

Nummer von Raoul bekommen haben. Aber selbst ihm traute sie so einen schmutzigen Anruf nicht zu. Außerdem hatte die Stimme des Anrufers keinerlei Ähnlichkeit mit seiner gehabt. Natürlich könnte er sie verstellt haben.

***

Verdammte Sonne. Ich hatte den ganzen Tag lang fürchterlich geschwitzt. Aber ich fühlte mich besser. Ich hatte sogar wieder Appetit. Normalerweise brachten sie mir gegen zwanzig Uhr etwas zu essen. Das hieß, ich musste noch mindestens eine Stunde warten.

Das Wasser im Kübel reichte gerade aus, um mir die Hände nasszumachen. Neben der Matratze rollte jedoch eine fast volle Mineralwasserflasche herum. Ich stärkte mich mit großen Schlucken und leerte mir den Rest übers Gesicht.

Ich weiß nicht, wie lange es dauerte, bis die Funzel an der Wand endlich anging und Pedro, der Junge, der bisher ganz nett zu mir gewesen war, die Leiter heruntergeklettert kam. Erleichtert atmete ich auf.

Doch die Erleichterung wich blankem Entsetzen, als er den Reißverschluss seiner Jeans öffnete, sein erigiertes Glied herausholte und damit vor meinem Mund herumzufuchteln begann.

Das Mineralwasser kam wieder hoch. Hustend und spuckend versuchte ich mich umzudrehen, mein Gesicht in der Matratze zu vergraben.

Er riss meinen Kopf herum und steckte mir seinen Schwanz in den Mund. Ich trommelte mit meinen Fäusten auf ihn ein, erwischte sein rechtes Auge. Er schrie auf und versetzte mir einen Schlag auf die Kehle. Verzweifelt japste ich nach Luft.

In diesem Moment erschien das Gesicht des Verrückten in der offenen Luke. Seine irren Blicke machten mir Angst, auch wenn ich sie bei dem schlechten Licht nicht wirklich sehen konnte. El Loco gab einen lauten, unverständlichen Ton von sich. Pedro ließ kurz von mir ab und deutete seinem Bruder zu verschwinden.

Während ich überlegte, ob ich zubeißen sollte, was garantiert meinen Tod zur Folge gehabt hätte, kam El Loco die Leiter herab. Sein hässliches Grinsen verhieß nichts Gutes. Ich begann am ganzen Körper zu zittern. Würde er vollenden, was der Kleine nicht geschafft hatte? Lieber wollte ich sterben, als mich von diesem Irren vergewaltigen zu lassen.

El Loco zerrte den Jungen von mir runter und versetzte ihm zwei kräftige Ohrfeigen. Pedro schlug zurück. El Loco packte seine Hände und drehte sie ihm auf den Rücken. Er war körperlich eindeutig der Stärkere. Kein Gramm Fett, nur Muskeln. Pedro hatte keine Chance.

Plötzlich stand Pablo da. Er brüllte etwas, das ich nicht verstand. El Loco ließ seinen Bruder sofort los. Pedro packte seinen Schwanz ein, zog mich hoch und hielt mich mit beiden Händen fest.

Pablo packte meinen Kopf mit seiner rechten Pranke und zog mit der Linken ein krummes Messer, eine Art Dolch, aus einer Tasche seiner Cargohose.

„No!“, schrie El Loco, ehe ich noch begriff, was Pablo vorhatte.

Ich spürte einen stechenden Schmerz an meinem linken Ohr, dann fiel ich in Ohnmacht.

26.

Mischa weckte Laura um neun Uhr früh. Er entschuldigte sich für seine gestrigen Vorwürfe wegen der missglückten Lösegeldübergabe, kam aber bald auf den wahren Grund seines Anrufs zu sprechen.

„Astrid war nicht tot, als sie ins Wasser gefallen ist. Sie ist ertrunken. Der Gerichtsmediziner hat Salzwasser in ihrer Lunge gefunden."

„Genau das hatte ich vermutet. Jemand hat versucht, sie zu erwürgen, und als sie halbtot war, hat er sie ins Meer geworfen."

„Es gibt einen Zeugen, der ausgesagt hat, dass es sich genauso abgespielt hat."

„Wie bitte?", schrie Laura ins Telefon.

„Der alte Luis ... kein Mensch weiß, wie alt er ist, wahrscheinlich ist er an die neunzig, schläft meistens in einem der kleinen Fischerboote. Er hilft den Fischern, ihre Boote abends an Land zu bringen, deshalb lassen sie ihn in den Booten schlafen ..."

„Komm zur Sache, Mischa."

„Luis ist ein großer Trinker vor dem Herrn, deswegen kann man nicht alles glauben, was er so von sich gibt. Jedenfalls hat er ausgesagt, in jener Nacht eine dunkle Gestalt unter der Markise vor dem Laden gesehen zu haben. Der Typ stand angeblich ewig lange dort, deshalb ist er Luis auch aufgefallen, denn in La Playa war nichts mehr los. Die Lokale hatten längst geschlossen."

„Und?"

„Irgendwann ist eine Frau dahergekommen. Luis hat gemeint, sie hätte einen über den Durst getrunken und wäre dem Mann in die Arme getorkelt."

„Astrid!"

„Anzunehmen. Die beiden dürften gestritten haben. Die Frau hat ihn angeschrien. Angeblich hat der Typ daraufhin seine Hände um ihren Hals gelegt und sie gewürgt. Bedenke bitte, Luis hat sich sein halbes Hirn weggesoffen und ist fast blind. Er hat steif und fest behauptet, genau gesehen zu haben, wie ihr Körper zu zucken begonnen hat. Diesen Teil seiner Story haben ihm die Bullen allerdings nicht ganz abgekauft ...“

„Die Hämatome an ihrem Hals ...“

„Unterbrich mich nicht andauernd! Luis hat behauptet, der Mann habe die Frau, als sie sich nicht mehr rührte, unter den Achseln gepackt und zu der niedrigen betonierten Mauer geschleift. Dort hat er ihr das Kleid ausgezogen und sie splitternackt über das Mäuerchen ins Wasser gewälzt. Luis hat recht detailliert Astrids üppige Formen beschrieben.“

„Er könnte sie vorher schon mal nackt gesehen haben oder am Morgen, als ihre Leiche angeschwemmt wurde“, warf Laura ein.

„Ich glaube, dass er die Wahrheit gesagt hat. Der Mörder wollte es so aussehen lassen, als wäre sie des Nachts nackt schwimmen gegangen und ertrunken.“

„Ich melde mich gleich wieder“, sagte Laura, eilte auf die Toilette und spuckte gelben Schleim in die Muschel. Mischas detaillierte Schilderung des Mordes hatte ihren empfindlichen Magen überfordert.

Nachdem sie einen Schluck Wasser getrunken und auf dem Balkon ein bisschen Luft geschnappt hatte, rief sie Mischa zurück, verlor kein Wort mehr über Astrids Tod, sondern berichtete ihm von ihrem Treffen mit Carlos Rodríguez.

Da Mischa über Ramonas zahlreiche Affären Bescheid wusste, deutete sie an, dass Carlos Rodríguez der Nachfolger von Raoul in Ramonas Bett gewesen sein könnte.

Mischa ging nicht darauf ein, sagte, dass er nicht wisse, wo Don Alvarez steckte. Er hatte nach der missglückten Geldübergabe nichts von sich hören lassen. „Hat sich Juan María inzwischen bei dir gerührt?"

„Nein. Und ehrlich gesagt verstehe ich es nicht. Womöglich ist ihm etwas passiert? Vielleicht haben sie ihn ebenfalls gekidnappt?"

„Wieso sollten sie?"

„Alles ist möglich", murmelte sie. Da sie momentan nicht imstande war, klar zu denken, wechselte sie das Thema. „Und was soll ich jetzt mit dem Geld anfangen? Glaubst du, dass ich so eine riesige Summe einfach auf dein Konto legen kann?"

„Klar, der Bankdirektor weiß, dass ich, besser gesagt, du diese Summe gerade behoben hast. Jetzt parken wir sie halt eine Weile dort. Du gehst am besten wieder in die Filiale auf der Plaza de España. Schau, dass du das Geld rasch loswirst, und dann kommst du sofort zurück nach Gomera. Ich will nicht, dass du dich weiterhin in Gefahr begibst."

„Ich denke nicht daran, dir in deinem Pensionistenparadies Gesellschaft zu leisten. Jetzt wird es erst richtig spannend. Ich werde Don Juan María schon finden."

„Das habe ich befürchtet. Du bist genauso stur wie deine Mutter."

„Danke für das Kompliment!"

„Alfredo Díaz, der Privatdetektiv aus Las Palmas, von dem ich dir erzählt habe, wird heute Vormittag in Santa Cruz eintreffen. Warte bitte auf ihn im Hotel und überlasse ihm alles Weitere. Er soll das Geld mit dir zur Bank bringen."

Obwohl sie glaubte, keinen Beschützer nötig zu haben, gestand sie sich ein, froh über die kommende Verstärkung zu sein.

Den nächtlichen Drohanruf verschwieg sie ihrem Vater absichtlich, da sie befürchtete, er würde sonst auf ihrer sofortigen Rückkehr nach Wien bestehen.

***

Das Bild der ertrinkenden Astrid ging Laura nicht aus dem Kopf. Sie rührte ihr Frühstück kaum an, aß nur ein bisschen Obst und trank Kaffee.

Don Juan Marías Zimmerschlüssel hing am Brett in der Rezeption. Einen Moment lang war sie versucht, den Portier um den Schlüssel zu bitten. Vielleicht würde sie in Don Alvarez' Zimmer irgendeinen Hinweis auf sein Verbleiben finden? Sie verwarf diesen Gedanken wieder. Der Portier kannte sie mittlerweile und wusste bestimmt auch ihre Zimmernummer.

In der Hotellobby war nicht viel Betrieb. Ein Dreißigjähriger in einem Slimfit-Anzug war der einzige Mann, der eincheckte, während sie eine Virgin Mary an der Bar schlürfte.

Kurz nach dem Bubi betrat ein stattlicher Mann das Hotel. Laura musterte ihn von oben bis unten. Breites Gesicht, hellbraune Augen, sinnlicher Mund. Sein dunkelgraues, langes, dichtes Haar trug er im Nacken zu einem Pferdeschwanz zusammengebunden. An den Schläfen war sein Haar weiß und ein bisschen schütter. Er hatte breite Schultern, muskulöse Arme, schmale Hüften und einen knackigen Hintern. Sein praller Bauch zerstörte jedoch den positiven Eindruck, den seine Figur auf den ersten Blick machte. Gekleidet war er wie ein abgefuckter Rocker. Er trug ausgewaschene

Jeans und eine schwarze, ärmellose Lederweste über einem schwarzen Hemd. Armbänder aus Leder und Sterlingsilber zierten seine Handgelenke.

Als er auf sie zusteuerte, fiel ihr sein komischer Gang auf. Er setzte die Zehen als Erstes auf und bewegte seine Hüften wie ein Tänzer. Ja, er tänzelte richtiggehend über den Marmorboden des Foyers.

„Laura Mars?“ Seine erotische Stimme überraschte sie angenehm.

„Alfredo Díaz?“

Sein Händedruck war sanft, aber nicht weichlich. Sie sah ihm in seine tiefliegenden hellbraunen Augen, die hinter seinen dicken Brillengläsern enorm groß wirkten.

Der Mann besaß eine gewisse Ähnlichkeit mit einem satten, müden Bären, machte keine abrupten oder brüsken Bewegungen, ließ sich auf dem Barhocker neben ihr nieder und bestellte einen Brandy.

Nach kurzem Smalltalk lobte Laura seine perfekten Deutschkenntnisse.

„Ich war Gastarbeiter“, scherzte er.

„Im Ernst?“

„Ja, ich habe ein paar Semester in Berlin studiert und nebenbei für eine Securityfirma gearbeitet.“

„Was haben Sie studiert?“

„Das verrate ich Ihnen nicht.“

„Ach, kommen Sie, so schlimm wird es nicht gewesen sein.“

„Oh doch, das war es.“

„Machen Sie es nicht so spannend.“

„Psychologie, sechs Semester lang. Anfangs habe ich in den Vorlesungen fast kein Wort verstanden, obwohl ich im Gymnasium fünf Jahre lang Deutsch gelernt hatte.“

Laura unterdrückte ein Grinsen.

„Ich weiß auch nicht, was damals in mich gefahren

ist. Ich nehme an, ich wollte die Menschen besser verstehen. Aber lassen wir das. Sagen Sie mir lieber, was es Neues gibt. Was ist in Garachico passiert?“

Laura berichtete ihm von der missglückten Geldübergabe und ihrem anschließenden Treffen mit Carlos Rodríguez. Er hörte ihr geduldig zu, obwohl er einen Teil der Geschichte bestimmt bereits von Mischa gehört hatte.

Nachdem er seinen Brandy ausgetrunken hatte, schien er es plötzlich eilig zu haben. „Ich werde mir diesen Barbesitzer gleich mal vorknöpfen.“

Laura bestand darauf, mitzukommen.

Nach kurzer Diskussion gab er nach.

„Außerdem müssen wir vorher zur Bank. In meiner Suite liegen fünfhunderttausend Euro zur freien Entnahme.“

Alfredo brachte das Gepäck auf sein Zimmer, während Laura die Sporttasche holte. Gleich darauf wollten sie sich wieder unten in der Lobby treffen.

Alfredos Mietwagen, ein leicht ramponiert aussehender Seat, sprang nicht an. Fluchend versuchte er mehrmals zu starten.

„Lassen Sie es mich probieren.“

„Wenn Sie glauben, es besser zu können“, schnaufte er und wechselte mit ihr den Platz.

Als Laura den Wagen nach zwei Versuchen in die Gänge brachte, grinste er sie an. „Gut gemacht, señora! Wollen Sie fahren?“

„Nein, nein, Sie kennen sich hier besser aus.“

Noch einmal tauschten sie die Plätze.

Zuerst fuhren sie zu der Bank auf der Plaza de España, wo Laura letztens das Geld abgehoben hatte. Alfredo hatte keine Lust auf das Parkhaus, ließ den Mietwagen im Parkverbot vor der Bank stehen.

„Wenn sie ihn abschleppen, kriegen wir vielleicht einen, der anspringt“, scherzte er.

Auf der Bank lief wieder alles ohne Komplikationen ab. Nachdem sie das leidige Geld losgeworden waren, machten sie sich auf die Suche nach dem Lokal von Carlos Rodríguez.

Der Club befand sich im heruntergekommenen Teil der Altstadt und war innen ähnlich ausgestattet wie sein Club in Puerto de la Cruz: dunkle Fensterscheiben, Spielautomaten, Stühle und Tische aus Kunststoff, kitschig dekorierte Bar.

Der Chef sei nicht anwesend, würde erst morgen erwartet, teilte ihnen der Mann hinter der Theke mit.

Mit Lauras Frustrationstoleranz war es nicht weit her.

Als Alfredo vorschlug, Raoul zu besuchen, und Laura bat, ihn anzurufen, reagierte sie patzig: „Bin ich Ihre Sekretärin? Rufen Sie ihn gefälligst selber an.“

„Wenn Sie mir seine Nummer geben, cariño, mache ich das gerne.“

„Ich bin nicht Ihr Schätzchen“, murmelte sie, sagte ihm aber Raouls Nummer an.

Mischas Mitarbeiter befand sich wegen eines Interviews auf dem Weg in den Süden und hatte erst am nächsten Tag Zeit. Alfredo verabredete sich mit ihm für morgen nachmittags.

„Okay, das war's anscheinend für heute. Lassen Sie uns den herrlichen Tag für einen Ausflug zum Teide nützen.“

„Ich bin nicht zu meinem Vergnügen hier“, protestierte Laura, obwohl sie den höchsten Berg Spaniens gerne sehen wollte. Ihr Widerstand war dementsprechend schwach.

Vorher wollte sie sich jedoch unbedingt mit ihrem Vater absprechen. Da er aber weder von Don Juan

María noch von Monas Entführern etwas gehört hatte, stand dem Ausflug nichts im Wege. Im Gegenteil, Mischa empfahl ihr sogar ausdrücklich, mal ein bisschen abzuschalten. „Es ist die schönste Autostrecke der Insel. Du wirst begeistert sein. Und bei Alfredo weiß ich dich in sicheren Händen.“

27.

Die gut ausgebaute Straße führte in Serpentinen bergauf. Laura zuckte bei jedem Fahrzeug, das ihnen entgegenkam, zusammen.

„So entspannen Sie sich doch endlich. Wir haben noch zweiundvierzig Kilometer auf dieser schmalen Bergstraße zum Nationalpark del Teide vor uns“, sagte Alfredo, als sie sich in einer Steilkurve mit beiden Händen an den auf ihrer Seite herabhängenden Haltegriff über der Beifahrertür klammerte.

Er fuhr langsam und vorsichtig, dennoch hatte sie Schweißtropfen auf der Stirn. Westlich der ehemaligen Hauptstadt La Laguna gediehen Kakteen und Orangenbäume auf der trockenen Hochebene. Nach dem verschlafenen Ort La Esperanza erschienen die ersten Kiefern und Eukalyptusbäume und in deren Schatten Lorbeerbüsche und Farne.

Bei einem der zahlreichen Aussichtspunkte hielt Alfredo an, um eine Zigarette zu rauchen. Laura stieg ebenfalls aus, atmete die klare, frische Bergluft tief ein und versuchte den fantastischen Ausblick zu genießen.

Am Straßenrand blühten säulenartige Teide-Natternköpfe in kräftigem Rot. Auf beiden Seiten des Bergkamms konnte man das Meer in der Ferne glitzern sehen. Doch die bizarren Gesteinsformationen und die farbenfrohe, stark duftende Blütenpracht machten Laura fast schwindlig.

„Früher hat es auch auf Teneriffa einen Nebelwald gegeben, leider ist dieser großteils einem radikalen Kahlschlag zum Opfer gefallen. Bald werden Sie die Reste zu sehen bekommen“, sagte Alfredo.

Als sie die Baumgrenze erreichten und die Felsen schroffer wurden, bemühte er sich erneut, ein unverfängliches Gespräch in Gang zu bringen. „Heroben gedeihen nur mehr Ginster und niedrige Sträucher. Heute haben wir einen besonders schönen Tag erwischt, normalerweise herrscht hier stürmischer Wind, und die Temperaturen schwanken extrem.“

Laura fühlte sich wie auf einem anderen Planeten. Der Pico del Teide leuchtete gespenstisch im Sonnenlicht.

Alfredo schlug vor, mit dem Teleférico hinauf auf dreitausendfünfhundertfünfzig Meter zu fahren. „Von dort sind es keine zweihundert Meter bis zum Gipfel.“

„Mich bringen keine zehn Pferde in eine Seilbahn“, murmelte Laura.

Obwohl er ihr die spektakuläre Fahrt auf Spaniens höchsten Berg mit blumigen Worten beschrieb, gelang es ihm nicht, sie umzustimmen. „Sein Name leitet sich übrigens von dem Guanchenwort für Hölle ab. Aus den Flanken des Vulkans steigen bis zu sechsundachtzig Grad heiße Schwefeldämpfe auf – ein eindeutiger Beweis, dass es in der Hölle noch rumort.“

Selbst mit seinem Scherz entlockte er ihr kein Lächeln. Sie sehnte sich die ganze Zeit zurück ans Meer.

Den Mittelpunkt des Nationalparks bildete ein gigantischer Kraterkessel namens Cañadas, der vom fast viertausend Meter hohen Teide überragt wurde.

Als sie am Eingang der Kraterlandschaft angelangt waren, zeigte ein Schild am Straßenrand an, dass sie sich auf zweitausenddreihundert Meter Seehöhe befanden.

Alfredo stellte den Seat auf einem halbvollen Parkplatz ab. Als Laura ausstieg, fröstelte sie. Es war kalt hier oben.

An Verkaufsständen wurden Honig, Süßigkeiten und Souvenirs angeboten. Einige Straßenhändler waren entsetzlich aufdringlich. Alfredo kaufte für Laura eine farbenfrohe Mütze mit Ohrschützern, wie sie die Indigenen in den südamerikanischen Anden trugen.

Sie setzte die Mütze auf und begann zu lachen, als ihr der Händler einen Handspiegel vors Gesicht hielt. Alfredo reagierte auf ihre verzerrten Gesichtszüge weder schockiert noch überrascht.

Doch ihre gute Laune hielt nicht lange an. Die Höhenluft behagte ihr so gar nicht. Sie fühlte sich schwindlig und klammerte sich an seinen Arm.

„Okay, hauen wir wieder ab. Dieser Berg scheint wirklich nichts für Sie zu sein. Lassen Sie uns nach Masca fahren. Masca gilt als das idyllischste Bergdorf Teneriffas und liegt nicht so hoch. Leider wird es von den Touristen überrannt. Aber zum Glück nur tagsüber. Die Masca-Schlucht ist absolut sehenswert, jedoch nicht ganz ungefährlich. Sie hat schon einige Opfer unter den wanderwütigen Besuchern gefordert. Erst im zwanzigsten Jahrhundert wurde eine Straße dorthin gebaut. Hirtenwege waren früher die einzige Verbindung zur Außenwelt.“

Die Strecke durch die bergige Landschaft war abenteuerlich. Das Bergdorf lag in einem Vulkankrater des Teno-Gebirges. Terrassierte Felder zierten den Kraterhügel. Der Weiler bestand aus etwa achtzig Häusern.

Sie erreichten das Dorf noch vor Sonnenuntergang. Alfredo parkte am Ortsrand. Laura bekam nicht viel mit. Sie befand sich in einer Art Betäubungszustand.

In den engen Gassen waren kaum Leute unterwegs. In einem der Läden am Dorfplatz vor der Kirche erstand Laura einen Palmensirup, der ähnlich schmeckte wie Ahornsirup. Anschließend kehrten sie in einer Bar ein und tranken köstlichen Saft aus der Kaktusfeige, eine Spezialität der Gegend.

Laura taute auf, plauderte ganz ungezwungen mit dem Detektiv über dies und jenes. Den Fall Ramona erwähnten beide mit keinem Wort.

Als es dunkel wurde, schlug Alfredo vor, sich ein Hotel in Santiago del Teide oder unten am Meer in Puerto de Santiago zu suchen. Santiago del Teide liege näher, meinte er.

Laura war einverstanden, sie fuhr ungern nachts Auto.

Aus der Entfernung sah sie, wie die Scheinwerfer eines entgegenkommenden Wagens ihr unwirkliches Licht auf die Felswände warfen. Schatten tanzten über die hellen Steine. Sie versuchte vollkommen ruhig zu atmen. Der Wagen raste auf sie zu.

„He, passen Sie auf!"

In letzter Sekunde wich Alfredo dem Fahrzeug aus.

„Bleiben Sie sofort stehen!"

„Wir halten beim nächsten Hotel, okay?" Er tätschelte ihren Arm.

Sie stieß seine Hand weg. „Ich kann nicht mehr", schluchzte sie.

„Was ist denn mit Ihnen los? Es ist doch nichts passiert."

„Tut mir leid, aber ich bin mit den Nerven am Ende."

Alfredo fuhr im Schritttempo weiter. Nach einigen Kehren kam am Straßenrand ein fast alpenländisch anmutendes Haus in Sicht. Auf einem beleuchteten Schild neben dem Gartentor stand *Pensión*.

„Stehen bleiben!“, rief Laura.

Die Besitzerin der Herberge schien sich über die späten Gäste zu freuen. Sie wollte gar nicht mehr aufhören zu reden.

Laura verstand kein Wort, folgte aber der Frau hinauf in den zweiten Stock. Offensichtlich gab es nur ein Zimmer mit zwei Doppelbetten unter dem Dach. Da der notdürftig ausgebaute Dachboden sehr geräumig war und sich die beiden Betten weit auseinander befanden, nickte sie, als Alfredo ihr einen fragenden Blick zuwarf. Sie wollte heute Nacht keinesfalls noch weitere Kilometer auf dieser Bergstraße zurücklegen.

Auf dem unisolierten Dachboden war es saukalt.

„Wir werden uns den Arsch abfrieren“, sagte Alfredo, als sie allein waren.

„Das fürchte ich auch. Die Toilette ist gegenüber, oder? Haben Sie ein Badezimmer gesehen?“

„Nein. Die Alte hat gesagt, dass wir uns auf dem Klo waschen können. Es scheint dort zumindest ein Waschbecken zu geben.“

„Egal. Ich bin sowieso völlig k. o. Schlafen Sie gut!“

Laura legte sich angezogen auf ihr Bett, setzte die lustige Mütze auf, zog die Wolldecke bis an ihr Kinn und schloss die Augen.

„Tut mir leid, princesa, aber Sie wollten ja unbedingt hier absteigen.“

„Seien Sie still, ich will schlafen!“

An Schlaf war jedoch nicht zu denken, obwohl Alfredo weder schnarchte noch sich in seinem Bett am anderen Ende des Raumes herumwälzte. Entsetzliche Gedanken quälten Laura. Ramona, gefesselt und verzweifelt nach Luft ringend, erschien vor ihrem inneren Auge.

„Sind Sie wach?“, fragte sie Alfredo.

„Ja, bin ich“, murmelte er.

„Glauben Sie, dass Mona noch lebt?“

„Selbstverständlich. Die wollen Geld und das kriegen sie nur, solange sie Ramona am Leben lassen.“

„Mir ist kalt.“

„Soll ich Sie wärmen kommen?“

„Um Himmels willen, bleiben Sie, wo Sie sind!“

28.

Frühmorgens läutete Lauras Handy. Mit klammen Fingern hob sie ab.

Ein modriger Geruch drang in ihre Nase. Nicht nur die Wolldecke, mit der sie sich zugedeckt hatte, war feucht und roch eigenartig, sondern auch ihre Kleidung, in der sie geschlafen hatte. Alfredos Bett war leer.

Sie hörte ihrem Vater zu, obwohl sie dringend auf die Toilette musste. Mischa klang verzweifelt. Eine zweite Lösegeldforderung war eingetroffen. Die Summe war auf eine Million Euro erhöht worden.

Er beteuerte, dass er gewillt war, auch diese Summe zu zahlen, bezweifelte aber, dass er so schnell weitere fünfhunderttausend auftreiben könne.

„Ich habe eine längere Frist von diesen Scheißkerlen verlangt, habe ihnen erklärt, dass ich erst eine Hypothek auf mein Haus aufnehmen muss. Sie wollten mir nur drei Tage Zeit geben.“

„Hast du ein Lebenszeichen von Mona verlangt?“

„Selbstverständlich.“ Mischa hatte das Gespräch

aufgenommen und spielte es ihr am Telefon vor.

Laura verstand kein Wort, begann jedoch zu zittern, als er ihr den letzten Satz des Mannes übersetzte: „Ihre Alte befindet sich momentan nicht in der richtigen Verfassung für ein Fotoshooting." Höhnisch lachend hatte der Mann aufgelegt. Seine Stimme hatte eigenartig blechern und verzerrt geklungen, fast wie eine Computerstimme.

Laura dachte an ihre schrecklichen Vorahnungen gestern Abend und war überzeugt davon, dass die Entführer Ramona etwas angetan hatten.

„Übrigens hat sich Don Alvarez endlich gemeldet. Er war total bestürzt wegen der fehlgeschlagenen Geldübergabe. Die Geschichte hat ihn in seinem Stolz gekränkt. Er hat momentan viel um die Ohren. Ein anderer Fall macht ihm schwer zu schaffen."

Laura mutmaßte, dass es sich um seinen Mandanten Carlos Rodríguez handelte. Sie wollte nachfragen, aber Mischa ließ sie nicht zu Wort kommen. „Trotzdem werde ich ihn wieder mit der Lösegeldaufgabe beauftragen. Er hat mich sogar ausdrücklich darum gebeten, meinte, es ginge um seine Ehre. Diese Spanier und ihr verdammter Stolz ..."

„Warum überlässt du die Transaktion dieses Mal nicht Alfredo Díaz?", unterbrach ihn Laura. „Er scheint mir geeigneter für so eine riskante Angelegenheit zu sein." Don Juan Marías seltsames Verhalten nach dem Fiasko in Garachico hatte sie nicht nur irritiert, sondern auch ihr Misstrauen erweckt.

Mischa versicherte ihr zwar, dass er Alfredo bedingungslos vertrauen würde. „Er ist ein Ehrenmann und mir zutiefst dankbar, weil ich ihm nach seiner Scheidung buchstäblich unter die Arme gegriffen habe. Aber er ist sehr jähzornig, schlägt schnell zu. Womöglich würde er die Entführer zu Brei schlagen und Mona dadurch erst recht gefährden."

„Verstehe. Soll ich die Sache erledigen?"

„Kommt überhaupt nicht in Frage. Du mischst dich ab jetzt nicht mehr ein!"

Sie dachte nicht im Traum daran, sich rauszuhalten. Nachdem sie aufgelegt hatte, fragte sie sich, warum sich Don Juan María nur bei Mischa und nicht auch bei ihr gerührt hatte. War er böse auf sie, weil sie ihm die Geschichte in Garachico vermasselt hatte? Oder schämte er sich tatsächlich, weil er sich selbst die Schuld an der gescheiterten Geldübergabe gab?

Als Alfredo von der Toilette zurückkam, eilte sie aufs Klo, wusch sich notdürftig Gesicht und Hände und bestand darauf, ohne Frühstück aufzubrechen. Von dem Telefonat mit Mischa wollte sie dem Detektiv unterwegs erzählen.

„Schade, dass wir keine Zeit haben, sonst hätte ich Ihnen gerne noch Los Gigantes gezeigt. Diese steilen, fast fünfhundert Meter hohen Felsklippen erstrecken sich über zehn Kilometer. Vom Wasser aus bietet sich einem ein gigantisches und sehr malerisches Panorama. Unten in Puerto de Santiago kann man Whalewatching-Touren buchen ..."

„Lassen Sie uns endlich losfahren!", unterbrach sie ihn. Nach dem Gespräch mit ihrem Vater hatte sie weder für Naturschönheiten noch für Wale viel übrig.

„Wie Sie befehlen, señora", brummte er in seinen Dreitagebart.

Kaum saßen sie im Auto, informierte sie ihn über die neueste Entwicklung im Fall Ramona.

Er zog es vor zu schweigen, protestierte nicht einmal, als sie ihm erzählte, dass erneut Don Alvarez das Lösegeld überbringen sollte. Laura vermutete, dass er gekränkt war. Bestimmt hatte er damit gerechnet, dass Mischa ihn mit dieser gefährlichen Aufgabe betrauen würde.

Den Rest der Fahrt tat Alfredo so, als ob er sich auf den Verkehr konzentrieren müsste, während Laura per SMS mit Teresita kommunizierte. Nachdem sie die Handynummer von Raouls ehemaliger Redaktionssekretärin Antonia López in Erfahrung gebracht hatte, schrieb sie auch dieser jungen Frau ein SMS.

Als das Ortsschild von La Laguna in Sicht kam, ersuchte sie Alfredo, sie in der Nähe des Zentrums abzusetzen. „Kennen Sie Antonia López? Sie hat früher für den *Saturn* gearbeitet und hat heute kurz Zeit, mich zu treffen. Sie kennt Raoul wahrscheinlich besser als wir alle."

Alfredo verzog unwillig das Gesicht. Laura wusste, dass der Detektiv heute Nachmittag mit Raoul verabredet war. Da sie keine Lust hatte, diesen eingebildeten Schönling wiederzusehen, war sie froh über ihre spontane Idee, sich mit Antonia persönlich auszutauschen.

„Ich lasse Sie ungern hier aussteigen", sagte er. „Mischa hat mich gebeten, gut auf Sie aufzupassen. Ich fühle mich also für Sie zuständig und bin ehrlich gesagt froh, mit der Lösegeldübergabe nichts zu tun zu haben. Für solche Jobs eigne ich mich nicht, und das weiß Mischa. Ihm ist bewusst, dass ich mich schwer beherrschen kann, leicht ausraste, wenn man mich provoziert. Trotzdem war es ein Fehler, ausgerechnet dieses Weichei mit der Übergabe zu beauftragen. Die knöpfen ihm bestimmt das Geld ab, ehe er einen Mucks von sich geben kann. Hoffentlich werden diese Gauner fair spielen und Ramona tatsächlich freilassen."

Verblüfft schaute Laura ihn an. Sie hatte ihn falsch eingeschätzt. Zwar ärgerte sie sich, dass er Don Juan María als Weichei bezeichnet hatte, aber Alfredo war, Psychologe hin oder her, nun einmal ein Schlägertyp und solche Männer hielten sensiblere Zeitgenossen immer für Weicheier.

„Ihre Extratour passt mir gar nicht“, fuhr Alfredo fort.

„Stellen Sie sich nicht so an. Ich will nur kurz mit Antonia reden. Von mir aus können Sie auch in einem Café auf mich warten.“

„Ich könnte Raoul absagen“, überlegte er laut.

„Kommt überhaupt nicht in Frage! Was soll mir in La Laguna schon passieren? Dort rennen doch angeblich eh nur Touristen herum.“

„Na gut. Aber zurück nach Santa Cruz fahren Sie mit einem Taxi“, gab er schließlich nach.

„Selbstverständlich, Boss“, spöttelte Laura.

Sie wusste, dass La Laguna durch eine Straßenbahn mit Santa Cruz verbunden war, und wollte diese nehmen. Ihrer Meinung nach bekam man in öffentlichen Verkehrsmitteln einen besseren Eindruck von Land und Leuten.

Als Alfredo auf dem Platz vor dem ehemaligen Bischofssitz Aguere eine junge schwarzhaarige Frau erblickte, ließ er Laura aussteigen. „Antonia wartet schon auf Sie. Die Kleine ist in Ordnung. Passen Sie auf sich auf. Wir sehen uns später im Hotel!“

***

Laura hatte in ihrem Reiseführer gelesen, dass La Laguna UNESCO-Kulturerbe und im fünfzehnten Jahrhundert die erste Inselhauptstadt gewesen war. Die alte Universitätsstadt lag auf fünfhundert Meter Seehöhe und präsentierte sich ihr an diesem Tag kühl und wolkenverhangen.

Antonia López war ein typisches Großstadtmädchen, flott gekleidet mit Jeans, lässigem T-Shirt, hellen Sneakers und einem schwer beladenen Rucksack am Rücken. Laura fand die etwa fünfundzwanzigjährige Frau mit dem langen, schwarzen, glänzenden Haar, der olivfarbenen Haut und den fast schwarzen Augen sehr attraktiv. Sie konnte sich gut vorstellen, dass Raoul seine Finger nicht von ihr hatte lassen können.

Antonia schlug einen kurzen Spaziergang durch die Stadt vor. Während sie einige Juwelen kolonialer Architektur, wie zum Beispiel den Innenhof des Museums für Wissenschaft und Kunst und den Palacio de Nava auf der Plaza del Adelantado, und andere sehenswerte Gebäude und Kirchen besichtigten, erzählte sie Laura, dass sie Deutsch und Publizistik studiert hatte, aber momentan arbeitslos war und wieder bei ihren Eltern wohnte. „So wie die meisten jungen kanarischen Akademikerinnen", seufzte sie.

Sie wollte mit Laura ins *Café Palmelita* auf der Plaza de la Concepción. Da dort alle Tische besetzt waren, landeten sie in einem netten alternativen Lokal bei der Catedral de La Laguna.

Während sich Antonia mit einem Salat begnügte, bestellte Laura einen vegetarischen Eintopf, der in einem schwarzen Tontöpfchen serviert wurde. Beim Essen brachte sie das Gespräch auf Raoul.

Antonia sprach offen über ihre kurze Affäre mit ihrem Kollegen.

„Nachdem wir miteinander im Bett waren, hat er begonnen, mich schlecht zu behandeln, er hat mich regelrecht schikaniert. Und irgendwann hat er verkündet, prinzipiell nie öfter als dreimal mit ein und derselben Frau zu schlafen, und mir deutlich zu verstehen gegeben, dass er sich nach dem zweiten Mal im Bett mit mir gelangweilt hat. Ich halte ihn für ein perverses Stück Dreck! Mir ist nichts anderes übriggeblieben, als zu kündigen."

Antonia warf einen Blick auf ihr Handy.

„Oh, ich muss bald weg. Tut mir leid. Ich begleite Sie noch zur Straßenbahnstation."

„Das ist nicht nötig. Ich werde sie schon finden."

„Nein, nein, ich muss sowieso in dieselbe Richtung. Ich habe gleich eine Sitzung. Sagt Ihnen Podemos was?", fragte Antonia, als sie bereits aufgebrochen waren.

„Selbstverständlich. Über die großen Demonstrationen 2014 wurde in unseren Medien berichtet."

„Positiv, hoffe ich."

„Durchaus. Zumindest in den liberaleren Zeitungen."

„Aus der ehemaligen Antiestablishment-Bewegung ist eine richtige Partei geworden. Auf den Kanarischen Inseln haben wir besonders viele Anhängerinnen, nicht nur unter den Studentinnen und jungen Akademikerinnen, auch Ältere fühlen sich mittlerweile von unseren Ideen angesprochen."

„Die Mittelschicht vor allem. Denn euer Erfolg basiert ja unter anderem auf eurer hervorragenden Vernetzung, oder?"

„Nicht ausschließlich. Zu Anfang haben wir vor allem junge, gebildete Leute übers Internet mobilisiert, aber seit wir in der Regierung sind, kapieren auch ältere und ärmere Menschen, dass wir uns für gleiche Bildungschancen für alle, billigeren Wohnraum und eine gerechtere Sozialpolitik einsetzen."

Laura hielt Podemos für eine gemäßigte linke Bewegung, die ähnliche Werte vertrat wie die alten sozialdemokratischen Parteien, nur eben ein bisschen jünger und flotter daherkam. Doch sie wollte sich auf keine politische Diskussion einlassen, hörte Antonia lieber weiter zu.

„Ich leite momentan eine Arbeitsgruppe zur Asylpolitik. Allein im vergangenen Jahr sind über zwanzigtausend Menschen aus Afrika auf den Kanarischen Inseln gestrandet, und hunderttausend warten noch an der westafrikanischen Küste. Die anderen EU-Länder lassen uns völlig im Stich."

„Ich habe früher in einem Flüchtlingslager auf der griechischen Insel Samos für eine NGO gearbeitet", warf Laura ein.

Antonia sah sie erstaunt an, bevor sie fortfuhr: „Die hundert Kilometer zwischen der Westküste Marokkos und Mauretanien zu den Kanarischen Inseln sind die absolut gefährlichste Fluchtroute nach Europa. Selbst die tollkühnen Weltumsegler haben gehörigen Respekt vor der Überquerung des Kanarenstroms. Seit einem Jahr machen sich unzählige, meist überhaupt nicht seetaugliche Menschen mit kleinen, von Außenbordmotoren angetriebenen Holzbooten auf den Weg. Wie viele es nicht geschafft haben, wissen wir nicht. Der Atlantik ist mittlerweile zu einem Massengrab geworden. Du solltest dir, falls du nach Gran Canaria kommst, das provisorische Lager auf der Mole in Arguineguín ansehen. Ein Kai der Schande. Die Menschen haben dort letzten Herbst unter freiem Himmel geschlafen, es hat nur eine Toilette für fünfzig Leute gegeben. Später haben sie ein paar Tausend Flüchtlinge in den leerstehenden Hotels an der Südküste untergebracht. Die Hotelbesitzer haben immerhin fünfundvierzig Euro pro Tag und Person vom Staat kassiert. Einige von ihnen waren froh über das Geld, denn ohne die Bootsflüchtlinge wären die Hotels während des Lockdowns geschlossen geblieben. Es ist jedoch vermehrt zu Protesten von Einheimischen gekommen, die um das Image des Urlaubsparadieses gebangt haben. Vor allem in Puerto Rico, einem extrem hässlichen Badeort, haben viele demonstriert. Die Leute hier leben zu neunzig Prozent vom Tourismus."

Inzwischen waren sie bei der Straßenbahnstation angelangt. Beide Frauen beteuerten, miteinander in Kontakt bleiben zu wollen, und verabschiedeten sich herzlich voneinander.

Die Bahn war halbleer. Außer ihr fuhren um diese Zeit nur junge Mütter mit Kleinkindern und minderjährige Burschen, die Laura aufgrund ihrer dunklen Haut für Asylsuchende hielt, in die Hauptstadt. Die Trasse der Bahn führte durch verstreute, in leuchtenden Farben gestrichene Neubausiedlungen, vorbei an Shoppingcentern, Tankstellen und unbebautem Land, auf dem vertrocknete Palmen und mickrige Oleanderbüsche vor sich hinvegetierten.

Angesichts der öden Betonklötze, die am Stadtrand von Santa Cruz aus dem Boden gestampft worden waren, musste Laura eigenartigerweise an Raoul und seine anscheinend schwer gestörte Beziehung zu Frauen denken. Der Gedanke, dass er in Ramonas Entführung verwickelt sein könnte, beschäftigte sie während des Rests der langen Straßenbahnfahrt.

29.

Alfredo wartete in der Hotelhalle auf Laura. Vertieft in eine Sportzeitung, bemerkte er sie nicht sofort. Ihr fiel auf, dass seine rechte Hand lädiert war. Die Haut an seinen Knöcheln war aufgeplatzt. Er hatte die Ärmel seines Hemdes aufgekrempelt. Ein dunkles, getrocknetes Rinnsal klebte an seinem Unterarm.

„Sieht aus wie Blut“, sagte Laura, als sie sich zu ihm setzte. „Was ist passiert?“

„Hatte einen kleinen Zusammenstoß mit einer Whiskyflasche. Erzähle ich Ihnen später. Ich muss mich erst frischmachen. Außerdem habe ich einen Bärenhunger. Schlägereien regen immer meinen Appetit an. Gehen Sie mit mir essen?“

Bevor sie irgendetwas sagen konnte, legte er die Zeitung auf den Tisch und eilte die Treppe hinauf zu seinem Zimmer im ersten Stock.

Was für eine Schlägerei, hätte sie ihm am liebsten nachgerufen.

Als sie sich fünfzehn Minuten später wieder mit Alfredo in der Halle traf, fragte sie ihn, warum er sich geprügelt hatte.

„Prügelei ist ein viel zu großes Wort. Es war nur ein kleines Geplänkel. Nicht der Rede wert. Jetzt brauche ich erst einmal etwas zu essen.“

Obwohl sie neugierig war, bohrte sie nicht weiter.

Er wollte zu einem Italiener in der Altstadt. Laura wunderte sich, warum er sie nicht in ein spanisches Lokal ausführte. Mit seinem Patriotismus schien es nicht weit her zu sein.

„Das Restaurant ist ein echter Geheimtipp. Dorthin wagen sich kaum Touristen“, sagte Alfredo, als sie zu Fuß in die Innenstadt gingen.

Zahlreiche Obdachlose hatten ihre Nachtquartiere in den düsteren Gassen mit den baufälligen Häusern am Rande der Altstadt aufgeschlagen. „Die Armut hat in den letzten Monaten stark zugenommen, und die damit einhergehenden Probleme sind ebenfalls schlimmer geworden“, sagte Alfredo, als er Lauras verstörten Blick bemerkte.

Überraschenderweise gab es in dieser heruntergekommenen Gegend, die beherrscht war von Müll, Dreck und dem Gestank von Hoffnungslosigkeit, einige modern eingerichtete Lokale. Aus einem winzigen Laden, der eher wie eine Imbissstube aussah, drang laute neapolitanische Musik. Einer der drei Tische auf der Gasse war gerade frei geworden. Sie warteten, bis ihn die attraktive schwarze Kellnerin abgeräumt hatte.

Der grauhaarige Wirt stellte sich als Roberto vor und fügte hinzu, dass er Neapolitaner sei. Er ließ ihnen nicht lange Zeit zu wählen, empfahl ihnen als Vorspeise seine hausgemachten Antipasti, als Hauptgang die Spezialität des Tages, einen gefüllten Tintenfisch, und dazu eine Flasche Barolo.

Alfredo und Laura wagten nicht, etwas anderes zu bestellen. Obwohl Laura es nicht lassen konnte, den Süditaliener ein bisschen zu provozieren. „Den besten gefüllten Tintenfisch meines Lebens habe ich in Triest gegessen", sagte sie auf Italienisch.

Daraufhin begann Roberto über die Norditaliener zu schimpfen, unterstellte ihnen, nicht ordentlich kochen zu können. Es folgte ein längerer Disput, den die Kellnerin abrupt beendete, indem sie ihren Chef in die Küche scheuchte.

„Sie ist seine Frau und stammt aus Äthiopien. Auch die italienischen Machos sind nicht mehr das, was sie einmal waren", scherzte Alfredo.

Lichtscheue Individuen schlichen an ihrem Tisch vorbei und bettelten sie an. Alfredo verteilte großzügig Münzen und Zigaretten.

Lauras gute Laune trübte sich. „Finden Sie es nicht auch pervers, vor den Augen dieser armen Leute zu schlemmen?"

„Sollen wir uns hineinsetzen?“

„Das würde auch nichts ändern“, sagte sie gereizt.

Angesichts der köstlich aussehenden Antipasti besserte sich Lauras Stimmung bald wieder. Nach den eingelegten Artischocken, den getrockneten Tomaten und dem Prosciutto crudo war sie bereits satt.

Sie berichtete Alfredo von ihrem Gespräch mit Antonia, erwähnte auch, dass Raoul sich der jungen Frau gegenüber ausgesprochen mies verhalten hatte. Anscheinend erzählte sie ihm nichts Neues. Zwar ließ Alfredo sich nicht über Raoul aus, vermittelte ihr jedoch, ohne viele Worte zu verlieren, dass er ihn für ein Arschloch hielt.

Der mit Reis, Faschiertem und Kräutern gefüllte Tintenfisch übertraf Lauras Erwartungen. Sie konnte Roberto nicht oft genug versichern, dass ihr sein Pulpo besser schmeckte als der in Triest, er hielt ihr dennoch einen Vortrag über die neapolitanische Küche, die seiner Meinung nach die beste der Welt war. Wieder musste ihn seine Frau zur Räson bringen. Sie packte ihn am Ärmel seines Hemdes und zog ihn ins Lokal. „Lass die beiden endlich in Ruhe“, fauchte sie ihn auf Italienisch an.

„Der steht ganz schön unter ihrem Pantoffel“, sagte Alfredo grinsend.

Beim Nachtisch, einem köstlichen Tiramisu, wurden beide ernst. Sie fragten sich, warum die zweite Lösegeldforderung erst so spät eingetroffen war.

„Wohin haben diese Schurken Mona bloß gebracht? Glauben Sie, dass sie sich mit ihr irgendwo am offenen Meer aufhalten oder in einer einsamen Gegend, wo es kein Internet gibt? Wäre möglich, oder? Sonst hätten sie doch nicht so viel Zeit nach der ersten missglückten Geldübergabe in Garachico vergehen lassen“, sagte Laura.

Alfredo mutmaßte, dass die Entführer Mischa nervös machen wollten. „So nach dem Motto: Je verzweifelter er ist, desto eher wird er bereit sein, jede Summe zu bezahlen.“

„Vielleicht haben sie Mona erst an einen sicheren Ort bringen müssen. Auf einer Insel ist es nicht so leicht, jemanden zu verstecken.“

Als sich Laura dann nach seinem Treffen mit Raoul erkundigte, antwortete er ausweichend und drängte zum Aufbruch.

Laura hätte gerne bezahlt, hatte aber keine Chance. Der italienische Macho ignorierte die Kreditkarte, die sie ihm reichte, und nahm das Bargeld des spanischen Machos.

Zum Abschied kredenzte Roberto ihnen zwei Grappas. Laura überließ ihren Alfredo. Er kippte beide Schnäpse hinunter und zückte sein Handy, um ein Taxi zu bestellen. Nach dem üppigen Abendessen wollte Laura jedoch zu Fuß nach Hause gehen.

Schwer schnaufend stapfte Alfredo hinter ihr her bergauf durch die Geschäftsstraßen mit den heruntergelassenen Rollläden. Außer ihnen waren nur ein paar Nachtschwärmer unterwegs. Hauptsächlich Jugendliche und Betrunkene.

In der Villengegend, die an das Geschäftsviertel grenzte, wurde es einsamer. Als sie den Park mit den gekachelten Bänken erreichten, nahm Laura aus den Augenwinkeln eine dunkle Gestalt hinter ihnen wahr.

„Ich glaube, da folgt uns jemand“, flüsterte sie.

„Eine so schöne Frau wie Sie müsste eigentlich daran gewöhnt sein, von Männern verfolgt zu werden“, machte sich Alfredo über sie lustig.

„So kann auch nur ein Mann denken.“

Ihr abfälliger Ton ließ ihn zusammenzucken. „Ich habe es nicht so gemeint, habe nur einen blöden Witz gemacht. Selbstverständlich ist mir bewusst, dass es für Frauen nicht so lustig ist, nachts einen Park zu durchqueren."

Sie fürchtete sich nicht an seiner Seite, drehte sich aber noch einmal um. Der Mann war nähergekommen, nur mehr etwa zwanzig Schritte entfernt. Vermutlich handelte es sich um einen harmlosen späten Heimkehrer.

Alfredo bemerkte ihre Unsicherheit, blieb stehen und drehte sich ebenfalls um.

In diesem Moment griff der junge Mann mit seiner Rechten unter seine Bomberjacke. Blitzschnell stürzte sich Alfredo auf ihn. Laura hätte ihm so eine schnelle Reaktion niemals zugetraut.

Der Bursche entkam Alfredo aber und lief den Hang hinunter. Der übergewichtige Detektiv folgte ihm. Bären waren flink, allerdings nicht bergab, hatte Laura mal gelesen.

Erst kurz bevor der junge Mann das Café am unteren Ende des Parks erreicht hatte, holte Alfredo ihn ein, schnappte ihn am Kragen seiner Jacke und zerrte ihn zurück in den Schatten der Bäume. Ein Springmesser fiel zu Boden. Alfredo legte ihm seinen Arm um den Hals, nahm ihn in den Würgegriff.

Als Laura bei den beiden anlangte, musterte sie den dürren kleinen Junkie mitleidig. Ohne die wattierte Jacke sah er richtig mickrig aus.

Alfredo sagte etwas auf Spanisch zu ihm. Dem Burschen fiel die Kinnlade hinunter. Die großen Augen in dem eingefallenen Gesicht starrten Laura hilfesuchend an.

„Hören Sie auf!", rief sie.

„Mischen Sie sich nicht ein."

„Lassen Sie ihn los!“

Alfredo drückte noch fester zu.

Der Junge stammelte, dass er es auf Lauras Handtasche abgesehen hätte. Alfredo schien ihm nicht zu glauben, lockerte jedoch den Griff um seinen Hals und bot ihm einen Fünfziger an, wenn er ihm verriet, wer ihn beauftragt hatte, sie zu verfolgen.

Angst und Gier spiegelten sich in den Augen des Junkies. „Ich habe ihn nicht gekannt“, flüsterte er.

„Hieß er Raoul?“

Er zuckte mit den Schultern, nickte leicht.

Diesem kurzen Dialog auf Spanisch hatte selbst Laura folgen können. Sie deutete Alfredo, den Jungen gehen zu lassen. „Der ist von niemandem beauftragt worden. Bestimmt will er sich nur den Fünfziger verdienen.“

Alfredo ließ den Burschen los, weigerte sich aber, ihm das versprochene Geld zu geben. Als dieser leise protestierte, versetzte er ihm einen Stoß auf die schmale Brust. „Hau ab!“, schrie er ihn an.

„Das war nicht fair“, sagte Laura.

„Ich habe ihm das Leben gerettet. Für einen Fünfziger hätte er sich Crystal Meth gekauft.“ Alfredo bückte sich nach dem Springmesser des Jungen und steckte es in seine Hosentasche.

„Warum mussten Sie gleich so gewalttätig werden?“

„Was hätte ich sonst tun sollen? Warten, bis er mich niedersticht? Es ist mir nichts anderes übriggeblieben. Ist doch logisch, oder?“

„Gewalt entbehrt jeder Logik, das sollten Sie als Psychologe wissen.“

„Müssen Sie immer das letzte Wort haben?“

„Ja, muss ich.“

***

Schüchterne Sonnenstrahlen tauchten das Aquarium in ein unheimliches bläuliches Licht. Dunkle, dumpfe Augen starrten mich gelangweilt an. Wimpernlose Augen, blöde glotzende Fischaugen. Die Augen kamen bedrohlich näher. Ich lag, bekleidet mit einem altmodischen weißen Nachthemd, in einem mit Wasser gefüllten durchsichtigen Sarg und konnte mich nicht bewegen. Gedämpfte Schläge erklangen an den gläsernen Wänden. Kleine und größere Blasen stiegen in dem Wasserbecken hoch. Plötzlich streifte eine messerscharfe Schwanzflosse meine Kehle. Ich spürte etwas Warmes, Klebriges an meinem Hals und schüttelte mich vor Ekel. Auf dem Kragen meines blütenweißen Kleides breitete sich ein roter Fleck aus. Der Fleck wurde größer, immer größer. Bald war nicht nur mein Kleid, sondern auch das Wasser des Aquariums mit meinem Blut getränkt.

Laute Stimmen und Gelächter befreiten mich von meinem Albtraum. Sie kamen von weit her. Vielleicht von einem anderen Boot? Benommen versuchte ich mich aufzurichten, ließ mich aber gleich wieder stöhnend auf die Matratze zurücksinken.

Vorsichtig berührte ich meinen schmerzenden Kopf. Meine Finger fühlten sich klebrig an. Und auf einmal fiel mir alles wieder ein. Der entsetzte Blick von El Loco, das höhnische Grinsen von Pedro, als sich Pablos Dolch meinem Ohr näherte, der kurze, unerträgliche Schmerz, das Blut …

Ich begann zu schluchzen und tastete meinen Kopf ab. Der Verband schien blutdurchtränkt zu sein. Er musste dringend gewechselt werden, sonst würde ich in diesem versifften Loch noch an einer Blutvergiftung zugrunde gehen.

Ich werde mir die Haare wachsen lassen müssen, um mein verunstaltetes Ohr zu verbergen. Wer weiß, ob ich dazu noch Gelegenheit haben werde, wahrscheinlich werde ich ohnehin bald sterben. Dieser Gedanke beruhigte mich komischerweise.

30.

Vor dem Frühstück schrieb Laura eine Nachricht an Raoul, da sie unbedingt noch einmal mit ihm über Carlos Rodríguez reden wollte. Raoul hatte den Junkie, der sie gestern Abend verfolgte, sicher nicht beauftragt. Er wusste, wo sie wohnte. Das Ganze ergab überhaupt keinen Sinn.

Bei Kaffee, Brioche und einem weichen Ei fing Alfredo jedoch wieder davon an, dass Raoul ihnen diesen Junkie auf die Fersen gehetzt hatte. Er druckste herum, stellte abstruse Vermutungen an, meinte, der Junge hätte sie vielleicht einschüchtern oder nur im Auge behalten sollen.

„Wieso einschüchtern?"

„Weil Sie Ihre Nase in alles reinstecken."

„Sehr witzig."

„Es ist doch sonnenklar, dass Raoul in diese Drogensache verwickelt ist. Sie haben mir selbst von seinem Gespräch mit Carlos Rodríguez auf der Toilette erzählt."

„Das ist lächerlich! Raoul ist kein Idiot. Er weiß, dass mich ein Junkie, der mein Portemonnaie stiehlt, nicht davon abbringen kann, weiterhin Nachforschungen anzustellen. Außerdem, was kümmert mich die Drogenkriminalität auf den Kanaren? Mir geht es um Mona."

„Ramonas Entführung hängt doch, laut Ihrem Vater, mit dieser ganzen Drogenscheiße zusammen."

„Laut ihm, ja. Ich bin mir da nicht so sicher."

Sein verblüffter Gesichtsausdruck ließ sie noch ein Schäuflein nachlegen.

„Ist der große Detektiv etwa noch nicht auf die Idee gekommen, dass diese beiden Geschichten nichts miteinander zu tun haben könnten?", provozierte sie ihn.

Alfredo ließ sich viel Zeit mit seiner Antwort. „Vielleicht hat sich Raoul an mir rächen wollen? Vergessen Sie nicht, dass der Kleine ein Messer dabeigehabt hat", sagte er schließlich.

„Wieso rächen?"

Alfredo gestand nun, dass er sich den Schöngeist gestern ordentlich vorgeknöpft hatte.

„So wie den Junkie? Ihre psychologischen Methoden sind äußerst hilfreich", sagte Laura zynisch, obwohl sie sich insgeheim darüber freute, dass der arrogante Raoul eine Abreibung bekommen hatte. „Sie fahren mich jetzt zu ihm oder ich nehme mir ein Taxi."

Alfredo sah ein, dass er keine Chance hatte, sie zurückzuhalten.

Von unterwegs aus versuchte Laura wieder Raoul zu erreichen. Sie war hartnäckig, hinterließ ihm Nachrichten auf seiner Mailbox und schrieb ihm ein SMS. Als sie wegen des höllischen Verkehrs quer durch die Stadt schlichen, fing sie erneut an, Alfredo Vorwürfe zu machen.

„Kaum kreuzen Sie irgendwo auf, verschwinden die Verdächtigen, zuerst Carlos Rodríguez und nun auch Raoul."

„Könnten Sie endlich mal aufhören zu meckern? Ich versuche nur Sie zu beschützen und Ihre Stiefmutter zu finden."

„Und was haben Sie mit Ihren brutalen Verhörmethoden herausbekommen? Nichts!“

„Nicht viel. Aber immerhin scheint jemand einen Junkie beauftragt zu haben, unsere nächsten Schritte zu beobachten. Ob der Bursche im Auftrag von Raoul oder von Carlos Rodríguez oder von dem großen Unbekannten gehandelt hat, wissen wir nicht.“

Laura hielt den kultivierten Journalisten nach wie vor weder für einen ausgekochten Kriminellen noch für einen rachsüchtigen Django.

„Raoul hat mir gestanden, Rodríguez schon länger zu kennen“, fuhr Alfredo fort. „Er war einst sein Dealer. Raoul hat beteuert, inzwischen clean zu sein, und mir mehrmals versichert, dass Rodríguez nichts mit Ramonas Entführung zu tun haben kann, weil er angeblich die letzten beiden Wochen in seinen Clubs auf Teneriffa verbracht hat.“

„Das ist schlicht und einfach gelogen. Nicht nur der Althippie und die dänische Touristin in Valle Gran Rey, sondern auch ich habe ihn mit Astrid bei der Strandparty gesehen. Sie haben es miteinander getrieben, und nicht gerade auf die zärtliche Tour.“

„Und Sie wissen genau, dass es Carlos war?“

„Karen, diese junge Dänin, hat gesagt, dass dem Mann ein oberer Schneidezahn fehlte ...“

„Bei uns laufen viele Leute mit Zahnlücken herum. Implantate kann sich keiner leisten. Sie haben irgendeinen Mann, mit dem Astrid gevögelt hat, gesehen und angenommen, dass es sich um Carlos Rodríguez handelte, weil Astrid mit ihm eine Affäre hatte. Diese älteren Touristinnen sind oft nicht besonders wählerisch, wer weiß, mit wem sie bei jenem Fest herumgemacht hat.“

„Jetzt reicht's aber! Sie sind ein verdammter machisto!“, wies Laura ihn wegen seiner frauenfeindlichen Äußerung zurecht.

„Disculpa", sagte er kleinlaut.

Laura, nicht bereit, sich mit dieser flüchtigen Entschuldigung zufriedenzugeben, starrte ihn wütend an.

„Ich habe einen Freund bei der Nationalpolizei", sagte Alfredo rasch. „Er hat alle Passagierlisten der Fähren überprüfen lassen. Der Name Carlos Rodríguez stand auf keiner der Listen."

„Pah!", fauchte Laura. „Nichts ist leichter, als unter einem falschen Namen auf ein Fährschiff zu gelangen."

Sie dachte an Alexander, den Griechen, der ständig seine Namen gewechselt hatte und mit mindestens drei verschiedenen Pässen auf griechischen Fähren unterwegs gewesen war.

„He, haben Sie tatsächlich die Polizei eingeschaltet? Das hat mein Vater doch ausdrücklich verboten", fuhr sie Alfredo ein paar Sekunden später an.

„Ich habe kein Wort über die Entführung verloren, habe meinen Freund glauben lassen, dass es um die Ermordung Astrids geht. Die örtliche Polizei auf Gomera hat Unterstützung aus Teneriffa angefordert. Verständlicherweise sind sie darauf erpicht, diesen Mord an einer Deutschen aufzuklären. So ein Gewaltverbrechen ist schlecht fürs Image der friedlichen Insel."

Laura hatte das Gefühl, etwas Wichtiges vergessen zu haben. Sie kam nicht darauf, was es war. „Ich muss mit Raoul reden. Und Sie werden sich gefälligst beherrschen. Ist das klar? Am besten, Sie warten irgendwo in der Nähe auf mich. Wenn Sie bei dem Gespräch dabei sind, wird er keinen vernünftigen Satz herausbringen, nach allem, was Sie ihm angetan haben."

„Das klingt, als hätte ich ihn fast umgebracht. Er ist mit einer Whiskyflasche auf mich losgegangen. Es war reine Notwehr. Ich habe ihm nur ein Veilchen und ein paar Schläge in seinen überempfindlichen Magen verpasst. Die Sauerei, die er angerichtet hat, hätten Sie sehen sollen ...“

„Hören Sie auf! So genau will ich es gar nicht wissen!“

Sie fuhren zur Redaktion, die sich an einer stark befahrenen Straße in einem hässlichen Plattenbau aus den Siebzigerjahren befand. Laut Mischa übernachtete Raoul seit Kurzem die meiste Zeit im Büro.

Die Haustür stand sperrangelweit offen. Die Zeitungsredaktion befand sich im vierten Stock.

„Sie warten hier, ich gehe allein rauf“, sagte Laura.

Alfredo bestand darauf, mitzukommen. Sie stritten eine Weile herum. Sie biss auf Granit. Der sture Bock ließ sich nicht davon abbringen, sie zu begleiten.

Der Lift war außer Betrieb. Fluchend nahmen sie die Treppe.

Laura klingelte an der Tür mit dem Schild: *Saturn*. Niemand öffnete. Von drinnen waren keine Geräusche zu vernehmen.

Alfredo schickte sich an, die Tür mit Gewalt aufzubrechen. Sie schüttelte energisch den Kopf.

Daraufhin griff er nach seinem Smith & Wesson, einem sechsschüssigen Revolver, der hinten in seinem Gürtel steckte. „Zählt zu den zuverlässigsten Waffen am Markt. Die Treffsicherheit hängt allerdings vom Schützen und von der Entfernung ab“, sagte er grinsend.

„Dann kann ich nur hoffen, dass Sie als Schütze besser sind als ...“

„Besser als was?“ Er schaute sie grimmig an.

„Ach nichts.“ Sie wollte ihn nicht schon wieder mit seinem abgebrochenen Psychologiestudium aufziehen.

Er öffnete die Tür mit seiner Kreditkarte. In der anderen Hand hielt er seine Waffe im Anschlag.

In den beiden Redaktionsräumen sah es nicht danach aus, als ob jemand dort genächtigt hätte. Auf dem Sofa lag kein Bettzeug und in der Miniküche stand kein schmutziges Geschirr. Die Schreibtische waren sauber. Zu sauber, dachte Laura, die an Mischas Beschreibung des Saustalls im Büro vor einigen Tagen dachte. Irgendjemand, schwer vorstellbar, dass es Raoul gewesen war, hatte gründlich aufgeräumt. Wahrscheinlich die Putzfrau.

Laura rief Antonia an, fragte, ob sie eine Ahnung habe, wo Raoul sein könnte.

„Er hat in Bajamar ein Haus gemietet."

„Verrätst du mir bitte die Adresse?"

„Worum geht es?"

„Nichts Wichtiges, ich möchte nur eine Auskunft von ihm."

Nachdem sich Laura die Adresse eingeprägt hatte, legte sie rasch auf, bevor Antonia weitere Fragen stellen konnte.

„Bestimmt hat er sich dorthin geflüchtet, nachdem Sie ihn zusammengeschlagen haben. Eitel, wie er ist, kann er sich in der Stadt natürlich nicht mit einem blauen Auge blicken lassen", sagte sie zu Alfredo.

„Okay, dann fahren wir am besten gleich nach Bajamar."

31.

Auf dem Weg in den Norden kamen sie an unzähligen Bananen- und Papayaplantagen vorbei. Der Himmel war grau. Es nieselte. Je weiter sie in den Norden kamen, desto stärker wurde der Regen.

Am Straßenrand beförderten völlig durchnässte schwarze Landarbeiter die Früchte in Holzkisten auf die Ladeflächen einiger Lastwägen. Ein älteres Männchen in einem Regencape feuerte sie mit schriller Stimme an.

„Hier gedeiht alles, Papayas, Bananen, Kürbisse, Tomaten, Orangen, Zitronen. Obwohl es hin und wieder regnet, so wie heute, muss das ganze Zeug künstlich bewässert werden“, sagte Alfredo angesichts des Gewirrs von schwarzen Gummischläuchen, die den Boden der Papayafelder überzogen.

Laura interessierte sich weniger für die Bewässerung als für die schwer schleppenden Männer. „Sieht nach Sklavenjob aus“, murmelte sie.

„Beschäftigt man in Österreich keine Saisonarbeiter aus ärmeren Ländern?“

Laura schwieg.

„Seien Sie nicht immer gleich eingeschnappt. Auch ich finde es beschissen, wie man diese armen Kerle behandelt. Und bezahlt werden sie sowieso saumäßig.“

Laura war nicht eingeschnappt, sondern nervös und hatte im Moment keine Lust auf Diskussionen.

Raouls schmales, einstöckiges Häuschen lag am Ortsende, versteckt hinter einer mannshohen betonierten Mauer, die die Brandung in Zaum hielt. Der Wind dröhnte in ihren Ohren und die stahlgrauen Wellen hatten schäumende weiße Kronen. Kaltes Wasser spritzte ihnen ins Gesicht, als sie sich der Eingangstür näherten.

Lauras Laune besserte sich, als sie ein halbes Dutzend putzige Kätzchen auf der Türmatte unter dem Vordach des Hauses erblickte. Die Katzenmutter war nirgends zu sehen.

Der Regen ließ nach. Sonnenstrahlen bahnten sich den Weg durch die grauen Wolken. Die drolligen Wollknäuel bewegten sich kaum, als sie an die Tür klopften. Nur eines der Kätzchen versuchte abzuhauen. Alfredo packte es sanft am Nacken und hob es hoch. „Du bist ja eine ganz besonders Hübsche", sagte er lächelnd und reichte Laura das pechschwarze Tier.

„Legen Sie es bitte wieder hin. Ich glaube, es fürchtet sich."

„Schauen Sie mal, ihr Fell ist ganz flaumig." Oh nein, nun wurde dieser Brummbär auch noch sentimental.

Energisch klopfte Laura noch einmal an die Haustür.

Keine Reaktion.

„Raoul, sind Sie da?", rief sie, so laut sie konnte. „Raoul, machen Sie auf."

Das Geräusch der Brandung übertönte ihre Rufe.

„Er scheint nicht zu Hause zu sein", sagte sie zu Alfredo.

„Wir sollten uns trotzdem drinnen kurz umsehen."

Vorsichtig, um die Kätzchen nicht zu vertreiben, tastete Laura die Fußmatte auf der Suche nach einem Schlüssel ab. Zwei der Katzenbabys rührten sich noch immer nicht. Laura zuckte zusammen. Die schmutzigen Schuhabdrücke auf den winzigen Körpern waren nicht zu übersehen.

„Oh nein!", schrie sie.

Alfredo schien ihren Schrei misszuverstehen, dachte, sie ärgerte sich, weil sie keinen Schlüssel gefunden hatte. „Kreditkarte funktioniert bei so einem Schloss nicht." Er warf ihr einen entschuldigenden Blick zu.

„Dieser Wichser ist auf sie draufgestiegen. Das darf nicht wahr sein!"

Erst jetzt kapierte er, warum sie so aufgebracht war. Wutentbrannt trat er die Haustür ein.

Sie landeten mitten in einer Wohnküche. Der Raum war nicht größer als fünfzehn Quadratmeter. Eine steile Wendeltreppe führte hinauf ins erste Stockwerk. Unter der Treppe befand sich die Tür zu einer Toilette. Sie stand halboffen.

„Raoul!“, rief Laura.

Keine Reaktion.

Die halb heruntergelassenen Jalousien vor dem gekippten Fenster klapperten im Wind. Die Scheiben funkelten in der Sonne. Eine Wespe prallte immer wieder gegen das Glas.

Laura versuchte, die ramponierte Tür zu schließen. Der Wind riss sie ihr aus der Hand. Sie musste all ihre Kraft aufwenden, um sie zuzudrücken.

Am Boden kugelten leere Rumflaschen herum. Überquellende Aschenbecher, Brandspuren von Zigaretten auf einer beigen Tischdecke, schmutzige Kleidung und zertretene Essensreste – sie war entsetzt. Das Schlimmste war der Gestank nach ranzigem Fett, abgestandenem Zigarettenrauch und Urin.

Sie riss die Tür wieder auf und öffnete auch das Fenster ganz, um den scheußlichen Gestank zu vertreiben.

Dieses Chaos passte so gar nicht zu dem attraktiven Mann, der ihr letztens wie aus einem Modejournal entsprungen schien. Auf dem Küchentisch lagen einige Papiere und Fotos, darunter erotische Aufnahmen von Ramona. Sie trug pfirsichfarbene Unterwäsche. Ramona liebte Pastellfarben, erinnerte sich Laura.

Alfredo hatte sich inzwischen über die Wendeltreppe hinauf in den ersten Stock gehantelt. „Bleiben Sie unten!“, rief er.

Laura hörte nicht auf ihn.

Als sie oben angekommen war, drehte sich ihr der Magen um. Auf dem Bett lag Raoul. Seine weit aufgerissenen Augen starrten auf den Plafond. Er war nur mit Jeans bekleidet. Sein Oberkörper war nackt. Ihr Blick fiel auf seinen rechten, mit einem Geschirrtuch abgebundenen Arm und die verräterischen Utensilien auf dem Nachtkästchen.

„Überdosis", sagte Alfredo nüchtern.

„Heroin?"

„Was sonst?"

„Nein, das glaube ich nicht. Warum hätte er sich umbringen sollen? Er war nicht depressiv, das hätte ich bemerkt."

„Entschuldigen Sie, aber so gut haben Sie ihn auch wieder nicht gekannt. Die Situation ist eindeutig. Ob er sich bewusst den goldenen Schuss verpasst hat oder ob es ein Unfall war, werden wir wohl nie erfahren. Außer wir finden einen Abschiedsbrief. Schauen Sie sich mal unten um. Ich nehme mir diesen Raum allein vor."

Schickte er sie weg, weil er bemerkt hatte, dass sie den Anblick des toten Raoul nicht ertragen konnte? War dieser Detektiv tatsächlich so sensibel? Egal, sie lief hinunter in die Wohnküche und sah sich die Papiere am Tisch genauer an, durchsuchte auch die Schubladen der Kredenz, fand aber nichts von Bedeutung.

„Zu viele vermeintliche Unfälle, zuerst Astrid und jetzt Raoul ...", seufzte sie, nachdem sie ihre Suche nach einem Abschiedsbrief erfolglos beendet hatte.

Als sie das Haus verließen, beugte sich Alfredo über die beiden toten Kätzchen.

„Dieses rücksichtslose Schwein hat die beiden mit einem Tritt erledigt. Schauen Sie, auf der Fußmatte ist ein Teil des Abdrucks ebenfalls deutlich sichtbar. Der

Mann muss mindestens Schuhgröße fünfundvierzig gehabt haben."

„Raoul hatte auffallend kleine Füße für einen Mann, ich schätze, höchstens Größe vierzig", sagte Laura, die nicht nur auf die Kleidung, sondern auch auf die Schuhe der Leute achtete.

Alfredo wollte die beiden Kadaver entfernen, überlegte es sich aber anders. „Es tut mir leid, aber ich muss jetzt die Polizei anrufen. Ist das okay für Sie, princesa?"

Laura hatte einen dicken Kloß im Hals. „Sie meinen, es war noch jemand hier, und Raouls Tod war weder ein Unfall noch Selbstmord?", fragte sie mit zittriger Stimme.

Während sie auf das Eintreffen der Polizei warteten, brachte Alfredo die noch lebenden Kätzchen im geschützten Vorgarten des Nachbarhauses in Sicherheit.

„Wenn Sie irgendeinen Verdacht haben, und sei er noch so vage, müssen Sie es mir sagen", forderte Laura ihn auf, als er zurückkam.

„Drogengeschäfte? Vielleicht hatte Ihr Vater doch recht?"

„Mein Bauchgefühl sagt mir, dass es nicht um Drogen geht."

„Auf Bauchgefühle ist kein Verlass." Sein halbherziger Versuch zu scherzen entlockte Laura kein Lächeln.

Polizeisirenen.

Und dann ging plötzlich alles sehr schnell. Nachdem die Polizisten ihre Aussagen aufgenommen und eher widerwillig den Schuhabdruck auf den toten Tieren und auf der verdreckten Fußmatte fotografiert hatten, durften Laura und Alfredo den unwirtlichen Ort wieder verlassen.

Auf der Rückfahrt nach Santa Cruz rief Laura Antonia an.

Raouls ehemalige Mitarbeiterin reagierte relativ gefasst auf die Nachricht seines Todes, beteuerte jedoch, dass er nie Heroin gespritzt habe. „Er hat unheimliche Angst vor Spritzen gehabt“, sagte sie, „und von Heroin hat er immer die Finger gelassen. Er hat Koks geschnupft, Trips eingeworfen, aber Spritzen waren ein absolutes No-Go für ihn!“

„Raoul wurde ermordet. Sie hatten recht. Antonia meinte, er hätte sich niemals was gespritzt“, sagte Laura zu Alfredo, nachdem sie das Telefonat beendet hatte.

Zurück in ihrem Hotel, ging sie sofort auf ihr Zimmer, obwohl Alfredo sie zu einem Drink in der Bar eingeladen hatte.

In der Nacht wälzte sie sich schlaflos im Bett. Während sie sich mit allerlei trüben Gedanken abquälte, kam ihr sogar die verrückte Idee, dass Alfredo Raoul ermordet haben könnte. Denn dieser Detektiv hatte riesengroße Füße.

***

Versteckte sich die Sonne hinter den Wolken oder war es schon wieder Nacht? Mir war mittlerweile jegliches Zeitgefühl abhandengekommen.

Es fiel mir nicht leicht aufzustehen. Benommen wankte ich zur Leiter und kletterte ein paar Stufen hinauf. Als ich an die Luke klopfte, reagierte keiner.

Stille. Absolute Stille. Kein Meeresrauschen, kein Pfeifen des Windes.

Hatten wir irgendwo angelegt? Auf einer der Kanarischen Inseln oder auf den Kapverden oder gar am Festland?

Ich rief mehrmals: „Hallo!", bekam aber keine Antwort.

Wie eine Verrückte trommelte ich mit meinen Fäusten auf die geschlossene Luke.

Anscheinend war außer mir niemand an Bord. Hatten diese Mistkerle das Schiff verlassen? Was hatten sie mit mir vor? Wollten sie mich in dem schrottreifen Kahn aufs Meer hinaustreiben lassen? Warum hatten sie mich nicht gleich den Haien zum Fraß vorgeworfen?

Ich geriet in Panik. Mein Herz raste, mein Puls klopfte bis zum Hals und in meinen Ohren dröhnte es. Unheimliche, nicht identifizierbare Geräusche brachten mich fast um den Verstand.

Die Luke war nicht ganz dicht. Durch die Ritzen drang ein schwacher Lichtschimmer. Vorsichtig ließ ich mich die Leiter wieder hinunter. Zwischen meinen Beinen wurde es plötzlich mollig warm. Ich hatte in die Hosen gemacht vor lauter Angst.

Weinend hockte ich mich auf den schmutzigen Boden, umschlang meinen Körper mit den Händen und bewegte meinen Oberkörper langsam vor und zurück. Es war finster und kalt in diesem grässlichen Loch, das zu meinem Grab werden würde.

Auf einmal verwandelte sich meine Verzweiflung in ungeheuren Zorn. Ich verfluchte den Mann, der mich in diese Lage gebracht hatte. Die Piratengeschichte, die ich mir zu Beginn ausgemalt hatte, erschien mir jetzt kindisch und unrealistisch. Diese primitiven Kerle, die mich auf dem Fischerboot gefangen hielten, hatten nicht auf eigene Faust gehandelt. Dahinter steckte jemand, der mehr im Hirn hatte. Ich glaubte sogar zu wissen, wer es war. Doch was nützte mir diese Erkenntnis? Ich würde keine Gelegenheit mehr bekommen, ihn zur Rechenschaft zu ziehen.

32.

Alfredo klopfte an Lauras Zimmertür. Obwohl sie noch im Nachthemd war, bat sie ihn herein.

„Sie können schon mal Kaffee machen!", rief sie ihm zu und eilte ins Bad.

Während sie sich anzog, vernahm sie das laute Geräusch der Espressomaschine. Als sie aus dem Bad kam, stand ein doppelter Mocca auf dem Couchtisch. Alfredo war gegangen.

Was war passiert? Hatte er dringend weggemusst?

Sie suchte nach ihrem Handy, konnte es nirgends finden. Irritiert nahm sie einen Schluck von dem heißen Kaffee. Fast verbrannte sie sich die Zunge.

„Scheiße", schimpfte sie und ging zur Tür. Sie war versperrt. Der Schlüssel steckte nicht im Schloss. Wo war bloß der verdammte Schlüssel?

Nachdem sie eine Weile vergeblich danach gesucht hatte, dämmerte es ihr, dass Alfredo sie eingesperrt und wahrscheinlich auch ihr Mobiltelefon entwendet hatte.

Lautstark verfluchte sie diesen präpotenten Detektiv, während sie in ihrem Zimmer wie ein aufgescheuchtes Huhn hin und her lief. Warum hatte er das getan? Und wo war er hin? Sie fand keine plausible Erklärung für sein Verhalten.

Plötzlich fiel ihr Blick auf das altmodische Zimmertelefon.

Sie wählte die Null. Als sich der Rezeptionist meldete, fragte sie ihn, ob Alfredo Díaz noch im Hotel sei.

„Darüber darf ich Ihnen leider keine Auskunft erteilen. Wenn Sie seine Zimmernummer wissen, brauchen Sie diese nur zu wählen ..."

„Ja, danke, ich weiß. Er hebt nicht ab", log sie. „Ich habe ein kleines Problem. Der Herr hat irrtümlich meinen Zimmerschlüssel mitgenommen. Ich bin sozusagen eingesperrt."

Ein paar Minuten später wurde sie befreit. Sie bedankte sich bei dem Portier mit einem großzügigen Trinkgeld und rief danach vom Festnetztelefon aus Mischa an.

Er hörte sich ihre Klagen über den unverschämten Alfredo geduldig an, unterbrach sie kein einziges Mal. Als sie ihm erzählte, dass dieser verdammte Detektiv sogar ihr Handy geklaut hatte, fing er zu lachen an.

„Haha, sehr lustig", fauchte sie ins Telefon. Da sich das Verständnis ihres Vaters für ihren Zorn auf Alfredo in Grenzen hielt, legte sie auf.

„Männer", schimpfte sie halblaut. Womöglich hatte ja sogar Mischa den Privatdetektiv beauftragt, sie außer Gefecht zu setzen und allein Nachforschungen wegen Raouls Tod anzustellen. Plötzlich kam ihr der Gedanke, dass Mischa vielleicht noch nicht wusste, dass Raoul tot war, sonst hätte er sie sicher darauf angesprochen. Sie hatte gestern Abend keine Kraft mehr für ein langes Telefongespräch mit ihrem Vater gehabt. Außerdem hatte sie angenommen, Alfredo würde seinen Auftraggeber über Raouls Tod informieren.

Sie verspürte nicht das Bedürfnis, Mischa gleich noch einmal anzurufen. Am liebsten hätte sie sich wieder ins Bett gelegt. So wie während der zahlreichen Lockdowns, wo es sie oft große Überwindung gekostet hatte, das Bett überhaupt zu verlassen. An manchen Tagen hatte sie im Pyjama im Bett gearbeitet, auf ihren Knien den Laptop und zwei dicke Kopfkissen im Rücken. In dieser Zeit waren keine grandiosen Entwürfe entstanden, sondern bequeme, fürs Homeoffice geeignete Klamotten in aufmunternden Farben, die sich besonders bei Videokonferenzen gut machten, die Leute fröhlicher aussehen ließen, als sie waren.

Schluss mit Trübsalblasen, ermahnte sie sich selbst, zog sich an und machte sich auf den Weg zur Rambla. Ziellos schlenderte sie durch die Allee, die die beiden Fahrbahnen voneinander trennte. Die alten Bäume waren riesig, die Baumkronen beinahe zusammengewachsen. Etwa alle fünfzig Meter stand ein zeitgenössisches Kunstobjekt. Bei einigen Skulpturen wäre sie gerne länger verweilt, doch ihre innere Unruhe trieb sie jedes Mal rasch weiter. Ihr Zorn auf Alfredo war bald verraucht.

Mittlerweile war sie im Zentrum gelandet, mied aber die belebten Einkaufsstraßen und durchquerte eine ruhigere Wohngegend.

Der ausgiebige Stadtbummel hatte sie hungrig gemacht. Sie entschied sich für eine hippe Tapasbar.

Das Lokal war fast leer. Für die Einheimischen war es noch zu früh für einen Lunch. Laura kam mit der sympathischen Kellnerin ins Plaudern. Wie sich herausstellte, handelte es sich um die Chefin. Sie stammte aus Asturien und hatte ihre Bar erst vor ein paar Wochen eröffnet. Obwohl sie nicht jammerte, verstand Laura, dass sie zu kämpfen hatte.

„Tapas sind zwar sehr beliebt in Spanien, aber nicht unbedingt auf den Kanaren. Hierher verirren sich nur selten Touristen, und die Einheimischen muss ich erst von meinen kleinen Portionen überzeugen", sagte sie lachend.

Die überbackenen Mejillones und die scharfen Würstchen schmeckten köstlich. Ausnahmsweise genehmigte sich Laura ein Gläschen Weißwein zu dieser frühen Stunde.

Beinahe beschwingt kehrte sie nach dem Lunch in ihr Hotel zurück. Sie war stolz, dass sie ohne Stadtplan oder Google Maps heimgefunden hatte.

***

Mittlerweile waren Mischas Recherchematerial über den Drogenschmuggel und der gesamte Inhalt der nächsten Ausgabe des *Saturn* auf ihrem Laptop eingetroffen.

Sie öffnete zuerst den *Saturn*. Die Headline lautete: „Große Drogenlieferung aus Kolumbien".

„Demnächst wird ein Frachter unter der Fahne eines südamerikanischen Landes im Hafen von Santa Cruz einlaufen ..." Sie wollte später weiterlesen, da ihr ein anderer Beitrag auf Seite eins aufgefallen war. Er stammte von Michael Mars und Antonia López.

Laura freute sich, dass Mischa die junge, intelligente Podemos-Aktivistin offensichtlich als zukünftige Journalistin aufbauen wollte. Gemeinsam berichteten sie über achtundfünfzig offene Holzboote, die vor Kurzem an der Südküste Gran Canarias gelandet waren. Ein Foto von jungen schwarzen Männern in einem farbenfroh gestrichenen Holzboot und ein kleineres Foto von gesprungener, völlig vertrockneter Erde umrahmten den Beitrag. „Die Wüste verschlingt das Land", lautete die Überschrift. Laura vertiefte sich in den Bericht.

Mischa beschrieb die Trockenheit, die sich immer schneller über das westafrikanische Land in der Sahelzone ausbreitete, und erwähnte die erschreckende Zahl von fünfzig Millionen Klimaflüchtlingen weltweit. „Zweitausendzweihundert Flüchtlinge, die meisten aus dem Senegal, haben die tausendsechshundert Kilometer lange Seereise über den wilden Atlantik geschafft. Da Klimaflüchtlinge nach der Genfer Flüchtlingskonvention nicht anerkannt werden, erhalten sie als sogenannte Wirtschaftsflüchtlinge kein Asyl und leben in Europa meist in der Illegalität. Die Afrikaner tragen jedoch keine Schuld an der Klimakrise. Sie können in ihrer Heimat nicht länger überleben. Die wahren Klimasünder sind wir und daher müssen wir auch die Verantwortung übernehmen." Mit diesem Appell endete der Artikel.

Bevor sie wieder trübsinnig werden würde, schlüpfte sie in ihren Badeanzug und begab sich mit ihrem Laptop zum Pool.

Den Rest des Nachmittags verbrachte sie mit der Lektüre von Mischas Recherchen auf einer bequemen Liege unter einer schattenspendenden Palme. Doch es wollte ihr nicht gelingen, sich auf die Texte zu konzentrieren. Sie sah ständig Raouls bleiches Gesicht, vor allem seine weit aufgerissenen Augen, vor sich.

Um auf andere Gedanken zu kommen, sprang sie in den Pool. Auch an diesem herrlichen Tag war sie die einzige Sonnenhungrige, die in dem kalten Becken ein paar Längen schwamm.

33.

Als Alfredo am frühen Abend an ihre Zimmertür klopfte, weigerte sie sich zuerst, ihm zu öffnen.

„Gut, dann lege ich Ihren Schlüssel und Ihr Handy vor die Tür."

Sie riss die Tür auf und beschimpfte ihn lautstark als schmierigen, hinterhältigen Privatschnüffler und blöden Macho.

„Jetzt hören Sie mir gefälligst mal zu! Ich reiße mir hier den Arsch auf wegen der Frau Ihres Vaters und spiele tagein, tagaus Kindermädchen für seine Tochter, die nichts Besseres zu tun hat, als mich ständig zu kritisieren und zu beschimpfen." Bevor Laura eine weitere giftige Bemerkung von sich geben konnte, fuhr er fort: „Den Rest können wir gerne bei einem gemeinsamen Abendessen besprechen. Wir essen im Hotel. Die Küche hier soll okay sein. Ich brauche jetzt eine Dusche, einen Drink und ein halbes Stündchen Schlaf. In dieser Reihenfolge." Er kehrte ihr den Rücken zu und tänzelte davon.

Sein seltsamer Gang brachte sie wieder zum Lachen. Rasch schloss sie die Zimmertür.

Als er sie eine Stunde später anrief und fragte, ob sie hinunterkommen und mit ihm essen würde, zog sie ein ärmelloses, schlammfarbenes Leinenkleid an, nahm das silberne Collier aus dem Schächtelchen, hielt es sich an den Hals, entschied sich dann aber für die kurze, altmodische Korallenkette ihrer Mutter und schlüpfte in ihre neuen Sandalen. Sie kam sich overdressed vor, hatte aber keine Lust, sich noch einmal umzuziehen.

Alfredo erwartete sie an einem Tisch im begrünten Wintergarten. Laura registrierte, dass er sich für seine Verhältnisse richtig herausgeputzt hatte. Er sah aus wie ein Bodyguard aus einem Actionfilm, trug einen schwarzen Anzug, der ihm eine Nummer zu klein war, und ein weißes Hemd. Nur die dunkle Sonnenbrille fehlte.

Er erhob sich, als sie an seinen Tisch trat, und starrte sie mit halboffenem Mund an. Anstatt einer Begrüßung entschuldigte er sich für sein ungeheuerliches Benehmen heute Morgen und stammelte: „Sie schau...en be...zaubernd aus."

Laura amüsierte sich über seine Verlegenheit.

Als sie Platz nahm, fragte sie ihn, süffisant lächelnd, ob er sich von seinem anstrengenden Tag erholt habe.

Sein lautes Lachen machte all ihre Bemühungen, sich höflich, aber reserviert und distanziert zu verhalten, zunichte. Sie grinste ihn schräg an und griff nach der Rotweinflasche.

Er nahm sie ihr aus der Hand, schenkte ihr ein. „Nicht mehr böse sein, bitte." Seinem treuherzigen Blick konnte sie nicht widerstehen.

„Schwamm drüber! Erzählen Sie mir endlich, was Sie heute getrieben haben."

„Ich habe mich ein bisschen in der Szene umgehört, war den ganzen Tag unterwegs, sogar drüben in Puerto de la Cruz, aber auch hier im Hafen in diversen Lokalen und an allen anderen Hotspots der Drogencommunity. Auf dieser Tour wären Sie mir im Weg gewesen, verstehen Sie das?"

„Nein. Was ist dabei herausgekommen?"

„Na ja, ich habe einen engen Mitarbeiter von Carlos Rodríguez zum Reden gebracht. Er war Barkeeper in dessen erstem Lokal und führt heute den Club in Puerto de la Cruz."

„Wie Sie das geschafft haben, kann ich mir lebhaft vorstellen", konnte sich Laura eine bissige Bemerkung nicht verkneifen. „Ich kenne den Mann übrigens. Tippe auf Mittelschwergewicht, oder? Der konnte es mit Ihnen, dem ehemaligen Champion im Schwergewicht, sicher nicht aufnehmen."

„Halbschwergewicht! Wollen Sie wissen, was er mir erzählt hat, oder nicht?"

„Okay, okay. Schießen Sie los."

„Carlos Rodríguez hat vor Jahren als Dealer begonnen. Nach relativ kurzer Zeit hat er diesen schäbigen Club unten am Hafen von Santa Cruz gekauft. Raoul hat, wie gesagt, zu seinen ersten Kunden gehört. Jedenfalls hat ihn der Typ, den ich zum Plaudern gebracht habe, sofort erkannt, als ich ihm ein Foto von Raoul gezeigt habe."

„Wow!“

„Spotten Sie ruhig. Es kommt noch besser. Ich habe dem Muskelprotz auch Fotos von Ramona und Astrid vor seine versiffte Nase gelegt, und er hat die beiden ebenfalls erkannt. In einer feuchtfröhlichen Nacht vor ein paar Wochen hatte der liebe Raoul den Ladys Carlos vorgestellt. Das hat er mir allerdings erst ins Ohr geflüstert, nachdem ich ihm gedroht hatte, seine Visage zu Brei zu schlagen. Rodríguez hat kurz danach eine Affäre mit Astrid begonnen, eventuell auch gleichzeitig mit Ramona ... Darüber wusste der Knabe nicht so genau Bescheid. Ich vermute, dass Raoul angenommen hat, Ramonas Entführung gehe auf das Konto von Rodríguez. Er könnte versucht haben, ihn zu erpressen. Vielleicht sogar an dem Abend, als Sie mit ihm in diesem Club in Puerto de la Cruz waren und die beiden am Klo belauscht haben.“

Laura runzelte die Stirn. „Haben Sie auch Genaueres über Raouls Tod in Erfahrung bringen können?“

Er schüttelte den Kopf. „Seine Leiche liegt in der Rechtsmedizin in Santa Cruz und soll angeblich morgen obduziert werden. Aber meine Kontakte zur Polizei auf Teneriffa sind nicht besonders gut. Ich habe diese Information von meinem Freund León vom Drogendezernat in Las Palmas.“

„Sie haben einen Freund beim Drogendezernat?“

„Kommissar León war früher, als ich bei der Guardia Civil war, mein Untergebener und mein bester Mann.“

„Sie waren bei der Guardia Civil, dieser berüchtigten Mörderbande?“, rief Laura entsetzt.

Einige Leute an den Nebentischen drehten sich nach ihr um.

„Beruhigen Sie sich.“ Alfredo legte seine Hand auf ihre.

Laura entzog sie ihm und starrte ihn böse an.

„Wir haben 2021. Der Caudillo hat 1975 das Zeitliche gesegnet. Der Franquismus, neben der Inquisition das dunkelste Kapitel Spaniens, gehört längst der Geschichte an."

„Aha, all die Verbrechen der Guardia Civil zu Zeiten der Franco-Diktatur und im Spanischen Bürgerkrieg sind also heute vergessen? Papa hat recht. Er hat gemeint, dass ihr Spanier noch größere Verleugner seid als wir Österreicher."

Als Laura ihm weiter seine Vergangenheit bei dieser faschistischen Polizeiorganisation vorwarf, unterbrach er sie energisch. „Jetzt machen Sie mal einen Punkt! Mein Freund León ist mittlerweile Kommissar bei der Nationalpolizei und ein glühender Anhänger von Ministerpräsident Sánchez. Er stammt selbst aus einer sozialistischen Familie. Seine Vorfahren haben im Bürgerkrieg auf der Seite der Republikaner gekämpft. Mein Großvater ebenfalls. Allerdings war er Anarchist ..."

„Von Ihrem Großvater müssen Sie mir unbedingt erzählen." Laura sah ihn plötzlich fast bewundernd an.

„Ein anderes Mal gerne. Ich habe heute auch herausgefunden, dass Rodríguez' Segelyacht aus der Marina von Santa Cruz verschwunden ist. Inzwischen haben Leóns Männer sie jedoch in der Marina von Puerto de Mogán auf Gran Canaria geortet!"

„Auf nach Gran Canaria!"

Ihr Handy klingelte. Sie warf einen Blick auf das Display. Mischa. Sie zögerte, wollte nicht vor Alfredo mit ihm reden und drückte seinen Anruf weg. Sie würde ihn später, wenn sie allein war, zurückrufen.

„Haben Sie meinen Vater über Raouls Tod informiert?", fragte sie den Detektiv.

„Ja. Er war außer sich. Haben Sie noch nicht mit ihm gesprochen?“

Laura schüttelte den Kopf.

„Ich habe Angst, er wird mir die Schuld daran geben. Denn ich habe Raoul gezwungen, mich nach Garachico zu fahren ...“

„Blödsinn! Raoul war ein erwachsener Mann, und er war nicht astrein, war womöglich mehr in diese ganze Scheiße verstrickt, als Sie denken. Haben Sie ihn nicht selbst in Verdacht gehabt, bei Ramonas Entführung seine Finger mit im Spiel gehabt zu haben?“

Laura antwortete nicht, griff nach ihrem Glas und trank ex.

„Ich bin überzeugt davon, dass die Frau Ihres Vaters noch lebt. Die Frage ist, wie lange sie noch am Leben bleiben wird“, sagte Alfredo.

Laura wurde sentimental, wie immer, wenn sie Alkohol trank. Ihre Augen wurden feucht, als sie sich Ramonas nahen Tod ausmalte.

Er streichelte ihren nackten Arm, versicherte ihr, dass alles gut werden würde. „Wir brechen morgen Früh mit der ersten Fähre nach Gran Canaria auf. Das Ergebnis der Obduktion von Raouls Leichnam werden wir dort erfahren. Dafür wird mein Freund León sorgen“, beteuerte er.

***

Mitten in der Nacht wurde Laura wieder einmal durch das Klingeln ihres Telefons geweckt. Als sie das Handy endlich zwischen ihren Klamotten fand, hörte es zu klingeln auf. Drei Uhr morgens. Nein. Sie würde ihn jetzt nicht zurückrufen. Mischa würde bis morgen warten müssen.

Sie konnte nicht mehr einschlafen, dachte an Ramona. All ihre früheren gemeinsamen Erlebnisse liefen in einer Art Zeitraffer vor ihrem inneren Auge ab. Anfangs hatte sie diese freche rothaarige Modejournalistin ganz gut leiden können. Erst als Mischa sich ebenfalls für sie zu begeistern begann, war aus ihrer Sympathie Abneigung geworden.

Als ihr Handy ein zweites Mal zu läuten begann, hob sie ab.

„Ich habe dich den ganzen Abend lang nicht erreicht, auch nicht am Festnetztelefon in deinem Hotelzimmer", beschwerte sich ihr Vater. „Wo warst du?"

Ehe sie antworten konnte, sagte er, dass er Post von den Entführern bekommen hätte.

„In dem Kuvert steckte ein Teil von Monas Ohrläppchen." Seine Stimme klang belegt, als hätte er geweint.

„Nein!", schrie Laura.

Nachdem sie sich wieder ein bisschen gefasst hatte, fragte sie: „Wie kannst du dir so sicher sein, dass es Monas Ohrläppchen ist? Ich würde nicht einmal mein eigenes Ohrläppchen erkennen."

„Sie trug ein diamantenes Flinserl in ihrem linken Ohr. Ich habe es ihr zum Fünfziger geschenkt."

„Oh Gott", stöhnte Laura. „Wir haben es also mit einem Psychopathen zu tun."

„Du meinst Soziopathen?"

„Egal. Hass auf Frauen ist genauso symptomatisch für solche Typen wie Brandstiftung und Tierquälerei." Sie dachte an die zertretenen Katzenbabys auf Raouls Türmatte.

„Nicht auszudenken, was diese Wahnsinnigen ihr noch alles antun könnten!", schluchzte Mischa.

III. Teil: Gran Canaria

34.

Laura und Alfredo versäumten die erste Fähre nach Gran Canaria. Beide hatten in der Früh lange mit Mischa telefoniert.

Die eineinhalb Stunden bis zur Abfahrt des nächsten Schiffes verbrachten sie in der Bar der Fährstation. Alfredo bestellte sich einen Toast und genehmigte sich ein erstes Bierchen. Laura trank nur Kaffee und Wasser. Sie musste permanent an Ramonas abgeschnittenes Ohrläppchen denken. Der Restalkohol in ihrem Blut machte die Sache auch nicht besser.

„Nicht weit von hier muss mein Vater überfallen worden sein."

„Idealer Ort für einen Raubüberfall", murmelte Alfredo mit vollem Mund und deutete auf die Baustelle vor den Fenstern: Sperrgitter, Bauhütten, mobile Toiletten, flankiert von einem ausrangierten Frachtschiff an der Mole.

Die übrige Wartezeit beschäftigten sich beide mit ihren Handys.

***

An Bord der Fähre herrschte eine melancholische Stimmung. Zwei Jugendliche hatten ihre Gitarren ausgepackt und gaben am Oberdeck ein Gratiskonzert.

Alfredo hatte Tickets für die zweite Klasse gebucht. Sie blieben im Freien, ließen sich die Sonne ins Gesicht scheinen, schauten auf das silbern glitzernde Wasser und lauschten den sentimentalen Gitarrenklängen.

Laura liebte Seereisen. Bei ihrer Ankunft auf den Kanarischen Inseln hatte ihr die Überfahrt nach Gomera aber wegen der überheblichen Engländer keinen Spaß gemacht. Als sie mit Don Juan María nach Teneriffa gefahren war, hatten ihr das schlechte Wetter und seine Schweigsamkeit die Schifffahrt vermiest. Dieses Mal war sie fest entschlossen, Sonne und Meer zu genießen.

Als Alfredo ihr einen Kaffee aus der Bar holte, musste sie unwillkürlich wieder an Alexander, den griechischen Profikiller, denken, den sie vor genau zwei Jahren auf einer Fähre wegen eines kleinen Missgeschicks mit einem Kaffee kennengelernt hatte.

„Sie schauen so traurig drein. Was ist los?“, fragte Alfredo, als er ihr den Pappbecher reichte.

„Alles okay.“

Der Himmel war wolkenlos, das Meer ruhig wie ein See. Sie verscheuchte die Erinnerung an Alexander, kam wieder auf Ramona und Raoul zu sprechen.

„Muss das sein?“, fragte Alfredo. „Wir hatten schon den halben Vormittag kein anderes Thema. Können Sie nicht mal für ein Stündchen auf Mord und Totschlag vergessen und ein bisschen abschalten? Schauen Sie, sind da vorne nicht Delfine? Ich fürchte, ich brauche bald eine Brille ...“

Tatsächlich bewegte sich etwas auf der Backbordseite der Fähre. Laura beugte sich über die Reling. „Sie liefern sich ein Wettrennen mit uns!“, rief sie.

Alfredo zückte seine Handykamera und versuchte, eines der Tiere zu erwischen, als es kurz aus dem Wasser sprang. Laura machte sich über seine vergeblichen Versuche, im richtigen Moment abzudrücken, lustig.

Die Fahrt verging wie im Flug. Als sich die Fähre der Playa de las Nieves, dem Strand von Agaete, näherte, deutete Alfredo auf einen langen, schmalen Stein im Wasser, der wie eine antike Säule aussah.

„Das ist der Dedo de Dios, der Finger Gottes. Vor Jahren ist er bei einem Sturm von dem Felsen dort vorne abgebrochen. Die Einheimischen haben das als bedrohliches Vorzeichen interpretiert. Fragen Sie mich lieber nicht, welche Katastrophen sie befürchtet haben und welche dann tatsächlich über sie hereingebrochen sind.“

„Corona?“

„Was auch immer. Alles Quatsch! Oder sind Sie abergläubisch?“

„Nicht die Spur“, sagte Laura grinsend. Nicht zum ersten Mal fiel ihr auf, dass Alfredo witzig war. Normalerweise vermied sie es, ihre operierten Gesichtszüge zu verziehen und damit ihre Gesprächspartner zu schockieren, Alfredo gegenüber war es ihr egal, wie komisch sie aussah, wenn sie lachte.

Puerto de las Nieves war umgeben von gewaltigen Klippen. Auf der kurzen Hafenpromenade erblickte sie ein Fischrestaurant nach dem anderen. Gerne wäre sie länger in diesem hübschen Ort geblieben. Doch kaum hatten sie die Fähre verlassen, kam ein kleiner, dunkelhaariger Mann auf sie zu. Er reichte zuerst Laura die Hand und stellte sich als Kommissar León Martínez vor, dann umarmte er seinen Freund.

Der Kommissar führte sie zu einem weißen, martialisch aussehenden Toyota RAV4. Er fuhr selbst. Laura überließ Alfredo den Vordersitz, nahm auf der bequemen Rückbank Platz.

Als sie bei der Hafenausfahrt in einen Stau gerieten, hoffte sie, León Martínez würde eine Blaulichtlampe auf das Dach des Wagens setzen und die Sirenen einschalten. Leider tat er ihr nicht den Gefallen, sondern wartete geduldig, bis sich der Stau auflöste.

Während der Fahrt berichtete der Kommissar, dass Carlos Rodríguez' Segelyacht, die zurzeit in Puerto de Mogán lag, von der Polizei durchsucht worden war. Offiziell wegen Verdachts auf Drogenschmuggel. Sie hatten weder Drogen noch Spuren von einer Frau darauf gefunden.

Als Alfredo Leóns Worte für Laura übersetzte, sagte sie leise: „Mein Vater hat doch darauf bestanden, die Entführung nicht der Polizei zu melden!"

„Claro. Selbst Ihr Vater macht manchmal einen Fehler. Ohne Hilfe der Polizei werden wir es niemals schaffen, Ramona zu finden."

Laura fand sich mit Alfredos Erklärung nicht ab. „Keine Polizei – das habe ich meinem Vater versprochen! Die Entführer haben gedroht, Mona umzubringen, wenn ihnen die Bullen ins Gehege kommen sollten. Wie konnten Sie nur?", schimpfte sie.

„León lässt diese Nachforschungen im Geheimen durchführen. Die Presse wird nicht informiert. Auf ihn kann ich mich verlassen."

„Geheim? Das ist ja lächerlich!"

„Die Yacht wurde, wie gesagt, offiziell wegen Verdachts auf Drogenschmuggel durchsucht."

„Diese Durchsuchung könnte ein für Mona tödlicher Fehler gewesen sein", beharrte sie.

„Sie sind eine kleine Nervensäge! Hat Ihnen das schon mal jemand gesagt?“

Sie wollte etwas Scharfes erwidern, ließ es aber bleiben. Im Grunde hatte er ja recht. Hatte sie nicht selbst Mischa geraten, sich an die Polizei zu wenden?

Den Rest der Fahrt schwieg sie beharrlich. Erst als sie sich Las Palmas näherten, vergaß sie ihren Groll.

Was für eine schöne Stadt! Begeistert fotografierte sie durch die sauberen Fensterscheiben des Toyota die schlanken Palmen, das azurfarbene Meer und die modernen Bauten entlang der Straße.

León Martínez brachte sie vor die Eingangstür eines Appartementhauses an der Playa de Las Canteras und machte sich sofort wieder aus dem Staub.

„Hasta luego!“, rief Alfredo ihm nach.

Mischas Wohnung erstreckte sich über die letzten oberen Stockwerke. Die beiden Wohnbereiche waren durch eine breite Wendeltreppe miteinander verbunden.

Der Detektiv bezog das untere Appartement, wo normalerweise Mischa abstieg, wenn er in Las Palmas weilte. Laura nahm den oberen Teil der Maisonette, ein Loft mit Nebenräumen, wie Küche, Bad, WC, und einer großen Dachterrasse. Unten gab es ebenfalls eine Terrasse, allerdings eine kleinere, sowie ein geräumiges Wohnzimmer und zwei Schlafzimmer plus Nebenräume.

Alfredo wich nicht von ihrer Seite. Selbst als sie Lebensmittel einkaufen ging, begleitete er sie. In Laura keimte der Verdacht auf, dass Mischa diesen Privatdetektiv in erster Linie als Bodyguard für sie engagiert hatte. Die Suche nach Ramona hatte Alfredo anscheinend an seinen Freund León Martínez delegiert.

Am späten Nachmittag genehmigten sie sich einen Sundowner auf der oberen Terrasse. Es war Ebbe.

Eine Weile beobachteten sie die Leute am Strand und die Angler am Riff. Der ganze Himmel schien rosarot zu leuchten. Plötzlich schälte sich die Spitze des Teide auf der Nachbarinsel Teneriffa aus dem Dunst.

„Was für ein faszinierendes Licht“, sagte Laura.

„Alle Künstler lieben dieses ganz besondere Licht. Salud!“, sagte Alfredo. Er trank Brandy, sie Ananassaft mit viel Eis.

„Ich bin keine Künstlerin, sondern eine bessere Schneiderin.“

„Nur keine falsche Bescheidenheit. Ihr Vater hat mir erzählt, dass Sie einige Preise für Ihre Entwürfe bekommen haben und zu den besten Modedesignerinnen Österreichs zählen.“

„Angeber“, sagte Laura, freute sich aber, dass Mischa ihre Arbeit zu schätzen schien.

Als es dunkel wurde, schlug sie vor, eine Pizza zu bestellen. Von ihrer Terrasse aus hatte man einen Blick auf die Dachterrasse eines italienischen Restaurants, das in einem einstöckigen, rostrot gestrichenen Art-déco-Haus untergebracht war.

„Ich finde es zwar pervers, auf den Kanaren Pizza zu essen, da die spanische Küche ja ebenso gut ist wie die italienische“, sagte sie, „aber heute ist mir danach.“

„Superb, ich liebe Pizza!“ Alfredo griff nach seinem Telefon.

Zwanzig Minuten später nahm er an der Tür eine Cardinale und eine Capricciosa in Empfang. Sie waren beide der Meinung, dass es die beste Pizza war, die sie seit Langem gegessen hatten.

Obwohl Laura Lust hatte, noch eine Weile mit diesem komischen Private Eye den Abend auf der Terrasse mit dem fantastischen Blick auf den Strand von Las Canteras zu genießen, verabschiedete sich Alfredo bald nach dem Essen und zog sich ins untere Stockwerk zurück.

Laura blieb im Freien sitzen, schaute auf das fast schwarze Meer, das in Strandnähe, dank der eingeschalteten Straßenlaternen, geheimnisvoll grünlich schimmerte.

35.

In der Früh holte Alfredo seinen alten Opel Kombi, den er in einem Parkhaus abgestellt hatte. Sie wollten zuerst bei Kommissar León Martínez vorbeischauen und nachher Elvira und Harry in der Redaktion des *Saturn* einen Überraschungsbesuch abstatten.

Der Himmel war bewölkt. Doch zwischen den Wolken lugte hin und wieder die Sonne hervor. Laura fühlte sich frisch und munter, obwohl sie nur wenige Stunden geschlafen hatte.

Sie schlüpfte in ihre Jeans und in ein strahlend blaues T-Shirt, trug eine leicht getönte Sonnencreme und einen fast farblosen Lippenstift auf und lief die Wendeltreppe hinunter.

Alfredos bewundernde Blicke waren nicht zu übersehen.

„Denken Sie daran: Kein Wort über Mona“, sagte Laura, als sie in seinen Wagen stieg.

Mischa hatte heute Morgen eine neue Order ausgegeben. Sie sollten niemandem gegenüber die missglückte Lösegeldübergabe und das abgeschnittene Ohrläppchen erwähnen.

„Claro!“, sagte Alfredo.

Als sie losfuhren, erwähnte er, dass er gestern fünfundvierzig geworden war. Er war also fast gleich alt wie sie, sah aber älter aus, was garantiert an seiner Sauferei lag.

„Herzlichen Glückwunsch im Nachhinein. Warum haben Sie mir nicht Bescheid gesagt? Ich hätte etwas Gutes für Sie gekocht und Sie nicht mit einer Pizza abgespeist“, sagte sie.

Er grinste sie verlegen an.

***

Die Comisaria de Policía war in einem der modernsten Gebäude der Stadt untergebracht. Polizisten in grünen Uniformen empfingen sie am Eingang. Sie meldeten sich brav bei der Rezeption an.

Während sie warteten, deutete Alfredo auf den Yachthafen schräg gegenüber. „Dort drüben ist abends immer die Hölle los. Nicht nur die Transatlantiksegler, sondern vor allem die Freizeitsportler sind berüchtigt für ihre ausschweifenden Partys. Angeblich laden sie auch immer ein paar Bullen ein ...“

Kommissar León Martínez war nicht im Haus. Da sie mit seinem Stellvertreter nicht vorliebnehmen wollten, fuhren sie weiter zur Redaktion des *Saturn* in Triana. Dieser Stadtteil zwischen der historischen Altstadt und dem modernen Las Canteras war fest in der Hand der einheimischen Bevölkerung.

Alfredo parkte seinen Wagen in der Nähe des Parks San Telmo, wo sich unterirdisch die Station für die Überlandbusse befand. Am Rande des Parks entdeckte Laura einen entzückenden Art-nouveau-Pavillon. Sie nahm ihr Handy aus der Handtasche, um das kleine architektonische Juwel zu fotografieren. Alfredo wollte ein Bild von ihr mit den dekorativen Keramikfliesen als Hintergrund machen.

„Ich hasse es, fotografiert zu werden“, sagte sie in scharfem Ton.

Die Redaktion des *Saturn* befand sich im zweiten Stock eines schmalen, grüngestrichenen Gebäudes am Beginn der Fußgängerzone.

Eine aparte ältere Dame öffnete ihnen. Überrascht riss sie ihre dunklen, mandelförmigen Augen auf. Sie nickte Alfredo zu, hob ihre perfekt gezupften Augenbrauen und musterte Laura.

„Und Sie sind?“

„Laura Mars.“

Laura unterließ es, diese arrogante Person ebenfalls nach ihrem Namen zu fragen, stattdessen sagte sie: „Und Sie müssen Papas Sekretärin sein. Alfredo hat mir schon von Ihnen erzählt. Sie sind sozusagen der gute Geist des *Saturn*.“

Wenn Blicke töten könnten, dachte sie amüsiert, als Elvira Hernández-Flores sie in ihr Büro bat.

Alfredo schien sich zwischen den beiden Frauen nicht wohlzufühlen.

Um die Verhältnisse wieder ein bisschen ins rechte Licht zu rücken, nahm Elvira auf ihrem hohen Drehstuhl hinter ihrem Schreibtisch Platz und bot ihren Gästen die unbequemen, niedrigeren Besucherstühle an.

Laura musterte sie nach wie vor unverblümt. Elvira Hernández-Flores hatte ihr pechschwarz gefärbtes Haar straff nach hinten gekämmt und im Nacken zu einem Knoten verschlungen. Sie war perfekt geschminkt und trug eine modische rote Brille, die allerdings zu groß für ihr schmales Gesicht war. Auch die jugendliche Kleidung der zierlichen Spanierin entsprach nicht Lauras Geschmack. Soviel sie gehört hatte, war Elvira eine intelligente und überaus kompetente Frau. All der Klimbim, wie vergoldete Kettchen, mit Strass besticktes Top und silberfarbener Gürtel, passte ihrer Meinung nach nicht zu einer Karrierefrau.

Soll sie doch tragen, was ihr Spaß macht, rügte sie sich in Gedanken sogleich selbst.

Es wollte kein so rechtes Gespräch zustande kommen. Alfredo rutschte auf seinem knarrenden Stuhl hin und her und räusperte sich andauernd. Als Elvira ihnen Kaffee anbot, seufzte er: „Ja, gerne, schwarz und mit zwei Stück Zucker bitte."

„Für mich nur einen Espresso", sagte Laura.

Elvira rief nach Harry.

Keine Reaktion.

„Harry, mach uns drei Kaffee!"

Es blieb ihr nichts anderes übrig, als ins Nebenzimmer zu gehen und selbst die Kaffeemaschine in Gang zu setzen.

„Ich möchte gleich zu Beginn etwas klarstellen", sagte Elvira, als sie den Kaffee brachte. „Selbstverständlich hat uns Mischa über das Verschwinden seiner Frau informiert, aber er hat uns gebeten, nicht darüber zu sprechen. Trotzdem würde ich gerne wissen, ob es etwas Neues gibt."

„Mein Vater wird Ihnen sicher Bescheid geben", sagte Laura.

In diesem Moment erschien ein strohblonder Mann in Bermudashorts und einem mit lustigen Comics bedruckten T-Shirt in der Tür.

„He, ich bin Harry, musste schnell ein Telefonat beenden ..."

Laura begrüßte er wie eine alte Bekannte, mit Küsschen auf die Wangen. Alfredo schüttelte er die Hand. „Wie geht's, Alter? Lange nicht gesehen."

Dann begann er sogleich mit dem Detektiv über die letzten Spiele der spanischen Fußballteams in der UEFA Champions League zu diskutieren.

Laura fand den jungen Wiener auf Anhieb sympathisch, obwohl er zu viel redete. Er war ein richtiger Charming Boy, versuchte sogar, sie in die Diskussion über die Krise im spanischen Fußball miteinzubeziehen.

Als er ihr mangelndes Interesse bemerkte, sprach er übers Surfen und fragte, ob sie es nicht probieren möchte. Nach kurzem Zögern sagte Laura zu. Es musste ein herrliches Gefühl sein, auf den Wellen zu reiten. Auf Samos war sie oft Windsurfen gegangen. Das war zwar nicht das Gleiche, aber so viel schwieriger konnte es nicht sein, nur mit einem Brett übers Wasser zu gleiten.

Elvira gab sich beschäftigt, blickte die meiste Zeit auf den Bildschirm ihres Computers.

Harry berichtete ihnen von einem großen Fang, den die Drogenfahnder kürzlich gemacht hatten. „Sie haben drei Tonnen Kokain auf einem Bananendampfer beschlagnahmt. Drei Tonnen, stellt euch das mal vor!"

„Bananendampfer?", fragte Laura.

„Der Frachter kam aus Costa Rica, war auf dem Weg nach Rotterdam. Wegen einer größeren Havarie hat er im Hafen von Las Palmas anlegen müssen. Die Bullen haben rein routinemäßig das Schiff durchsucht und sind fündig geworden. Zwischen all den Bananen haben sie das Koks entdeckt. Ist das nicht eine tolle Geschichte für die Drogenserie vom Boss? Ich habe ihm die Facts bereits gemailt."

Laura machte sich nicht die Mühe, ihn aufzuklären. Wenn Mischa momentan ein Thema meiden würde, dann das Thema Drogen.

Nachdem Harry mit ihr einen Termin für ihre ersten Surfversuche vereinbart hatte, wollte Laura den Markt in der Altstadt besuchen und drängte zum Aufbruch.

Alfredo verzog das Gesicht. Er hatte keine Lust mitzukommen, konnte sie aber schlecht allein losschicken und fragte Elvira, ob sie Laura nicht den Markt zeigen möchte. Er würde einstweilen ein paar wichtige Telefonate erledigen.

Elvira schüttelte verärgert den Kopf, gab vor, in Arbeit zu ersticken. Die Dame schien den Laden hier tatsächlich allein zu schupfen, denn Harry hatte offensichtlich nichts anderes als Surfen im Sinn. Alfredo wird mich wohl oder übel begleiten müssen, schließlich ist er mein Babysitter, dachte Laura amüsiert.

Sie bestand darauf, zu Fuß in die Altstadt zu gehen, obwohl der Detektiv seinen Wagen holen wollte. Als er protestierte, hängte sie sich bei ihm ein und schleppte ihn durch die Einkaufsstraße. Da sie nicht sadistisch veranlagt war, verschonte sie ihn mit einem ausgiebigen Shoppingbummel. Hin und wieder blieb sie jedoch vor einem Schaufenster stehen und nahm sich vor, demnächst hier allein shoppen zu gehen.

Triana war von der Vegueta, der Altstadt, durch das Guiniguada-Tal getrennt. Der ehemalige Flusslauf war zubetoniert worden und diente heute als eine mehrspurige Straße.

Am Froschplatz vor dem Theater Pérez Galdós blieb Laura kurz stehen, nahm ihren kleinen Fotoapparat aus der Tasche und bat Alfredo, sich neben dem Brunnen mit dem Frosch zu platzieren.

„Ich bin nicht Ihr Clown“, brummte er, tat ihr aber den Gefallen.

Als sie über den zugepflasterten Barranco hinüber in die Altstadt schlenderten, begann sie ihn über Elvira auszufragen.

„Mischa hat sie ursprünglich als Inserentenkeilerin angestellt. Inzwischen schreibt sie auch für die

Zeitung. Sie ist eigentlich Dolmetscherin von Beruf und hat früher eine Reiseagentur gehabt."

„Das hat mir Mischa schon erzählt. Ist sie Witwe, hat sie Kinder?"

„Geschieden, keine Kinder, glaube ich."

„Und dieser Sunnyboy Harry?"

„Er hat nur sein Surfbrett im Schädel. Ihr Vater hat ihn während der Krise rauswerfen wollen, weil er im Homeoffice überhaupt nichts mehr gearbeitet hat. Aber Harry hat es mit seinem bubenhaften Charme geschafft, Elvira auf seine Seite zu ziehen. Sie hat ein gutes Wort für ihn eingelegt."

„Oh, là, là, Madame scheint ein Herz für hübsche Jungs zu haben."

„Sie dürfen gerade reden, Sie sind ja auch sofort auf seinen Charme hereingefallen!"

„Seien Sie nicht kindisch. Dieser Typ ist mindestens zehn Jahre jünger als ich."

„Na und? Ist das ein Problem für Sie? Ich habe gedacht, Sie sind eine emanzipierte Frau."

Laura schwankte zwischen Ärger und Belustigung. War dieser tollpatschige Privatdetektiv etwa gar eifersüchtig auf den coolen Harry?

Am Mercado de Vegueta rächte sie sich für Alfredos spitze Bemerkungen, indem sie ihn von einem Stand zum anderen zerrte.

Früchte und Gemüse waren an einzelnen Ständen auf dem zum Teil überdachten Markt besonders fantasievoll angeordnet. Die kunstvollen Arrangements erinnerten sie an Stillleben berühmter Maler. Sie schoss unzählige Fotos.

Als sie am frühen Nachmittag in Mischas Wohnung in Las Canteras zurückkehrten, ging Alfredo gleich in sein Zimmer. „Ich brauche meine Siesta. Sie sind mir zu anstrengend, princesa“, sagte er, bevor er die Tür hinter sich schloss.

36.

Laura zog sich rasch um und eilte dann hinunter auf die Promenade, die gesäumt war von Restaurants, Cafés und kleinen Geschäften.

Der Strand von Las Canteras galt als schönster Stadtstrand Spaniens. Ein Paradies für Schwimmer und andere Wassersportler, da das zweihundert Meter vorgelagerte Riff La Barra die hohen Wellen abhielt.

Der vier Kilometer lange, helle Sandstrand war in mehrere Abschnitte unterteilt. Mischas Wohnung befand sich in der Nähe der Playa Chica, ungefähr in der Mitte.

Laura lief im feuchten Sand am Meer entlang.

Harry wartete auf sie in der Nähe des Auditorio Alfredo Kraus, wo es angeblich die besten Wellen gab. Er hatte ein Surfbrett und einen schwarzen Neoprenanzug für sie mitgebracht.

Als sie sich in den Anzug zwängte, bekam sie sogleich Beklemmungen. Lange würde sie es in dieser Gummihaut nicht aushalten.

Nach einer halben Stunde Trockenübungen am Strand hatte sie die Nase voll. „Schluss mit Gymnastik, ich will endlich surfen“, sagte sie, legte sich auf ihr Brett und paddelte hinaus.

Harry warnte sie, meinte, sie sei noch nicht so weit. Sie ignorierte ihn. Es blieb ihm nichts anderes übrig, als ihr zu folgen.

Es war viel los in der Bucht. Dutzende Surfer drängten sich aneinander. Fast kam sie sich wie auf einer überfüllten Skipiste vor.

Bei ihren ersten Versuchen, sich auf dem Brett aufzurichten, scheiterte sie erbärmlich. Harry war ein geduldiger Lehrer. Nach einigen weiteren missglückten Versuchen schaffte sie es, auf dem Brett zum Stehen zu kommen. Doch in der nächsten Sekunde landete sie kopfüber im Wasser. Lachend und prustend kam sie wieder hoch. Sie hatte keine Angst vor Wasser, im Gegenteil, Wasser war ihr Element.

Irgendwann verlor sie Harry aus den Augen. Sie startete einen weiteren Versuch, und das Brett unter ihr begann tatsächlich auf einer Welle zu tanzen.

In diesem Moment schnitt sie ein anderer Surfer und brachte sie zu Fall. Sein Brett streifte ihren Kopf. Laura verschwand unter der nächsten Welle und schluckte jede Menge Salzwasser. Hustend tauchte sie wieder auf. Ihre Spucke hatte sich rötlich verfärbt. Offensichtlich blutete sie aus dem Mund. Sie geriet leicht in Panik und hatte alle Mühe, sich über Wasser zu halten.

Der rücksichtslose Typ trug den gleichen schwarzen Neoprenanzug wie sie. Sein Gesicht hatte sie nicht sehen können. Es war ihr eine Genugtuung, dass er, kurz nachdem er sie attackiert hatte, ebenfalls im Wasser landete.

Sie hatte genug für heute, legte sich auf ihr Brett und paddelte mit den Händen, so schnell sie konnte, Richtung Ufer. Harry zog sie an Land.

„Wo warst du?“, herrschte sie ihn an. „Ich wäre fast draufgegangen. Irgendein Idiot hat mich mit seinem Brett fast geköpft.“

„Na, na, so schlimm wird’s wohl nicht gewesen sein.“ Er betastete den Cut neben ihrer rechten Augenbraue und ihre aufgeplatzte Lippe, die bereits zu bluten aufgehört hatte.

„Hast du den Typen gesehen?“

Harry verneinte. Kein Wunder, dachte Laura, angesichts der vollbusigen, sehr jungen Deutschen an seiner Seite.

Das Mädchen blieb bei Laura, blickte sie neugierig an, während Harry bei der Erste-Hilfe-Station Pflaster besorgte.

„Dein erstes Mal?“, fragte die Kleine.

Laura nickte.

„Du bist ganz schön mutig für dein Alter.“

Laura entkam ein Grinsen.

Erschrocken wich das Mädchen ein paar Schritte zurück.

„Ich finde, wir sollten den rücksichtslosen Kerl suchen und ihn zur Rede stellen“, sagte Laura, als Harry sie verarztete. „Vielleicht hat er es absichtlich getan.“

„Nein, so was passiert halt.“

„Vor allem Anfängern“, bemerkte die Kleine überflüssigerweise.

Laura wollte nur noch nach Hause. Als Harry sich erbötig machte, sie heimzubringen, winkte sie ab.

Das Surfen und vor allem das Trockentraining hatten sie mehr angestrengt, als ihr lieb war. Obwohl es sehr windig war, zog sie nach der Hälfte des Weges Shorts und T-Shirt aus und legte sich, nur mit ihrem schwarzen Bikini bekleidet, in den warmen Sand.

Ein humpelnder braungebrannter Glatzkopf in einem goldfarbenen Stringtanga näherte sich.

„Deutsch? English?“, fragte er grinsend, als er sich neben ihr niederließ. Ein Goldzahn in seinem Oberkiefer blinkte in der Sonne.

Amüsiert richtete Laura sich auf.

„Jesus“, stellte er sich artig vor und reichte ihr seine Hand.

„Freut mich“, sagte sie höflich.

Der Typ schien nicht ganz dicht zu sein. Sie hatte ihn schon gestern von ihrer Terrasse aus beobachtet. Da hatte er einen knallgelben Stringtanga getragen und sich an eine Blondine an der Playa Chica herangemacht.

Er wusste anscheinend, wer sie war, denn er erzählte ihr, dass er berühmt sei und von ihm schon mal ein Bild im *Saturn* gewesen sei. Er sprach passabel Deutsch.

„Sag dem Chef, er soll ein neues Foto von mir machen.“

„Werde ich ihm sagen“, versprach Laura.

Er beugte sich über sie und flüsterte ihr ins Ohr: „Ich habe Informationen für deinen Papa.“

„Ich gebe sie ihm gerne weiter.“

„Drogen – verstehst du?“

Laura war seine körperliche Nähe unangenehm. Sie rückte ein Stück von ihm weg.

„Kennst du Carlos Rodríguez?“

Jesus rollte mit den Augen. „El diablo!“, flüsterte er und kam ihr wieder zu nahe.

Laura hielt es für sinnlos, sich sein Gequatsche länger anzuhören, zog sich an und verabschiedete sich von ihm. Er gab nicht so schnell auf, humpelte hinter ihr her. Um ihn loszuwerden, verabredete sie sich mit ihm für den nächsten Tag um zwölf Uhr an der Playa Chica. Selbstverständlich hatte sie nicht vor, diese Verabredung einzuhalten. Falls sie noch einmal schwimmen ginge, würde Alfredo mitkommen müssen.

***

Lauras Bodyguard schien nach wie vor mieser Laune zu sein, als sie heimkam. Sie wollte ihm von dem Zwischenfall beim Surfen erzählen, ließ es aber bleiben, da er nicht sehr gesprächig wirkte. Er würdigte sie keines Blickes, lümmelte auf der Couch im Wohnzimmer, hatte zwei leere Bierdosen vor sich auf dem Couchtisch stehen und stierte auf den Bildschirm seines Laptops.

Sie schnappte sich ebenfalls eine Dose Tropical aus dem Kühlschrank, rief Alfredo zu: „Ich bin oben!“, und setzte sich mit dem Bier auf ihre Terrasse, um den Sonnenuntergang zu genießen. Immer wieder musste sie an den rücksichtslosen Surfer in dem schwarzen Neoprenanzug denken. Ob es nicht doch Absicht gewesen war?

Nach einer Viertelstunde gesellte sich Alfredo zu ihr.

„He, was ist mit Ihrem Auge?“ Er schien erst jetzt das Pflaster, das unter ihren Haaren hervorlugte, zu bemerken.

„Surfen ist ein gefährlicher Sport“, scherzte sie.

„Dieser Idiot hat nicht ordentlich auf Sie aufgepasst! Ich hätte es mir denken können. Carajo! Alles meine Schuld, ich hätte Sie nicht allein mit ihm losziehen lassen dürfen.“

„Ein Surfbrett hat mich erwischt. Machen Sie nicht so ein Riesentheater wegen dieses kleinen Cuts!“

Als er nicht aufhörte, über Harry zu schimpfen, rief Laura ihren Vater an und berichtete ihm von ihren Surfversuchen. Den kleinen Zwischenfall erwähnte sie nicht. Sie wollte nicht, dass er sich wieder Sorgen machte.

Mischa waren mittlerweile Gerüchte zu Ohren gekommen, dass die große Drogenlieferung, die auf den Kanaren sehnsüchtig erwartet wurde, viel später eintreffen würde als geplant. „In letzter Zeit scheint einiges schiefgelaufen zu sein. Die Drogenfahndung dürfte auf hoher See erfolgreiche Razzien durchgeführt haben. Zumindest deuten die an den Küsten der Inseln angeschwemmten Pakete darauf hin. Die Partygesellschaft ist seit Wochen extrem nervös, da in letzter Zeit kein Nachschub auf den Inseln angekommen ist. Der Stoff, der noch verfügbar ist, kostet Unsummen", sagte er. „Leider nützen mir all diese Informationen nichts. Ich kann nicht darüber berichten, solange sie Mona in ihrer Hand haben."

***

Die untergehende Sonne verfärbte den Himmel orangerot, als sie mich an Deck brachten. Sie hatten in einer kargen Bucht geankert. Weit und breit war kein Haus zu sehen. Ich war allein mit Pablo und El Loco. Pedro war nicht an Bord. Meine Erleichterung, dieses Schwein, das über mich hergefallen war, nicht mehr sehen zu müssen, war groß.

Pablo hievte mich in ein Schlauchboot. El Loco reichte mir eine Banane und eine Flasche Mineralwasser. Der Verrückte war seit der schrecklichen Nacht auffallend nett zu mir. Er hatte zweimal meinen Verband erneuert und mich dabei angesehen wie ein geprügelter Hund. Womöglich war er in mich verliebt? Meine Angst vor ihm schien mir mittlerweile völlig unbegründet zu sein.

Pablo ruderte an Land, zerrte mich fluchend aus dem Boot und versetzte mir einen Stoß in den Rücken.

Während ich mich über den Strand, der hauptsächlich aus Geröll bestand, hangelte, versuchte ich die Banane zu essen. Ich rutschte immer wieder auf den glatten Steinen aus, war zu schwach, um den Männern zu folgen.

El Loco deutete mir, mich hinzusetzen, und ließ mich die Banane in Ruhe aufessen. Dann hob er mich hoch und trug mich ein Stück. Erst als es bergauf ging, setzte er mich ab.

„Ich bin doch keine Gämse", murmelte ich auf Deutsch, als ich auf allen Vieren den Berg hinaufzuklettern versuchte.

Zum Glück hatte ich keine Schmerzen. Wahrscheinlich hatten sie mich mit Drogen vollgepumpt. Ich fühlte mich ziemlich benebelt, und meine Beine wollten bald nicht mehr mitspielen. Nach ein paar Metern ließ ich mich zu Boden fallen.

El Loco half mir auf, umfasste meine Taille und schleppte mich wie eine Puppe den Rest des Weges bergan bis zu einer nichtasphaltierten Straße. Dort wartete ein schwarzer Wagen mit verdunkelten Scheiben. Am Steuer saß Pedro.

37.

„Wir fahren nach La Aldea de San Nicolás. Die raue Westküste der Insel wird Ihnen gefallen", sagte Alfredo.

„Und was machen wir dort?"

„Ramona suchen. Ein Informant hat mich heute Früh angerufen und mir von einer rothaarigen Frau erzählt, die dort gestern Abend in Begleitung von zwei Männern gesehen wurde. Angeblich sind die Männer sehr unsanft mit der Frau umgegangen, als sie sie auf den Rücksitz eines SUV verfrachtet haben. Der Mann hat sich Teile des Autokennzeichens gemerkt. León lässt nach dem Wagen fahnden, aber ich will mich in dieser Gegend selbst ein bisschen umsehen."

„Haben Sie wieder die Bullen verständigt?", herrschte Laura ihn an.

„Nein. León hat ebenfalls einen Tipp bekommen, dass in La Aldea de San Nicolás eine Frau mit einem Kopfverband gesehen wurde, auf die die Beschreibung von Ramona passt."

Auf ihre Frage, wer diese Informanten seien, antwortete Alfredo mit einem deftigen Fluch, der allerdings nicht ihr galt, sondern einem gemeingefährlichen Autofahrer vor ihnen.

Es war viel Verkehr und es dauerte ewig, bis sie die Vorstädte von Las Palmas hinter sich gelassen hatten. Danach waren sie fast allein auf der Straße, die sich an steilen Felswänden entlangschlängelte.

Laura starrte nur mehr geradeaus. Als Alfredo ihr sagte, dass die Straße bei starkem Wind oft gesperrt wäre, weil sie bereits einige Opfer unter den leichtsinnigen, ihre Fahrkünste überschätzenden Touristen gefordert hätte, begannen ihre Knie zu schlottern. Als sie durch einen langen Tunnel fuhren, konnte sie ihre Angst kaum mehr verbergen.

„Ihr Vater ist leider ein schlechter Menschenkenner und außerdem viel zu gutmütig", sagte Alfredo plötzlich.

„Sie meinen, weil er auf eine Frau wie Mona hereingefallen ist?"

„Nein, das kann ich ja verstehen. Sie war bestimmt sehr sexy, als sie jung war, ist ja heute noch eine attraktive Frau."

Warum ärgerte es sie, dass dieser Detektiv Ramona attraktiv fand?

„Er hat ein besonderes Händchen für Gauner, Versager und kaputte Schönlinge."

„Sie meinen damit jetzt nicht sich selbst, oder?", konnte sich Laura eine bissige Bemerkung nicht verkneifen.

„Oh doch! Ich nehme mich da nicht aus, gehöre allerdings eher in die Kategorie Versager als kaputter Schönling."

Sein bubenhaftes Grinsen brachte sie aus der Fassung. Sie entgegnete nichts.

„Man soll Toten ja nichts Schlechtes nachsagen, aber Raoul war ein eitler Bursche. Er hielt sich für einen großen Schriftsteller, obwohl er, außer einigen langweiligen Artikeln für den *Saturn*, nichts veröffentlicht hatte. Und Harry ist ein hirnloser Testosteronprotz. Seine Texte schreiben meistens deutsche Surferinnen, die er mit seinem Samen beglückt. Da es in seinen Beiträgen hauptsächlich um Veranstaltungstermine und Empfehlungen für Wanderungen und andere sportliche Aktivitäten geht, ist es im Grunde egal, wer sie schreibt. Alle interessanten und wichtigen Artikel verfasst Ihr Vater selbst."

„Er ist eben ein besessener Schreiberling", sagte Laura lakonisch.

„Und nicht zu vergessen Ihr Liebling Don Juan María de Alvarez", fuhr Alfredo fort. „Er ist das beste Beispiel für all die Fehlgriffe Ihres Vaters. Wie hat er nur diesen dekadenten, hoffnungslos verschuldeten Adeligen als Anwalt engagieren können? Jeder auf Gomera weiß, dass Don Alvarez das ertragreiche Gut seiner Frau am Spieltisch verloren hat und längst in der Gosse gelandet wäre, wenn Mischa ihn nicht andauernd unterstützen würde. Er finanziert ihm sogar seinen MG, lässt ihn jeden Kilometer verrechnen, so als wäre es ein Dienstwagen."

„Das finde ich okay.“

„Im Prinzip ja, aber Don Alvarez benützt den Wagen selten aus beruflichen Gründen. Wenn er für Mischa bei Gericht in Santa Cruz oder Las Palmas etwas zu erledigen hat, muss er sowieso mit der Fähre fahren oder fliegen und nimmt sich dann meistens einen Mietwagen auf den Inseln – geht natürlich ebenfalls auf Mischas Spesenkonto ...“

„Höre ich da Neid aus Ihren Worten?“

„Menschen mit akustischen Halluzinationen sind ein Fall für die Psychiatrie. Aber hören Sie, was Sie wollen. Anscheinend lassen Sie sich ebenso leicht blenden wie Ihr Vater. Sie sind doch vernarrt in diesen Aristokraten, geben Sie es zu.“

„Wie kommen Sie auf diese verrückte Idee? Ich kenne den Mann kaum.“

Sein Blick sprach Bände.

„Ich gehe noch einen Schritt weiter und behaupte, dass ich jedem dieser drei Kerle zutraue, Ramona entführt zu haben, um Ihren Vater zur Kasse zu bitten.“

„Das ist absurd.“ Laura war verärgert, obwohl sie selbst zwei dieser Männer ebenfalls kurz in Verdacht gehabt hatte. Doch Astrids Bemerkung, dass Ramona Harry gern vernascht hätte, war kein ausreichender Grund, um den Surferboy ernsthaft zu verdächtigen.

Sie wusste nicht, wie sie das leidige Gespräch beenden konnte, ohne dass Alfredo sie für naiv hielt. Andererseits konnte es ihr vollkommen egal sein, was dieser versoffene Privatdetektiv von ihr dachte.

„Und warum glauben Sie, dass Sie selbst in die Kategorie der Versager gehören?“, fragte sie.

„Na, endlich zeigen Sie auch Interesse an mir.“ Er kramte in seinen Jackentaschen herum, brachte schließlich ein Zigarettenpäckchen zum Vorschein.

„Wagen Sie es bloß nicht, sich eine anzuzünden. In Ihrem Wagen stinkt es ohnehin wie die Pest.“

Er zündete sich eine an, öffnete aber das Fenster auf seiner Seite.

„Ein Zug?“, bot er ihr grinsend an.

Sie schüttelte den Kopf.

„Ihr Vater hat mir in einer Bar in der Nähe der Playa de Las Canteras das Leben gerettet. Ich war stockbesoffen, hatte mich mit dem Wirt und seinen Kellnern angelegt. Diese Typen hätten mich locker fertiggemacht. Plötzlich ist Mischa hereingekommen. In seiner ruhigen, souveränen Art hat er den Streit geschlichtet. Die Schäden, die ich in der Bar angerichtet hatte, hat er auch bezahlt. Mich hat er mit in seine Wohnung genommen und dort ausnüchtern lassen. Seither bin ich ihm treu ergeben. War’s das, was Sie wissen wollten?“

„Worum ist es gegangen? Zechprellung? Vandalismus?“

„Nein, natürlich nicht. Der Wirt hat meine Frau gevögelt. Da ich prinzipiell keine Frauen oder Kinder schlage, habe ich meine Wut an ihm ausgelassen. Leider hatte ich nicht damit gerechnet, dass dieser Arsch keine Ehre besaß. Er hat seine beiden Angestellten, zwei kräftige Kerle, zu Hilfe gerufen. Meine Visage hätten Sie sehen sollen. Sie haben mein Gesicht zu Brei geschlagen. Nicht, dass es schade darum gewesen wäre. Mein lädiertes Knie macht mir bis heute mehr zu schaffen als das blaue Auge und die gespaltene Lippe.“

„Mein Gott, ihr Spanier seid ja so was von machistische Hinterwäldler!“, stöhnte Laura. „Lasst die Fäuste sprechen, wenn eure Frauen fremdgehen, anstatt euch zu fragen, warum sie von euch genug haben.“

„Das stimmt nicht, ich habe mich sehr wohl gefragt, warum Louisa mich betrogen hat, und habe auch versucht, mit ihr zu reden. Sie hat mich nicht zu Wort kommen lassen. Meine Ex ist eine Dauerrednerin, sie hört nie zu. Ich war damals gerade dabei, die Karriereleiter bei der Guardia Civil eine Stufe höher zu klettern, was bedeutet hat, dass ich selten zu Hause war. Sie hat nicht gearbeitet, wollte nicht, obwohl sie als gelernte Krankenschwester jederzeit einen Job bekommen hätte. Lieber hat sie sich zu Hause gelangweilt, unter dem Vorwand, sich um unseren gemeinsamen Sohn Miguel kümmern zu müssen. Ihre bigotte, verwitwete Mutter hat mit uns im gemeinsamen Haushalt gelebt und für den Jungen gesorgt."

Er hielt inne, wischte sich den Schweiß von der Stirn.

„Miguel ist fünfzehn, fast sechzehn, und ziemlich schwierig."

Nachdem er eine Weile geschwiegen hatte, fragte Laura ihn: „Was ist mit Ihrem Sohn?"

„Er steht mit einem Bein im Jugendknast."

„Wie bitte?"

„Schuld daran sind diese beiden Weiber, pardon, Frauen. Sie haben ihn total verzärtelt. Er hat die Schule geschmissen und ist vor Kurzem beim Dealen mit Haschisch erwischt worden. Dank meiner guten Beziehungen zu meinen ehemaligen Kollegen ist es mir gelungen, ihn vor der Jugendstrafanstalt zu bewahren. Aber lange kann es nicht so weitergehen ... irgendwann wird er im Knast landen ..." Seine Unterlippe zitterte. Sein Mund öffnete und schloss sich. Kleine Zuckungen liefen über sein unrasiertes Gesicht und seinen Hals. Es war offensichtlich, dass er sehr aufgebracht war.

„Die Zeiten sind härter geworden. Immer mehr Menschen, vor allem Jugendliche und Alte, fühlen sich überflüssig oder sogar unerwünscht“, sagte Laura.

„Und wer trägt die Schuld daran? Nicht Corona. Die Pandemie ist nur ein Vorwand für die Verarmung der Mittelschicht und der Arbeiter. All diese Leute werden für dumm verkauft. Sie zahlen proportional die meisten Steuern, während die Millionäre immer ein Schlupfloch finden. Die Arbeitslosigkeit auf den Kanaren ist eine Katastrophe. Viele Kleinbetriebe und Geschäfte haben aufgrund der Krise schließen müssen. Aber, wie gesagt, meiner Meinung nach sind das die stinknormalen Auswüchse eines aus dem Ruder gelaufenen Kapitalismus, der die Reichen noch reicher werden lässt und den weniger Wohlhabenden Armut und Verzweiflung bringt. Irgendwann werden sich die Menschen das nicht mehr gefallen lassen. Mich würde es nicht wundern, wenn die Kriminalitätsrate in den kommenden Jahren immens steigen würde.“

38.

Bei der nächsten Kreuzung folgte Alfredo einem schmalen Weg, der sich steil bergaufwärts schlängelte. Weit und breit war kein Haus zu sehen. Nichts als kahle Felshänge und raues Gestein säumten die Staubstraße. Die Gegend schien unbewohnt zu sein.

In jeder Kurve hatte man eine atemberaubende Aussicht auf den wilden Atlantik, auf imposante Berggipfel, furchterregende Schluchten und staubige rote Erde. Am Straßenrand gediehen nur mehr stachelige Kakteen und Agaven.

Er hielt bei einer Aussichtsterrasse an und rauchte eine Zigarette. Eine Felsnase ragte vor ihnen über den

Abhang. Laura kletterte auf den Felsen hinaus, wahrte einen Meter Sicherheitsabstand vor dem Abgrund und blickte hinunter auf einen steinigen Strand. Mächtige Wellen rollten vom offenen Meer herein und brachen sich an den Steinen im Wasser.

Plötzlich spürte sie Alfredos Atem im Nacken. Erschrocken drehte sie sich um, geriet dabei aus dem Gleichgewicht. Er schlang seine Arme um ihren Oberkörper und sah ihr tief in die Augen.

„Habe ich Ihnen zu viel versprochen, princesa?" Er deutete auf das spektakuläre Naturschauspiel Hunderte Meter unter ihnen.

„Sie haben mich erschreckt. Lassen Sie mich sofort los", fuhr Laura ihn an. Als sie über die schmale Felsnase zurück zu seinem Wagen gingen, griff sie jedoch nach seiner Hand.

Auf dem Weg an die Küste begegneten ihnen ein paar Ziegen. Alfredo fuhr im Schritttempo an ihnen vorbei. „Wir haben es bald geschafft." Er tätschelte ihre zitternden Knie.

„Lassen Sie gefälligst Ihre Hände am Lenkrad!"

Eine Tankstelle und dahinter die ersten weißen Häuser, dicht gedrängt an die kurvenreiche Straße, kamen in Sicht.

„Voilà, Puerto de La Aldea! Wir sind wieder in der Zivilisation gelandet", sagte Alfredo.

Er bestand darauf, sich allein mit seinem Informanten zu treffen. Laura protestierte nicht lange, da sie ohnehin nicht viel von dem Gespräch mitbekommen würde. Sie setzte sich an einen der Tische vor dem Lokal, in dem Alfredo verabredet war. Der einzige Mann, der die Bar nach dem Detektiv betrat, war ein uniformierter Polizist.

Er hat also seine Beziehungen zu seinen früheren

Kollegen spielen lassen, dachte Laura und hoffte, der Dorfpolizist würde sie im Fall Mona endlich einen Schritt weiterbringen.

Nach etwa fünfzehn Minuten kam der Uniformierte wieder heraus. Alfredo folgte ihm kurze Zeit später.

„Wir fahren", sagte er knapp.

Bei dem Gedanken, dass sie zurück dieselbe furchteinflößende Strecke nehmen mussten, stöhnte Laura leise.

„Müde, princesa?"

„Nennen Sie mich nicht ständig *princesa*", sagte sie gereizt.

Alfredo legte eine CD ein. Als die bekannte Arie „Habanera" aus *Carmen*, gesungen von der ebenso bekannten Maria Callas, erklang, begann er mitzusingen.

Laura drehte lauter.

„Den Text von ‚Habanera' hat Georges Bizet selbst geschrieben. Es geht um Carmens Gleichgültigkeit gegenüber den Liebesbeteuerungen und Annäherungsversuchen ihrer Verehrer", sagte er und übersetzte ihr den Beginn der Arie auf Deutsch: „Die Liebe ist ein wilder Vogel, den kein Mensch jemals zähmen kann ..."

„Seien Sie still, ich will die Callas hören."

„Perdone, señora."

Als die Aufnahme zu Ende war, stieg er aufs Gaspedal. Die Dämmerung brach herein. Die Landschaft jagte in beunruhigend hohem Tempo an ihnen vorbei.

„Bitte, fahren Sie langsamer!" Laura klammerte sich an den Haltegriff über der Beifahrertür. „Warum erzählen Sie mir nicht, was Sie erfahren haben?"

„Es gibt nicht viel zu erzählen. Die zwei Männer und die verletzte Frau scheinen einen kurzen Halt an der Tankstelle am Ende des Dorfes eingelegt zu haben. Sie ist zur Toilette gegangen, die Männer haben etwas zu trinken gekauft und sind zurück in die Berge gefahren oder wohin auch immer. Der Trottel war zur selben Zeit in der Tankstelle, hat sie aber weder angesprochen, noch ist er ihnen hinterhergefahren, obwohl er mitangesehen hat, wie sie die Frau zurück in den Wagen geschleift haben. Viva la policía española!"

„Sie sagen es."

Um sie herum herrschte bald Finsternis. Die Scheinwerfer des Opels fingen eine plötzliche Bewegung auf der Straße ein. Alfredo trat auf die Bremse. Die Reifen kreischten über den Asphalt. Der Wagen kam quer auf der Fahrbahn zum Stehen.

„Verdammt, verdammt, verdammt", fluchte er und schlug mit den Fäusten aufs Lenkrad.

„Was war das?", fragte Laura erschrocken.

„Irgendein Tier. Vielleicht ein Schaf."

„Blödsinn! Um diese Zeit rennen doch keine Schafe herum." Laura schnappte sich die Taschenlampe aus dem Handschuhfach und verließ den Wagen.

Auf der Straße war, außer einem dunklen Fleck, nichts zu sehen. Alfredo ging in die Knie, strich mit dem Finger über die Flüssigkeit und hielt ihn an die Nase.

„Öl, kein Blut", seufzte er erleichtert.

Sie suchten den Straßenrand ab, konnten aber kein verletztes Tier entdecken.

„Statt weißen Mäusen sehe ich anscheinend weiße Schafe", versuchte er zu scherzen, als sie wieder im Auto saßen. Er zündete sich eine an. Seine Hände zitterten stark.

Nach etwa hundert Metern kam eine Bar in Sicht, in der noch Licht brannte. Laura bat ihn anzuhalten. Sie musste dringend auf die Toilette.

Kalter Rauch hing in dem kleinen Raum, den die schwache Beleuchtung in ein gespenstisches Licht hüllte. Der Wirt wirkte nicht erfreut über die späten Gäste, servierte ihnen aber zwei Kaffee und eine Karaffe Wasser.

Der Kaffee schmeckte scheußlich. Alfredo bestellte zwei Schnäpse und bemerkte leise, dass er dieses Gesöff sonst nicht hinunterbringen würde.

Beim Zahlen gestand er dem Wirt, dass er möglicherweise ein Schaf oder ein anderes Tier angefahren habe. „Selbstverständlich werde ich dafür aufkommen", sagte er und hinterließ seine Telefonnummer.

„Ich fahre", sagte Laura, die ihren Schnaps nicht angerührt, sondern Alfredo überlassen hatte.

Wortlos gab er ihr die Autoschlüssel.

***

Die Sonne verabschiedete sich endgültig am Horizont, als sie mich auf den Rücksitz des SUV verfrachteten. El Loco setzte sich neben mich. Pablo stieg vorne ein.

Sie hatten sich nicht die Mühe gemacht, mir die Augen zu verbinden. Ein schlechtes Zeichen. Anscheinend war es ihnen egal, ob ich mitbekam, wohin sie mich brachten. Das konnte nur bedeuten, dass ich nicht mehr lange zu leben hatte. Bei diesem Gedanken geriet ich in Panik und begann um mich zu schlagen, trommelte mit meinen Fäusten auf Pablos Hinterkopf ein. Er drehte sich um und setzte mich mit einem Schlag aufs Auge außer Gefecht.

Heulend ließ ich mich auf die Rückbank sinken. El Loco wischte die Tränen von meinen Wangen, während ich leise vor mich hin wimmerte.

Die Lichter des Hafens hinter uns gerieten bald aus meinem Blickfeld. Wir fuhren die meiste Zeit steil bergauf. Hin und wieder kamen wir durch ein schwach be-

leuchtetes Dorf. Ich konnte zwar die Ortsschilder lesen, aber die Namen sagten mir nichts.

Pedro fuhr nicht zu schnell, nahm die Kurven eher vorsichtig. Wenigstens würde ich nicht als Opfer eines Verkehrsunfalls enden. Dieser Gedanke brachte mich wieder zum Heulen.

„Cállate la boca", was auf Deutsch „Halt das Maul" bedeutete, zischte Pedro und stieg aufs Gas.

Ich hatte kein Taschentuch dabei, schnäuzte mich in die Finger und wischte sie am Sitz ab. Vielleicht würde ich mit dieser genetischen Spur der Polizei einen Dienst erweisen? Allerdings bezweifelte ich, dass Mischa überhaupt die Polizei eingeschaltet hatte. Er hielt sich immer noch für einen Revoluzzer und betrachtete jeden Uniformierten als Feindbild.

Die Gegend wurde einsamer. Finstere Bäume ragten am Straßenrand in den ebenso dunklen Himmel. Irgendwann hielten wir an einer Tankstelle in den Bergen. Weit und breit war kein anderes Haus in Sicht. Wir waren am Ende der Welt angelangt.

39.

Am nächsten Morgen wurde Laura durch Alfredos kräftige Stimme unsanft geweckt.

„Aufstehen, princesa. Harry hat angerufen. Einer seiner Kumpels, der Ramona kennt, hat sie heute Früh auf dem Busbahnhof in Teror gesehen. Keine Ahnung, ob diese Info etwas taugt, aber ich finde, wir sollten gleich los."

Die Fahrt nach Teror stand unter keinem guten Stern. Kurz nach Las Palmas brach Alfredos klappriger Opel in einem Küstenort namens San Andrés zusammen. Fluchend ließ Alfredo den Wagen am Straßenrand stehen und rief seine Werkstatt an.

„Sie werden ihn abholen“, sagte er, nachdem er das Gespräch beendet hatte.

„Sagen Sie ihnen, dass sie einen Mietwagen mitbringen sollen.“

Er winkte ab. „Wir nehmen den Bus.“

„Sie müssen meinem Vater nicht sparen helfen.“

„Ich weiß, aber so eine Busfahrt über Land sollten Sie sich nicht entgehen lassen.“

Sie hatten Glück, der Linienbus nach Teror, mit Zwischenstopps in den Städten Arucas und Firgas, sollte laut Fahrplan in dreißig Minuten kommen.

Obwohl es sehr windig war, wollte Laura kurz zum Meer hinuntergehen. Alfredo meinte, er würde lieber bei der Busstation warten, da er dem Fahrplan misstraute. Während er versuchte, sich trotz des heftigen Windes eine Zigarette anzuzünden, machte sie sich allein auf den Weg zu der kleinen Kirche auf der Meerseite.

Ein Geisterdorf. Keine Menschenseele weit und breit. Durch ein niedriges Gewölbe zwischen den Häusern gelangte sie zu einem mit rohen Steinplatten verlegten Uferweg.

Der Atlantik zeigte sich hier in seiner vollen Pracht. Die mehrere Meter hohen Wellen kamen gefährlich nahe an die Küste heran, brachen erst kurz vorm Land. Die Gischt spritzte bis zu den Fenstern in den ersten Stockwerken der Gebäude. Das Salzwasser setzte den in kräftigem Rostrot und dunklem Grün gestrichenen Häusern mit den türkisfarbenen Fensterläden und Türen gewaltig zu. An den verwitterten Fassaden blätterte der Putz ab.

Laura spazierte den schmalen, durch eine Steinmauer geschützten Weg am Wasser entlang, atmete die salzige Luft tief ein und fühlte sich beinahe wieder jung und unbeschwert. Gerne wäre sie länger an diesem rauen Küstenabschnitt verweilt. Ein Blick auf ihre Uhr ließ sie aber zur Busstation zurücklaufen.

Schon von Weitem sah sie Alfredo mit dem Chauffeur diskutieren. Offensichtlich hatte er den Mann dazu gebracht, auf sie zu warten.

Laura murmelte eine Entschuldigung, als sie in den halbleeren Überlandbus stieg. Alfredo überließ ihr den Fensterplatz und setzte sich neben sie, obwohl die Sitzbank auf der anderen Seite des Gangs frei war. Wegen seines Leibesumfangs fühlte sie sich beengt und überlegte, ob sie ihn bitten sollte, drüben Platz zu nehmen. Doch sie wollte ihn nicht kränken.

Alfredo war heute wieder einmal unmöglich angezogen. Seine Jeans waren ihm über den halben Hintern hinuntergerutscht, sodass sie den Beginn seiner Arschspalte gesehen hatte, als er sein Jackett auf die Ablage legte. Sein erdbeerfarbenes Polohemd, das anscheinend bei der letzten Wäsche eingegangen war, entblößte einen Teil seines behaarten Bauches. In der ersten Kehre streifte seine nackte Haut ihren Unterarm, der auf der Mittellehne lag. Rasch zog sie ihren Arm zurück. Sie hatte erwartet, dass er ihr Vorwürfe wegen ihrer Verspätung machen würde. Es kam nichts.

Auf den nächsten Kilometern war die Landschaft komplett zugebaut. Die Verhüttelung irritierte Laura. Anscheinend waren all diese Häuser keine Zweitwohnsitze reicher Spanier oder anderer Europäer. Hier hatten sich Einheimische niedergelassen, denn die Gärten vor den Häusern sahen nicht aus wie auf den Prospekten diverser Baumärkte oder Gartencenter, sondern eher wie winzige Felder, auf denen Gemüse angebaut wurde.

Zwischen Bananenplantagen ging es weiter bergauf. Laura schloss die Augen, wenn der fröhliche Busfahrer um die nächste Kehre raste und es auf ihrer Seite steil bergab ging.

Aus dem Autoradio erklangen uralte Hits. Der Fahrer hatte eine CD eingelegt. „Lara's Theme" aus dem Film *Doktor Schiwago* wechselte sich mit „El Condor Pasa" von Simon & Garfunkel und „La Paloma" ab. „La Paloma" ließ sie all die Gefahren dieser abenteuerlichen Busfahrt vergessen. Sie bemerkte kaum noch die Abgründe, die sich vor ihrem Fenster auftaten.

Alfredo begann mitzubrummen. Manchmal schien er sogar den Text zu kennen. Er sang so falsch, dass Laura lachen musste. „La Paloma, ohe, einmal müssen wir geh'n", fiel sie auf Deutsch in seinen Singsang mit ein.

Andere Reisende sangen nun ebenfalls mit, waren jedoch textsicherer als sie, die nur diese eine Zeile des berühmten Seemannsliedes kannte. Am lautesten sang der Chauffeur. Er hatte eine schöne Tenorstimme.

Als danach „Eviva España" aus den Lautsprechern dröhnte, verstummten alle. Mit Spanien schienen die Canarios nicht viel am Hut zu haben – das hatte ihr schon Mischa erklärt.

In Arucas, der drittgrößten Stadt der Insel, wies Alfredo sie auf die Destilerías Arehucas hin. „Die Rumfabrik hat der Stadt zu immensem Reichtum verholfen. Leider haben wir keine Zeit für eine kleine Verkostung."

Auch in Firgas verließen sie nicht den Bus, obwohl Laura in ihrem Reiseführer gelesen hatte, dass sich mitten in dieser Stadt eine Art Wasserfall, der Paseo de Canarias, über farbenfrohe Keramikfliesen und Reliefdarstellungen aller Kanarischen Inseln ergoss. „Firgas ist bekannt wegen seiner Mineralwasserquelle“, sagte Alfredo. „Aber wenn wir in Teror Mittagessen wollen, müssen wir uns beeilen.“

Laura hörte schon seit einiger Zeit seinen Magen knurren. Außerdem begann er jetzt übers Essen zu reden, beschrieb ihr ausführlich die angeblich beste Paella Gran Canarias, die sie in einem netten Restaurant am Marktplatz von Teror serviert bekommen würden.

In Teror war Endstation. Alle stiegen aus. „Unsere Mitreisenden sind bestimmt lauter Pilger“, scherzte Alfredo. „Teror ist ein wichtiger Wallfahrtsort, das religiöse Zentrum der Insel. Die Leute hier sind alle bigott und geschäftstüchtig. Jesus hätte sie sicher aus dem Tempel vertrieben. Nehmen Sie sich in Acht, die bescheißen gerne Touristen.“

Er steuerte direkt auf das besagte Lokal am Marktplatz zu. Sie hatten keinen Tisch frei. Er reservierte für eine Stunde später und schlug vor, einstweilen den sehr belebten Sonntagsmarkt zu besuchen. Als sein Handy läutete, entschuldigte er sich und entfernte sich ein paar Schritte. Das Telefonat dauerte nur ein paar Sekunden lang.

„Möchten Sie nicht die Wallfahrtskirche Nuestra Señora del Pino besichtigen? Sie ist wirklich sehenswert! Ich treffe mich in ein paar Minuten mit Harrys Bekannten, der angeblich Ramona gesehen hat, vor dem Kirchenportal.“

Laura zögerte, wollte selbst mit dem Mann reden.

„Er spricht nur Spanisch“, erleichterte Alfredo ihr die Entscheidung.

Als sie nach einer Viertelstunde aus der Kirche kam, hatte sich der Mann bereits wieder aus dem Staub gemacht. „Und?“, fragte sie Alfredo, der sich gerade eine anzündete, ungeduldig.

„Rotschöpfe sind auf der Insel eine Seltenheit. Wir werden demnächst wohl jeder rothaarigen Frau nachjagen, die irgendwo aufkreuzt. Die Rothaarige, die der Typ gesehen hat, war keine dreißig und ein Pummelchen wie Teresita."

Die malerischen Plätze und die herausgeputzten Häuser des Städtchens versöhnten Laura ein wenig mit diesem Fehlschlag. Sie war eifrig am Fotografieren und deckte sich an den überdachten Ständen mit Honig, Keksen und stinkendem Käse ein. In einer Parfumería probierte sie alle Düfte durch und ließ den zappeligen Detektiv an ihren Handgelenken riechen. Nach ausgiebigem Testen erstand sie schließlich zwei Parfüms und zwei zarte Flacons mit Blümchenmotiven.

Alfredo ermahnte sie, dass es Zeit war, essen zu gehen, sonst wäre ihr Tisch wieder weg.

***

„Mama, Alfredo ist da!", rief der Kellner in die Küche.

Eine grauhaarige, übergewichtige Schönheit kam herbeigeeilt und umarmte Alfredo herzlich.

„Das ist Pilar, sie macht die besten Paellas der Insel", stellte Alfredo Laura die Köchin vor.

Er schien öfters hier einzukehren. Auch einige Gäste in dem Lokal begrüßten ihn und nickten Laura freundlich zu.

„Sie sind neugierig auf dich. Wahrscheinlich halten sie dich für meine neue Freundin", sagte er grinsend. Der Gedanke schien ihm zu gefallen. Ohne es zu bemerken, war er zum freundschaftlichen Du übergegangen. Laura störte sich nicht daran.

Der Detektiv schien tatsächlich sehr hungrig zu sein. Als der Kellner ihnen Weißbrot und einen Olivenaufstrich als Amuse-Gueule servierte, fragte Alfredo, ob sie kosten möchte. Als sie den Kopf schüttelte, verschlang er das halbe Baguette und den Aufstrich.

Er aß nicht nur schnell, sondern auch sehr gierig. Marlene meinte, dass Männer genauso lieben würden, wie sie essen. Wenn sie recht hatte, musste Alfredo wohl ein sehr leidenschaftlicher, aber vielleicht ein etwas zu schneller Liebhaber sein.

Laura ärgerte sich über diesen blöden Gedanken. Was interessierte es sie, wie dieser Mann im Bett war?

Pilar servierte ihnen persönlich die Paella in einer gusseisernen Pfanne und verteilte das Essen auf ihre Teller. Laura bekam extra viele Gambas. Alfredo beschwerte sich spaßhalber.

„In deinem Alter musst du auf dein Cholesterin achten", sagte Pilar augenzwinkernd und legte eine zweite Languste auf Lauras überquellenden Teller. Dann wünschte sie ihnen einen guten Appetit und zog sich wieder in die Küche zurück.

Laura aß betont langsam, war bald satt und überließ Alfredo den restlichen Reis und ihre zweite Languste.

Als sie nachmittags mit dem Bus nach Las Palmas zurückkehrten, waren beide erschöpft. Laura verschlief die Rückfahrt. Alfredo konnte nicht schlafen, da ihr Kopf an seiner Schulter ruhte.

***

Elvira hatte ihnen zwei Karten für ein Konzert im Auditorio Alfredo Kraus beim Portier ihres Appartementhauses hinterlegt. Laura freute sich über diese nette Geste und bereute, dass sie gegenüber der toughen Spanierin so voreingenommen gewesen war. Sie forderte Alfredo auf, sich rasch umzuziehen. Sie waren spät dran und würden ein Taxi nehmen müssen.

Seine Begeisterung hielt sich in Grenzen. Nach einer Viertelstunde erschien er jedoch in sauberen schwarzen Jeans und einem gebügelten dunkelgrauen Hemd. Selbst Laura konnte ihm eine gewisse Eleganz nicht absprechen.

Die neun Meter hohe Statue des Tenors vor dem Konzerthaus erinnerte Laura an Stalindenkmäler. Sie hoffte, dieser grandiose und sehr attraktive Sänger hatte sein Denkmal nicht mehr zu Gesicht bekommen. Das Monstrum wurde seiner Schönheit keinesfalls gerecht. Eher gereichte ihm das Auditorio zu Ehren. Halb Leuchtturm, halb Festung ragte es auf einem Felsen bis zum Ozean. Den Besuchern bot sich von innen durch ein großes, ovales Panoramafenster ein toller Blick aufs Meer.

Alfredo schlief vor der Pause bei einem Streichquartett von Richard Strauss ein und schnarchte lautstark. Laura amüsierte sich über die empörten Blicke einiger Konzertbesucher.

In der Pause stärkten sie sich mit zwei Bierchen in der Bar im Foyer. Laura war guter Laune, lästerte mit Alfredo sowohl über die aufgetakelten Spanierinnen als auch über die nachlässig gekleideten skandinavischen Konzertbesucher und begleitete ihn dann hinaus auf die Terrasse. Sie nahm sogar einen Zug von seiner Zigarette.

Der Anblick der schäumenden Wellen, die an die Befestigungsmauer knallten, war überwältigend. Als er den Arm um ihre Schultern legte, ließ sie ihn gewähren. Die Wärme seines weichen Körpers war ihr nicht unangenehm.

Nach der Pause schien Alfredo hellwach zu sein und Schuberts *Der Tod und das Mädchen* zu genießen.

Er applaudierte begeistert und schrie ein paar Mal: „Bravo!“

Dieser Mann war Laura ein Rätsel.

40.

Der gestrige Tag war zwar ein schöner Tag, aber auch ein verlorener Tag gewesen, was die Suche nach Ramona betraf. Dies war der erste Gedanke, der Laura durch den Kopf ging, als sie aufwachte.

Durch einen Spalt in den Jalousien sah sie ein Stück blauen Himmel. Ein Fenster war gekippt. Sie vernahm das Rauschen des Meeres und fühlte sich großartig.

Frühmorgens war es auf der Terrasse windstill. Die Morgenluft war feucht und kühl. Schüchterne Sonnenstrahlen bahnten sich den Weg durch den morgendlichen Dunst. Ein einsamer Fischkutter tuckerte in den winzigen Hafen von Las Canteras.

Laura trank einen ersten Kaffee, rief Mischa an und erzählte ihm von der leider erfolglosen Suche nach Ramona in Teror.

„Wir können momentan nichts anderes tun als warten. Ich gebe euch sofort Bescheid, wenn sich die Entführer wieder melden. Ruh dich heute mal aus, Kleines.“

Laura überlegte, ob sie zum Zentralmarkt in der Nähe der Einkaufsstraße Avenida José Mesa y López oder zum Mercado del Puerto gehen sollte. Da sie nur Fisch besorgen wollte, entschied sie sich für die kleine Markthalle im Hafen. Eine gute Entscheidung, wie sich herausstellte. Sie machte unzählige Fotos von dem im Art-nouveau-Stil errichteten Marktgebäude, auch das benachbarte Hospital San Juan, das sie an ein koloniales Herrenhaus in der Karibik erinnerte und einst eine Klinik für Schwindsüchtige gewesen war, erregte ihr Interesse. Laura war bewusst, dass sich kein Mensch, außer ihr selbst, die unzähligen Fotos jemals ansehen würde.

Die Fischer hatten vor allem Thunfisch und Sardinen eingeholt. Sie erstand ein halbes Kilo Sardinen, essfertige Garnelen und ein Glas Aioli. Danach kehrte sie über den Puerto de la Luz, einen der wichtigsten Häfen und größten Umschlagplätze des Südatlantiks, zurück zu ihrem Appartement.

„Wo warst du so lange?“, schnauzte Alfredo sie an, als sie eintrat. „Ich habe mehrmals versucht dich zu erreichen. Harry hat angerufen. Einer seiner Surferkollegen hat behauptet, dass in einer Höhlenwohnung im Barranco de Guayadeque eine deutsche Frau in Ramonas Alter gefangen gehalten wird.“

Sie brachen sofort auf. Die frischen Garnelen aßen sie während der Fahrt.

***

Der Verkehr kam auf der Avenida José Mesa y López, kurz vor der Plaza de España, ins Stocken. Laura hatte genügend Zeit, um das Denkmal auf der Plaza – eine Hommage an die auf dem Land arbeitenden Menschen, an Handwerk, Fischerei und kanarische Mütter, wie ihr Alfredo erklärte – zu bewundern.

Der inzwischen reparierte Opel schien wieder tadellos zu funktionieren. Laura war froh, dass Alfredo trotzdem langsam fuhr. In Agüimes bog er in den Barranco de Guayadeque ab.

Als sie sich der engen, steilen Schlucht näherten, erzählte er ihr von den Höhlenwohnungen, die sich hier im Lavagestein versteckten. „Einige sind bis heute bewohnt. Doch fast alles hier ist archäologische Zone. Vor Jahren sind in diesem Tal Begräbnisstätten voller Knochen und mumifizierter Leichen aus vorkolonialer Zeit entdeckt worden. Du müsstest mal zur Zeit der Mandelblüte, Anfang Februar, hierherkommen, dann sind die steilen Hänge übersät mit einem weiß-rosa Blütenteppich."

Beim Höhlenrestaurant *Tagoror* hielt er an und fragte die Besitzerin, ob sie von einer Deutschen gehört hätte, die seit Kurzem in einer der Höhlen hauste.

„Mona ist Österreicherin", warf Laura ein.

„Österreicherin oder Deutsche, das macht für die Leute hier keinen Unterschied." Er deutete auf einen Weg hinter dem Restaurant, der zum oberen Teil des Felsens führte. „Wir müssen da hinauf."

Laura eilte voran, blieb erst bei einer Kapelle auf der Bergkuppe stehen, breitete ihre Arme aus und rief: „Komm rauf, der Blick ist traumhaft."

Alfredo stand einige Meter unterhalb der Kapelle bei einer Höhle und unterhielt sich mit jemandem.

Laura ging zu ihm hin. Die kleine rothaarige Frau, mit der er sprach, sah Ramona ein bisschen ähnlich.

Als sie den Rückweg antraten, tippte sich Alfredo auf die Stirn und sagte halblaut: „Die ist ein bisschen verrückt, wohnt freiwillig mit zwei kanadischen Boys in dieser versifften Höhle."

„Ah, und deshalb ist sie in deinen Augen verrückt?"

„Wäre wahrscheinlich auch dein Traum?", konterte er.

Widerwillig musste Laura lachen.

„Harry jagt uns andauernd in die Wüste. Ist dir das auch schon aufgefallen? Ich glaube, ich sollte den Burschen mal genauer unter die Lupe nehmen."

„Er will uns nur helfen", verteidigte sie den Surfer halbherzig.

Auch sie traute dem Mitarbeiter ihres Vaters nicht mehr ganz über den Weg. Schließlich hatte er sie zweimal in die Irre geschickt. Laura dachte wieder an Astrids Bemerkung, dass Ramona scharf auf Harry gewesen war. Zwar konnte sie sich nicht vorstellen, dass er etwas mit Ramonas Entführung zu tun hatte, aber Alfredo schien anderer Meinung zu sein.

„Sunnyboys haben es oft faustdick hinter den Ohren. Frauen wie Ramona fallen reihenweise auf solche Typen rein", brummte er in seinen Dreitagebart.

„Frauen wie Ramona? Was soll denn das schon wieder heißen?", schimpfte Laura.

„Musst du immer jedes Wort auf die Waagschale legen?"

„Ja, muss ich!"

„Lass uns nicht streiten", gab er klein bei.

„Dein Verdacht gegen Harry ist vollkommen absurd! Kannst du dir ernsthaft vorstellen, dass er Mona entführt und ihr ein Ohrläppchen abgeschnitten hat?"

Er sagte nichts mehr, tänzelte vor ihr her zum Parkplatz.

„Würde es dich stören, wenn wir in Agüimes eine kurze Pause einlegten?", fragte er, als sie wieder in seinem Wagen saßen. „Ich habe mir gedacht, wenn wir schon mal hier sind, könnte ich auf einen Sprung bei meinem Sohn vorbeischauen."

„Selbstverständlich. Ich würde mich freuen, ihn kennenzulernen."

„Besser nicht. Meine Exfrau und ihre Mutter sind mit Vorsicht zu genießen. Ich will nur kurz mit ihm reden, obwohl er sowieso nicht auf mich hören wird."

„Du vermisst deine Familie?"

„Ich vermisse meinen Sohn, aber nicht seine Mutter."

Auf Alfredos Empfehlung hin besichtigte Laura das Kulturzentrum Casa de la Cultura in Agüimes und suchte einen Keramikkünstler auf, während Alfredo zu seinem Sohn ging.

Agüimes war einst ein bedeutender Bischofssitz und heute noch ein lebendiges, reiches Städtchen, stand in Lauras Reiseführer. Ihr kam die perfekt renovierte Altstadt mit dem Kopfsteinpflaster, den ockerfarbenen Häusern und den kuriosen Skulpturen ziemlich verschlafen vor. Nur in den beiden Lokalen am Marktplatz saßen einige Touristen, und in dem Park spielten Kinder unter blühenden Bäumen, während ihre Mütter auf den Steinbänken Tratsch und Klatsch austauschten.

Auf der Suche nach dem Keramikkünstler schlenderte Laura durch enge, stille Gassen. Neben einem Hauseingang hing ein Schild, auf dem *Atelier* stand. Sie klopfte an. Die Tür knirschte, als sie hineinging.

Ein kleiner Mann in ihrem Alter blickte sie überrascht an. Sie stammelte auf Spanisch, dass Alfredo Díaz sie schicke. Ein schüchternes Lächeln erschien auf seinem schmalen Gesicht. Er bat sie die steile Treppe hinauf in den ersten Stock.

Laura gefielen die geometrischen Muster auf seinen einfachen Tongefäßen. Sie erstand eine feinziselierte schwarze Obstschale für Mischas Wohnung und für sich zwei erdfarbene Schälchen mit figurativen Motiven, die den Zeichnungen der Ureinwohner nachempfunden waren. Der Künstler wurde gesprächiger, erklärte ihr die verschiedenen Techniken und bot ihr einen Kaffee an.

Bestens gelaunt kehrte sie nach dem Kaffee zum Parkplatz außerhalb der Altstadt zurück. Alfredo hatte seinen Wagen offen gelassen. Sie setzte sich hinein und besah sich ihre Einkäufe genauer.

Plötzlich vernahm sie laute Stimmen. Alfredo näherte sich dem Auto im Laufschritt. Eine schlampig gekleidete Frau mit zerrauften blondgefärbten Haaren rannte hinter ihm her.

Geistesgegenwärtig öffnete Laura die Tür auf der Fahrerseite. Er ließ sich auf seinen Sitz plumpsen und startete. Wollte starten, besser gesagt. Der Opel sprang nicht an.

Rasch schloss er mit dem Knopf seine Tür. Laura tat es ihm nach. Die aufgebrachte Frau trommelte mit den Fäusten an das Fenster auf der Fahrerseite. Alfredo war sehr blass im Gesicht.

Laura verstand nicht alles, was die Frau schrie. „Puta" verstand sie jedoch.

Sie musste lachen, hielt sich aber zurück, denn Alfredo wirkte entsetzlich wütend.

„Was für ein Alptraum!", stöhnte er.

Der Alptraum eines banalen Lebens, dachte Laura.

„Sag nichts, ich weiß, was du denkst. Familien sind die Hölle", schimpfte er, als sein Wagen endlich ansprang.

***

Keine Sonne, kein Licht und kein Tankwart. Selbstbedienung war angesagt. Eine Leuchtstoffröhre tauchte die Zapfsäulen in gespenstisches Licht. Nicht nur ich musste dringend aufs Klo. El Loco und Pedro pinkelten an die Hausmauer.

Dann zerrten sie mich aus dem Wagen. Während Pedro den Tank auffüllte, brachte Pablo mich zur Toilette, die sich hinter dem Gebäude befand.

Ein paar Meter entfernt erblickte ich ein Fernrohr. Ich vermutete, dass wir bei einem Mirador an der einsamen Westküste angelangt waren.

Pablo hielt vor der Klotür Wache. Wahrscheinlich war es meine letzte Chance zu fliehen. Ich musste es schaffen, durch das schmale Fenster über dem Spülkasten zu kriechen und Richtung Wald zu laufen. In der Finsternis würden sie mich, wenn ich Glück hatte, nicht finden.

Ich stieg auf den Klodeckel, um das Fenster zu erreichen. Plötzlich begann es zu krachen. Der Scheißkunststoffdeckel brach in mehrere Teile.

„Abre la puta puerta!", schrie Pablo.

Den Gefallen, die Tür zu öffnen, tat ich ihm natürlich nicht. Lange würde die dünne Spanplatte dem Trommeln seiner Fäuste aber nicht standhalten. Ich musste mich beeilen. Vor lauter Anstrengung geriet ich ins Schwitzen.

Die Hälfte meines Oberkörpers hing bereits aus dem Fenster, als Pablo die Tür eintrat, mich an den Beinen packte und herunterzerrte. Er versetzte mir einen Faustschlag. Ich taumelte, prallte mit dem Gesicht gegen die Wand. Meine Nase begann zu bluten. Ich schlug und trat wild um mich, fügte ihm mit meinen langen Fingernägeln ein paar Kratzer zu.

Er drehte mir die Arme auf den Rücken. Ich schrie auf vor Schmerz. Ohne weitere Gegenwehr ließ ich mich von ihm zurück zum Wagen schleifen.

41.

Alfredo hatte ein frisch aufgebackenes Baguette aus dem benachbarten 24-Hours-Shop besorgt, im Kühlschrank befanden sich noch Käse, Butter und Sardinen. Nach dem einfachen Frühstück schlug er vor, einen Ausflug nach Gáldar zu machen. Er wollte Laura die Ausgrabungsstätten, vor allem die Cueva Pintada, zeigen.

Da es keine neue Spur von Ramona gab, war sie einverstanden. Alles war besser, als herumzusitzen und auf Informationen zu warten.

Gáldar lag am Fuße des Pico de Gáldar, der von den Einheimischen der Kleine Teide genannt wurde. Die Kargheit der Landschaft erinnerte Laura an Gomeras wüste Schönheit.

Aus der Ferne sah die Stadt mit ihren lehmfarbenen kubischen Bauten unter hohen Palmen wie eine nordafrikanische Siedlung aus. Alfredo parkte frech im Halteverbot vor dem archäologischen Museum. Laura unterließ es, ihn zu kritisieren, obwohl sie sich schon ein Taxi für die Rückfahrt nehmen sah.

„Wow!“, stieß sie hervor, als sie hinter dem modernen Museumsgebäude die überdachte Ausgrabungsstätte entdeckte, in der sich, außer der bemalten Höhle, auch eine zum Teil rekonstruierte Siedlung der Ureinwohner befand. Dutzende Rundbauten vermittelten ihr einen guten Eindruck von der altkanarischen Wohnkultur. Richtig fasziniert war sie jedoch von der Cueva Pintada, die durch Glaswände geschützt war. Die farbigen geometrischen Wandmalereien inspirierten sie sogleich für eine neue Kollektion. Ihr schwebten in solchen Mustern gewebte Ponchos oder Umhängetücher vor.

Anschließend zeigte Alfredo ihr noch den größten Drachenbaum Gran Canarias im Innenhof des Rathauses. „Dieser Baum war den Altkanariern heilig. Sie haben geglaubt, dass in der dichten Krone und im hohlen Stamm wohlwollende Geister sitzen. Der farblose harzige Saft färbt sich beim Austreten blutrot. Das hat ihren Glauben an die magischen Kräfte dieses Baumes noch verstärkt. Mit dem Saft hat man früher die Toten mumifiziert. Er soll auch eine heilende Wirkung für die Lebenden haben.“

Für Totenkulte hatte sich Laura von jeher interessiert. Beinahe schuldbewusst, weil sie in den letzten Stunden kein einziges Mal an Ramona gedacht hatte, fragte sie Alfredo, ob sie auch noch die Hügelgräber im Valle de Agaete besuchen könnten.

„Gerne. Wir haben ja momentan sonst nichts zu tun“, sagte er.

Sein Wagen war nicht abgeschleppt worden, er hatte nicht einmal einen Strafzettel unter den Scheibenwischern.

Agaete ähnelte aus der Ferne ebenfalls einer nordafrikanischen Oase. Die Häuser waren allerdings weiß gestrichen und die Vegetation üppiger als rund um Gáldar. Von dem bezaubernden Städtchen aus fuhren sie einige Kilometer landeinwärts.

Der archäologische Park mit seinen siebenhundert Hügelgräbern übertraf Lauras Erwartungen. Holzstege führten kreuz und quer durch das tiefschwarze Erdreich, das von kräftigem frischem Grün umgeben war. „Was für ein toller farblicher Kontrast!“ Sie lief voran, wartete nicht auf Alfredo, der die Tickets an der Kassa löste.

Sie waren fast die einzigen Besucher in der eindrucksvollen Begräbnisstätte. Nur ein junger, finster aussehender Mann spazierte einige Meter vor ihnen durch die Anlage. Er schien sich nicht besonders für die Gräber zu interessieren, sondern mehr für sie. Irgendwann verlor Laura ihn aus den Augen.

Als sie bei einem offenen Grab, in dem ein Skelett lag, stehen blieb, sah sie sich nach Alfredo um. Statt ihm war der eigenartige Typ jetzt knapp hinter ihr.

„Alfredo, wo bleibst du?“, rief sie und schaute den jungen Mann herausfordernd an.

Als ein paar Sekunden später Alfredos Kopf hinter

dem nächsten Grabhügel auftauchte, war sie sehr erleichtert. Der junge Mann war inzwischen weitergegangen.

„Vielleicht bin ich paranoid, aber dieser Typ da vorne macht mich nervös. Er starrt mich dauernd so komisch an“, sagte Laura.

„Keine Angst, princesa!“ Alfredo zog einen Revolver aus seinem Hosenbund.

„Weg damit! Waffen jagen mir erst recht Angst ein.“

„Bleib hier, schieß ein paar Fotos von dem gruseligen Skelett. Ich komme gleich zurück“, sagte er.

Laura hörte nicht auf ihn. Zwar ließ sie ihn allein weitergehen, schlich ihm aber nach und beobachtete, versteckt hinter einem Hügelgrab, wie er den Burschen am Kragen seines Hemdes packte und ihn zur Rede stellte. Er ließ ihn bald wieder los. Der junge Mann entfernte sich schnell.

„Was hat er von mir gewollt?“, fragte Laura.

„Er hat aufgepasst, dass du kein Skelett klaust. Du bist ihm verdächtig vorgekommen.“

„Wie bitte?“

„Der Bursche ist ein Angestellter der Gedenkstätte, ein Wächter sozusagen. Die Touristen nehmen gerne Souvenirs von hier mit. Das Skelett, das wir gerade gesehen haben, ist erst vor Kurzem angeschafft worden. Es ist heuer schon das dritte.“ Alfredo grinste übers ganze Gesicht.

Peinlich berührt folgte sie ihm zum Parkplatz. Als er fragte, ob es okay für sie wäre, wenn sie auf einen Sprung in seiner Wohnung in San Cristóbal vorbeischauten, weil er dringend ein paar frische Sachen benötigte, nickte sie nur.

Während der Fahrt rief sie Mischa an. Sie schien ihn geweckt zu haben. Er klang verschlafen. Sie hatte wieder einmal darauf vergessen, dass er nachmittags gerne eine längere Siesta hielt, und legte, da er von Ramonas Entführern nichts gehört hatte, gleich wieder auf.

42.

Aus dem Fischerdorf San Cristóbal war in den letzten Jahren ein Vorort von Las Palmas geworden. Stille Gassen, bunte Häuschen, gemütliche Bars, die Laura an Havanna erinnerten. Außer Fischern und ihren Familien schienen sich einige Künstler hier niedergelassen zu haben. Die kleinen Häuser waren bestimmt billiger als die Wohnungen in der Hauptstadt, die sich wenige Kilometer entfernt befand.

Es war sehr windig in San Cristóbal. Der Atlantik warf sich mit voller Wucht gegen die Kaimauer. Am Horizont ragten die Hochhäuser von Las Palmas aus dem Dunst. Die Cafés und Fischrestaurants in den engen, sauberen Gassen sahen sehr einladend aus. Die Häuser der Fischer waren in kräftigen Farben gestrichen, angeblich in den gleichen Farben wie ihre Boote, damit die Männer ihre Häuser vom Meer aus erkennen konnten.

Alfredo hatte sich am Rande des Ortes bei einem Maler und Bildhauer eingemietet. Das schmale, lila gestrichene Haus mit den roten Fensterläden hatte früher bestimmt hübsch ausgesehen, mittlerweile hatten Wind, Wasser und Salz ihre Spuren hinterlassen. An vielen Stellen war die Farbe abgeblättert. Ein verrostetes Eisengitter umgab das Grundstück. Dahinter befand sich ein verwilderter Garten, in dem einige Skulpturen aus Holz und Stein verwitterten.

Alfredos Freund Manuel, ein etwa sechzigjähriger Mann mit einem dichten Schnurrbart und langem grauem Haar, das ihm fast bis auf die Schultern reichte, schien sich über ihren Besuch zu freuen. Er bat sie gleich in sein Haus.

Ein großer Raum diente ihm offensichtlich als Atelier. Er war vollgeräumt mit Bildern, losen Rahmen, Gipsmodellen, Werkzeug, Drähten, Kabeln, Farbtöpfen, Pinseln und anderen Malutensilien. In der Mitte stand ein schwerer Holztisch umgeben von verschiedenen Sesseln und Stühlen. Eine vergammelte Couch und eine Art-déco-Stehlampe ergänzten das sparsame Interieur.

Im Atelier herrschte eine drückende Hitze. Ein Ventilator an der Decke sorgte nur für geringe Erleichterung. „Oben wohne ich. Es gibt zwei Schlafzimmer, aber Manuel schläft meistens unten auf der Couch." Alfredo deutete auf die Wendeltreppe in der Ecke.

Manuel stellte Brot, Salz und eine Flasche Olivenöl auf den Tisch und begab sich in die Küche. Nach einer Weile brachte er eingelegte Sardinen, ein Schälchen mit Oliven und eine Flasche Rotwein. Alfredo sprang auf, holte drei Gläser, einen Flaschenöffner und eine Karaffe mit Wasser. Laura blieb sitzen, genoss es, von zwei Männern bedient zu werden.

Erinnerungen an ihre Mutter tauchten auf. Adriana war freischaffende Grafikerin gewesen. Ihr Atelier hatte aus einer riesigen Tischplatte auf zwei Schragen im Erker des Wohnzimmers bestanden. Wenn sie einen größeren Auftrag hereinbekommen hatte, war auch der Esstisch mit ihren Entwürfen und ihrem Zeichenmaterial vollgeräumt gewesen. Sie hatten dann oft tagelang in der nicht sehr geräumigen Küche essen müssen.

Nach dem Essen wollte Laura ein bisschen frische Luft schnappen. Die starken Gerüche in der Werkstatt raubten ihr den Atem.

Sie setzte sich mit ihrem Weinglas auf die Treppe hinter dem Haus und genoss den Blick auf das aufgewühlte Meer. Das Wasser donnerte gegen die Kaimauer und spritzte an die Fassaden der Nachbarhäuser, die direkt am Ufer standen. Manuels Haus war ein paar Meter zurückversetzt und durch einen vorgelagerten länglichen Felsen im Wasser zusätzlich geschützt.

Alfredo gesellte sich zu ihr. Seine bewundernden Blicke waren ihr unangenehm. „Dein Haar und deine Haut glänzen wie Gold", sagte er leise.

„Vor allem mein Sonnenbrand."

„Ist nicht so schlimm. Morgen wirst du schön braun sein." Behutsam strich er mit seinen Würstelfingern über ihre nackte Schulter.

Seine Berührung machte sie verlegen. Sie begann über das karge Leben der Leute hier zu sprechen.

„Man kann auch von Fisch und Wasser leben", scherzte Alfredo. „Aber du hast recht, es gibt jede Menge Probleme. Die Regionalregierung hat ein neues Gesetz erlassen. Seit Neuestem darf erst ab zehn Meter vom Meer entfernt gebaut werden. Ein Fischerdorf hat deshalb einen Abbruchbescheid bekommen. Die Leute haben mit vollem Körpereinsatz protestiert, haben sich an ihre Häuser gekettet, geschrien und geweint. Sie hatten keine Chance gegen die Bagger, die korrupten Politiker und die Baumafia. Als ein zweites Fischerdorf niedergerissen werden sollte, sind die Prozesse angeschwollen. Dein Vater hat in seiner Zeitung vehement Partei für die Fischer ergriffen und korrupte Machenschaften in der Regionalregierung aufgedeckt. Danach hat er Anrufe von Politikersekretären, die man durchaus als Drohanrufe einstufen konnte, bekommen. Aber ich glaube nicht, dass einer dieser Leute seine Frau entführt hat. So weit gehen diese Arschlöcher doch nicht."

Manuel leistete ihnen mit einer halbvollen Flasche Ron Arehucas Carta Oro und drei Stühlen unter den Armen Gesellschaft. Sie setzten sich nahe ans Wasser.

Als er Laura von dem angeschwemmten Strandgut erzählte, aus dem er seine Plastiken formte, vergaß sie wieder auf Ramona und Mischa und prostete ihrem sympathischen Gastgeber zu.

Die warme Nachtluft streichelte ihre sonnenverbrannte Haut. Das Meer machte sich lautstark bemerkbar. Die Flut kam. Man verstand fast sein eigenes Wort nicht mehr. Als ihre Füße nass wurden, rückten sie mit den wackeligen Stühlchen näher an die Hausmauer heran. Laura fröstelte, trotz des Rums, der angeblich ja innerlich wärmte.

Manuel ging in sein Atelier, um eine Decke für sie zu holen. Alfredo wollte ein Feuer im Sand machen.

„Bitte nicht!" Ihre Stimme klang schrill. „Ich habe schreckliche Angst vor Feuer."

Sie wunderte sich über sich selbst, als sie Alfredo von dem Unfall, bei dem ihr Mann im Feuer ums Leben gekommen war, und von dem Brand auf Samos erzählte, der sie beinahe ihr Leben gekostet hätte.

„Es ist eine unkontrollierbare, tiefsitzende Angst. Ich kann nichts dagegen tun", endete sie.

Manuel kam mit einer Decke und einer vollen Flasche Rum zurück und unterhielt sich nun mit Alfredo. Laura bemühte sich nicht, ihrem Gespräch zu folgen. Nicht zum ersten Mal dachte sie, dass sie lieber in einem Land leben würde, in dem sie die Sprache nicht verstand.

„Manuel glaubt, dass wir Menschen nicht mehr als Liebe und Arbeit brauchen, um ein gutes Leben führen zu können. Hat er nicht recht?“, fragte Alfredo sie plötzlich.

Sie nickte, sagte nichts. Eine gewisse Trägheit, gepaart mit Müdigkeit und Alkohol, hatte sich in ihr breitgemacht.

Da ihr Beschützer betrunken war, als sie gegen Mitternacht aufbrachen, fuhr sie, obwohl auch nicht mehr ganz nüchtern, zurück nach Las Palmas. Zu dieser späten Stunde war nicht viel Verkehr. Ein schmaler Streifen Mondlicht drang durch die Wolken, als sie sich Las Canteras näherten.

Es war Zeit, ihrem Körper ein paar Stunden Schlaf zu gönnen. Doch sie konnte nicht einschlafen, setzte sich hinaus auf die Terrasse und schaute aufs Meer und den sternenklaren Himmel. Das blassgelbe Licht der Straßenlampen spiegelte sich im Wasser, färbte es türkisgrün. Die Steine am Meeresgrund waren selbst von hier oben deutlich sichtbar. Die Palmen am Beginn der Calle Luis Morote, die vom Strand zur Plaza Catalina führte, tanzten im Wind.

Alfredos lautes Schnarchen drang bis zu ihr herauf. Er hatte seine Terrassentür offen gelassen. Merkwürdigerweise fand sie das Geräusch entspannend. Sie schlief auf der Campingliege ein.

Eine Wasserleiche, die an der Playa Chica angeschwemmt wurde, nahm plötzlich Alfredos Züge an. Sein enormer Bauch ragte aus dem Wasser. Er hob seinen Kopf und starrte sie aus leeren Augenhöhlen an.

Laura schrie auf im Schlaf und wurde davon wach. Neben ihrer Liege stand Alfredo, nur mit Bermudashorts bekleidet. Sein Bierbauch hing über den Hosenbund. Er beugte sich zu ihr herab, hob sie hoch und brachte sie in ihr Bett. Sie leistete keinen Widerstand. Behutsam zog er ihr die Schuhe aus und verließ dann auf Zehenspitzen den Raum.

Bildete sie sich nur ein, ein leises „Schlaf gut, princesa“ zu vernehmen?

***

Nach Sonnenuntergang war auf dieser gefährlichen Strecke wenig Verkehr. Pedro fuhr trotzdem viel zu schnell. Mir war alles egal. Sollten sie doch mit mir machen, was sie wollten.

El Loco saß neben mir. Nach einer Weile berührte er meine Hand. Ich wagte nicht, sie ihm zu entziehen. Den Rest der Fahrt verbrachte ich in einer Art Lethargie.

Der SUV holperte über Stock und Stein. Es rüttelte mich heftig durch und meine Nase begann erneut zu bluten. Ich ließ das Blut auf den Rücksitz tropfen.

Pablo war nach wie vor stinkwütend. Er fluchte während der ganzen Fahrt vor sich hin, beschimpfte alle anderen Autofahrer als Nigger und Zigeuner und trommelte dabei mit seinen Fäusten aufs Armaturenbrett. Hin und wieder drehte er sich nach mir um und starrte mich hasserfüllt an.

Mir schwante Übles, als Pedro bei einer kläglichen Holzhütte, besser gesagt, einem Stall mitten im Wald anhielt.

Während er den Balken vor der Tür entfernte, zerrte Pablo mich aus dem Wagen und stieß mich in die Hütte. Plötzlich blendete mich das grelle Licht einer Taschenlampe. El Loco richtete den Strahl genau auf mein Gesicht. Pedro drückte mir eine Ausgabe von „Canarias7“ in die Hand. Und Pablo machte mit dem Handy ein Foto von mir mit der Zeitung.

Obwohl ich krank war vor Angst, fasste ich ein bisschen Hoffnung. Sie würden also noch einmal versuchen, Mischa zum Zahlen zu bringen. Zwar würde ich auf dem Bild schwer zu erkennen sein mit meinem violetten Auge, der blutverklebten Nase und dem struppigen Haar, aber mein erbärmlicher Anblick würde vielleicht Mischas Mitleid erwecken.

El Loco brachte zwei Kübel, eine Kiste mit Lebensmitteln und eine Decke und verriegelte die Tür von außen mit dem Balken. Als das Motorengeräusch schließlich in der Ferne verklang, sah ich mich in meinem neuen Gefängnis um.

Der stinkende Schafstall hatte höchstens acht Quadratmeter. Es gab kein Fenster. Die Wände bestanden aus Holzlatten.

Unheimliche Stille. Kein Blöken von Schafen, kein Vogelgezwitscher, kein Meeresrauschen.

Ich hatte weder Hunger noch Durst, fühlte mich nur schläfrig. Bestimmt hatten sie dem Mineralwasser wieder eine Pille beigegeben.

43.

Don Juan María de Alvarez weckte Laura um zehn Uhr vormittags. Sie war hocherfreut und sehr erleichtert über seinen Anruf. Er teilte ihr mit, dass er sich auf der Fähre nach Gran Canaria befand und im Auftrag von Mischa in Maspalomas etwas zu erledigen hatte, sich aber gerne abends mit ihr in Las Palmas treffen würde.

Ohne lange nachzudenken, sagte sie zu. Sie verabredeten sich im Gabinete Literario am Rande der Altstadt.

„Geht es um die Übergabe des Lösegeldes?“, flüsterte Laura, obwohl sie allein in ihrem Zimmer war.

„Nicht am Telefon. Ich erzähle dir alles am Abend!" Er legte auf.

Sie war froh, dass er kein Wort über Garachico verloren hatte. Entweder hatte er nicht mitbekommen, dass sie und Raoul ihn verfolgt hatten, oder er wollte sie nicht in Verlegenheit bringen. Letzteres erschien ihr wahrscheinlicher. Don Juan María war nun einmal ein Gentleman.

Trotzdem war ihr nicht ganz wohl bei dem Gedanken, den heutigen Abend in seiner Gesellschaft zu verbringen. Andererseits, was sollte schon passieren? Falls er ihr doch Vorwürfe machen würde, konnte sie sich ja bei ihm entschuldigen.

Alfredo hatte inzwischen ein Treffen mit Elvira ausgemacht und wirkte nicht gerade erfreut, als Laura ihm von dem Telefonat berichtete. „Ich kann diesen arroganten Hidalgo nicht ausstehen. Er ist ein falscher Hund."

Laura machte sich nicht die Mühe, Don Juan María zu verteidigen. Gewöhnt an Alfredos schlechte Laune am Morgen, ignorierte sie seine Worte.

Nach einem starken Kaffee spazierten sie gemeinsam die Calle Luis Morote entlang zur Plaza Catalina.

Elvira Hernández-Flores wohnte in einem Appartementhochhaus am Catalina-Park. Sie bat Laura hinaufzukommen, da sie noch nicht fertig war. Alfredo wollte in einem Café an der Plaza auf die Damen warten.

Von Elviras Wohnung im achten Stock hatte man einen grandiosen Rundumblick vom Hafen bis zum Strand von Las Canteras. Laura hatte das Gefühl, dass Elvira sie mit ihrer Wohnung beeindrucken wollte. Sie tat ihr den Gefallen, äußerte sich lobend über die moderne Einrichtung, die so gar nicht ihrem eigenen

Geschmack entsprach, und bedankte sich auch für die Konzertkarten.

Elvira winkte unwirsch ab. „Danken Sie Ihrem Vater. Er hat mich beauftragt, die Karten zu besorgen. Außerdem hat er mich gebeten, Ihnen heute die Stadt zu zeigen.“ Sie klang nicht sehr begeistert.

In dem winzigen Lift hatten sie kaum zu zweit Platz. Elvira schien Lauras Nähe unangenehm zu sein. Sie drückte sich an die hintere Wand und schaute konsequent zu Boden.

***

Alfredo, der brav im Café auf sie gewartet hatte, wurde von Elvira mit einem herablassenden Nicken begrüßt. Sie wollte nicht einmal an seinem Tisch Platz nehmen. Er dachte nicht daran, die Damen allein losziehen zu lassen, bestellte ihnen zwei Espressi und ging seinen Wagen holen.

Im Catalina-Park herrschte reges Treiben. Die vielen Cafés waren voll. In den Läden deckten sich Touristen mit Souvenirs, Zigaretten und Hochprozentigem ein. Der Park war umgeben von modernen Hochhäusern, zwischen denen sich kleine, buntgestrichene Häuser mit altkanarischem Flair versteckten. Laura genoss die lebendige, beinahe kosmopolitische Atmosphäre.

Elvira benahm sich weiterhin eher reserviert, erwähnte kurz, dass dieser Park jeden Februar Schauplatz des berühmten Karnevals sei. Kaum saßen sie in Alfredos Wagen, entpuppte sie sich jedoch als routinierte Fremdenführerin.

„Die ganze Inselgruppe hat 2,15 Millionen Einwohner. Davon lebt eine halbe Million in den beiden Großstädten Las Palmas und Santa Cruz. Dazu kommen üblicherweise jeden Monat 1,3 Millionen Touristen. Die Kanarische Dattelpalme und der Kanarengirlitz, ein Vorfahre der gelb gezüchteten Kanarienvögel, sind die beiden Symbole unserer Inseln.“

Laura hörte ihr aufmerksam zu, während Alfredo ständig über die Vollidioten, die nicht Autofahren konnten, schimpfte.

„Die Kanarischen Inseln sind richtige Multikultiinseln“, fuhr Elvira fort. „Vor allem Las Palmas ist eine weltoffene, hochmoderne Stadt, geprägt durch Immigranten aus verschiedenen Ländern und Erdteilen. In den Straßen werden Sie Portugiesisch, Schwedisch, Koreanisch, Chinesisch, Indisch, Arabisch und diverse afrikanische Sprachen hören. Am stärksten geprägt haben diese Stadt, außer den Spaniern, die Briten, die zu Beginn des zwanzigsten Jahrhunderts hier eine eigene Kolonie in der Gartenstadt gegründet haben.“ Sie deutete auf die von prächtigen Gärten umgebenen Villen, an denen sie gerade vorbeifuhren, und bat Alfredo einen Parkplatz zu suchen.

„Hier ist überall Parkverbot“, murrte er.

„Sind Sie blind? Da vorne ist ein öffentlicher Parkplatz.“

Als sie durch den Doramas-Park, vorbei an einem See mit japanischen Karpfen und einem kleinen Amphitheater, spazierten, wies Elvira sie auf die exotischen Flammenbäume hin. „Der Flamboyant stammt ursprünglich aus Madagaskar, gedeiht aber auch bei uns vortrefflich.“

Alfredo wirkte gelangweilt. Missmutig stapfte er ein paar Meter hinter ihnen her durch den hübschen Park.

Elvira taute zusehends auf, als sie Lauras Interesse an dem Pueblo Canario, einem Freiluftmuseum, in dem ein Altkanarendorf nachgebaut worden war, bemerkte. „Die Altkanarier hatten keinen Kontakt zueinander, sie haben auf ihren Inseln völlig für sich gelebt", sagte sie.

„Papas Haushälterin Teresita stammt von den Altkanariern ab", warf Laura ein.

„Das behaupten viele", sagte Elvira.

Hinter dem Pueblo Canario versteckte sich das mondäne *Hotel Santa Catalina.*

„Es wurde ganz aus Holz und nach Plänen des irischen Architekten James MacLaren errichtet. Very british! Hier sind einst nicht nur Majestäten und Politiker wie Winston Churchill abgestiegen, sondern auch Sänger und Filmstars, wie zum Beispiel Maria Callas und Gregory Peck."

„Gregory Peck war der Lieblingsschauspieler meiner Mutter, sie hat richtiggehend von ihm geschwärmt", sagte Laura. „Mein Vater war immer ein bisschen eifersüchtig auf diesen schönen Mann."

Mit Genugtuung registrierte sie, dass Elvira zusammenzuckte. Sie legte ein Schäuflein nach. „Komisch, dass Mama einen blonden Gigolo wie meinen Vater geheiratet hat."

Alfredos breites Grinsen übersah sie geflissentlich.

„Die Bronzestatue vor dem Hotel erinnert an die Eroberung der Kanaren", wechselte Elvira das Thema. „Sie symbolisiert den Mut und Stolz der Ureinwohner, die sich über die Klippen bei Ansite gestürzt haben, um der Unterwerfung durch die Konquistadoren zu entgehen. Sie haben ‚Atis Tirma!' gerufen, was so viel heißt wie: ‚Lieber tot, als kein Kanare mehr zu sein!'"

Sobald sie wieder im Auto saßen, wurde auch Alfredo gesprächiger. „Da vorne, gegenüber dem früheren *Hotel Metropol*, wo einst Agatha Christie, die Queen of Crime, abgestiegen ist, liegt der Strand Alcaravaneras. Dieser einen Kilometer lange helle Sandstrand zwischen dem Yachthafen und dem Real Club Náutico, dem prestigeträchtigsten Segelclub der Kanarischen Inseln, ist heute noch ein Treffpunkt für Reich und Schön."

Elvira enthielt sich jeden Kommentars, empfahl allerdings einen Besuch des botanischen Gartens in der Nähe des Villenvorortes Tafira Alta. „Ich selbst muss dringend in die Redaktion, aber Herr Díaz wird Ihnen den Jardín Botánico im Südwesten der Stadt sicher gerne zeigen."

Touché, dachte Laura. Elvira konnte Alfredo offensichtlich nicht ausstehen. Sicher war ihr nicht entgangen, dass er sich nicht besonders für die Flora und Fauna der Inseln interessierte.

Doch Alfredo dachte nicht im Traum daran, sich mit Laura weiter in Parks herumzutreiben. Nachdem er Elvira zur Redaktion gebracht hatte, drängte er darauf, heimzukehren.

„Ich brauche einen Drink", murmelte er.

„Den können wir uns ja unterwegs irgendwo genehmigen."

„Nein, ich will mich auch ein Stündchen hinlegen."

„Der Spaziergang war dir wohl zu anstrengend."

„Du sagst es."

„Okay, fahren wir zurück." Lauras Bedarf an Gärten war für heute ebenfalls gedeckt. Sie interessierte sich viel mehr für Elvira und begann Alfredo noch einmal über diese Dame auszufragen. „Sie ist geschieden, sagtest du letztens. Aber sie trägt weiterhin einen Doppelnamen."

„In Spanien haben wir alle doppelte Familiennamen. Ich heiße zum Beispiel Díaz y Sánchez. Mein Vater hieß Díaz, meine Mutter Sánchez. Falls Elvira deinen Vater rumkriegen sollte, würde sie sich aber wahrscheinlich Hernández-Mars nennen." Er lachte zu laut über seinen eigenen Witz.

„Elvira hat es also tatsächlich auf meinen Vater abgesehen? Tja, ich nehme an, Bigamie ist auch auf den Kanarischen Inseln verboten."

„Sie ist eine sehr gebildete Frau", sagte Alfredo mit ernster Miene. „Ehrlich gesagt, schüchtert sie mich ein bisschen ein."

„Echt? Du hast Schiss vor ihr?", kicherte Laura.

„Nein, aber sie imponiert mir. Obwohl ich finde, dass sie unter dem typischen Minderwertigkeitskomplex vieler intelligenter Bewohner ärmerer Länder leidet. Ist dir aufgefallen, wie sie andauernd betont hat, wie wundervoll ihre Insel, ihre Stadt ist? Sie hat nur in Superlativen gesprochen. Dieser Nationalstolz – oder nennt man das Patriotismus? – ist mir fremd. Ich sehe sehr wohl all die Probleme auf den Inseln und die Rückständigkeit großer Teile unserer Bevölkerung."

Verwundert hörte Laura ihm zu. Sie hätte ihm so eine kritische Haltung gegenüber seinem Land und seinen Landsleuten nicht zugetraut. Auch sie hatte sich auf ihren Auslandsreisen manchmal über den Patriotismus und Stolz der Einheimischen auf ihre Herkunft, ihre Geschichte gewundert. Sie selbst war nie stolz darauf gewesen, Österreicherin zu sein. Im Gegenteil, sie kritisierte nicht nur die meisten Regierungen ihres Landes, sondern auch die Autoritätshörigkeit und Dummheit vieler ihrer Landsleute, und vor allem schämte sie sich für die nationalsozialistische Vergangenheit. In ihrem Freundeskreis dachten alle ähnlich. Nationalstolz schrieb man in ihren Kreisen den primitiven Rechten zu. Doch in anderen Ländern schienen auch intelligente Menschen nicht frei davon zu sein.

Als sie in ihr Appartement kamen, hatte Alfredo es nicht mehr so eilig, sich hinzulegen.

„Ich mache uns mein Spezialomelette und einen Salat. Du kannst dich einstweilen ausruhen. Wir treffen uns in einer halben Stunde auf deiner Terrasse."

Oh, là, là, nun entpuppte sich ihr Bodyguard sogar noch als Koch.

Harry rief an und fragte, ob sie morgen wieder surfen gehen möchte. Laura zögerte, sagte schließlich zu, da sie ihn unter vier Augen fragen wollte, warum er sie zweimal falsche Fährten verfolgen hatte lassen.

Nach dem einfachen Essen, das ihr überraschenderweise gut schmeckte – Alfredo hatte das Omelette mit Pilzen, Käse und diversen Kräutern gefüllt –, tranken sie Kaffee mit einem Schuss Rum. Danach war es zu spät für eine Siesta.

44.

Alfredo bestand darauf, Laura zum Gabinete Literario zu begleiten, obwohl sie ihn bei dem Treffen mit Don Juan María nicht dabeihaben wollte.

„Hör endlich auf, meine Gouvernante zu spielen!"

„Nichts würde ich lieber machen als das. Aber es ist nun einmal mein Job, auf dich aufzupassen."

Sie fuhren mit seinem Wagen nach Triana. Er parkte den Opel in der Nähe eines eindrucksvollen neoklassizistischen Gebäudes, das die Inselbibliothek beherbergte. Schräg gegenüber befand sich ein Kino.

„Auf dem Dach gibt es eine Bar. Hier sollten wir mal abends herkommen. Die Aussicht auf die beleuchtete Stadt ist fantastisch. Ein sehr romantisches Plätzchen!" Alfredos Blicke waren nicht misszuverstehen.

Da sie über zwei Stunden Zeit bis zu ihrer Verabredung hatte, bummelte sie mit ihm durch die Altstadt. Er schien ebenso gut über die Stadt Bescheid zu wissen wie Elvira. Allerdings waren seine Ausführungen persönlicher und auch kritischer als ihre.

„Gran Canaria ist circa 1480 von den Spaniern erobert worden, kurz bevor Christoph Kolumbus das heutige Amerika entdeckt hat. Man verehrt diesen ehrgeizigen Genuesen hier bis heute, wie du siehst." Er deutete auf das Kolumbushaus, einen glanzvoll renovierten Palacio. „Möchtest du das Museum besuchen?"

„Nein. Mit ihm hat die Vernichtung der Native Americans ihren Anfang genommen. Ist er nicht unter spanisch-kastilischer Flagge gesegelt, im Auftrag dieser erzkatholischen Mutter der Inquisition, der herzlosen Königin Isabella I.?"

„Du sagst es!" Alfredo lächelte sie liebevoll an. „Kolumbus hat den Grundstein für das spätere spanische Kolonialreich gelegt. Mit der Entdeckung Amerikas hat der Kolonialismus, die jahrhundertelange Geschichte der brutalen Unterdrückung und Ausbeutung, begonnen. Ewig schade, dass die Indigenen auf der Bahamasinsel, wo Kolumbus damals an Land ging, so friedfertig waren. Hätten sie ihn und seine Gefährten doch bloß mit ein paar giftigen Pfeilen, anstatt mit Gold und gezähmten Papageien, empfangen."

„Hätte nicht viel genützt, dann hätte halt Hernán Cortés, der ein paar Jahre später Mexiko erobert und das Reich der Azteken vernichtet hat, den amerikanischen Kontinent entdeckt. Ihr seid ein ganz schön grausames Volk."

„Das musst du als Österreicherin gerade sagen, denk an den Mann aus Braunau." Sein Lächeln entschärfte seine Worte. „Aber du hast recht, vierhundertfünfzig Jahre Inquisition prägen ein Volk. Hier kommt der nächste Brutalo." Er deutete auf die Statue des spanischen Hauptmanns Juan Rejón, der als Gründer der Stadt galt.

Die Kathedrale Santa Ana – das Herz und die Seele von Las Palmas – war geschlossen. Laura fotografierte die eleganten Hundestatuen gegenüber dem Kirchenportal, die die Plaza Santa Ana seit über hundert Jahren bewachten.

Die engen Gassen, die von der Kathedrale aus zum Meer führten, waren mit Kopfstein gepflastert und auffallend sauber. Die ganze Altstadt sah aus wie ein Freilichtmuseum. Alfredo zeigte ihr die typisch kanarischen Innenhöfe mit den originellen Brunnen in der Calle de los Reyes, der Königstraße. Laura machte unzählige Fotos von den altehrwürdigen Gebäuden mit den Holzbalkonen und den Wänden mit einem Belag aus Kieselsteinen. Zuletzt brachte er sie zum Haus des Gouverneurs, wo der berühmteste Sohn dieser Stadt, der begnadete Opernsänger Alfredo Kraus, aufgewachsen war.

Kurz vor Sonnenuntergang schlenderten sie hinüber zur Plaza de Cairasco. Die Straßenbeleuchtung ging gerade an. Palmen, Araukarien und zahlreiche Birkenfeigen mit Töpfchenschnitt glänzten verführerisch in dem weichen Licht.

Schräg gegenüber vom Gabinete Literario, wo sie mit Don Juan María verabredet war, befand sich das *Hotel Madrid*. Da Laura noch eine halbe Stunde Zeit bis zu ihrem Rendezvous blieb, trank sie im Gastgarten des Hotels einen Kaffee mit Alfredo, der dort ein Cochino negro canario, das berühmte schwarze Schweinefleisch, essen wollte, während sie sich mit dem Anwalt traf.

„Geh mal hinein. Ich glaube, drinnen hängt bis heute ein Foto von El Caudillo. Generalissimo Franco ist einst hier abgestiegen, als er die Invasion Spaniens vorbereitet hat. Begonnen hatte alles in Teneriffa. Dort huldigen ihm so manche übrigens bis heute ...“

„Im Ernst?“ Angewidert verzog Laura das Gesicht.

„Franco ist 1936 zum Militärkommandeur auf den Kanarischen Inseln und in Spanisch-Marokko ernannt worden und hat von Gran Canaria aus nach Marokko übergesetzt, wo er den Oberbefehl über die Truppen übernommen hat. Mit Unterstützung des faschistischen Italien und des nationalsozialistischen Deutschen Reiches hat er dann im Juli 1936 einen Staatsstreich gegen die demokratisch gewählte republikanische Regierung Spaniens durchgeführt. Dieser Militärputsch hat den Bürgerkrieg ausgelöst.“

„So genau habe ich das nicht gewusst, obwohl ich *Wem die Stunde schlägt* gelesen habe.“

„Tja, vielleicht müssen wir Hemingway dankbar sein. Jedenfalls hat er mit seinem Roman und der Verfilmung des Buches all den Terror und die Gräueltaten der spanischen Faschisten einer größeren Öffentlichkeit bewusst gemacht.“

Während sich Laura fragte, ob er diesen Satz ernst gemeint hatte, fuhr er fort: „Der Bürgerkrieg war ein weiteres unrühmliches Kapitel der katholischen Kirche Spaniens, die Franco unterstützt hat.“

„Ich weiß“, warf sie leise ein.

„Nach der Niederlage der demokratischen Kräfte ist Spanien eine Diktatur geworden. Franco hat das Land bis 1973 regiert, also neununddreißig Jahre lang. Hunderttausende politische Gegner sind exekutiert und mehr als fünfzehntausend Spanier in Konzentrationslagern gefangen gehalten, gefoltert oder ermordet worden.“

Laura war die Lust auf einen romantischen Abend mit Don Juan María gründlich vergangen. Schweren Herzens ließ sie den trübsinnig in sein Bierglas starrenden Alfredo allein im Café des Hotels sitzen.

Das Gabinete Literario, das Literarische Kabinett, war früher die Residenz des Dichters Cairasco gewesen. Heute fanden dort Kunstausstellungen und künstlerische Workshops statt. Das Restaurant galt als Geheimtipp für Gourmets und solche, die sich dafür hielten. Sie nahm draußen unter den Arkaden Platz.

Während sie die Speisekarte studierte, fühlte sie sich beobachtet. Kein Wunder. Alfredo hatte im *Café Madrid* einen Tisch gewählt, von dem aus er sie im Auge behalten konnte.

Nachdem sie eine Weile gewartet hatte, bestellte sie einen Salat und ein Glas Weißwein. Sie aß nur die Avocados und Shrimps, an den grob geschnittenen Karotten und Gurken knabberte sie lustlos herum.

Als Don Juan María nach einer halben Stunde noch immer nicht aufgekreuzt war, rief sie ihn an. Er hob nicht ab. Nach einer weiteren Viertelstunde rief sie ihren Vater an.

Mischa regte sich fürchterlich auf, meinte, Don Alvarez wäre normalerweise äußerst zuverlässig und eher überpünktlich. Da auch er nichts von ihm gehört hatte, befürchtete er, dass die Lösegeldübergabe wieder schiefgelaufen war und Don Juan María sich in ernsthaften Schwierigkeiten befand.

Laura wartete eine weitere Viertelstunde, bestellte aber nichts mehr, sondern verlangte die Rechnung. Bevor sie das Restaurant verließ, ging sie auf die Toilette. Als sie sich nachher die Hände waschen wollte, erblickte sie auf dem Waschbecken einen zusammengefalteten Zettel, auf dem „Laura" stand. Sie faltete ihn auseinander, verstand nicht jedes Wort, vermutete aber, dass es sich um eine Art Drohbrief handelte.

Erschrocken sah sie sich um. Sie hatte niemanden gehört, als sie am Klo war. Aber es musste jemand auf der Damentoilette gewesen sein. War diese Person vielleicht noch da? Die Tür der zweiten Toilette war zu. Sie stürzte hinaus in das feudale Foyer. Keine Menschenseele weit und breit.

Rasch lief sie hinüber ins *Hotel Madrid* und zeigte Alfredo wortlos den Zettel.

„Hör auf herumzuschnüffeln, wenn dir dein Leben lieb ist", übersetzte er ihr den spanischen Text.

„Hast du gesehen, ob mir jemand von draußen aufs Klo gefolgt ist?"

Er schüttelte den Kopf.

„Drinnen ist niemand gesessen?"

„Nein, die wenigen Tische waren leer."

„Dann muss es einer der Kellner gewesen sein. Soll ich mir die Burschen mal vorknöpfen?"

„Nein, bitte nicht, lass uns lieber von hier verschwinden."

„Den behalte ich", sagte Alfredo und steckte den Zettel in seine Hosentasche.

Sie runzelte die Stirn.

„Ich werde mich darum kümmern, keine Angst, princesa!"

„Aber ich kriege schön langsam Angst, zuerst dieses SMS und der Drohanruf und jetzt noch das ..."

„Welcher Drohanruf?"

„In Teneriffa hat mich mitten in der Nacht jemand angerufen und ziemlich wüst beschimpft."

„Warum hast du mir nichts davon erzählt?"

„Inzwischen ist so viel passiert, ich habe nicht

mehr daran gedacht. Erst als ich diesen Zettel gefunden habe, ist mir der Anruf wieder eingefallen.“

Während sie nach draußen gingen, sah er die Plakate an der Mauer. *Aktionstag – alle Drinks zum halben Preis.* „Was hältst du davon, mal für ein Stündchen auf die ganze Scheiße zu vergessen? Außerdem habe ich großen Durst. Mein Kotelett war versalzen. Lass uns später weiterreden, okay?“

„Ein paar Drinks und die Welt ist wieder in Ordnung?“, spöttelte sie.

„Gib dir einen Ruck.“

„Na gut, von mir aus“, antwortete Laura, die zugeben musste, dass sie sich selbst nach ein wenig Ablenkung in Form eines prickelnden Getränks sehnte.

Während sie durch die Bars der Altstadt zogen, rief Mischa sowohl auf ihrem als auch auf Alfredos Handy an. Laura drückte ihn weg und verbot auch Alfredo abzuheben.

„Ich will jetzt nicht mit ihm reden, muss mir erst überlegen, ob ich ihm überhaupt von dem Drohbrief erzählen soll. Er hat momentan genügend andere Probleme. Schreib ihm ein SMS, dass mit mir alles okay ist und ich mich morgen bei ihm melden werde“, bat sie Alfredo.

Laura konnte sich nicht erklären, warum Don Juan María nicht gekommen war, ja nicht einmal angerufen hatte. Mischas Angst, dass dem Anwalt etwas passiert sein könnte, war ansteckend. Immer wieder fing sie davon an.

Doch der Detektiv war nicht der geeignete Ansprechpartner für ihre Sorge um den Hidalgo. Er insistierte darauf, abzuschalten, und animierte sie zum Trinken, sobald sie auf Don Juan María zu sprechen kam. Nach ein paar Gläsern Tinto de Verano, einem seltsamen

Gemisch aus Rotwein und Zitronenlimonade, vergaß sie auf den Anwalt und begann mit Alfredo zu flirten.

Er schien nur darauf gewartet zu haben, legte ihr seinen Arm um die Schultern und küsste sie stürmisch.

„He, du Küsserkönig", kicherte Laura, als sie sich von ihm löste.

Daraufhin küsste er sie gleich wieder. Erst als sich seine Hände unter ihr T-Shirt verirrten, bereitete sie der Schmuserei ein Ende.

Sie war betrunken und bestand darauf, ein Taxi nach Hause zu nehmen, da Alfredo mindestens doppelt so viel intus hatte wie sie.

Als er auf der Rückbank des Taxis erneut schüchterne Annäherungsversuche wagte, stieß sie ihn weg. „Das war's für heute, amigo!"

Im Lift ihres Appartementhauses umarmte er sie ein weiteres Mal.

„Es reicht, Alfredo. Lass mich bitte in Ruhe."

Sie spürte seine traurigen Blicke im Rücken, als sie die Wendeltreppe in der Maisonette hinauf ins Dachgeschoß wankte und die Tür oben hinter sich zuwarf.

45.

Laura erwachte bei Sonnenaufgang. Als sie aus dem Bett kroch und mit schwerem Kopf und trockenem Mund ins Bad wankte, fiel ihr ein, was gestern Nacht passiert war. Sie dachte an die vielen Gläser, die sie getrunken hatte, und an Alfredos innige Küsse. Vor ihren Augen begann sich alles zu drehen.

Ihr Treffen mit Harry sagte sie per SMS ab. Allein bei der Vorstellung, auf einem Surfbrett über meterhohe Wellen zu gleiten, wurde ihr noch schwindliger.

Sie war nicht lebensmüde. In ihrem momentanen Zustand würde sie keine einzige Welle überleben.

Als sie sich wieder hinlegte, machte sie das Radio auf ihrem Nachtkästchen an. Sie brachten gerade die Nachrichten auf Englisch. Laura drehte lauter.

Ein Anwalt aus Gomera war in den Dünen von Maspalomas im Sand erstickt worden. Die Polizei ermittelte im Strichermilieu. Ein junger Marokkaner war bereits verhaftet worden.

„Alfredo!", schrie sie.

Ein paar Sekunden später stand der Detektiv neben ihrem Bett. Die Sonne, die durchs Fenster schien, verwandelte ihn in eine unheimliche dunkle Silhouette.

Sie hielt sich die Hand vor die Augen und stöhnte: „Hast du das gehört, Alfredo?"

„Was soll ich gehört haben?"

„Im Radio haben sie gerade verlautbart, dass ein Anwalt aus Gomera in Maspalomas ermordet wurde."

„Don Alvarez?"

„Ich habe auch sofort an ihn denken müssen."

Alfredo sah sie lange an, bevor er das Handy zückte und seinen Freund Kommissar León Martínez anrief.

„Er hebt nicht ab", sagte er und versuchte es bei einem von Leóns Mitarbeitern.

Laura bemerkte, wie sich sein Gesicht verdunkelte, und wusste, dass sich ihr Verdacht bestätigt hatte.

„Er ist tot?", flüsterte sie.

„Ich fürchte, ja. Die Polizei hat bei der Leiche einen Ausweis gefunden. Es scheint sich bei dem Toten tatsächlich um Don Juan María de Alvarez zu handeln."

„Oh Gott!"

Alfredo setzte sich neben sie aufs Bett und streichelte ihren Kopf.

„Es tut mir leid, princesa, ich weiß, du hast diesen Hidalgo gerngehabt."

„Wie ist er gestorben? Sag es mir!" Laura drehte sich um und sah Alfredo in die Augen.

„Er ist wahrscheinlich im Sand erstickt worden. Aber das muss der Gerichtsmediziner erst bestätigen."

Laura stöhnte leise.

Alfredo streichelte ihren Rücken, ließ seine Hand zu ihrem Nacken weiterwandern und massierte ihn zärtlich.

„Er ist wegen Mona gestorben. Don Juan María wollte sich gestern mit mir im Gabinete Literario treffen, weil er mir etwas Wichtiges zu sagen hatte."

Alfredos Telefon klingelte.

„Das ist León, verzeih." Er drückte auf Lautsprecher.

Laura verstand nicht genügend Spanisch, um dem Gespräch folgen zu können.

Nachdem Alfredo aufgelegt hatte, teilte er ihr in Kurzfassung mit, was er in Erfahrung gebracht hatte: „Euer Anwalt hat sich anscheinend auf ein riskantes Liebesabenteuer eingelassen. Die Dünen von Maspalomas sind ein Eldorado für Schwule, das weiß hier jeder."

„Don Juan María war nicht schwul!"

„Woher willst du das wissen? Hast du mit ihm gevögelt? Der marokkanische Strichjunge, den sie verhaftet haben, hat noch nicht gestanden. León vermutet, dass Don Alvarez sich geweigert hat, dem Buben die vereinbarte Summe fürs Blasen zu bezahlen, und der ihn daraufhin mit dem Kopf voraus in den Sand gesteckt hat. Wahrscheinlich war es ein Unfall. Der Marokkaner hat ihn bestimmt nur zwingen wollen zu bezahlen ..." Er begann erneut, ihren Rücken zu streicheln.

„Geh weg! Ich will allein sein!"

Nachdem er ihr Zimmer verlassen hatte, vergrub sie ihr Gesicht im Kopfkissen.

***

„Steh auf, princesa, dein Vater ist da", weckte sie Alfredos tiefe Stimme einige Stunden später. Er stand in der Tür und schaute sie mitleidig an.

Mischa war, nachdem er die Nachricht vom Tod seines Anwalts bekommen hatte, mit der nächsten Maschine nach Gran Canaria geflogen. Er humpelte mit seiner Krücke im Wohnzimmer hin und her, wollte sich nicht hinsetzen, war sehr aufgebracht und machte dem Detektiv Vorwürfe.

„Du hast mich nicht beauftragt, auch auf den Anwalt aufzupassen!", verwehrte sich Alfredo dagegen.

Mischa und Laura begannen sofort zu streiten, als er darauf bestand, dass sie noch heute nach Gomera zurückkehren sollte. Er war nicht nur entsetzt über die Ermordung seines Anwalts, sondern hatte jetzt auch große Angst um seine Tochter. Die Strichergeschichte erschien ihm nicht glaubwürdig. Er war überzeugt davon, dass Don Alvarez' Tod mit Ramonas Entführung zusammenhing.

„Das Lösegeld ist verschwunden. Die Übergabe hätte, wie ihr wisst, in den Dünen von Maspalomas stattfinden sollen. Entweder sind die Entführer mit dem Geld abgehauen, nachdem sie Juan María umgebracht haben, und denken nicht daran, Mona freizulassen. Oder dieser Marokkaner ist ihnen dazwischengekommen. Was auch immer er mit Don Alvarez am Hut gehabt hat ..."

Laura hatte einen dicken Kloß im Hals und musste sich beherrschen, nicht in Tränen auszubrechen.

Mischa streichelte ihre feuchten Wangen. „Ich

kriege Mona aus diesem verdammten Schlamassel raus, egal was es mich kostet, das verspreche ich dir", sagte er, ihre Tränen missdeutend.

Sie weinte nicht wegen Ramona oder Don Juan María, sie hatte plötzlich Mitleid mit sich selbst. In ihrem Leben war bisher das meiste schiefgelaufen, ihre Ehe, ihre Karriere als Modeschöpferin und zuletzt ihr Projekt auf Samos. Sie fühlte sich wie eine komplette Versagerin. Eigentlich passen Alfredo und ich gut zueinander, dachte sie zynisch.

Mischa bestand darauf, sofort nach Maspalomas zu fahren. Er traute der örtlichen Polizei nicht über den Weg, außerdem wollte er die Leiche seines Anwalts selbst identifizieren.

Da Laura keine Sekunde daran dachte, nach Gomera zurückzukehren, fuhren sie zu dritt mit Alfredos gebrechlicher Schüssel in den Süden.

***

Von der Schnellstraße aus sah man immer wieder schöne, aber komplett verbaute Buchten. Von den nie fertiggestellten Ferienanlagen waren nur mehr Bauruinen übrig.

„Voilà! Hier siehst du die Schattenseiten des Massentourismus. Das gehört alles in die Luft gesprengt", sagte Mischa zu Laura.

Alfredo pflichtete ihm bei.

„Diese Verbrecher wurden nie zur Rechenschaft gezogen. All diese Bauunternehmer und Spekulanten sollten längst hinter Gittern sitzen", schimpfte Mischa weiter.

„Du sagst es", murmelte Alfredo, als sich in der nächsten Bucht wieder eine Geistersiedlung an den Steilwänden hochschlängelte.

„Und warum passiert nichts?", fragte Laura.

„Der Regierung fehlt das Geld dafür. Sie müssten die Felswände sprengen. Das ist nicht so ohne“, warf Alfredo ein.

„Korrupte Bagage.“ Mischas Gesicht hatte sich gerötet. „Dreh die Klimaanlage höher“, befahl er Alfredo in aggressivem Ton.

„Wird gemacht, Boss.“

Alfredo blickte Laura durch den Rückspiegel an und verdrehte seine Augen. Beinahe entkam ihr ein Grinsen.

Als sie die Touristenhochburg Playa del Inglés erreichten, fragte sie sich, welche Menschen hier Urlaub machten. Sie sprach diesen Gedanken laut aus.

„Idioten, wer sonst?“, empörte Mischa sich. „Hier herrscht Ballermann. Die Superstrände, die dreihundert Sonnentage im Jahr und vor allem das irre Nachtleben locken nicht nur jugendliche Komasäufer an, sondern vor allem brave, biedere Engländer, Skandinavier und Deutsche jeder Altersklasse. Hier ist es fast so schlimm wie an den Adriastränden Italiens: Berliner Currywurst und Wiener Schnitzel, Münchner Bier vom Fass ...“

Mischas Laune schien am Tiefpunkt zu sein.

Laura hatte keine Lust, darauf Rücksicht zu nehmen. „Seit wann hast du, alter Revoluzzer, etwas gegen Proleten?“, spottete sie.

46.

Die Sonne brannte gnadenlos auf sie herab, als sie auf einem Parkplatz, nahe der Dünen von Maspalomas, den Wagen verließen. Der Asphalt flirrte in der Hitze. Der Himmel war dunstig.

„Die heißen Winde aus der Sahara bringen regelmäßig Unmengen von Sand mit sich und treiben die Temperaturen in die Höhe“, sagte Alfredo und wischte sich den Schweiß von der Stirn.

„Die Calima ist gefürchtet. Manchmal verfärbt sich der Himmel dunkelgrau und eine rotbraune Schicht Wüstensand legt sich über alles“, sagte Mischa.

Sie gingen in ein hippes Strandcafé am Rande der Dünen. Der Saharasand bedeckte Boden, Tische und Stühle. Mischa bestellte für alle Kaffee und Wasser.

Laura entledigte sich ihrer Jacke. Hier war es um einiges wärmer als in Las Palmas. Obwohl sie sich im trockenen Süden der Insel befanden, war die Umgebung ungewöhnlich grün.

„Willst du hier auf uns warten, während wir zum Büro der Policía Nacional fahren?“, fragte Mischa.

„Ich komme selbstverständlich mit.“ Laura zog die Brauen hoch.

„Dort müsstest du aber im Auto bleiben.“

„Sag mal, spinnst du? Ich werde bei dieser Hitze sicher nicht im Wagen auf euch warten ...“

„Du kannst nicht mit! Außer...Außerdem wür...würdest du ohnehin kein Wort verstehen ...“, stammelte er. „Ich werde Juan María allein identifizieren.“

Laura kapierte, dass er ihr den Anblick von Don Juans Leichnam ersparen wollte. Da ihr ohnehin ein bisschen übel war, gab sie nach.

„Okay, dann gehe ich einstweilen schwimmen.“

„Das halte ich für keine gute Idee“, sagte Mischa.

„Soll ich mich in Luft auflösen?“ Sie hatte genug von seiner Überfürsorglichkeit.

„Bitte warte einfach hier im Schatten, mein Schatz. Wir werden nicht lange wegbleiben.“

Ehe sie noch aufbrausen konnte, mischte sich Alfredo ein. Er war der Meinung, dass Laura am Strand unter den vielen Touristen in Sicherheit sei. Sie solle am Ufer bleiben, in der Nähe der Strandcafés, und keinesfalls in den Dünen oder am kilometerlangen Sandstrand spazieren gehen, ermahnte er sie, bevor er mit Mischa losfuhr.

Feiner Staub kroch unter Lauras Kleid, klebte an ihrer feuchten Haut und brannte in ihren Augen, als auch sie das Lokal verließ und an den Strand ging. Die Sonne stand hoch am wolkenlosen Himmel. Kinder plantschten im Meer. Erwachsene dösten unter bunten Sonnenschirmen.

Laura hatte keinen Badeanzug dabei. Sie schlüpfte aus ihrem Kleid und stürzte sich halbnackt in die Wellen. Der Atlantik hatte selbst hier im heißen Süden keine Badewassertemperatur.

Sie schwamm weit hinaus. Als sie ermüdete, legte sie sich auf den Rücken, ließ sich treiben und genoss den grandiosen Anblick der Dünen vom Meer aus.

Als sie aus dem Wasser kam, setzte sie sich in den Sand und rief Teresita an. Laura schimpfte mit ihr, weil sie Mischa nicht zu Hause im Valle festgehalten hatte.

„Hätte ich ihn an seinen Stuhl fesseln sollen?“

„Du hast bestimmt schon gehört, dass Don Alvarez ermordet wurde. Bitte erzähl mir alles, was du über ihn weißt. Wirklich alles, okay?“

„Er war Madrilene, stammte aus einem verarmten Adelsgeschlecht und hat eine Frau aus einer wohlhabenden Familie in Gomera geheiratet. Sie haben die meiste Zeit dort gelebt, denn ihre Familie hat viel Land und ein ansehnliches Gut im Valle besessen. Als seine Frau gestorben ist, hat er sich nach Las Palmas zurückgezogen. Heute weiß man, dass er ein Spieler und fast bankrott war. Er hat das Haus und die Bananenplantagen, also den ganzen Grund und Boden, den er geerbt hatte, verkaufen müssen, besser gesagt, es ist alles versteigert worden."

„Die Polizei glaubt, er war homosexuell?"

„Es hat Gerüchte gegeben. Aber seine verstorbene Frau scheint er abgöttisch geliebt zu haben. Ich glaube nicht, dass da was dran ist. Wenn bei uns einer kein Womanizer ist, gilt er als schwul, verstehst du? Don Alvarez hat Frauen respektiert, zumindest Frauen aus seiner Gesellschaftsschicht. Mich hat er eher von oben herab behandelt. Ich habe ihn nicht leiden können, wie du dir denken kannst, aber eines muss ich ihm lassen, er hat sich um seine alte Tante in Las Palmas rührend gekümmert, hat sie oft besucht. Sie ist seine einzige lebende Verwandte."

„Vielleicht war er bisexuell", warf Laura ein. Sie dachte an die verunglückte Liebesnacht mit Don Juan María in dem Hotel in Santa Cruz. Viele anscheinend glücklich verheiratete Familienväter waren bisexuell. Laura hatte in der Modeszene jede Menge solcher Männer kennengelernt. Meistens galten sie sogar als sehr maskulin, waren erfolgreiche Unternehmer, Investoren oder Banker und richtige Patriarchen. Spät nachts parkten sie dann ihre teuren Autos bei diversen Parks oder Darkrooms der Stadt und ließen sich von jungen Strichern einen blasen.

Das schwer schnaufende Ungetüm, das sich ihr in diesem Moment näherte, war bestimmt nicht bisexuell. Rasch beendete Laura das Telefonat mit Teresita.

Alfredo kam barfuß und mit offenem Hemd auf sie zu. Schweißtropfen zierten seinen braunen, behaarten Bauch. Laura registrierte seine bewundernden Blicke. Sie hatte eine schwarze Unterhose an, die zur Not als

Bikinihose durchging, aber keinen BH. Ihre Silikonbrüste konnten sich sehen lassen.

Er brachte keinen Satz heraus, starrte weiterhin mit offenem Mund auf ihren nackten Busen.

„Mund zu! Wetten, du hast schon ein halbes Kilo Sand geschluckt", sagte sie und zog rasch ihr Kleid an.

Daraufhin fand Alfredo seine Sprache wieder. „Dein Vater will nach Puerto de Mogán und dort essen. Wir können hier nichts mehr tun. Don Alvarez' Leichnam ist ins gerichtsmedizinische Institut in Las Palmas gebracht worden."

Mischa, der es vorgezogen hatte, vorne in einem Café zu warten, drängte zum Aufbruch, als sie sich zu ihm setzen wollten.

***

Während der Fahrt entlang der Küste schwiegen sie sich an. Mischa wirkte deprimiert, Alfredo gereizt und Laura war müde. Sie hatte diese ganze Tragödie gründlich satt.

Albatrosse segelten mit ausgebreiteten Flügeln über die unzähligen Boote in der Marina von Puerto de Mogán. Trotzdem war Lauras erster Eindruck nicht der beste. Sie fand dieses künstlich angelegte Kleinvenedig kitschig.

Mischa führte sie in das angeblich beste Restaurant des sehr touristischen Ortes und bestellte eine Fischplatte für drei Personen. Während sie auf das Essen warteten, fing er wieder von seinen Ängsten um Ramona an. Da sich die Entführer nicht mehr gemeldet hatten, befürchtete er das Schlimmste.

Alfredo hörte ihm zu. Lauras Gedanken kreisten nach wie vor um den Tod von Don Juan María de Alvarez.

Lustlos machten sich dann alle drei über die Fischplatte her. Mischa beanstandete, dass die Languste kalt und die Seezunge nicht richtig durch wäre. Alfredo störte sich nicht daran, aß mehr als die Hälfte all dieser Köstlichkeiten, denn auch Laura hatte keinen Appetit.

Bald schon machten sie sich auf den Rückweg.

Wegen eines zehn Kilometer langen Staus verließen sie die neue Schnellstraße und fuhren auf der alten Küstenstraße zurück in den Norden. Die Fahrt dauerte ewig. Sie kamen erst spätabends in Las Palmas an.

Alle drei zogen sich nach ihrer Ankunft gleich in ihre Zimmer zurück.

Laura lag lange wach, wälzte sich von einer Seite auf die andere. Im Halbschlaf stattete ihr Gevatter Tod einen Besuch ab. Seine Ähnlichkeit mit Don Alvarez war verblüffend.

***

Kaum war die Sonne untergegangen, versuchte ich zu schlafen. Doch die Angst vor dem, was mir bevorstand, ließ mich keinen Schlaf finden. Pablos Wutanfall ging mir nicht aus dem Kopf. Anscheinend war auch die zweite Lösegeldübergabe schiefgegangen. Mein Spanisch hatte ausgereicht, um seine Flüche und Verwünschungen zu verstehen. Was tatsächlich bei dieser Geldübergabe in den Dünen von Maspalomas passiert war, hatte ich nicht mitgekriegt. El Loco hatte mir ein starkes Schmerzmittel gegeben. Kurz danach schlief ich ein.

Ich träumte von meinem toten Kind. Das Gesicht des Embryos, das ich am Ultraschallbild nur im Profil gesehen hatte, verwandelte sich plötzlich in Lauras Antlitz.

Ich schreckte auf. Warum ich jetzt ausgerechnet an Laura denken musste, war mir nicht klar. Vielleicht hätte das Kind Laura ähnlichgesehen?

Mischa und ich hatten bereits einen Namen für den Buben ausgewählt, wollten ihn Matthias nennen. Wenn ich ihn behalten hätte, wäre meine Ehe bestimmt anders verlaufen. Mischa liebt Kinder. Er hängt sehr an seiner Tochter, obwohl sie seit Jahren nichts mehr mit ihm zu tun haben will. Sie hätte es damals, bevor ich schwanger wurde, fast geschafft, Mischa und mich auseinanderzubringen. Ich erinnere mich noch gut an ihre zynischen Bemerkungen bei unseren seltenen Treffen. Egal, wie sehr ich mich anstrengte, ihr Modelabel zu promoten, sie zeigte mir immer die kalte Schulter.

In ihren Augen bin ich eine blöde Tussi, die sich nach dem Tod ihrer Mutter den wohlhabenden Witwer gekrallt hat. Dabei ist sie selbst kein Kind von Traurigkeit. Mischa behauptet zwar oft, seine einzige, heißgeliebte Tochter sei zu solide, doch ich habe sie schon ganz anders erlebt. Ich war dabei, wie sie einen allseits gefürchteten Modejournalisten bei einer ihrer Shows ohrfeigte, weil er sich über ihr molliges Model lustig gemacht hatte. Laura war eine der ersten Designerinnen im deutschen Sprachraum, die es gewagt hatte, ein molliges Model auf den Laufsteg zu lassen. Ich muss zugeben, dass sie mir damals imponierte.

Mich hat sie von Anfang an abgelehnt. Sie hat es nicht ertragen, dass sich Mischa kurz nach dem Tod seiner Frau in mich verliebt hat. Sie ist nicht einmal zu unserer Hochzeit erschienen. Das hat Mischa damals schwer gekränkt. Angeblich hatte ihr Göttergatte ein wichtiges Fotoshooting, bei dem sie unbedingt dabei sein musste. Der und wichtiges Shooting! Lorenz war ein Versager. In diesem Punkt muss ich Mischa recht geben.

Ohne Lauras gute Beziehungen hätte ihr Ehemann keinen einzigen Auftrag bekommen. Wegen seiner Unzuverlässigkeit und seines Alkoholproblems war er in der ganzen Modebranche verschrien. Was sie wohl an diesem Idioten gefunden hat? Vielleicht hatte sie, ähnlich wie ich heute, kein Glück mit den Männern?

Lorenz war jedenfalls eine Katastrophe und ihr in allen Bereichen schwer unterlegen. Selbst fotografieren konnte sie besser als er. Ja, er sah nicht übel aus, war eher der feminine Typ. Bei den Frauen kam er gut an. Ich vermute, weil er ein geduldiger Zuhörer war. Er spielte gerne den verständnisvollen väterlichen Freund für all die hübschen Mädels, die die Designerin Laura Mars umschwärmten. Sie konnten ihm nie jung genug sein.

47.

Am Vormittag stürzte Mischa in Lauras Zimmer. Sie zog sich gerade an.

„Kannst du nicht anklopfen?"

„Entschuldige, aber die Entführer haben mir gerade ein Foto von Mona geschickt." Er wischte sich mit der Hand über die Augen. Leise fügte er hinzu: „Sie sieht verheerend aus."

Laura warf einen Blick auf das Bild am Display seines Handys. Ramona war kaum wiederzuerkennen. Offensichtlich war sie verprügelt worden. Ihre Lippen waren aufgesprungen, ihr rechtes Auge hatte sich violett verfärbt, ihre Nase war ein bläulicher Klumpen und der Verband um ihren Kopf war voller dunkler Flecken. In der Hand hielt sie eine Zeitung. Das Datum war kaum leserlich.

Entsetzt gab sie Mischa sein Handy zurück.

„Kurz danach haben sie angerufen. Das Lösegeld war nicht komplett. Angeblich haben sich nur ein paar Tausender in dem Sack befunden. Der Rest soll aus alten Zeitungen bestanden haben. Sie haben mir gedroht, auch dich zu entführen. ‚Wenn dir deine Frau keine Mille wert ist, so vielleicht deine Tochter', hat die Botschaft gelautet."

Laura fand, es war an der Zeit, ihm von dem Drohbrief, dem SMS und dem Drohanruf, die sie selbst erhalten hatte, zu erzählen.

Er regte sich so sehr darüber auf, dass sie ihre Offenheit sogleich bereute.

Erst als sie einen kleinen Lunch auf der Terrasse servierte, beruhigte er sich wieder. Bei Melone mit Serrano-Schinken rätselten sie, wer das Lösegeld gestohlen haben könnte. Mischa beteuerte, dass sich im Koffer eine komplette Million befunden hatte.

Alfredo vermutete, dass sich Don Alvarez bedient hatte und deswegen ermordet worden war. „Das Geld hat er vorher in ein sicheres Versteck gebracht", sagte er.

Laura verteidigte den Hidalgo. Mischa ebenfalls, allerdings etwas zögerlicher.

„Was habt ihr euch von dem schwer verschuldeten Enkel eines Falangisten erwartet?", fragte Alfredo spöttisch. „Es war vollkommen idiotisch, ihn mit der Übergabe des Lösegeldes zu beauftragen!"

Mischa wirkte niedergeschlagen, Laura überrascht. So energisch und kritisch gegenüber seinem Boss hatte sie den Detektiv noch nie erlebt.

„Don Alvarez' Großvater war einer der Anführer der Falange, der Vereinigung von Francos Anhängern mit den monarchistischen Carlisten. Und sein Vater war ebenfalls bei dieser faschistischen Bewegung!"

„Was für eine Hypothek", sagte Laura leise, um Alfredo nicht noch mehr zu reizen.

„Ich halte nichts von Sippenhaftung", warf Mischa ein.

„Der Apfel fällt nicht weit vom Stamm", fuhr Alfredo ihn an.

Das Klingeln seines Handys beendete die heftige Diskussion.

„Das war León. Die Nationalpolizei und die Guardia Civil suchen jetzt seit gestern offiziell nach Ramona. Seine Leute telefonieren rund um die Uhr mit den anderen Polizeistationen auf der Insel. Auch die Medien sind informiert worden. Das hätten wir schon früher haben können." Er warf Mischa einen vorwurfsvollen Blick zu.

„Es war falsch von mir, mich nicht gleich an die Bullen zu wenden, das sehe ich jetzt ein ...", sagte Mischa kleinlaut.

„Und es gibt eine vielversprechende Spur. Einer von Leóns Informanten behauptet, in Tejeda seien eine gefesselte Frau und zwei Männer in einem hellen Lieferwagen gesehen worden."

„Dann nichts wie hin." Mischa hatte Mühe, aus dem gepolsterten Gartenstuhl hochzukommen. „Am besten, du sperrst dich hier ein, Laura, und ich beantrage Polizeischutz für dich, während ich mit Alfredo nach Tejeda fahre", sagte er.

„Das kommt nicht in Frage! Mein Bodyguard wird mich schon beschützen."

„Das ist kein Spaß. Du bleibst hier, und damit basta!"

Doch Laura ließ sich von ihrem Vater nichts mehr verbieten, und das war ihm auch bewusst.

***

Die vierzig Kilometer lange Strecke nach Tejeda war für Mischa und Laura die reinste Hölle. Alfredo fuhr wie ein Verrückter. Mischa jammerte andauernd wegen seiner schlimmen Schmerzen und Laura fürchtete sich in jeder Haarnadelkurve zu Tode. Die Straße war sehr schmal. Alfredo musste öfters zurücksetzen, um einen Bus oder einen Pick-up an einer Ausweichstelle vorbeizulassen.

Die Dörfer, durch die sie kamen, sahen alle gleich aus. Weiße oder in Erdfarben gestrichene Häuser, die an der Straße klebten. Mittendrin ein winziger Platz mit einem alten Drachenbaum vor einer kleinen Kirche, daneben meist eine Bar.

Alfredo konzentrierte sich auf die gefährliche Straße. Mischa stöhnte bei jeder Unebenheit. Laura starrte die meiste Zeit aus dem Fenster.

Auf einmal tauchten der Roque Nublo, ein fünfundsechzig Meter hoher Monolith, und zwei weitere außergewöhnliche Felsformationen vor ihnen auf. Die Monolithen erinnerten sie an das Monument Valley in den USA. Statt der Wüste schmückten sie hier die Berge.

„Der Frosch und der Mönch", sagte Alfredo, der sie im Rückspiegel beobachtet hatte. Seine Gereiztheit schien sich mittlerweile gelegt zu haben.

„Wir hätten zwei Monate früher hierherkommen sollen. Zur Zeit der Mandelblüte ist es hier besonders schön. Alles rosa und weiß. Die ganze Gegend wirkt wie angezuckert."

Ähnliches hatte er letztens schon über den Barranco de Guayadeque behauptet. Vielleicht sollte sie tatsächlich einmal auf den Kanarischen Inseln überwintern.

„In Tejeda gibt es übrigens die besten Mandeln der Welt“, beteiligte sich Mischa nun ebenfalls an der schleppenden Unterhaltung.

Es dauerte noch eine Weile, bis sie ankamen.

Alfredo stellte den Wagen am Rande des Dorfes ab und marschierte voran. Laura blieb öfters stehen, um die malerische Landschaft und die weißgetünchten Häuser mit den Holzbalkonen zu fotografieren.

„Komm schon“, trieb Alfredo sie an. „Oder willst du diese nervenaufreibende Strecke im Dunkeln zurückfahren?“

Seine Drohung hielt sie nicht davon ab, weiter zu fotografieren. Sie glaubte nicht daran, dass sie in diesem pittoresken Dorf eine Spur von Mona finden würden. Bisher hatten sich alle Hinweise von Informanten als falsch erwiesen.

Beim Steinkreuz von Tejeda, dem Cruz de Tejeda, bat sie Alfredo und ihren Vater, davor zu posieren. Mischa, der mit schmerzverzerrtem Gesicht hinter ihr her gehumpelt war, sagte unwirsch: „Wir haben keine Zeit für solchen Quatsch!“

„Schade“, murmelte Laura, die unbedingt ein Bild von den beiden grantigen Männern haben wollte. Ohne dass sie es mitbekamen, machte sie ein paar Schnappschüsse von ihnen.

Mischa und Alfredo erkundigten sich in einigen Lokalen nach Ramona, zeigten den Wirten und einheimischen Gästen Bilder von ihr, die Mischa mitgebracht hatte. Überall ernteten sie bedauerndes Kopfschütteln.

Sie hielten sich in keiner der Bars länger auf, bestellten weder Kaffee noch ein Schnäpschen. Doch als sie bei der *Dulceria Nublo* angelangt waren, hatte Mischa plötzlich alle Zeit der Welt. Er hatte Teresita versprochen, Mandelkekse mitzubringen. Insgesamt erstand er fünf Packungen. Eine schenkte er Laura, eine zweite Alfredo und eine dritte öffnete er sofort. Er war nun einmal eine Naschkatze.

„Für wen ist die fünfte? Eiserne Reserve?", fragte Laura ihn.

„Nein, die bringe ich Elvira mit."

„Oh, là, là ..."

Mischa ignorierte sie und zeigte der Verkäuferin ein Foto von Ramona.

Die Frau zögerte, sagte, dass ihr die Dame bekannt vorkomme. Als Mischa nachfragte, ob sie Ramona in den letzten Tagen gesehen habe, schüttelte sie den Kopf und sagte, dass sie sich Gesichter gut merken könne und diese hübsche Rothaarige früher einmal gesehen habe.

Frustriert entschied Mischa, die Fragerei für heute aufzugeben. „Ich kann nicht mehr, ich brauche jetzt etwas Anständiges zu trinken. Lasst uns dem großen Meister unsere Ehre erweisen."

Alfredo grinste. Laura blickte ihren Vater fragend an.

„Mister Hemingway was here", sagte Mischa und hatte es auf einmal wieder sehr eilig.

Die Sonne begann sich hinter einer Bergkuppe zu verabschieden. Das Dorf lag bereits im Schatten.

„Dort drüben war einst eine Kultstätte der Ureinwohner." Alfredo deutete auf die Anhöhe eines Felsmonolithen, die wie eine natürliche Festung aussah. „Der Sonnenuntergang ist vom Almogarén del Bentayga aus atemberaubend. Der Himmel nimmt hier die verrücktesten Farben an. Die Palette reicht von warmem Orange bis zu fast metallisch glänzenden Violetttönen", fuhr er fort. „Man kann mit dem Auto relativ nahe an den Roque Bentayga ran. Vom Parkplatz aus ist es nur eine kurze, leichte Wanderung."

„Mich bringen keine zehn Pferde auf einen Berg", protestierte Mischa. „Mir ist der Fußmarsch durch dieses Dorf schon zu anstrengend gewesen. Ihr könnt euch gerne unter die verliebten Pärchen mischen, wenn euch nach ein bisschen Romantik zumute sein sollte. Ich bevorzuge einen Besuch von Hemingways Bar."

Obwohl Laura für spektakuläre Sonnenuntergänge viel übrighatte, hielt sich ihre Lust, allein mit dem Detektiv einen romantischen Abend zu verbringen, in Grenzen. Sie folgte ihrem Vater zum *Restaurante Asador Grill Hemingway*. Alfredo blieb nichts anderes übrig, als sich ihnen anzuschließen.

„Habt ihr auch so großen Hunger wie ich?", fragte Mischa. „Lasst uns eine Grillplatte nehmen."

Laura und Alfredo waren einverstanden.

Mischa bestellte eine Flasche Rotwein. Nach dem zweiten Gläschen beschloss er, im Dorf zu übernachten. „Hier gibt es ein *Parador*", sagte er zu Alfredo. „Ruf dort mal an und bestell drei Zimmer."

Außer ihnen waren nur ein paar Männer in dem legendären Lokal. Die Tagestouristen hatten sich längst verabschiedet. Mischa schien sich in der Gesellschaft der trinkfreudigen Einheimischen ebenso wohlzufühlen wie Papa Hemingway. Von dem weltberühmten Schriftsteller hingen Schwarzweißfotos hinter der Theke, die ihn bei einer seiner Lieblingsbeschäftigungen, dem Trinken, zeigten.

Laura verstand, dass sich ihr Vater heute ebenfalls sinnlos betrinken wollte. Auch sie hatte ein starkes Verlangen, die Gedanken an Ramona und Don Juan María mit Hilfe von Alkohol zu verjagen.

Nachdem sie die zweite Flasche Rotwein mit Unterstützung der Stammgäste rasch geleert hatten, gab

Mischa ein paar Runden von dem golden leuchtenden Rum aus Arucas aus. Laura nippte nur an ihrem Glas und bestellte ein Coke, denn sie würde zum Hotel fahren müssen, wenn die beiden Männer so weitersoffen.

Als Mischa mit seinem kräftigen Bariton anfing, spanische Revolutionslieder zu singen, summte sie mit. Sie staunte selbst, dass sie zumindest die Melodien kannte. An den deutschen Text von „Die Herren Generale", einem Lied von Ernst Busch, erinnerte sie sich sogar und sang dieses Revolutionslied gemeinsam mit ihrem Vater.

Sie ernteten Applaus von den anderen Gästen.

„Jetzt ist genug", sagte Laura.

In diesem Augenblick stimmten Alfredo und die Einheimischen „Bandera roja" an. Mischa bemühte sich mitzusingen, stieg aber bald aus.

Die ausgelassene Stimmung ihres Vaters war Laura nicht ganz geheuer. Während er sich mit Alfredo und den Einheimischen in nostalgischen Erinnerungen an eine heroische Zeit, die sie alle nicht erlebt hatten, suhlte, schwebte seine Frau in Lebensgefahr. War es reiner Galgenhumor? Unwillkürlich musste sie an den meist feuchtfröhlichen Leichenschmaus nach einem Begräbnis denken.

„Vamos, muchachos", drängte sie daher bald zum Aufbruch.

„Dein Spanisch wird immer besser, mi querida", spottete Alfredo und schenkte ihr nach.

„Spielverderberin", murrte Mischa, reichte ihr aber sein Portemonnaie und forderte sie auf, die gesamte Zeche zu bezahlen.

Mit Alfredos tatkräftiger Hilfe schaffte sie es, ihren Vater zum Auto zu bringen. Zwar hatte auch der Detektiv eine Menge intus, aber er wirkte weniger betrunken als Mischa.

Der Himmel war sternenklar, die Luft kühl und würzig.

Laura schlich im zweiten Gang dahin. Alfredo sagte ihr den Weg an.

48.

Das *Parador* lag im Dunkeln, als sie um halb zwei Uhr morgens dort ankamen. Ein Nachtportier ließ sie hinein und teilte ihnen bedauernd mit, dass nur mehr zwei Zimmer frei wären. Das dritte hatte er vor Mitternacht vergeben, weil sie sich nicht mehr gemeldet hatten.

Laura weigerte sich, das Zimmer mit ihrem Vater zu teilen. Also musste Alfredo bei seinem Boss schlafen.

Die beiden Zimmer lagen nebeneinander und hatten eine gemeinsame Terrasse. Trotz der vielen Gläschen Ron Arehucas Carta Oro schienen sich Mischas Schmerzen nicht gebessert zu haben. Er schob es auf die Höhenluft und ging ohne einen Absacker zu Bett.

Alfredo setzte sich mit einer Flasche Wein aus der Minibar auf die Terrasse. Laura leistete ihm mit einem Glas Wasser Gesellschaft. Der Wind wehte schwach. Man spürte ihn kaum.

Laura genoss die Stille und die kühle Nachtluft. Doch der Gedanke an Ramona ließ sie nicht los. Sie fragte sich, ob nicht das, von dem sie befürchteten, es könnte eintreten, bereits passiert war.

Alfredo schien ihre Gedanken lesen zu können. „Du glaubst, dass Ramona nicht mehr am Leben ist?“

„Mein Vater würde ihren Tod nicht verkraften. Nicht weil er sie so sehr liebt, sondern weil er es nie überwinden würde, dass er sie nicht hat retten können.“

„Er fühlt sich verantwortlich für sie. Sie ist nach wie vor seine Frau. Ich kann meine Ex nicht ausstehen, könnte es aber nicht ertragen, wenn ihr etwas zustoßen würde."

„Du hast recht. Es ist fast sieben Jahre her, dass ich einen Ehemann hatte, ich würde mich jedoch auch für ihn verantwortlich fühlen, wenn er noch lebte."

„Vermisst du ihn sehr?"

„Selten."

„Hast du seither keinen Mann mehr gehabt?"

„Was geht dich das an?"

Er schwieg gekränkt.

Zögernd begann sie ihm von Alexander zu erzählen. „Es gab einen Mann, einen Griechen. Eine verrückte Liebesgeschichte, die von Anfang an zum Scheitern verurteilt war."

Sie saßen nebeneinander auf einer gepolsterten Bank, schauten auf die Silhouetten der Berggipfel, die sich deutlich vom sternenklaren Himmel abhoben, und sprachen über die Liebe, die Unmöglichkeit, nur einen Menschen zu lieben.

Laura fürchtete sich vor dem Rest der Nacht allein in ihrem Bett: vor den Gespenstern der Vergangenheit, vor den Erinnerungen, die sie quälen würden. Sie legte ihren Kopf in Alfredos Schoß und nickte bald ein.

***

Ein krähender Hahn weckte sie kurz vor Sonnenaufgang. Es war noch dunkel, die Berggipfel im Osten schimmerten jedoch in einem zarten rosa Licht.

„Die Morgenröte kommt, doch kein Mund nimmt sie auf", rezitierte Alfredo eine Zeile aus einem Gedicht von Federico García Lorca und strich zärtlich über ihr Haar und ihr Gesicht.

Verschlafen sah sie ihm in die Augen. Dieser Mann schaffte es immer wieder, sie zu verblüffen. Nicht nur, dass er die Texte alter Revolutionslieder auswendig kannte, nun entpuppte er sich auch noch als Liebhaber der Poesie und zitierte den bedeutendsten spanischen Dichter des zwanzigsten Jahrhunderts, der von den Faschisten grausam ermordet wurde.

Alfredo beugte sich über Laura. Seine Küsse waren weder zu feucht noch zu fordernd, aber dennoch sehr leidenschaftlich. Als er ihr Hemd aufknöpfte und ihre Brüste liebkoste, schloss sie die Augen und stöhnte leise. Sie berührte ihn nicht, ließ sich nur von ihm verwöhnen. Selbst als er den Reißverschluss ihrer Jeans öffnete und sie zu streicheln begann, protestierte sie nicht.

„Oh, pardon, störe ich?"

Beim Klang von Mischas Stimme schreckte Laura auf. Alfredo zog rasch seine Hand zurück.

Sie hoffte, ihr Vater hatte nicht genau sehen können, was sie und Alfredo trieben. Es war noch relativ dunkel, auch in Mischas Zimmer brannte kein Licht. Doch dieser Idiot von Alfredo musste sich ausgerechnet in diesem Moment eine Zigarette anstecken. Im Schein seines Feuerzeugs war wahrscheinlich ihr halbnackter Busen deutlich sichtbar.

„Ab sieben gibt es Frühstück. Macht euch langsam fertig", sagte Mischa und zog sich wieder in sein Zimmer zurück, ließ aber die Balkontür offen.

Laura schloss den Reißverschluss ihrer Hose, knöpfte ihr Hemd zu und warf einen Blick auf ihre Armbanduhr. Es war kurz vor sieben Uhr morgens. Was für ein Déjà-vu! In dem Hotel in Santa Cruz hatte ihr Vater mit seinem Anruf verhindert, dass sie mit Don Juan María schlief, und nun beendete er ihr Techtelmechtel mit Alfredo wegen seiner senilen Bettflucht. Anscheinend vergönnte er ihr keine Liebesnacht.

Zurück nach Las Palmas fuhr Mischa, der den beiden Übernächtigen nicht zutraute, die schwierige Strecke unfallfrei zu bewältigen. Mithilfe von zwei Schmerztabletten meisterte er die Fahrt. Er fuhr extrem langsam, störte sich nicht an den Hupkonzerten hinter ihm.

Zwischen Laura und Alfredo herrschte große Verlegenheit. Er versuchte ständig, ihr über den Seitenspiegel in die Augen zu sehen. Laura wich seinen Blicken aus, lümmelte mit halbgeschlossenen Lidern auf dem Rücksitz. Während der ganzen Fahrt sprach sie kein Wort.

Grauenhafte Bilder von Don Juan Marías Tod tauchten auf. Sie malte sich aus, wie er verzweifelt nach Luft rang. Wie lange dauerte es, bis man erstickte, wenn man mit dem Kopf im Sand steckte?

49.

Sie beschlossen, in Las Palmas zu bleiben. Mischa wollte sich zu Mittag mit Elvira in einem Café auf der Promenade treffen. Laura hatte keine Lust auf ein Wiedersehen mit dieser Dame, versprach aber, auf einen Sprung mitzukommen.

Auf der Promenade war mittags viel los. Tagestouristen von Kreuzfahrtschiffen stürmten die Bars und Restaurants. Elvira erwartete sie bereits in einem kleinen Café.

Mischa erzählte ihr, dass er eine Nachricht von Ramonas Entführern erhalten hatte, zeigte ihr aber nicht das schreckliche Foto. Als sie mehr darüber erfahren wollte, winkte er ab. „Nicht hier."

Alfredo, der in Mischas Auftrag Details über die Ermordung des Anwalts in Erfahrung bringen sollte, erledigte einstweilen einige Telefonate von der Wohnung aus. Laura vermutete, dass er sich auch ein Stündchen hinlegen würde.

Als er später zu ihnen stieß, schlug Elvira einen gemeinsamen Ausflug zur Caldera de Bandama vor.

„Es hilft niemandem, wenn wir hier tatenlos herumsitzen. Sollten sich die Entführer wieder melden, dann sicher auf deinem Handy. Laura hat von der Insel fast noch nichts gesehen. Und dir würde eine Runde Golf auch nicht schaden", sagte sie zu Mischa und stupste ihn in die Rippen.

„Oh verzeih, ich habe vergessen ...", stammelte sie, als er aufjaulte.

„Golfen? Meine Liebe, du scheinst tatsächlich vergessen zu haben, dass sich meine Frau in Lebensgefahr befindet."

Elvira errötete. Laura fragte sich, ob aus Ärger oder Scham.

„Aber wir könnten in der *Bodegón Vandama* zu Mittag essen und uns betrinken", fuhr Mischa versöhnlich fort.

„Zum Essen ist es zu früh für mich. Gegen ein Gläschen von dem köstlichen Tinto Listán Negro hätte ich aber nichts einzuwenden." Elvira zwinkerte ihm kokett zu.

„Okay. Lasst uns aufbrechen", sagte Mischa.

„Der Bandama-Krater hat einen Durchmesser von achthundert und eine Tiefe von circa zweihundert

Metern", begann Elvira, als sie zu viert in Alfredos Auto saßen, wieder die Fremdenführerin herauszukehren. „Achten Sie auf die fast perfekte Symmetrie. Im Inneren gibt es gut erhaltene Felsritzungen der Ureinwohner zu sehen. Und der Boden ist hervorragend für den Weinbau geeignet."

Laura tippte demonstrativ auf ihrem Handy herum und reagierte nicht auf Elviras Bemühungen, sie in ein Gespräch zu verwickeln, überließ es ihrem Vater und Alfredo, mit der aufgekratzten Dame Konversation zu betreiben. Kurz überlegte sie, den furchtbaren Tod von Don Alvarez anzusprechen, um die harmonische Stimmung zu trüben. Doch sie ließ es bleiben, da sie nicht wusste, ob Mischa Elvira über die Ermordung seines Anwalts informiert hatte.

Auf den sanften Hügeln rund um den Krater standen prachtvolle Villen, umgeben von Weingärten, Bougainvilleen und Palmen.

„Hier wohnen die Superreichen", sagte Alfredo.

„Das Heilklima auf fünfhundert Meter Höhe zieht eben wohlhabende Leute an", warf Elvira ein.

Sie fuhren durch La Atalaya, den älteren Ortsteil von Santa Brígida, mit seinen herausgeputzten Gassen und zahlreichen Töpferwerkstätten am Dorfplatz.

„Die Leute hier haben von der Pandemie nicht viel mitgekriegt, höchstens davon profitiert", nuschelte Alfredo.

„Wieso profitiert?", meldete sich Laura nun doch zu Wort.

„Die haben ihr Geld rechtzeitig in Aktien von Pharmakonzernen investiert ..."

„Das Restaurant der *Bodegón Vandama* in Santa Brígida zählt zu den Lieblingslokalen Ihres Vaters", unterbrach Elvira ihn. „Es ist berühmt für seine Weine und seine Steaks."

Alfredo brummte etwas in seinen Dreitagebart, als er auf den Parkplatz unterhalb des Weingutes abbog.

Sie bekamen einen Tisch auf der Terrasse des Restaurants. Mischa und der Detektiv bestellten ein komplettes Menü. Laura zögerte und entschied sich für einen Burger. Elvira begnügte sich mit einem Ensalada Vandama. Als sie anmerkte, dass sie auf ihre Linie achten müsse, erntete sie einen verächtlichen Blick von Laura, die den Spruch zu oft von Models gehört hatte. Dieser Schlankheitswahn ging ihr gehörig auf die Nerven. Sie wunderte sich, dass selbst eine intelligente Frau wie Elvira sich nach wie vor dem Diktat der Schönheitsindustrie beugte.

Mischa orderte eine Flasche Tinto Negramoll und eine Flasche Vandama bianco.

Als Amuse-Gueule wurde ihnen ein feiner Leberaufstrich mit hausgemachtem Brot gereicht. Mischa und Alfredo schlugen sich danach mit einem Queso Perilla con mermelada und saftigen Lendensteaks auf einem Pilzrisotto die Bäuche voll.

Laura war sehr angetan von ihrem scharfen Burger. Sie ließ alle kosten. Alfredo und Mischa lobten das gut gewürzte Rindfleisch. Elvira weigerte sich, den Burger zu probieren. Sie war Vegetarierin. Ein weiterer Minuspunkt für sie in Lauras Augen.

Als Mischa erwähnte, dass Elvira eine begnadete Golfspielerin sei und er sie einst hier in dem Real Club de Golf de Las Palmas kennengelernt hatte, verstärkte das noch Lauras Antipathie gegenüber dieser Frau.

„Ihr Vater spielt viel besser als ich", warf Elvira ein.

„Mein Vater ist eben in jeder Hinsicht der Größte, der größte Revolutionär, der größte Umweltschützer und der größte Golfer zugleich“, sagte Laura.

Das peinliche Schweigen, das ihren zynischen Worten folgte, wurde durch ein älteres Paar, das sich ihrem Tisch näherte, beendet.

„Da kommen die Murenos – sie gehören zu unseren wichtigsten Inserenten. Er besitzt einige Hotelkomplexe im Süden“, sagte Elvira leise.

„Mach schön Männchen, Papa“, sagte Laura zu ihrem Vater.

„Lass uns abhauen, sonst poliere ich diesem verdammten Immobilienhai mit meiner gefürchteten Linken seine blöde Visage“, flüsterte Alfredo Laura ins Ohr.

Während Mischa sich erhob und das Ehepaar begrüßte, ergriff Alfredo Lauras Hand, zog sie hoch und verließ mit ihr wortlos das Restaurant.

„Wir sehen uns später!“, rief Laura ihrem Vater zu.

„Und was machen wir jetzt?“, fragte sie Alfredo. Sie warf einen Blick zurück zu ihrem Tisch. Die Murenos hatten inzwischen auf ihren Stühlen Platz genommen.

„Spazieren gehen?“ Er klang nicht gerade enthusiastisch.

„Gute Idee. Lass uns rund um den Krater wandern. In meinem Reiseführer wird diese Wanderung empfohlen. Ich muss wieder einen klaren Kopf bekommen.“

„Scheiß auf deinen Reiseführer. Ist nicht ungefährlich, dort herumzulaufen. Heute ist es noch dazu sehr windig.“

„Ach komm, sei nicht so faul.“

„Sollen wir die beiden einfach hier sitzen lassen?“

„Sie können sich ja ein Taxi zum Golfclub nehmen und dort auf uns warten. Sag ihnen Bescheid.“

„Nein, das ist dein Job!“

Als Laura zurückkam, grinste sie Alfredo an. „Vamos! Los geht's. Die Murenos bringen sie später zum Golfclub."

50.

Alfredo und Laura fuhren hoch zum Vulkan. Sie waren zum ersten Mal seit der Nacht in Tejeda allein. Er legte seine Hand auf ihre und lächelte sie verlegen an.

„Ich habe mich in dich verliebt, princesa", sagte er leise.

„Bitte nicht! Ich bin noch nicht bereit für eine neue Liebe."

„Wegen Don Juan María?"

„Nein. Zwischen uns war nichts."

„Dann ist es wegen dieses Griechen, von dem du mir letzte Nacht erzählt hast?"

„Bitte, Alfredo, können wir dieses Thema lassen? Wir haben doch momentan genug andere Sorgen."

Sie vermied es, ihm in die Augen zu sehen. Ihr war bewusst, dass sie seinen traurigen Blicken nur schwer widerstehen könnte. Auch sie empfand inzwischen mehr für diesen übergewichtigen Privatdetektiv, als sie zugeben wollte.

Schweigend fuhr Alfredo weiter bis zum höchsten Punkt der Caldera. Dort stellte er den Wagen am Straßenrand ab.

Während sie ein Stück nebeneinander am Rand des Kraters entlangspazierten, erzählte er ihr von dem Einsiedler, der unten in einer Hütte lebte.

„Ich habe Höhenangst, wäre jetzt auch lieber da unten", sagte sie, eilte aber tapfer voran, als der Weg schmaler wurde.

Plötzlich tauchte aus der anderen Richtung ein Mann auf.

Laura grüßte ihn, als er näherkam. Er grüßte nicht zurück. Sein mürrischer Gesichtsausdruck und seine für eine Wanderung ungeeignete Kleidung – er trug einen schwarzen Anzug und Lederstiefeletten mit Absätzen – irritierten sie.

Als sie nur mehr wenige Meter voneinander entfernt waren, wurde sie nervös. Sie befanden sich jetzt auf einem extrem schmalen Grat. Links und rechts ging es steil bergab. Hilfesuchend drehte sie sich nach Alfredo um, der weit hinter ihr zurückgeblieben war.

Ehe sie sich wieder umwandte, spürte sie einen heftigen Schlag in der Seite. Sie geriet ins Taumeln, umarmte instinktiv den Mann, der sie gestoßen hatte. Aus den Augenwinkeln blickte sie in den Abgrund. Nichts als Geröll. Kein Gebüsch, kein Baum, der sie auffangen würde. Ein lauter Schrei entwich ihrem Mund.

Der Mann ließ sie kurz los. Laura sank zu Boden. In diesem Moment ertönte ein lauter Knall.

Alfredo hatte seine Chancen, Laura und ihren Angreifer rechtzeitig zu erreichen, abgeschätzt und in Sekundenschnelle verworfen. Kurzentschlossen hatte er seine Pistole unter dem Jackett hervorgeholt, sie entsichert und abgedrückt. Ein perfekter Schuss. Der Mann heulte auf, ging neben Laura in die Knie.

Ein paar Sekunden später stand Alfredo neben ihr, half ihr auf, nahm sie in die Arme und bat sie, sich zu beruhigen.

„Ich bin eh ganz ruhig“, sagte sie mit zittriger Stimme und dann noch etwas, das so ähnlich klang wie: „Gracias, amigo!“

Der Detektiv beugte sich über den jammernden Burschen, zog ihn hoch und fragte ihn auf Spanisch, wer ihn beauftragt hatte, Laura zu attackieren. Da er keine Antwort bekam, versetzte er ihm zwei Ohrfeigen.

„Seinen Namen hat er mir nicht verraten, ein großer, schlanker Mann ...“, stöhnte der Bursche.

Alfredo rief die Polizei an. Den halbohnmächtigen Kerl ließ er auf dem schmalen Pfad liegen. Mit seinem zerschossenen Knie konnte er sowieso nicht fliehen.

Während sie auf die Gesetzeshüter warteten, setzten sich Laura und Alfredo mitten auf den Weg. Er zündete sich eine von seinen stinkenden Zigaretten an und bot Laura den ersten Zug an.

Gierig zog sie gleich zweimal hintereinander an. Prompt begann sie zu husten.

„Besser nicht inhalieren, mi querida“, sagte er.

Erst nachdem er ausgedämpft hatte, knöpfte er sich noch einmal Lauras Angreifer vor. „Hat dich Carlos Rodríguez beauftragt, die señora umzubringen?“, fragte er ihn.

„No, no, no“, jaulte der Bursche und umklammerte mit beiden Händen sein kaputtes Knie.

„Quién más? Wer sonst?“ Alfredo drohte dem Mann, ihn in den Abgrund zu befördern, wenn er nicht den Mund aufmachte.

Daraufhin ergoss sich ein Wortschwall über ihn. „Er hätte dir einen Schrecken einjagen sollen“, übersetzte Alfredo.

„Wie bitte? Kaufst du ihm das ab?“

„Nach allem, was passiert ist? Hältst du mich für komplett verblödet?“

Als sich zwei Polizisten sehr vorsichtig und langsam, einen Fuß vor den anderen setzend, näherten, begann Alfredo zu lachen. „Unsere Polizei sollte sich ordentliches Schuhwerk zulegen“, lästerte er.

Nachdem die Uniformierten endlich bei ihnen angelangt waren und der Detektiv ihnen in Kurzfassung geschildert hatte, was passiert war, legten sie dem Mann Handschellen an und schleiften ihn hinter sich her über den Kamm. Der Bursche schrie immer wieder laut auf, wenn er abrutschte und seine Beine über den Kraterrand gerieten.

Laura fand seine Schreie unerträglich. „Sag ihnen, sie sollen ihn anständig behandeln", bat sie Alfredo.

Der Detektiv dachte nicht daran, sich einzumischen. Während sie im Gänsemarsch hinter den Polizisten und ihrem Gefangenen zurückgingen, rief er Kommissar León Martínez an.

León forderte ihn auf, mit Laura aufs Kommissariat zu kommen. Sie sollte eine Anzeige wegen Mordversuchs machen.

***

Als sich die etwas mitgenommen aussehende Laura und der verschwitzte Alfredo dem Restaurant des Golfclubs näherten, kam Mischa, der mit Elvira vor der Tür stand, auf sie zu gehumpelt und drückte seine Tochter fest an sich. Er hatte Tränen in den Augen.

Laura hatte ihren Vater noch nie so außer Fassung erlebt. Rotz lief ihm aus der Nase und er konnte sich gar nicht mehr einkriegen vor Schluchzen.

„Reg dich nicht so auf, Papa, sonst kriegst du einen Herzinfarkt", sagte sie und klopfte ihm sanft auf den Rücken. „Alles okay. Alfredo hat mich gerettet. Er ist ein ausgezeichneter Schütze, ein perfekter Bodyguard eben."

Alfredo strahlte.

Mischa umarmte nun auch ihn.

Elvira glänzte eher durch kühle Gleichgültigkeit. Zwar beteuerte sie, wie froh sie sei, dass Laura nichts passiert wäre. In ihren Augen konnte Laura jedoch keine Spur von Freude oder wenigstens von Mitgefühl entdecken.

Nicht nur Mischa und Elvira hatten vorm Eingang des Clublokals auf sie gewartet. Es hatte sich bereits herumgesprochen, dass es zu einem fast tödlichen Zwischenfall am Krater gekommen war. Einige Golfer, leicht erkennbar an ihrer seltsamen Kleidung, standen vor dem Tor und begannen bei der Wiedersehensszene zwischen Laura und ihrem Vater zu applaudieren.

Elvira hielt sich etwas abseits, verzog weiterhin keine Miene. Laura vermochte ihren finsteren Gesichtsausdruck nicht zu deuten. Doch ein schrecklicher Verdacht keimte in ihr auf. Hatte Elvira diesen Burschen engagiert, um sie einzuschüchtern oder gar für immer loszuwerden? Der Halunke hatte zwar behauptet, von einem Mann angeheuert worden zu sein, aber warum hätte er die Wahrheit sagen sollen? Jedenfalls war dieser Ausflug Elviras Idee gewesen.

Trotz all der Aufregung vergaß Laura, nachdem sie ihre Aussage am Polizeikommissariat zu Protokoll gegeben und die Anzeige unterschrieben hatte, nicht darauf, nach der Leiche von Don Juan María zu fragen.

Die rechtsmedizinische Abteilung in Las Palmas befand sich unweit des Polizeigebäudes, hatte aber bereits geschlossen.

Der Kommissar erzählte ihnen, dass Don Juan María de Alvarez von seiner Tante Doña Anna identifiziert worden war. Sie hatte großen Wert darauf gelegt, sich von ihrem geliebten Neffen zu verabschieden.

Laura, Mischa und Elvira fuhren mit einem Taxi nach Hause. Alfredo blieb auf dem Kommissariat.

Während der Taxifahrt schwieg Elvira. Sie hatte sich schon am Polizeikommissariat so benommen, als würde sie die ganze Geschichte nichts angehen. Lauras Misstrauen wuchs. Diese Frau hatte sich von Anfang an merkwürdig verhalten. Während Teresita, Antonia, Raoul und sogar Harry an Ramonas Verschwinden auf eine gewisse Art und Weise Anteil genommen hatten und sich später, als feststand, dass sie entführt worden war, sogar bemüht hatten zu helfen, hatte Elvira nie Interesse an diesem Fall gezeigt. Auch der Tod ihres Kollegen Raoul schien sie nicht zu tangieren.

Und nun die Ermordung von Mischas Anwalt. Sie war ebenfalls kein Thema für Elvira. Entweder war sie eine narzisstisch gestörte Person oder sie hatte Dreck am Stecken. Da sie offenbar sehr berechnend und clever war, traute Laura ihr durchaus zu, hinter Ramonas Entführung zu stecken. Ramonas Tod würde ihr sehr gelegen kommen. Sie würde dem unglücklichen Witwer bestimmt gerne über seinen Verlust hinweghelfen und vielleicht sogar seine dritte Ehefrau werden. Mischa war eine gute Partie, wie Laura seit Kurzem wusste. Einen Mord traute sie der Dame zwar nicht zu, aber dafür hätte sie, genauso wie für die Entführung, jemanden engagieren können.

Sie hielt es für klüger, ihren Verdacht einstweilen für sich zu behalten. Elvira war eine Einheimische und hatte als ehemalige Besitzerin einer Tourismusagentur sicher unzählige Kontakte auf den Inseln. Warum nicht auch zur Unterwelt? Korruption, Bestechung, Steuerhinterziehung und viele andere Delikte waren in dieser Branche keine Seltenheit.

***

Alfredo kehrte erst spätabends nach Las Canteras zurück. Nachdem er geduscht und sich umgezogen hatte, setzte er sich mit einem Brandy zu Mischa und Laura auf die Terrasse.

„Der Drohbrief, den du im Gabinete auf der Toilette gefunden hast, hat mir keine Ruhe gelassen", sagte er. „Ich habe León gebeten, die Kellner des Lokals genauer unter die Lupe zu nehmen. Es hat sich herausgestellt, dass an jenem Abend, als du dort warst, eine Aushilfskraft in der Küche Dienst gemacht hat. Der Geschäftsführer hat León Namen und Adresse des Mannes gegeben. Beide haben sich als falsch herausgestellt. Die Polizei fahndet nun nach dem jungen Mann. Sie haben eine gute Beschreibung von ihm. Einer der Kellner hat zu Protokoll gegeben, dass der Typ ein Kleinkrimineller war. Er hatte dies aber dem Chef nicht gesagt, weil in der Küche Not am Mann war."

„Deine ehemaligen Kollegen sind also doch nicht lauter Idioten", sagte Mischa.

„Spar dir deine Sprüche für später auf", blaffte Laura ihn an. „Ich habe gedacht, du bereust es inzwischen, dich nicht früher an die Polizei gewandt zu haben."

„Tu ich auch, aber ..."

Laura ließ ihn nicht ausreden. „Hat dein Freund etwas über den Mann, der mich am Bandama-Krater bedroht hat, herausgefunden?", wandte sie sich an Alfredo.

„León vermutet, dass er zu der Bande gehört, die Ramona entführt hat. Der Typ hat jedoch standhaft geleugnet, etwas über eine Entführung zu wissen. Er hat auch weiterhin beteuert, den Namen des Mannes, der ihn beauftragt hat, Laura zu bedrohen, nicht zu kennen, und mehrmals betont, dass er sie nicht umbringen, sondern nur erschrecken hätte sollen. Außerdem hat er gestanden, im Voraus hundert Euro für diesen Angriff kassiert zu haben. Ein weiterer Hunderter wurde ihm nach erfolgreicher Erledigung des Auftrags in Aussicht gestellt."

Zweihundert Euro? Um diesen lächerlichen Betrag krümmt kein Profikiller den Daumen, dachte Laura.

51.

Nach dem Frühstück fragte Laura ihren Vater, ob er mit ihr zu Doña Anna fahren würde, um der Tante des Anwalts ihr Beileid auszudrücken. Der Kondolenzbesuch war natürlich nur ein Vorwand. Sie hoffte von der alten Dame mehr über Don Juan María zu erfahren. Dieser Mann gab ihr auch nach seinem Tod noch Rätsel auf.

„Unsere anstrengenden Touren stecken mir noch in allen Knochen", stöhnte Mischa. „Doña Anna spricht exzellent Deutsch. Du brauchst mich nicht als Übersetzer. Alfredo soll dich hinfahren."

Laura wollte keinesfalls mit dem Detektiv allein sein. Er würde bestimmt wieder von seinen Gefühlen anfangen. Sie wollte ihn nicht verletzen, hatte aber nach allem, was in den letzten Tagen passiert war, keinen Kopf für die Liebe. Ramonas Rettung hatte momentan höchste Priorität.

Sie griff zu einer Notlüge, sagte, dass sie den Besuch bei der alten Dame auf später verschieben und stattdessen shoppen gehen wolle.

Prompt bot sich Alfredo an, sie zu begleiten.

„Du langweilst dich doch nur. Ich muss mir neue Laufschuhe besorgen. Die Sohlen meiner alten Nikes lösen sich schön langsam auf. Hier in Las Canteras passiert mir schon nichts. Die werden mich bestimmt nicht am helllichten Tag in einer Einkaufsstraße kidnappen", scherzte sie.

Bevor einer der beiden Männer widersprechen konnte, verließ sie die Wohnung und fuhr mit einem Taxi in die Altstadt.

***

Doña Anna bewohnte einen Palacio aus dem sechzehnten Jahrhundert.

Obwohl Laura ihren Besuch telefonisch angekündigt hatte, musste sie mehrmals klingeln, bis ihr eine alte, verhärmt aussehende Frau öffnete.

„Doña Anna?"

„No, no." Die Alte deutete Laura, ihr zu folgen.

Sie durchquerten einen begrünten Innenhof, der weniger gepflegt aussah als die Innenhöfe in der Altstadt, die Laura letztens besucht hatte. Die Sträucher waren vertrocknet, selbst die Palmen schienen nach Wasser zu lechzen.

Das Innere des Palacio wirkte deprimierend. Die Wände waren mit dunklem Holz vertäfelt. Der Stiegenaufgang war mit düsteren Porträts geschmückt. Die alte Frau schlurfte vor ihr die Treppe hinauf, öffnete eine Flügeltür im ersten Stock und deutete ihr, einzutreten.

Auf den ersten Blick erinnerte der Salon an ein Museum. Schwere dunkelrote Brokatvorhänge ließen kein Tageslicht herein. Eine Stehlampe und das Feuer in einem offenen Kamin waren die einzigen Lichtquellen. Das Zimmer war überheizt, die Luft abgestanden. Es stank nach Alter und Tod.

Als sich Lauras Augen an das dumpfe, spärliche Licht gewöhnt hatten, registrierte sie, dass der Salon mindestens achtzig Quadratmeter groß war. Eine fast zwei Meter hohe Statue der römischen Göttin Venus dominierte den Raum. Einige Büsten auf verschnörkelten Podesten – sie erkannte Caesar und auch Franco – umrahmten die Göttin. Das restliche Interieur bestand aus Antiquitäten und allerlei Gerümpel. Eine bronzene Fischskulptur, umgeben von Muscheln und Seesternen, thronte an einem Ende einer langen Tafel. An den dunkelgrün tapezierten Wänden hingen vergilbte Ölgemälde.

Auf der Chaiselongue lag eine Frau. Als sie sich aufrichtete, bemerkte Laura, dass sie extrem dünn war und sehr zerbrechlich wirkte. Doña Anna trug ein wollenes rosafarbenes Chanel-Kostüm, das aus den Sechzigerjahren stammte, und eine blonde Perücke, die leicht verrutscht war. Ihr Gesicht erinnerte an einen Totenschädel. Laura hielt sie für eine Hundertjährige, obwohl Don Juan María erwähnt hatte, dass seine Tante vor Kurzem fünfundachtzig geworden war.

„Bring uns Kaffee, Dolores“, befahl Doña Anna, nachdem sie Laura gebeten hatte, in einem mächtigen Ohrensessel gegenüber der Chaiselongue Platz zu nehmen.

Der scheußliche Gestank des Sessels, eine Mischung aus Mottenpulver und Desinfektionsmittel, raubte Laura beinahe den Atem.

„Sie sind also diese Deutsche. Mein Neffe hat mir von Ihnen erzählt“, sagte Doña Anna und berührte ihren Unterarm mit ihren spinnenartigen Fingern. Ihre langen, rosarotlackierten Nägel bohrten sich in Lauras Fleisch, als sie ihr tief in die Augen blickte.

Österreicherin, wollte Laura sie korrigieren, doch sie kam nicht dazu.

„Juan María hatte immer einen hervorragenden Geschmack, was Frauen betrifft“, kicherte Doña Anna, verfiel ins Spanische und hörte nicht mehr auf zu reden.

Laura war froh, als die Haushälterin Kaffee und ein paar Kekse brachte.

„Brrr!“ Doña Anna, die gierig nach ihrer Tasse gegriffen hatte, spuckte den ersten Schluck Kaffee wieder aus. Ein brauner Fleck breitete sich auf dem mit kunstvollen Spitzen besetzten weißen Tischtuch am Couchtisch aus.

„Pendejo! Du Trampel“, schimpfte sie und warf die fast volle Kaffeetasse nach Dolores. „Du wolltest, dass ich mir die Zunge verbrenne, hija de puta!“

Laura war entsetzt über die ordinären Schimpfworte aus dem Mund der feinen Dame. Doch als Dolores die Alte böse ansah und wortlos den Salon verließ, ohne die Schweinerei, die ihre Herrin angerichtet hatte, zu beseitigen, musste sie fast lachen.

Doña Anna tat, als ob nichts gewesen wäre, und bot Laura die vertrockneten Kekse an, die bestimmt noch von Weihnachten stammten. Diese lehnte dankend ab, rührte auch den Kaffee nicht an, sondern bat Doña Anna, ihr von Don Juan María zu erzählen.

„Wo soll ich beginnen?“ Die Alte sprach tatsächlich perfekt Deutsch. „Mein Neffe ist in Madrid aufgewachsen. Er ist in einem ehrwürdigen kirchlichen Internat erzogen worden. Da seine Eltern sehr deutschfreundlich waren, haben sie ihn am Goethe-Institut Deutsch studieren lassen. Die Alvarez sind ein altes Adelsgeschlecht. Ich habe einen Großonkel von Juan María geheiratet und es nie bereut“, fügte sie kokett hinzu. „Mein Mann war viel älter als ich. Er war ein stolzer, vornehmer Mensch, ein richtiger Grandseigneur und

Ehrenmann!" Sie griff nach einem Foto auf dem Kaminsims und zeigte es Laura.

Der stattliche Mann in der Faschistenuniform jagte Laura einen kalten Schauer über den Rücken. Rasch kam sie wieder auf Don Juan María zu sprechen.

Die Alte wirkte nicht besonders unglücklich über den Tod ihres geliebten Neffen. Laura schrieb ihre mangelnde Trauer ihrer beginnenden Demenz zu. Hin und wieder schien sie darauf zu vergessen, dass ihr Neffe tot war, sprach von ihm in der Gegenwart. Sie redete wie aufgezogen, wechselte oft ins Spanische, ohne es zu bemerken.

Laura hatte genug von dem Geschwätz und fragte, ob sie die Toilette aufsuchen dürfe. Kaum hatte sie den Raum verlassen, vernahm sie hinter sich leises Schnarchen. Doña Anna war eingenickt.

Da die Tür zum Schlafzimmer nebenan offen stand, ging Laura hinein und sah sich um. Schwarzer Marmorboden, vertäfelte Wände, breite Holzbalken an der Decke, dunkelbraune Möbel und ein pompöses Himmelbett mit einem königsblauen Baldachin. Die Jalousien waren halb geschlossen. Einige Sonnenstrahlen drangen durch die Spalten. Laura bestaunte die unzähligen Nippes: mit Muscheln versetzte Schmuckkassetten, bedrohlich wirkende afrikanische Statuen, böhmische Kristallvasen, venezianische Masken und scheußliche Bilder von jungfräulichen Mädchen, die entweder von einem Satyr verfolgt oder von ihm vergewaltigt wurden.

Plötzlich entdeckte sie unter dem Bett etwas Glänzendes. Sie bückte sich, holte einen metallicfarbenen Pilotenkoffer unter dem Himmelbett hervor. Mischas Koffer. Eindeutig. MM, die Initialen ihres Vaters, prangten auf dem Griff. Das Lösegeld, das Don Juan

María in Maspalomas übergeben hätte sollen, musste sich darin befunden haben.

Sie öffnete das gute Stück. Es war leer.

Laura nahm an, dass Don Juan María das Geld in einem weniger auffälligen Papier- oder Plastiksack zur Übergabe mitgenommen hatte. Dennoch wunderte sie sich, was dieser Aluminiumkoffer hier zu suchen hatte.

Alfredos Bemerkung, dass sich der Anwalt das Geld unter den Nagel gerissen hatte, kam ihr in den Sinn. Obwohl sie diesen Verdacht nicht wirklich teilte, überlegte sie, wo er es versteckt haben könnte.

Schlurfende Schritte am Gang. Der Holzboden knarrte. Rasch schob Laura den Koffer wieder unters Bett. Während sie überlegte, ob sie dem Prachtstück folgen sollte, stand Dolores bereits auf der Türschwelle und sagte etwas auf Spanisch.

„Toilette?" Laura grinste sie absichtlich an. Sie hatte die Reaktion der alten Frau auf ihre grotesk verzerrten Gesichtszüge richtig vorausgesehen.

„Madre mía!", rief diese entsetzt, bekreuzigte sich und machte sofort kehrt.

Auf der Toilette, die sich in einem geräumigen Badezimmer befand, atmete Laura ein paar Mal tief durch, bevor sie das Klo benützte. Sie hielt es für nicht sehr wahrscheinlich, dass die Haushälterin Doña Anna von ihrer Schnüffelei im Schlafzimmer erzählen würde. Wenn doch, war es ihr auch egal. Sie wollte ohnehin nichts wie weg aus diesem Gruselkabinett.

Doña Anna hatte nach wie vor die Augen geschlossen, als Laura einen Blick ins Wohnzimmer warf. Ohne sich zu verabschieden, schnappte sie sich ihre Handtasche und verließ dieses unheimliche Mausoleum.

***

Mischa hatte Laura inzwischen eine Nachricht auf ihrem Handy hinterlassen. Er wollte sich mit Elvira auf der überdachten Terrasse des *Hotel Reina Isabel* auf einen Drink treffen und bat sie nachzukommen.

Laura nahm ein Taxi zu dem Vier-Sterne-Hotel am Strand von Las Canteras. Elvira begrüßte sie betont herzlich. Zumindest bildete sich Laura das ein. Sowohl Mischa als auch Elvira schienen leicht beschwipst zu sein.

Mischa machte ihr Vorwürfe, weil sie so lange weg gewesen war. „Alfredo hätte beinahe die Polizei alarmiert."

Laura fand, dass es nicht der richtige Zeitpunkt war, um Mischa von ihrem Besuch bei Doña Anna und dem leeren Alukoffer unter ihrem Bett zu berichten. Sie traute Elvira nach wie vor nicht. In ihren Augen war sie eine falsche Schlange. Bestimmt war sie nur auf Mischas Geld scharf. Laura hatte auch Ramona nicht leiden können, momentan war sie jedoch ganz auf ihrer Seite.

Als Alfredo aufkreuzte und sich einen doppelten Ron Arehucas Carta Oro bestellte, brach Laura abrupt auf. „Ich gehe joggen, muss wieder einen klaren Kopf bekommen. Ihr könnt mich ja von hier aus gut im Auge behalten."

„Das kommt überhaupt nicht in Frage", herrschte Mischa sie an.

„Warum läufst du ständig vor mir davon?", flüsterte Alfredo.

Ihre Nerven lagen blank. „Lass mich endlich in Ruhe. Ich muss nachdenken, und das kann ich am besten beim Laufen."

52.

Laura war in eine bequeme schwarze Baumwollhose geschlüpft und hatte ihre alten Laufschuhe angezogen.

Es war noch relativ hell. Bedrohlich wirkende schwere graue Wolken näherten sich aus dem Westen. Über dem Meer lag eine unheimliche Stille. Die Stille vor dem Sturm. Bei einem der Sandkünstler, der architektonische Meisterwerke der Menschheit nachbildete, legte sie eine erste Pause ein und warf einen Fünfeuroschein auf die Pyramiden von Gizeh.

Seinen Dank wartete sie nicht ab, lief hinunter an den Strand und in gemächlichem Tempo im Sand weiter. Ihre Kondition war unter jeder Kritik. Sie stolperte dahin wie eine Fußmarode. Als Laufen konnte man ihre Art von Fortbewegung nicht bezeichnen. Sie kam sich ein bisschen blöd vor unter all den durchtrainierten Joggern, die an ihr vorbeieilten.

Bald begab sie sich wieder hinauf auf die asphaltierte Promenade, wo es sich leichter lief als im Sand. Als ihr zwei flotte alte Damen mit Nordic-Walking-Stöcken entgegenkamen, musste sie unwillkürlich grinsen. Sie nickte den sportlichen Ladys, die schneller unterwegs waren als sie, freundlich zu.

An wackeligen Tischen boten schwarze Frauen in farbenfrohen Kaftanen billigen Schmuck und maschinell gefertigte Holzfiguren an. Laura eilte an ihnen vorbei, ohne einen Blick auf die Armreifen, Kettchen und Kunstwerke made in China zu werfen. Mittlerweile hatte sie den richtigen Rhythmus gefunden. Langsam lief sie bis zum nördlichsten Ende des Strandes.

Die Fischlokale in La Puntilla waren alle voll besetzt. Das Wasser war hier wärmer. Einige Leute schwammen noch im Meer zwischen den bunten Fischerbooten, die im seichten Wasser dümpelten. Als sie am Ende der Promenade angekommen war, klopfte ihr der Puls bis zum Hals.

Acht Uhr abends. Die Sonne würde sich demnächst verabschieden. Es würde rasch dunkel werden. Sie wollte nur noch um die Ecke und einen Blick in die nächste Bucht werfen.

An einem unwirtlichen Strandabschnitt stellten einige junge Leute Lautsprecher auf. Laura vermutete, dass es sich um Vorbereitungen für einen Rave handelte. Hoffentlich würde ihnen das Wetter keinen Strich durch die Rechnung machen. Das dunkle Wolkenband über dem Meer kam bedrohlich näher.

Sie hielt kurz an, atmete ein paar Mal tief ein und aus, bevor sie sich weiter bergauf schleppte.

Am Strand türmten sich grellorange Schwimmwesten. Einige Kids benützten sie als Sitzpolster. Sie werden nicht lange darauf hocken bleiben, dachte Laura. Sobald Techno aus den Lautsprechern dröhnte, würden sie herumzuhüpfen beginnen.

Die Gegend wurde einsamer, außer den Jugendlichen unten in der Bucht war kein Mensch zu sehen. War das nicht die Bucht, in der vor einigen Tagen ein schwer ramponiertes Holzboot mit Flüchtlingen aus Nordafrika angeschwemmt worden war?

Laut den Nachrichten auf *Radio Canario* heute Morgen hatte es nur ein Boot bis ans Ufer geschafft. Mehrere Boote galten als verschollen. Wahrscheinlich trieben Hunderte ertrunkene Menschen vor der Küste.

Dunkle, eingefallene Gesichter und ausgemergelte Körper erschienen vor Lauras geistigem Auge. Als sich weitaufgerissene Fischmäuler den Ertrinkenden näherten, wollten ihre Beine nicht mehr mitspielen.

Mit weichen Knien lehnte sie sich an eine Mülltonne am Straßenrand.

Obwohl sie völlig entkräftet war, versuchte sie erst mal Ordnung in ihre Gedanken zu bringen und ließ die Ereignisse der letzten beiden Wochen im Zeitraffer vor ihren Augen Revue passieren: der Überfall auf Mischa, Ramonas Entführung, der Mord an Ramonas bester Freundin Astrid, die misslungene Lösegeldübergabe auf Teneriffa, der Junkie im Park, Raouls Tod, das abgeschnittene Ohrläppchen, die zweite Geldübergabe in den Dünen von Maspalomas, der Mord an Don Alvarez, das bedrohliche SMS, die ordinäre Beschimpfung am Telefon, der Drohbrief und das Attentat auf sie am Bandama-Krater. Gingen all diese Verbrechen auf das Konto von ein und derselben Person? Hingen all diese Verbrechen überhaupt miteinander zusammen? Ramonas Entführer und die Burschen, die sie selbst attackiert hatten, schienen nicht die Hellsten zu sein. Es musste jemanden geben, der im Hintergrund die Fäden zog. Anfangs hatte sie nur Carlos Rodríguez in Verdacht gehabt. Mittlerweile verdächtigte sie auch Elvira. Aber wer weiß, vielleicht steckte ja, so wie Mischa von Anfang an vermutet hatte, die Drogenmafia hinter allem?

In diesem Moment legten die Jugendlichen unten in der Bucht los. Fast schmerzhafte Geräusche drangen an Lauras Ohren. Sie bildete sich ein, leichtes Vibrieren unter ihren Füßen zu spüren. Erzitterte womöglich der ganze Hang unter den lauten Bässen?

Dann wieder Stille. Es dürfte sich nur um eine Tonprobe gehandelt haben. Die harten Klänge heulten in ihrem Kopf weiter, wurden jedoch von Motorengeräuschen übertönt. Sie drehte sich um.

Ein weißer SUV steuerte direkt auf sie zu. Sie suchte Schutz hinter der Mülltonne. Beinahe wäre sie die Böschung hinuntergerutscht. Kaum hatte sie ihr Gleichgewicht wiedergefunden, spürte sie eine kräftige Hand um ihre Taille. Eine zweite Hand schloss sich um ihren Mund.

Sie warf einen Blick über ihre Schulter, sah dem Mann, der sie gepackt hatte, in die Augen. Er trug einen himmelblauen Mund-Nasen-Schutz und hatte eine Baseballkappe auf. Neben ihm stand ein zweiter Mann. Er war ebenfalls maskiert.

Obwohl sie sich unter dem festen Griff ihres Angreifers wand wie ein Aal, schaffte es der andere Mann, ihr den Mund zuzukleben und die Augen mit einem schwarzen Tuch zu verbinden. Das Letzte, was sie spürte, war ein Stich in ihrem Oberarm.

53.

Als die Männer Laura das Tuch abnahmen, war es dunkel. Der Himmel war sternenklar und das Mondlicht tauchte eine halbverfallene Hütte in silbernen Schein.

Sie hatte keine Ahnung, wo sie sich befand. Die Typen hatten sie betäubt und ihre Hände und Beine mit Klebebändern gefesselt. Sie hatte die ganze Fahrt in einem Dämmerzustand verbracht.

Die Männer zerrten sie in die Hütte. Fürchterlicher Gestank strömte ihr entgegen. Der kleinere der beiden Entführer leuchtete mit seiner Taschenlampe kurz das Innere der Hütte aus. Laura entdeckte den Grund des Übels erst auf den zweiten Blick: Neben der Tür stand ein Kübel voller Scheiße und Urin. Davor lag eine zusammengekrümmte Gestalt.

Einer der Männer versetzte Laura einen heftigen

Stoß. Sie landete bäuchlings am Boden, stand aber rasch wieder auf.

„Mona, bist du es?“, flüsterte sie entsetzt, als der Strahl der Taschenlampe das schmutzige Gesicht der anderen Frau streifte.

Ramona hatte einen dicken weißen Verband um den Kopf, der an einigen Stellen dunkel verfärbt war. Ihre linke Wange war blutverkrustet. Sie sah aus wie ein Monster. Trotz des Schocks registrierte Laura, dass weder Monas Hände noch ihre Füße gefesselt waren.

Sie hockte sich neben ihre Stiefmutter auf die nackte Erde. Der ältere Mann sagte etwas, das nach einer Drohung klang. Laura hielt lieber den Mund, ließ aber die beiden Kerle nicht aus den Augen.

Der eine leerte den Kübel draußen aus. Dann brachte er eine Kiste mit Mineralwasserflaschen und Bananen, stellte sie neben die Tür, bevor er wieder verschwand. Der andere hatte inzwischen den Motor des Wagens angelassen.

Als das Motorengeräusch außer Hörweite war, sagte Laura: „Mona, erkennst du mich nicht? Ich bin’s, Laura. Nimm mir bitte die Fesseln ab.“

Ramona reagierte nicht. Leises Wimmern und Schluchzen waren die einzigen Töne, die sie von sich gab.

„Bitte, reiß dich zusammen!“

Ramona jammerte weiter.

Schweiß bedeckte Lauras Stirn, als sie versuchte, sich mit den Zähnen von den verdammten Klebebändern zu befreien.

„Hilf mir endlich!“, schnauzte sie das heulende Elend, das neben ihr am Boden lag, an.

Ramona richtete sich auf.

Es dauerte eine Ewigkeit, bis sie die Klebebänder von Lauras Händen und Füßen entfernt hatte. Als Laura den Schein ihres Feuerzeugs auf Ramona richtete, wusste sie auch, warum die Entführer es nicht für nötig gehalten hatten, ihr erstes Opfer zu fesseln. Ramona war abgemagert und zitterte am ganzen Körper. Entweder war sie auf Drogen oder sie war krank.

Trotz ihres erbärmlichen Zustands begann sie plötzlich zu reden, redete ohne Punkt und Komma, redete nur Unsinn.

Aus der Ferne war das Meer zu hören. Sie befanden sich offensichtlich nicht allzu weit von der Küste entfernt. Und Ramona lebte. Das war momentan das Wichtigste.

Aber wo war die Mille abgeblieben, die Don Juan María de Alvarez in den Dünen von Maspalomas dabeigehabt hatte? Bei seinem vermeintlichen Mörder hatte die Polizei sie nicht gefunden. Laura wurde das Gefühl nicht los, bei all ihren Überlegungen etwas ganz Entscheidendes übersehen zu haben.

Plötzlich spürte sie ein unangenehmes Kribbeln auf ihren Beinen. Sie machte wieder ihr Feuerzeug an und erblickte dicke, fette Käfer, die an ihren Waden hochkrochen. Voller Ekel schlug sie die Kakerlaken tot.

Ramona quasselte immer noch leise vor sich hin, meistens stammelte sie unzusammenhängendes Zeug, doch Laura bekam mit, dass Ramona anfangs alles für einen blöden Scherz gehalten hatte. Sie selbst hatte anscheinend ihrem aktuellen Lover vorgeschlagen, sie zu entführen und Mischa zu erpressen, weil sie befürchtet hatte, bei einer Scheidung wegen des Ehevertrages schlecht auszusteigen.

„Ich hab ... das aber ni...nicht ernst gemeint", wurden die Sätze langsam klarer. „Das Ganze war nur eine besoffene Geschichte. Als ich dann tatsächlich mit ihm segeln gegangen bin, habe ich nicht mehr an diese Schnapsidee gedacht. Erst als er am nächsten Morgen verschwunden war und ich im Kühlraum eines Fischkutters aufgewacht bin, dämmerte mir langsam, dass ich tatsächlich entführt worden war. Es hat dort unten entsetzlich nach Fisch gestunken. Mir ist sofort schlecht geworden ..."

Laura drängte sie, einen Schluck zu trinken, und tastete nach dem Eimer, der neben der Tür stand.

Ramonas Nein war kaum hörbar. Da es stockfinster war, beugte sich Laura über den Eimer. „Scheiße!", rief sie.

Obwohl der Eimer leer war, drang der ekelhafte Gestank von Kot und Urin in ihre Nase. Angewidert rutschte sie zurück zur Wand. Erst jetzt bemerkte sie den zweiten Blechkübel. Sie überzeugte sich, dass er nur Wasser enthielt, und reichte ihn Ramona.

„Das ist zum Waschen. In der Kiste drüben ist Mineralwasser", nuschelte sie.

Nachdem sie getrunken hatte, erzählte sie weiter.

„Wir sind in den frühen Morgenstunden mit einer Yacht in See gestochen."

„An jenem Samstag, als Mischa aus dem Krankenhaus gekommen ist?"

„Keine Ahnung, welcher Tag das war, aber am nächsten Morgen war mein Liebster plötzlich weg. Ich weiß nicht, was passiert ist. Mir fehlen ein paar Stunden."

„Wahrscheinlich hat er dir K.-o.-Tropfen in einen Drink getan."

„K. o., ja, das war ich, und ich bin in einem Sarg gelegen."

„Wie bitte?"

„Na dort, wo sie die Fische reinwerfen."

Laura seufzte gereizt. Anscheinend war Ramona nach wie vor wirr im Kopf.

„Reiß dich bitte zusammen, erzähl mir von den Entführern. Kannst du sie beschreiben?“

„Du kennst sie doch.“

„Ich habe ihre Gesichter nicht gesehen. Sie waren maskiert, außerdem war es schon dunkel, und sie haben mir die Augen verbunden“, widersprach ihr Laura.

„Die beiden Jüngeren sind Brüder. Der eine ist fast noch ein Kind, höchstens achtzehn. Der andere ist Mitte zwanzig oder so. Sein Alter lässt sich schwer schätzen, weil er so hässlich ist. Außerdem ist er nicht ganz richtig im Kopf. Die anderen nennen ihn El Loco. Der Verrückte, verstehst du? Anfangs ist mir der Jüngste von den dreien halbwegs okay vorgekommen. Er hat sich relativ anständig mir gegenüber verhalten, bis zu dem Tag, an dem er über mich hergefallen ist ...“ Sie begann zu schluchzen.

„Sie haben dich vergewaltigt!“, schrie Laura entsetzt.

„El Loco hat das Schlimmste verhindert. Er hat seinen Bruder halbtot geschlagen. Der Gefährlichste von den dreien ist aber der Älteste. Sein Name ist Pablo. Ein furchterregender Mann, eiskalt und brutal. Ohne mit der Wimper zu zucken, hat er mir das Ohrläppchen abgeschnitten.“

Bevor sie wieder zu weinen beginnen würde, fragte Laura rasch: „Hast du von ihren Gesprächen etwas mitbekommen? Ich glaube nicht, dass diese drei Loser deine Entführung geplant haben. Da steckt jemand anderer dahinter.“

„Das habe ich mir auch schon gedacht. Die beiden Jüngeren haben sowieso nur Stroh im Kopf und Pablo ist ebenfalls ungebildet und entsetzlich primitiv. Er nennt alle Menschen, die er hasst, und er hasst fast alle, *Nigger*. Er scheint eine unermessliche Wut zu haben, auf Schwarze, auf Araber, auf die Gesellschaft, die Reichen, die Frauen ...“

„Weißt du, dass Astrid tot ist? Sie ist ermordet worden“, unterbrach Laura sie erneut.

„Nein!“, schrie Ramona und heulte erst recht los.

Laura wollte sie nicht auch noch mit den anderen Morden konfrontieren. Von Raouls und Don Juan Marías Tod würde Ramona früh genug erfahren, falls sie es schafften, hier rauszukommen.

Als sich ihre Stiefmutter wieder etwas beruhigt hatte, sagte Laura, dass die Polizei Carlos Rodríguez verdächtigte, Astrid umgebracht zu haben.

„Dieses verdammte Schwein“, schimpfte Ramona. „Ich habe Astrid vor ihm gewarnt.“

Laura wollte fragen, warum sie sich dann selbst mit ihm eingelassen und ihm sogar vorgeschlagen hatte, sie zu entführen. Sie kam nicht mehr dazu. Ramona fing an, sich über Astrid und ihre Probleme mit Männern auszulassen, und sprach auch von ihrer eigenen Sehnsucht, von ihrer ewigen Suche nach der großen Liebe, dem Traummann.

„Ich war mal bei einem Therapeuten. Er hat gemeint, ich würde mir zu viel von den Männern erwarten. Ich fürchte, ich erwarte mir überhaupt zu viel vom Leben.“

Laura dachte an ihr eigenes verpfuschtes Leben, an ihre eigenen gescheiterten Beziehungen.

Nach einer Weile drangen gleichmäßige Atemgeräusche an ihre Ohren. Ramona war eingeschlafen.

Laura schloss ebenfalls die Augen, schlang die Arme um ihren Oberkörper und wartete auf den Morgen.

54.

„Wir müssen schauen, dass wir hier wegkommen.“ Laura rüttelte die leise schnarchende Ramona an der Schulter. Seit sie wach war, kämpfte Laura gegen die Furcht an, die sie schon die ganze Nacht lang gequält hatte.

Sie richtete sich auf. Ihre Beine waren steif. Schweiß bedeckte ihren Körper. Ihre Kleidung war schmutzig. Sie hatte das Gefühl zu stinken. In der Hütte war es nach wie vor ziemlich finster, doch sie konnte wenigstens das Innere der Behausung etwas genauer in Augenschein nehmen.

Das Wellblechdach schien nicht besonders stabil zu sein. Außerdem war es undicht. Die Hütte war etwa drei Meter breit und vier Meter lang und hatte kein Fenster. Die Wände bestanden aus ungestrichenen Holzbrettern. Durch die Ritzen zwischen den Brettern fiel spärliches Tageslicht.

Laura stärkte sich mit einem Schluck Wasser, bereute diesen Schluck aber sogleich. Sie musste ohnehin seit Stunden dringend aufs Klo, wollte sich jedoch keinesfalls vor den Augen ihrer Stiefmutter auf den Kübel bei der Tür setzen.

Sie spähte nach draußen. Dicke Baumstämme und immergrüne Büsche verstellten ihr die Sicht. Die Hütte schien sich mitten in einem Wald zu befinden.

Sie presste ihre Hände gegen die Bretterwand, aus der rostige Nägel hervorstanden. Wenn sie und Ramona mit vereinten Kräften dagegentreten würden, könnten sie es eventuell schaffen, einige Planken zu lösen und ins Freie zu kriechen.

„Trink und iss eine Banane“, befahl sie Ramona.

„Allein bei der Vorstellung von Essen dreht sich mir der Magen um.“

„Du musst wieder zu Kräften kommen.“

„Was hast du vor?“

„Wir hauen ab“, sagte Laura.

„Spinnst du? Wie sollen wir hier rauskommen?“

„Wir müssen ein paar Bretter loskriegen. Entweder drücken wir sie ein oder wir schlagen mit dem Wasserkübel ein Loch in die Wand."

„Willst du uns beide umbringen? Die Hütte wird einstürzen und wir werden darunter begraben werden."

„Das bisschen Wellblech von oben und die paar Bretter werden uns schon nicht umbringen."

Überraschenderweise hielt Ramona den Mund und half ihr, die vorstehenden Nägel aus den Brettern zu ziehen.

Von draußen waren keine anderen Geräusche als Vogelgezwitscher und das Rauschen des Windes in den Bäumen zu hören.

Auf Lauras Kommando hin warfen sich dann beide gleichzeitig gegen die Bretterwand. Die Hütte ächzte und stöhnte, doch die Bretter gaben nicht nach.

„Verdammter Mist!", schrie Laura und versetzte der Wand einen Tritt, den sie einst in einem Selbstverteidigungskurs für Frauen gelernt hatte.

Tatsächlich schaffte sie es, das Brett einzudrücken. Ihr Fuß schmerzte allerdings höllisch.

„Und noch einmal mit den Schultern voran, okay? Eins, zwei, drei, los ..."

Einer der Stützpfosten für das Dach geriet ins Wanken. Bevor das ganze Dach auf sie niederstürzen würde, warf sich Laura erneut mit aller Kraft gegen die Bretterwand.

Unheimliches Ächzen, gefolgt von heftigem Prasseln und lautem Krachen. Lauras Oberkörper befand sich bereits auf dem weichen Waldboden. Rasch zog sie ihre Beine nach und schrie: „Mona, wo bleibst du?"

Sie rappelte sich auf, griff nach Ramonas Armen und zog sie ins Freie. Ein paar Sekunden später stürzte ein Teil des Daches ein.

Ramonas blasses Gesicht war tränenüberströmt. Laura nahm sie in die Arme und redete leise auf sie ein. „Schau, die ersten Sonnenstrahlen. Was für ein herrlicher Tagesanbruch! Glaub mir, wir werden es schaffen."

Sie legte ihren Arm um Ramonas Taille und brachte sie ein Stück von der Hütte weg.

Ringsherum nichts als Bäume und hohes Gras. Laura wusste nicht, wo sie sich befanden und welche Richtung sie einschlagen sollten. Es gab keinen richtigen Weg. An einer Stelle ging es jedoch bergab. Als sie die Reifenspuren in der Wiese bemerkte, sagte sie zu Ramona, die schwer an ihrem Arm hing: „Wir brauchen nur diesen Spuren zu folgen, dann werden wir bald die Straße und das Meer erreichen. Am Meer fühle ich mich wohler als im Wald. Du nicht auch?"

Ramona reagierte nicht.

Laura stolperte über eine Wurzel und knallte der Länge nach hin wie ein gefällter Baum. Ramona begann hysterisch zu lachen. Sie hatte Lauras Arm rechtzeitig losgelassen. Anstatt Laura aufzuhelfen, kriegte sie sich nicht mehr ein.

Bevor Laura sich aufrappelte, tastete sie ihr Gesicht ab. Zum Glück war sie auf Hände und Knie gefallen. Die Schürfwunden auf ihren Händen beachtete sie nicht weiter.

Da Ramona weiterhin wie eine Irre lachte, packte Laura ihre Schultern und schüttelte sie. „Sei ruhig, es ist nichts passiert!"

Plötzlich vernahmen sie lautes Gebell. Ein Hund sprang hinter ihnen her.

Laura drehte sich um und redete mit sanfter Stimme auf ihn ein.

„Hau ab, verdammter Köter!", brüllte Ramona.

Er zog seinen Schwanz ein und machte kehrt.

„Bravo“, sagte Laura.

„Wenigstens Hunde hören noch auf mich.“

„Wo es Hunde gibt, sind auch Menschen.“

„Nicht hier! Das sind einsame Straßenköter, die gehören niemandem.“

Da ihnen die Entführer ihre Handys weggenommen hatten, konnten sie die Polizei nicht anrufen.

Sie gingen weiter, kamen nur langsam voran. Laura hinkte. Ihr rechtes Bein, dem sie beide mehr oder minder ihre Freiheit zu verdanken hatten, schmerzte. Und Ramona befand sich nach der langen Gefangenschaft sowieso in einem katastrophalen körperlichen Zustand.

Als das Meer und eine Küstenstraße zwischen den Bäumen in Sicht kamen, stieß Laura einen Freudenschrei aus. „Alles wird gut“, sagte sie zu der apathisch neben ihr her torkelnden Ramona.

„Ich weiß, wo wir sind“, sagte Ramona plötzlich. „Da vorne kommt der neue Tunnel.“ Sie deutete nach links. „Früher war dort die berüchtigte Waschstraße. Wenn man durch die enge Felswand fuhr, wurde der Wagen gründlich gereinigt, weil das Wasser vor allem im Frühjahr in Strömen herunterfloss.“

Laura, überrascht von Ramonas zusammenhängenden Sätzen, beschloss ein Auto zu stoppen. Auf der Küstenstraße im Nordwesten Gran Canarias war allerdings kaum Verkehr. Und die wenigen vorbeikommenden Wagen blieben nicht stehen.

„Kein Wunder, wir beide müssen ziemlich verwildert aussehen“, sagte Laura. Ihre Jogginghose war vollkommen verdreckt und ihre Haare waren voller Staub. Ramonas Kleid war zerrissen und der Kopfverband blutverschmiert.

„Wir sollten lieber weg von der Straße. Diese Teufel werden bald zurückkommen. Und das ist die einzige Straße hier."

„Wieso glaubst du, dass sie ...?"

„Weil sie uns nicht tagelang unbeaufsichtigt in dieser Hütte lassen werden."

Laura sah ein, dass sie recht hatte.

Sie latschten wieder ein Stückchen bergauf.

Nach einigen Minuten, die ihnen wie Stunden vorkamen, erreichten sie eine kleine Lichtung. Als sie einen Waldarbeiter mit einer Motorsäge erblickten, beschleunigten sie ihre Schritte.

Ramona eilte voran. Laura folgte ihr humpelnd.

Der alte Mann schien sie für zwei Irre zu halten, ließ die Säge fallen und wollte die Flucht ergreifen. Doch Ramona erwischte einen Zipfel seiner Jacke, hielt ihn fest und bat ihn, die Polizei anzurufen.

Er starrte sie entgeistert an. Sie entwendete ihm sein Handy und reichte es Laura.

Der Akku war fast leer. Zum Glück hob Mischa gleich ab.

„Ich habe Mona gefunden. Wir sind beide wohlauf. Holt uns ab, aber beeilt euch bitte!" Während sie ihm ihren Standort beschrieb, brach die Verbindung ab.

Ramona hatte mittlerweile beruhigend auf den Waldarbeiter eingeredet. Laura gab ihm sein Handy wieder und entschuldigte sich. Dann kehrten sie und Ramona zur Küstenstraße zurück.

Laura hatte ihren Vater gebeten, sie und Ramona vor dem neuen Tunnel abzuholen. Alfredo würde es sich nicht nehmen lassen, mitzukommen, davon war sie überzeugt. Der Gedanke, den Privatdetektiv bald wiederzusehen, baute sie auf.

Hungrig, durstig und körperlich erschöpft ließen sie sich auf einem abgebröckelten Felsen vor dem Tunnel nieder.

Die Zeit schien still zu stehen.

Als nach einer halben Stunde endlich ein Wagen in Sicht kam, grinsten sie einander an.

„Fuck!“, schrie Ramona plötzlich.

Laura erkannte den Wagen erst ein paar Sekunden später.

„Das ist doch ... nein, das kann nicht sein!“

„Lauf!“, rief Ramona und versuchte, den Steilhang hinaufzuklettern, rutschte aber gleich wieder ab.

Vor ihnen das schwarze Tunnelloch, hinter ihnen das Bergmassiv, auf der anderen Seite der Straße der Abgrund. Kein Fluchtweg weit und breit.

Laura schaffte es, knapp vor dem Wagen die Straße zu überqueren. Ramona, die nahe hinter ihr war, stolperte. Der Wagen bremste scharf ab, geriet ins Schleudern, kam erst am unbefestigten Straßenrand zum Stehen.

Beide Vorderräder ragten über den Abgrund. Das kleine grüne Cabrio schwankte vor und zurück wie eine Wippe.

Laura humpelte zu Ramona, die mitten auf der Straße lag, und half ihr auf. Sie schien nicht ernsthaft verletzt zu sein.

Der Mann auf der Fahrerseite des MG öffnete die Tür. Der Wagen geriet noch mehr ins Schaukeln. Laura traute ihren Augen nicht. Es gab keine Wiederauferstehung, dessen war sie sich gewiss.

Ihr Wutausbruch, der nach einer Schrecksekunde folgte, war nicht von schlechten Eltern. Sie versetzte der hinteren Stoßstange des Roadster einen heftigen Tritt. Leider mit ihrem ohnehin verletzten Fuß. Ihr Schmerzensschrei hallte im Tunnel wider.

Vor allem ärgerte sie sich über ihre eigene Blödheit. Warum war ihr der Verdacht, dass Don Juan María de Alvarez seinen Tod nur vorgetäuscht hatte und mit dem Geld abgehauen war, nicht früher gekommen? Zum Beispiel, als sie den leeren Koffer in Doña Annas Wohnung entdeckt hatte?

Entsetzt schaute sie zu, wie Don Alvarez und Pedro, der auf der Beifahrerseite saß, gleichzeitig versuchten auszusteigen.

In diesem Moment kippte der Wagen. Beide Männer hingen mit ihren Beinen in der Luft. Der Junge verlor das Gleichgewicht und stürzte mit dem Wagen den mindestens zweihundert Meter hohen Steilhang hinunter. Sein Schrei erschütterte Laura in Mark und Bein. Don Juan María hatte seinen Roadster rechtzeitig losgelassen und sich mit beiden Händen an den Straßenrand geklammert. Sein Körper hing ebenfalls über dem Abgrund.

Laura kniete sich neben ihn, packte seine Hände und versuchte, ihn hochzuziehen. „Mona, komm, ich schaffe das nicht allein, er ist zu schwer."

„Ich denke nicht daran! Lass dieses Schwein verrecken. Er ist für alles verantwortlich! Er hat den Tod verdient!"

Don Alvarez' Hände waren feucht vor Schweiß und drohten Laura zu entgleiten. Er griff mit der Linken nach einem dürren Strauch, umfasste mit seiner Rechten ihr Handgelenk und begann mit den Beinen zu zappeln. „Hilf mir! Bitte!", stöhnte er.

Laura war klar, dass sie es nicht mehr lange schaffen würde, ihn festzuhalten. Auch der Strauch wirkte nicht vertrauenserweckend, bestimmt war er nicht tief in dem steinigen Boden verwurzelt.

Don Juan María sah ihr in die Augen. Eine Sekunde lang flackerte das Gefühl der Vertrautheit wieder auf.

Sie packte ihn mit einer Hand unter den Achseln, versuchte ihn ein Stück hochzuzerren. Dabei drohte sie selbst in die Tiefe zu stürzen.

Ramona riss sie in letzter Sekunde zurück.

„Bist du vollkommen verrückt geworden?“, schrie sie. „Lass ihn endlich los!“

Verzweifelt klammerte sich Don Juan María an Lauras rechten Unterarm. Sie geriet wieder ins Rutschen.

Fluchend versuchte Ramona seine Finger von Lauras Arm zu lösen. Es gelang ihr nicht. Seine Fingernägel bohrten sich noch fester in Lauras Fleisch. Ramona schnappte sich einen kleinen Felsbrocken.

„Nein!“, schrie Laura, als sie kapierte, was ihre Stiefmutter vorhatte.

In diesem Augenblick ertönten enervierende Sirenengeräusche. Zwei Streifenwagen näherten sich mit Blaulicht. Ihnen folgte ein klappriger Opel.

Alfredo sprang aus seinem Wagen und war noch vor den Bullen bei Laura und Ramona. Mischa folgte ihm.

Zwei Polizisten zerrten Don Juan María de Alvarez zurück auf die Straße.

55.

Einige Stunden später saßen sie alle im Polizeikommissariat von Las Palmas.

Kommissar León Martínez hatte in der Zwischenzeit auch Carlos Rodríguez festnehmen lassen. Die Polizei hatte ihn auf seiner Yacht, die in der Muelle deportivo de Las Palmas lag, ausfindig gemacht. Mischa identifizierte ihn als einen seiner Angreifer im Hafen von Santa Cruz, obwohl er sein Gesicht bei dem Überfall nicht genau gesehen hatte. Aber der fehlende Vorderzahn und vor allem der pyramidenförmige schwarze Stein seines goldenen Ringes ließen keinen Zweifel zu.

Der Barkeeper aus Rodríguez' Club in Puerto de la Cruz, der Laura unangenehm aufgefallen war, als sie mit Raoul diese Spielhölle besucht hatte, wurde ihnen ebenfalls vorgeführt. Mischa war sich sicher, dass der kleine Muskelprotz der zweite Angreifer war. Er erkannte ihn an seinen hervorquellenden Augäpfeln.

Der Kommissar bedauerte, dass er Carlos Rodríguez dessen Involvierung in den Drogenschmuggel noch nicht nachweisen konnte.

„Deine Leute werden ihn schon zum Reden bringen", sagte Alfredo. „Oder sein Barkeeper wird zu plaudern beginnen. Solche Testosteronprotze werden meistens schnell weich, wenn man sie ordentlich in die Mangel nimmt. Er hat bereits gestanden, im Auftrag seines Bosses die Redaktionsräume des *Saturn* in Santa Cruz verwüstet zu haben. Er hätte nach etwaigen Artikeln suchen sollen, die Rodríguez zum Verhängnis hätten werden können. Der Einfachheit halber hat er gleich alles, was sich auf den Rechnern befand, gelöscht. Carlos Rodríguez und sein Gehilfe werden auf jeden Fall wegen schwerer Körperverletzung, Einbruch und Sachbeschädigung angeklagt werden und einige Jahre im Knast verbringen."

Ramona wurde, trotz ihrer schlechten Verfassung, ebenfalls einvernommen, war inzwischen jedoch abtransportiert worden. Sie musste die Nacht auf der psychiatrischen Abteilung des Krankenhauses verbringen, da sie während ihrer Einvernahme ausgerastet war und einen Beamten geschlagen hatte.

Laura und Mischa durften, nachdem sie die Protokolle ihrer Aussagen unterschrieben hatten, nach Hause fahren. Alfredo blieb auf dem Kommissariat.

***

Abends warteten Laura und Mischa im Wintergarten des *Hotel Reina Isabel* auf den Privatdetektiv.

Laura war froh, mit ihrem Vater allein zu sein. Obwohl sie Elvira zu Unrecht verdächtigt hatte, war ihr diese Frau nach wie vor unsympathisch. Zum Glück hatte sie niemandem von ihrem Verdacht erzählt.

León Martínez hatte seinem Freund Alfredo erlaubt, den Vernehmungen von Don Alvarez und seinen Handlangern El Loco und Pablo, die ebenfalls verhaftet worden waren, hinter einem Einwegspiegel beizuwohnen.

Nach dem ersten Gläschen Arehucas berichtete Alfredo ihnen ausführlich von den Verhören.

„Euer hochverehrter Herr Anwalt hat nicht lange durchgehalten. Er ist und bleibt eben ein Weichei!“ Alfredo schaute Laura beifallheischend an.

Sie schaute demonstrativ in eine andere Richtung.

„Ich gebe zu, die Beamten sind nicht gerade zimperlich mit ihm umgesprungen. Seine vornehmen Manieren haben ihm nicht geholfen, im Gegenteil, er hat sie mit seinem arroganten Getue provoziert.“

„Haben sie ihn verprügelt?“, fragte Laura.

„Nicht nur ... aber er hat's überlebt.“

Laura ärgerte sich, dass sie Mona nicht nach dem Namen ihres Liebhabers gefragt hatte. Sie hatte automatisch angenommen, dass es sich um Carlos Rodríguez handelte, während Ramona wahrscheinlich gedacht hatte, sie wüsste, dass von Don Juan María die Rede gewesen war.

„Jedenfalls war Don Juan María de Alvarez der Drahtzieher dieser Entführung“, fuhr Alfredo fort. „Er hat Ramona in ihrer ersten gemeinsamen Nacht auf der Segelyacht mit K.-o.-Tropfen außer Gefecht gesetzt und sie auf offener See Pablo und seinen Gehilfen übergeben. Diese Schufte sind dann mit ihrer wertvollen Fracht im Kühlraum des Bootes tagelang zwischen den Kanarischen Inseln herumgekreuzt."

„Woher kannte Don Juan María diese kriminelle Bande?", fragte Laura.

„Er hat Pablo einst als Pflichtverteidiger freigekriegt. Pablo war wegen schwerer Körperverletzung angeklagt worden. Alvarez hat auf Notwehr plädiert, und dieser Dreckskerl ist glimpflich davongekommen. Seither stand er in Don Alvarez' Schuld. Pablo hat die Mendez-Brüder, den Verrückten und seinen jüngeren Bruder Pedro, der gerade bei dem Unfall ums Leben gekommen ist, angeheuert. Da Ramona zu Gunsten von El Loco ausgesagt hat, wird der wohl mit einigen Jährchen Psychiatrie davonkommen."

„Apropos Psychiatrie. Ich hoffe, Mona wird bald wieder entlassen werden. Ohne ihr energisches Einschreiten hätte mich Don Juan María mit sich in die Tiefe gezogen."

„Sie hat dir das Leben gerettet?", warf Mischa ein.

„So könnte man sagen ... Hat Don Juan María auch Astrid und Raoul umgebracht?", fuhr Laura fort.

„Carlos Rodríguez hat ausgesagt, dass er Astrid erzählt hatte, zufällig beobachtet zu haben, wie Don Alvarez und Ramona an jenem Samstagmorgen in aller Herrgottsfrüh von der Marina in Vueltas aus losgesegelt sind. Sein Boot lag nicht weit entfernt von der Yacht, die sich Don Alvarez von einem seiner deutschen Mandanten fürs Wochenende ausgeborgt hatte. Ohne Wissen des Deutschen, der momentan zu Hause in Bremen weilt und sehr erstaunt über den Anruf des Kommissars war. Don Alvarez hatte, wie ihr wisst, Zugang zu einigen Zweitwohnsitzen von Deutschen. Warum also auch nicht zu deren Booten?"

„Wie leichtsinnig diese reichen Leute sind", sagte Laura.

„Er hat die Yacht noch in derselben Nacht nach Vueltas zurückgebracht."

„Und weil Astrid das gewusst hat, musste sie sterben ..."

„Ihm den Mord an Astrid nachzuweisen, wird nicht so einfach sein. Erst als mein Freund León den Zeugen – diesen alten Luis, der Don Alvarez in jener Nacht mit Astrid gesehen hatte – ins Spiel gebracht hat, ist der Hidalgo eingegangen wie eine Primel, sagt man nicht so auf Deutsch? Er hat gestanden, sie an dem Abend nach dem Hippiefest abgepasst zu haben. Angeblich hat er nur mit ihr reden wollen. Sie wäre jedoch ausgeflippt und hätte ihn körperlich attackiert. Er hätte sich nur gewehrt, und sie wäre bei dieser Auseinandersetzung ins Wasser gefallen und ertrunken. Der Herr Anwalt plädiert also in diesem Fall auf Unfall."

„Und die Würgemale auf ihrem Hals?"

„Ihr Zungenbein war noch intakt. Sie ist also nicht stranguliert worden", sagte Alfredo.

„Dieser Luis hat aber behauptet, der Mann habe sie gewürgt und ihr das Kleid ausgezogen", warf Laura ein.

„Das gehört noch geklärt. Angeblich stammten die Hämatome von einem gefährlichen Liebesspiel mit Carlos Rodríguez kurz zuvor an der Playa del Inglés. Carlos hat zugegeben, Astrid ein bisschen gewürgt zu haben, wie er es ausgedrückt hat. Angeblich mag sie es gerne auf die harte Tour." Alfredo errötete bei diesen Worten.

Beinahe wäre Laura ein Grinsen entwischt. „Das kann ich mir vorst...", begann sie, brach aber abrupt ab. Sie konnte den beiden Männern unmöglich erzählen, dass sie Astrid und Carlos beim Vögeln am Strand beobachtet hatte.

„Was wolltest du gerade sagen?“, fragte Alfredo.

„Nichts. Erzähl weiter.“

„Carlos hat sie dann am Strand sitzengelassen und ist zu seinem Boot gefahren, das im Hafen von Vueltas lag. Er hat dort seinen Liegeplatz.“

„Und als Astrid allein nach Hause kam, stand Don Juan María vor ihrer Tür in La Playa“, murmelte Laura.

„Tja, so wird es gewesen sein. Wie gesagt, man muss Don Alvarez erst nachweisen, dass er Astrid tatsächlich umgebracht hat und es kein Unfall war.“

„Zu viele Unfälle“, warf Mischa ein. „Denkt an Raoul.“

„Vielleicht hat er den goldenen Schuss verpasst bekommen, weil er geahnt hat, dass Don Alvarez hinter der Entführung steckt?“ Laura sah Alfredo fragend an.

„Nicht nur geahnt. Raoul hatte zuerst Carlos Rodríguez in Verdacht, Ramona entführt zu haben, und hat versucht ihn zu erpressen. Wahrscheinlich sogar an dem Abend, als du mit ihm in Rodríguez’ Club in Puerto de la Cruz warst. Carlos hat ihn ausgelacht und ihm dann ebenfalls von Don Alvarez und Ramona erzählt. Ich nehme an, dass Raoul daraufhin Don Alvarez erpresst hat. Nachdem er den Haufen Geld in Garachico gesehen hat, ist er wahrscheinlich auf den Geschmack gekommen und hat von dem großen Kuchen mitnaschen wollen. Der Hidalgo hat allerdings standhaft geleugnet, Raoul umgebracht zu haben, selbst als man ihn mit den bewährten Methoden der Guardia Civil behandelt hat. Er ist dabei geblieben, Raoul nicht angerührt zu haben. Selbst León schien letztendlich zu glauben, dass Raoul sich selbst umgebracht hat.“

„Nein!“ Laura hatte den eitlen Journalisten nicht leiden können, doch so einfach wollte sie seinen Mörder nicht davonkommen lassen. „Und was ist mit dem

Schuhabdruck, den wir auf der Fußmatte vor Raouls Haus entdeckt haben? Denk an die toten Kätzchen ..."

„Reg dich bitte nicht so auf, mi querida. Lass mich weitererzählen. Der Mann, der dich am Bandama-Krater überfallen hat, sitzt bereits hinter Gittern. Er ist ein kleiner Ganove aus Las Palmas, den Don Alvarez engagiert hat, um dich einzubremsen. Du hast ihm zu viel herumgeschnüffelt, bist ihm zu nahe auf den Pelz gerückt."

Alfredo schenkte Laura einen seiner treuherzigen Blicke. Er schien zu ahnen, dass die ganze Geschichte für sie noch lange nicht gegessen war.

„Verzeiht, mich interessiert wesentlich mehr, was sich zwischen Mona und meinem Anwalt abgespielt hat", mischte sich Mischa ein.

„Ramona hat ausgesagt, Don Alvarez von euren Eheproblemen erzählt zu haben. Anscheinend hat sie befürchtet, dass du dich von ihr scheiden lassen möchtest. Sie hat euren Ehevertrag erwähnt und gemeint, dass sie bei einer Scheidung schlecht aussteigen würde. Daraufhin haben die beiden, laut ihrer Aussage, darüber gescherzt, eine Entführung vorzutäuschen, um dich abzuzocken. Ramona war beschwipst, hat die ganze Geschichte nicht ernst genommen. Der Herr Anwalt war jedoch sehr angetan von dieser Idee und hat gedacht, er hätte leichtes Spiel. Doch die Männer, die er daraufhin engagiert hat, besaßen offensichtlich keinen Humor. Don Juan María beteuerte, sie instruiert zu haben, die Gefangene gut zu behandeln. Die Geschichte scheint aber bald aus dem Ruder gelaufen zu sein. Als das Lösegeld nicht rechtzeitig eingetroffen ist, hat Pablo ihr das Ohrläppchen mit dem Diamantenstecker abgeschnitten. Und als es auch beim zweiten Mal nicht geklappt hat, weil Don Alvarez den Großteil des Geldes einkassiert hatte, haben diese Wahnsinnigen auch noch Laura entführt. Angeblich hat der

Herr Anwalt nichts davon gewusst. Er hat behauptet, Pablo hätte auf eigene Faust gehandelt. Als er durch Pedro von Lauras Entführung erfahren hat, sei er sofort losgefahren, um sie und auch Ramona freizulassen."

„Wer's glaubt, wird selig", seufzte Laura. „Er hätte uns beide umgebracht oder von seinen Handlangern umbringen lassen."

„Ich fürchte auch."

„Er wird also zumindest wegen Entführung angeklagt werden?"

„Keine Angst. León und seine Leute sind noch nicht fertig mit ihm. Sie werden ihn wegen Anstiftung zu einem anderen Mord drankriegen. Der Mann, der in den Dünen von Maspalomas im Sand erstickt wurde, war ein Obdachloser von ähnlicher Statur und mit ähnlich hageren Gesichtszügen wie Don Alvarez. Es gibt einen Augenzeugen. Der Marokkaner, der sich in den Dünen auf Kundensuche herumgetrieben hat und des Mordes an Don Alvarez verdächtigt wurde, hat den Mord an dem Obdachlosen mitangesehen. Anfangs hat ihm nur keiner geglaubt. Der Tote hatte Don Alvarez' Geldbörse, seine, übrigens gefälschte, Breitling und seinen Personalausweis bei sich. Der Stricher hat gestanden, nur das Geld aus der Börse genommen zu haben. Die Uhr und das elegante Jackett hatte er dem Toten gelassen. Doña Anna hat das Jackett, das sie ihrem Neffen letzte Weihnachten geschenkt hatte, und auch die Armbanduhr wiedererkannt."

„Diese Schreckschraube steckte bestimmt mit ihm unter einer Decke", murmelte Laura.

„Der Marokkaner hat der Polizei die beiden Männer, die den Obdachlosen in den Dünen umgebracht haben, genau beschrieben und auch den Tathergang geschildert. Seine Beschreibungen passen perfekt auf Pablo und Pedro. Pablo hat den Kopf des Mannes in den Sand gedrückt, während Pedro Arme und Beine des Opfers so lange festgehalten hat, bis er sich nicht mehr gerührt hat."

„Ich fas...se es nicht ...", stammelte Laura.

„Der Herr Anwalt hat sich natürlich seine zarten Händchen nicht schmutzig machen wollen, spielte nur den Regisseur."

Unwillkürlich musste Laura an die schmalen, feingliedrigen Hände des Anwalts denken, die sie in ihren Tagträumen verwöhnt hatten. „Dieses Monster würde ich am liebsten eigenhändig umbringen", stöhnte sie.

Mischa legte seinen Arm um ihre Schultern und zog sie an sich. „Dein Freund León muss Don Juan María unbedingt auch die Ermordung von Astrid nachweisen. Mit einer Anklage wegen unterlassener Hilfeleistung darf er auf keinen Fall davonkommen", sagte er zu Alfredo.

„Er wird sein Bestes tun, glaub mir."

Alfredos Telefon klingelte. Er entfernte sich ein paar Schritte von ihrem Tisch. Als er nach ein paar Minuten zurückkam, grinste er übers ganze Gesicht.

„Alles klar! Sie haben Pablo in die Mangel genommen. Er hat mittlerweile kapiert, dass ihn sein Boss bescheißen wollte, und ihn ans Messer geliefert."

Beinahe hätte Laura über Alfredos Ausdrucksweise, die aus Kriminalfilmen zu stammen schien, grinsen müssen. Doch das Grinsen verging ihr sogleich, als der Detektiv weitersprach.

„Don Alvarez hat Pablo beauftragt, Raoul zum Schweigen zu bringen. Die Überdosis war natürlich die Idee des Hidalgo. Er wollte es wie einen Selbstmord oder einen Unfall aussehen lassen."

„Und auf die Katzenbabys ist dieses sadistische Schwein Pablo bestimmt absichtlich draufgestiegen", seufzte Laura, als ihr die riesigen ausgelatschten Sportschuhe ihres Entführers einfielen.

Alfredo sah sie besorgt an, bevor er fortfuhr. „Es gibt auch eine gute Nachricht für dich, Boss. Ein Großteil des Lösegeldes ist im Palacio von Doña Anna in Las Palmas gefunden worden. Dein Anwalt wollte nach der Inszenierung seines Todes eine neue Identität annehmen. Außer dem Geld hat man auch gefälschte Papiere, lautend auf einen Don Jesus María de Aranchez, im Geheimfach eines doppelbödigen Kleiderschranks im Palacio seiner Tante entdeckt. Du wirst also die Mille oder zumindest das, was davon übrig ist, nach Erledigung aller bürokratischen Formalitäten zurückbekommen. Ich hoffe auf eine ordentliche Erfolgsprämie."

Mischa lächelte gequält.

„Schon als ich den Alukoffer unter ihrem Bett entdeckt habe, hätte ich wissen müssen, dass die Alte und ihr geliebter Neffe Dreck am Stecken haben", warf Laura ein und bedeckte ihr Gesicht mit den Händen.

„Wann warst du bei Doña Anna?", fragte Mischa. „Warum hast du uns von diesem Besuch nichts erzählt? Und der Koffer ...?"

„Ich bin nicht mehr dazu gekommen ...", unterbrach ihn Laura schuldbewusst.

„Mach dir keine Gedanken deswegen, mi querida. Keiner von uns hat diesen verdammten Enkel eines Falangisten ernsthaft in Verdacht gehabt. Nicht einmal ich! Doña Anna hat einen Narren an ihrem Neffen gefressen. Sie ist zwar dement, doch ich bin mir sicher, sie hat gewusst, dass es sich bei dem Obdachlosen nicht um Juan María handelte. Eigentlich müsste man auch sie hinter Gitter bringen. Aber León hat gemeint, die Alte sei vollkommen verrückt und würde sowieso demnächst in einer geschlossenen Anstalt landen. Don Alvarez hingegen muss mit lebenslänglich rechnen."

Triggerwarnung: Triggerwarnungen nehmen auf Menschen mit traumatischen Erfahrungen Rücksicht. Aus subjektiver Sicht können diese Trigger von Bedeutung sein oder nicht, unabhängig davon, in welchem Kontext oder Medium sie sich finden. Auch fiktive Texte, wie zum Beispiel Romane, können triggern. Wir weisen deshalb an dieser Stelle auf Trigger im vorliegenden Buch hin: „Dünenzorn“ konfrontiert dich mit sexueller Gewalt.

FSC www.fsc.org MIX Papier aus verantwortungsvollen Quellen FSC® C083411

Auflage:
4 3 2 1
2024 2023 2022 2021

HAYMON tb **278**

Originalausgabe

www.haymonverlag.at

ISBN 978-3-7099-7925-9

Inhaltliche Betreuung: Haymon Verlag / Nina Gruber
Lektorat: Verena Zankl; Haymon Verlag / Nina Gruber
Projektleitung: Haymon Verlag / Melissa Modersbacher, Nina Gruber
Buchinnengestaltung nach Entwürfen von: himmel. Studio für Design und Kommunikation, Innsbruck / Scheffau – www.himmel.co.at
Satz: Da-TeX Gerd Blumenstein, Leipzig
Umschlag: Eisele Grafik · Design, München, unter Verwendung folgender Bildelemente: shutterstock / BONDART PHOTOGRAPHY (Landschaft), shutterstock / Elenamiv (Himmel), BIGSTOCK / Syntheticmessiah (Wolken rechts)
Autorinnenfoto: Kurt-Michael Westermann

Gedruckt auf umweltfreundlichem, chlor- und säurefrei gebleichtem Papier.

Epilog

„Ich glaube, wir haben uns beide einen Brandy verdient“, sagte Laura, kaum dass sie mit ihrem Vater auf den bequemen Sitzen in der Businessclass der *Iberia* Platz genommen hatte.

Die Scheidung würde eher glimpflich für Michael Mars verlaufen. Ramona würde gezwungenermaßen auf alles verzichten. Sie war heilfroh, einer Anklage wegen Beteiligung an einer Erpressung zu entgehen. Großzügig, wie Mischa nun einmal war, wollte er ihr das kleine Haus mit dem Geschäftslokal und die Wohnung darüber in Valle Gran Rey überlassen, denn sie hatte vor, auf ihrer Trauminsel La Gomera zu bleiben. Die Finca hatte er einem Immobilienmakler übergeben. Auch seine Zeitung wollte er demnächst verkaufen. Ein deutscher Medienkonzern hatte ihm eine hübsche Summe dafür geboten.

Sein Appartement in Las Palmas behielt er einstweilen noch, obwohl ihm die Kanarischen Inseln fürs Erste gestohlen bleiben konnten. Allerdings hatte er Elvira beim tränenreichen Abschied versprechen müssen, im kommenden Winter für drei Monate zurückzukehren.

Auch Laura hatte Alfredo versprochen, den nächsten Winter auf Gran Canaria zu verbringen. Allerdings unter der Bedingung, dass er bis dahin zu trinken aufhörte.

„Prost, Papa“, sagte sie, als ihnen die Flugbegleiterin zwei Brandys servierte.